BASTEI
LÜBBE

Von Boris von Smercek ist das folgende Bastei Lübbe Taschenbuch erschienen:

14936 Tod im Regenwald

Über den Autor:

Boris von Smercek, 1968 in Marbach am Neckar geboren, wollte zunächst Filmregisseur werden. Nach dem Abitur entschied er sich allerdings doch für eine solide Ausbildung. Er studierte Betriebswirtschaft und machte Karriere bei einem angesehenen deutschen Geldinstitut. Boris von Smercek schreibt seit 1995 und lebt mit seiner Frau in der Nähe von München.

BORIS VON SMERCEK

DAS MATTHÄUS PROJEKT

BASTEI LÜBBE

BASTEI LÜBBE TASCHENBUCH
Band 15 149

Erste Auflage: Juni 2004

Vollständige Taschenbuchausgabe

Bastei Lübbe Taschenbücher ist ein Imprint
der Verlagsgruppe Lübbe

Originalausgabe

Dieses Werk wurde vermittelt durch die
Literarische Agentur Thomas Schlück GmbH, 30827 Garbsen.
Umschlaggestaltung: Gisela Kullowatz
Titelbild: Alamy Images
Satz: hanseatenSatz-bremen, Bremen
Druck und Verarbeitung: Nørhaven Paperback A./S.
Printed in Denmark
ISBN 3-404-15149-6

Sie finden uns im Internet unter
www.luebbe.de

Der Preis dieses Bandes versteht sich einschließlich
der gesetzlichen Mehrwertsteuer.

Wissenschaft steht im Dienste eines Ideals
oder im Dienste einer herrschenden Gruppe.

Ludwig Marcuse

1

Französisch Guyana, 1977

Der Mann hetzte durch den Dschungel wie ein flüchtendes Tier. Zweige schlugen ihm gegen den Körper, Blätter peitschten ihm ins Gesicht. In der abendlichen, von Dunstfetzen durchzogenen Dämmerung war er kaum mehr als eine verwaschene Silhouette, ein Schatten, der mit der Umgebung verschmolz.

Der Mann war am Ende seiner Kraft. Die Füße fühlten sich wie bleierne Klumpen an. Der vom Nachmittagsregen aufgeweichte Boden griff nach den klobigen Lederstiefeln und machte jeden Schritt zur Tortur.

Die Kleidung des Mannes war schlammverschmiert und durchnässt vom Schweiß und der schier unerträglichen Luftfeuchtigkeit. Nie hatte er diese grüne Hölle mehr verflucht.

Er musste verschnaufen und hielt inne. Seine Lungen brannten, das Herz raste. Gierig sog er die zum Schneiden dicke, schwüle Luft ein. Er versuchte in den Wald zu lauschen, hörte aber nur das pulsierende Rauschen des Blutes in seinen Schläfen.

Nein, so hatte es keinen Sinn. Er würde sie niemals hören, selbst wenn sie zum Greifen nahe wären. Und dass sie nicht mehr weit sein konnten, stand für ihn außer Frage.

Ein Blick auf die Leuchtziffern seiner Armbanduhr sagte ihm, dass er schon seit über drei Stunden auf der Flucht war. Lange genug, um erschöpft zu sein, aber gewiss nicht lange genug, um sich in Sicherheit zu wiegen. Seine Verfolger waren zähe Burschen, Bluthunde, die seine Fährte aufgenommen hatten. Sie würden erst aufgeben, wenn sie ihn gefunden hatten. Oder wenn sie ihn für tot hielten. Nicht eher. Deshalb musste er weiter.

Es erforderte seine ganze Willenskraft, die Beine wieder zu bewegen. Selten hatte er sich so ausgelaugt gefühlt wie in diesem Moment. Halb schlitternd, halb stolpernd bahnte er sich seinen Weg weiter durchs dichte Gestrüpp.

Je mehr die Nacht sich über den Dschungel senkte, desto weniger konnte der Mann erkennen. Doch er verzichtete darauf, seine Taschenlampe zu benutzen. Die Gefahr war zu groß, dadurch die Aufmerksamkeit auf sich zu lenken.

Was die Verfolger mit ihm anstellten, falls sie ihn in die Finger bekamen, stand außer Zweifel. Sie würden ihn töten. Die einzige Frage war – wie? Im günstigsten Fall würden sie ihm eine Kugel durch den Kopf jagen. Wahrscheinlicher aber war, dass sie ihm Arme und Beine brechen und ihn den gierigen Mäulern des Waldes überlassen würden. Eine grauenhafte Vorstellung.

Der schwere Rucksack drückte dem Mann in den Rücken, scheuerte wie Sandpapier auf der Haut. Die Qualen ließen ihn unaufmerksam werden. Er übersah eine Wurzel, die wie eine knorrige alte Hand aus dem Boden ragte. Beinahe glitt er aus, konnte sich aber gerade noch fangen. Die taumelnde Bewegung riss den Rucksack hin und her. Schlagartig verdichtete sich der Schmerz, den er im Rücken spürte, zu einem Feuerteppich. Um ein Haar hätte der Mann laut aufgeschrien.

Der verdammte Rucksack! Er war der Grund für die Hartnäckigkeit der Verfolger. Am liebsten hätte der Mann die unbequeme Last ins Gebüsch geworfen, doch er wusste, dass ihm das jetzt auch nicht mehr helfen würde. Diaz und seine Kumpane würden die Jagd so lange fortsetzen, bis sie ihr grausiges Werk vollbracht hatten. Deshalb trieb der Mann sich zum Durchhalten an.

Während er wie eine Maschine weitereilte, ging das Rot des

Himmels rasch ins dunkle Grau der anbrechenden Nacht über. Der Nebel quoll nun immer dichter aus der Erde hervor. Aus dem geisterhaften weißen Schleier wurde eine düstere, wabernde Masse.

Zwangsläufig wurden die Schritte des Mannes langsamer und vorsichtiger, doch stehen blieb er nicht. Noch war er nicht außer Gefahr.

Plötzlich geschah es. Von einem Moment auf den anderen hatte er keinen festen Halt mehr unter den Füßen. Dort, wo eben noch Urwaldboden gewesen war, schien auf einmal nur noch gähnende Leere zu sein. Der Mann verlor das Gleichgewicht, warf Halt suchend die Arme nach oben und fiel. Eine Sekunde lang hatte er den Eindruck, schwerelos in einem schwarzen Universum zu schweben; dann krachte er der Länge nach auf etwas, das ihn kalt umschlang und ihm den Atem raubte.

Wasser!

Erst jetzt begriff er, dass er in einen Fluss gestürzt war. Er ruderte mit den Armen, strampelte mit den Beinen, wollte atmen – doch es ging nicht. Panik überfiel ihn. Wo war oben, wo unten?

Endlich spürte er, wie der Widerstand des Wassers nachgab. Gierig schnappte er nach Luft.

In der Dunkelheit war das gegenüberliegende Ufer nicht zu erkennen. Der Mann musste sich allein auf seinen Instinkt verlassen. Er erspürte die sanfte Strömung und paddelte in Querrichtung los, während die nasse Kleidung und der Rucksack ihn nach unten zerrten.

Wie er es schließlich schaffte, wusste er hinterher selbst nicht, doch es gelang ihm, wieder festen Boden zu erreichen. Er hustete, spie Wasser und rappelte sich auf.

Erst eine Stunde später gönnte er sich eine Rast. Er hätte viel für ein wärmendes Lagerfeuer gegeben, denn die Nacht war kühl geworden. Aber ein Feuer kam nicht in Frage. Morgen vielleicht, oder übermorgen, nicht aber heute Nacht.

Er stellte den Rucksack ab, der seinen ganzen Schatz darstellte, und hockte sich an einen Baumstamm. Endlich sitzen und ein wenig ausruhen. Lange wollte er nicht hier bleiben, nur ein paar Minuten, bis der erschöpfte Körper sich ein wenig erholt hatte.

Mit diesen Gedanken schlief er ein.

Ein Geräusch ließ ihn aus dem Schlaf schrecken. Ein Ast hatte geknackt! Es dauerte eine Sekunde, bis der Mann sich erinnerte, wo er sich befand und wie er hierher gekommen war. Augenblicklich beschleunigte sich sein Puls, und schlagartig war er hellwach.

Die nachtschwarze Dunkelheit ließ ihm keine Chance, irgendetwas zu erkennen. Falls der Mond oder die Sterne am Himmel leuchteten, wurde das Licht vom Blätterdach des Urwalds und vom Nebel verschluckt.

Da war es wieder, das Geräusch! Höchstens ein paar Meter entfernt. Kein Zweifel – einer seiner Verfolger hatte ihn eingeholt!

Als ein weiteres Geräusch aus derselben Richtung kam, diesmal das Rascheln von Laub, griff der Mann automatisch zum Rucksack. Er benötigte eine Waffe, am besten sein Messer.

Der Rucksack war nicht mehr da.

Bevor er sich darüber klar werden konnte, was geschehen war, fühlte er etwas Kaltes, Metallisches an der Schläfe: die Mündung einer Pistole.

»Suchst du das hier?«, fragte eine Stimme.

Im Schein einer Taschenlampe erkannte der Mann am Boden seinen prall gefüllten Rucksack. Er lehnte nur ein paar Schritte entfernt an einem Baumstumpf und war dennoch unerreichbar weit weg.

»Leroy ist hier!«, rief der Mann in den Wald. Kurz darauf erschien ein zweiter Verfolger aus dem Dickicht. Er trug eine Augenklappe und war ebenfalls bewaffnet: Antonio Diaz.

Der einäugige Diaz.

Als der Verfolgte ihn erkannte, wusste er, dass er verloren hatte.

»Du ahnst nicht, wie ich mich über dieses Wiedersehen freue, Leroy!«, zischte Diaz zu dem Mann am Boden. »Ich hatte schon befürchtet, dass du mir durch die Lappen gehst!«

Der andere Verfolger drückte Leroy die Pistolenmündung noch fester an die Schläfe. »Steh auf«, sagte er, »damit wir dich zurückbringen können. Diesmal wirst du im Bunker schmoren, bis du schwarz bist.«

Doch Diaz fuhr unerwartet scharf dazwischen: »Nein! Leroy geht nicht zurück. Er geht nirgendwo hin. Der Bunker würde ihn nicht ändern – er hat den *cafard* im Kopf.«

»Sie meinen ...?«

»Ja, er ist *wahnsinnig.* Und dagegen gibt es nur ein Mittel!«

Kurz darauf zerriss ein ohrenbetäubender Schuss die Stille, und eine Schar Vögel stob in wildem Geflatter aus den Baumwipfeln in die Nacht.

2

Montag, 09. September 2002

Im Saal herrschte das blanke Chaos. In dem weitläufigen, verschwenderisch mit Mahagoni ausgestatteten Raum wimmelte es von Reportern. Die meisten waren vom sintflutartigen Platzregen überrascht worden, der an diesem Morgen über die Stadt hereingebrochen war. Überall sah man nasse Jacken und triefendes Haar. Die Klimaanlage kämpfte vergeblich gegen die drückende Schwüle im Raum an.

Philippe Lafayette stand unauffällig neben der Doppelflügeltür und beobachtete die ameisenhafte Hektik, ohne von ihr angesteckt zu werden. Das von tiefen Furchen durchzogene Gesicht war entspannt; der Sechzigjährige stand kurz vor seiner Pensionierung. Dies war definitiv die letzte Pressekonferenz, der er beiwohnte.

In zwei Wochen bin ich ein freier Mann, dachte er voller Freude, wobei sein silbergrauer Schnauzbart sich um die Mundwinkel herum zu einem Lächeln verzog. Dann steche ich mit Claire in See, und dieser Laden wird mich nie wieder sehen ...

Ein Klemmschild an der Brusttasche wies Philippe als Mitarbeiter von OLYMPP aus, der *Organisation von Lyon für Medizin, Pharmakologie und Prothetik.* »P. Lafayette – Techniker« stand darauf. Techniker, das klang gut. Nüchtern betrachtet sah die Realität jedoch ein wenig anders aus. Auf dem Schild hätte »Hausmeister« stehen müssen, oder noch besser »Mädchen für alles«. Philippe seufzte. Der Gedanke war gleichermaßen niederschmetternd wie wahr. Und keiner im Unternehmen ließ es ihn deutlicher spüren als Louis Vandenberg, Hauptanteilseigner und Direktor von OLYMPP, der sich soeben aus der ersten Reihe erhob, um die Veranstaltung zu eröffnen.

Im Saal kehrte Ruhe ein. Diejenigen, die noch nicht Platz genommen hatten, suchten sich eilig eine Sitzgelegenheit. Nur die Fotografen, Kameraleute und Tontechniker blieben an den Seiten und in den hinteren Ecken stehen.

Begleitet vom Blitzlicht der Fotografen schritt Louis Vandenberg zum Podest und stellte sich hinter das Rednerpult. Vom Scheitel bis zur Fußsohle verkörperte er den perfekten Geschäftsmann. Er war Mitte vierzig, trug einen eleganten Zweireiher mit Goldknöpfen, dazu ein maßgeschneidertes Hemd und einen italienischen Seidenschlips. Das Schwarz seines Haars war kräftig, sein Gesicht braun gebrannt. Wenn es überhaupt einen Makel an ihm gab, dann höchstens den Ansatz einer Hakennase.

Philippe musste erneut lächeln, diesmal breiter.

Seelenruhig wartete Vandenberg, bis die Fotografen ihre Arbeit getan hatten. Jede Faser an ihm strahlte Ruhe und Selbstsicherheit aus. Nicht umsonst war er einer der führenden Industrie-Manager der Stadt.

Nachdem das Blitzlichtgewitter sich gelegt hatte, wartete Vandenberg noch einen Moment, um sicherzugehen, dass er die volle Aufmerksamkeit hatte, wobei er den Blick über die Köpfe der Reporter schweifen ließ, bis er schließlich auf Philippe haften blieb. Ein paar Sekunden lang schauten sich die beiden ungleichen Männer über den ganzen Raum hinweg an, kalt und verbittert wie alte Feinde.

Alte Feinde – ja, das sind wir, dachte Philippe, während sein Lächeln verschwand und ein Anflug von Abscheu in ihm aufstieg. Er hatte am eigenen Leib erfahren, welcher Typ von Mensch sich hinter der Fassade des smarten Geschäftsführers verbarg.

Vandenberg eröffnete die Versammlung gewohnt souverän. Sein sonorer Bariton klang über die Lautsprecher glasklar bis in die letzte Reihe.

Nach der Vorrede senkte sich hinter ihm eine riesige Leinwand von der Decke.

»Bevor ich mit dem Bericht über die geplante Umstrukturierung beginne, möchte ich meine beiden Kollegen, Cathérine Lazard und Jaques Belloque, entschuldigen. Sie werden erst im Lauf des Nachmittags aus den USA zurückerwartet. Die Vereinigten Staaten sind für uns ein Markt der Zukunft. Wir planen ein Labor in Boston, was die Auslagerung eines Teilgeschäftsbereichs in diese Stadt erfordert.«

In der nun einsetzenden Pause war vereinzeltes Husten und Räuspern zu vernehmen. In der stickigen Luft lag die unausgesprochene Frage, welche Konsequenzen diese Veränderung auf die hiesige Arbeitsmarktsituation hatte. Immerhin war OLYMPP mit rund 2000 Beschäftigten ein bedeutender Arbeitgeber der Stadt.

Philippe wusste schon seit Tagen, dass bei dem Unternehmen irgendetwas im Busch war. Sein Freund und Arbeitskollege Alphonse hatte es ihm erzählt. Er war Chauffeur von Louis Vandenberg; als solcher schnappte er immer wieder Dinge auf, die eigentlich nicht für seine Ohren bestimmt waren. Alphonse war ein sprudelnder Quell an Insider-Informationen, selbst wenn er nur Bruchstücke mitbekam. Den Rest reimten er und Philippe sich dann in oft stundenlangen Kneipensitzungen zusammen.

»Auf die Arbeitsmarktlage in Lyon wird unsere Entscheidung keinerlei Auswirkung haben«, fuhr Louis Vandenberg fort. *Keinerlei Auswirkung* betonte er dabei besonders. »Ich bitte Sie, das wörtlich zu zitieren. OLYMPP wird keine Arbeitsplätze in Frankreich abbauen. Bei der Errichtung des Labors in Boston geht es in erster Linie um den Ausbau unseres Geschäftsbereichs Genforschung, den wir bislang nur sekundär verfolgt haben. Ich möchte Ihnen die künftige Geschäftsstruktur von OLYMPP gerne näher erläutern.«

Vandenberg nahm eine Fernsteuerung zur Hand und drückte ein paar Knöpfe. Die Jalousien an den Fenstern surrten herab; gleichzeitig sprang der Videobeamer an, den Philippe bereitgestellt hatte. Auf der Leinwand hinter Vandenberg erschien eine Grafik, die das Unternehmen darstellte, eingeteilt in die verschiedenen Geschäftsbereiche.

»Wie Sie sehen, wird OLYMPP auch zukünftig drei Sparten haben. Sparte eins: herkömmliche Pharmazeutika – unser traditionelles Betätigungsfeld, und so wird es auch in Zukunft bleiben. Sparte zwei: Diagnostik und Geräte. Dazu gehört die Herstellung von Laboreinrichtungen ebenso wie die Entwicklung von Prothesen aller Art. Sparte drei: biotechnologische Medizin, also die Herstellung von Arzneimitteln und Impfstoffen auf biotechnologischer Basis. Diese Sparte ist es, deren Schwerpunkt wir in die USA verlegen möchten. Wie Ihnen sicher bekannt ist, hat die Entschlüsselung des menschlichen Genoms in den letzten Jahren gewaltige Fortschritte gemacht. Daher glauben wir ...«

Plötzlich brach Vandenbergs Stimme mitten im Satz ab, obwohl seine Lippen sich weiterbewegten. Es dauerte eine Sekunde, ehe er erkannte, dass die Lautsprecher ausgefallen waren.

Sofort machte Philippe sich auf den Weg nach vorn. Mit wenigen Handgriffen überprüfte er das Mikrofon, das Kabel und die Lautsprecherboxen und stellte fest, dass eine Steckverbindung nicht richtig eingerastet gewesen war. Eine Lappalie; dennoch wusste Philippe, dass der Patzer sein Fehler gewesen war und die Sache ein Nachspiel haben würde.

»Ich bitte um Entschuldigung für dieses kleine Missgeschick«, sagte Vandenberg, als er wieder zu hören war. »Wer von Ihnen gehofft hat, ich sei schon am Ende angelangt, den muss ich leider enttäuschen.«

Der heitere Einwurf lockerte das angespannte Schweigen; die meisten Anwesenden lächelten.

Louis Vandenberg entspannte sich ebenfalls. Doch bevor er seinen Vortrag wieder aufnahm, warf er Philippe einen weiteren scharfen Blick zu. Die Botschaft war eindeutig: *Ich werde das nicht vergessen, Lafayette. Wir sprechen uns später.*

3

Nach seinem Friseurtermin kaufte Giuseppe Pozzoni sich an einem Straßenstand ein belegtes Baguette und verspeiste es hungrig. Dazu trank er einen Kaffee, der abscheulich schmeckte. Aber zumindest wärmte er von innen, und das war die Hauptsache, denn für Pozzonis Geschmack war es empfindlich kalt. Wehmütig dachte er an die vergangenen drei Urlaubswochen in Cittanova, einem malerischen Örtchen an der Stiefelspitze Italiens, wo er seine Großeltern besucht hatte. Und wo das Wetter wärmer war.

Pozzoni zog den Mantelkragen zurecht und nahm einen weiteren Schluck heißes Spülwasser – oder was immer sich in seiner Tasse befinden mochte. Der Regen, der zwei Stunden zuvor noch in Bindfäden gefallen war, hatte aufgehört. Stattdessen lag nun dichter Nebel über der Stadt, die reinste Milchsuppe. O bella Italia! Pozzoni verstand beim besten Willen nicht, weshalb sein Vater vor dreißig Jahren nach Frankreich ausgewandert war und warum er sich ausgerechnet eine Industriestadt wie Lyon als Wahlheimat ausgesucht hatte.

Irgendwann würde er, Giuseppe Pozzoni, vielleicht nach Italien zurückkehren, in das sonnige Land seiner Ahnen. Aber diesen Entschluss hatte er auch schon bei seinem letzten Besuch in Cittanova vor fünf Jahren gefasst. Seine Frau Maria wäre mit dem Umzug einverstanden gewesen. Doch dann hatte er den Absprung nicht rechtzeitig geschafft, als seine Karriere sich unerwartet gut entwickelte. Mittlerweile war er im

Morddezernat zum Inspektor aufgestiegen; hinter vorgehaltener Hand handelte man ihn schon als Anwärter für die nächste Beförderung. Ziemlich respektabel für einen Achtundzwanzigjährigen.

Der Gedanke ließ ihn schmunzeln. In ihm brannte noch immer der Ehrgeiz. Zwar war er durch seine Frau und die vier Kinder ein wenig ruhiger geworden, doch er legte großen Wert darauf, ein guter Polizist zu sein. Kein Durchschnitt, sondern Spitzenklasse. Und für einen Mann mit seinen Ambitionen wäre Cittanova das berufliche Aus.

Sein Handy klingelte. Das Display zeigte die Nummer der Einsatzzentrale an.

Mist!

Pozzoni hatte noch bis Mittwoch Urlaub. Für den heutigen Nachmittag hatte er seinen Kindern einen Besuch im Zoo versprochen. Wenn er jetzt das Gespräch annahm, war der Familienausflug gestorben; gewiss gab es einen triftigen Grund für den Anruf. Und triftige Gründe bedeuteten bei der Mordkommission fast immer einen Berg Arbeit.

Pozzoni drückte den grünen Knopf und versuchte den Gedanken zu verdrängen, dass seine Kinder ihn dafür hassen würden.

»Hier Pozzoni, was gibt's?«

»Einen Mord in Saint-Didier-au-Mont-d'Or. Sieht so aus, als hätte derselbe Kerl zugeschlagen wie vor zwei Wochen an der Place des Terreaux und am vergangenen Mittwoch im Park.«

Nach seinem dreiwöchigen Urlaub hatte Pozzoni keine Ahnung, was die Kollegin am anderen Ende der Leitung damit meinte. Seine Großeltern in Cittanova hatten keine Zeitung abonniert, und ihr Fernseher lief nur, wenn ein Fußballspiel übertragen wurde. Und Morde, die sich in Lyon ereigneten, gehörten nun mal nicht zum Dorfklatsch.

»Das Opfer von heute wurde in der Alleé du Petit Nice gefunden, Hausnummer 35«, fuhr die Frau in der Zentrale fort.

»Aller Wahrscheinlichkeit nach handelt es sich um einen gewissen Rudolph Brunner.«

Aller Wahrscheinlichkeit nach? Pozzoni wollte sich nicht die Blöße geben, nach den näheren Umständen zu fragen. Ein künftiger Oberinspektor, der keinen Schimmer hatte, was in seinem Revier abging – das machte keinen besonders günstigen Eindruck, Urlaub hin oder her.

Also sagte er nur: »Verstanden, Zentrale. In zwanzig Minuten bin ich vor Ort.«

Vom Auto aus informierte er seine Frau, dass er vor dem Abendessen vermutlich nicht nach Hause kommen würde. Maria nahm die Nachricht gelassen auf. Sie meinte nur, sie wolle die Kinder nicht enttäuschen und alleine mit ihnen in den Zoo gehen.

Pozzoni atmete erleichtert auf. Er konnte sich glücklich schätzen, eine Frau wie Maria an seiner Seite zu haben. Sie unterstützte ihn, wo immer sie konnte. Nur ihrer grenzenlosen Toleranz war es zu verdanken, dass er Familie und Karriere so gut unter einen Hut brachte.

Je weiter Pozzoni nach Norden kam, desto intensiver beschäftigte ihn die Frage, was es mit diesen Morden auf sich hatte. Eine Leiche, die nicht identifiziert werden konnte – das war nicht alltäglich. Ein ungutes Gefühl drückte ihn in der Magengegend. Trotz jahrelanger Erfahrung war er nicht dagegen gefeit.

Passend zu seiner Stimmung, verdüsterte sich auch das Wetter zusehends. Als er endlich die elegante Wohngegend erreichte, empfing ihn ein kalter, grauer Hauch, der ihm eine Gänsehaut auf den Rücken jagte.

Er parkte seinen Citroen neben zwei Streifenwagen, die vor einem offenen gusseisernen Ziertor standen. In der Einfahrt war ein Beamter mit einem Funkgerät in der Hand postiert. Pozzoni nickte ihm wortlos zu, passierte das Tor und betrat die Kieselsteinauffahrt, an deren Ende sich die Konturen einer Nobelvilla abzeichneten. Jeder Schritt knirschte unter seinen Sohlen. Pozzoni kam sich vor, als würde er die Totenruhe stören.

Sein Blick schwenkte über die gepflegten Rasenflächen zu beiden Seiten der Auffahrt. Uniformierte mit Spürhunden waren dabei, jeden Quadratzentimeter des Anwesens nach Spuren abzusuchen, bislang ohne Erfolg, wie es schien.

Vor der Villa standen ein nagelneuer Jaguar und ein Ferrari. Etwas abseits erblickte Pozzoni einen von gepflegten Blumenbeeten umsäumten Pavillon und einen Pool. Wer hier wohnte, hatte Geld, und zwar reichlich.

In der Haustür wartete ein älterer Polizist namens Babtiste Calderon, der seine Mütze unter den Arm geklemmt hatte. Er begrüßte Pozzoni mit einem warmen Lächeln, doch sein Gesicht war aschfahl.

»Der Tote ist oben im Badezimmer, Inspektor«, sagte Calderon. »Ist bestialisch zugerichtet, genau wie die beiden Opfer zuvor. Das war derselbe Mörder, jede Wette. Wenn wir es jemals mit einem Irren zu tun hatten, dann in diesem Fall. Ich bringe Sie rauf.«

Während Calderon den Inspektor die geschwungene Treppe hinaufführte, erzählte er weiter: »Die Leiche ist männlich, weiß, vermutlich zwischen vierzig und fünfzig Jahre alt. Sieht ganz so aus, als wäre es der Hausbesitzer selbst. Ein Deutscher, der schon seit fünfzehn Jahren hier lebt. Rudolph Brunner.«

»Noch nie gehört.«

»Unter seinem Künstlernamen Cassis ist er besser bekannt. Lebte trotz seines Reichtums sehr zurückgezogen. Das hat seine Haushälterin erzählt. Sie war es auch, die die Leiche gefunden hat. Wenn Sie später mit ihr sprechen möchten – sie wartet im Wohnzimmer. Cassis war angeblich bekannt für seine Ölgemälde und Skulpturen. Wie Sie sehen, ist das Haus voll gestopft mit seinen Werken. Mein Fall ist es ja nicht, aber er muss gut verdient haben, sonst hätte er sich diese Luxusbude und die beiden Schlitten vor der Tür kaum leisten können.«

Pozzoni nickte. »Vielleicht sollte ich den Beruf wechseln«, sagte er. Von der Treppe aus warf er einen Blick ins geräumige Foyer. Es war so verschwenderisch mit Kunstgegenständen ausgestattet, dass es beinahe wie ein Museumssaal wirkte. Angesichts dieser Pracht wagte Pozzoni es nicht, an seine kleine Stadtwohnung zu denken.

»Was nützt ihm der Luxus dort, wo er jetzt ist?«, philosophierte Calderon und betrat das Obergeschoss. Pozzoni folgte ihm auf einen Flur, der mit elegantem Teppich und teuren Kommoden ausgestattet war.

»Kein Mensch hat so einen Tod verdient«, meinte Calderon kopfschüttelnd und blieb vor der Badezimmertür stehen. »Ich möchte lieber nicht mit hinein, wenn Sie nichts dagegen haben. Falls Sie mich brauchen, rufen Sie mich, ja? Ich bin wieder unten.«

Als der Streifenbeamte gegangen war, hatte Pozzoni plötzlich das Gefühl, eine eisige Hand würde in seinen Eingeweiden wühlen. Calderons Worte geisterten ihm durch den Kopf: *Wenn wir es jemals mit einem Irren zu tun hatten, dann in diesem Fall.*

Er fasste sich ein Herz und betrat das Bad.

Als Erstes sah er die weißen Bodenfliesen, die Designerschränkchen, das Marmor-Waschbecken und darüber den großen Spiegel. Alles war so sauber wie in einem OP-Saal. Nichts deutete auf einen Mord hin, wäre da nicht der süßliche, kupferartige Geruch gewesen, der Pozzoni nur allzu vertraut war.

Augenblicke später sah er das Blut. Zuerst nur einen Tropfen auf einer Bodenfliese, daneben Sprenkel, die zu einer großen, schmierigen Lache führten. Dann erst erfasste Pozzoni das ganze Ausmaß der Gräueltat: Die roten Flecken bedeckten nicht nur den Boden, sondern auch große Teile der Wände.

Ein Polizeifotograf war gerade dabei, Bilder vom Ort des Verbrechens zu schießen. Ein Mann von der Spurensuche kniete mit einem Metermaß neben der Toilette. Pozzoni nahm die beiden kaum wahr. Magisch angezogen wie ein Insekt vom Licht, näherte er sich der Badewanne. Hier gab es noch mehr Blut, der Kupfergeruch wurde intensiver. Pozzoni hatte den bitteren Geschmack von Galle auf der Zunge und musste einen Anfall von Übelkeit niederkämpfen.

Jetzt erst bemerkte er das glitschige Bündel auf dem Boden der Wanne. Schlagartig wurde ihm der Hals trocken, als er sah, dass dem Toten beide Beine fehlten. Knapp unterhalb der Hüften waren die Oberschenkel durchtrennt worden. Weiße Knochenstümpfe ragten aus den klaffenden Wunden.

Schaudernd fragte Pozzoni sich, welche Besessenheit, welcher Wahn einen Menschen zu einer solchen Tat treiben konnte.

Seine Blicke wanderten am Körper der nackten Leiche hinauf. Beinahe erleichtert stellte er fest, dass wenigstens die Arme noch da waren, wohin sie gehörten.

Doch der schlimmste Anblick erwartete Pozzoni erst noch, ein Bild, das ihn später in so mancher Nacht schweißgebadet aus dem Schlaf reißen sollte. Er wusste es in dem Moment, als er es sah.

»Allmächtiger«, murmelte er fassungslos. »Was ist mit seinem Kopf passiert?«

4

Mein Leben ist im Eimer!«, sagte Philippe Lafayette niedergeschlagen. Träge vom Bier, fühlte seine Zunge sich wie ein Fremdkörper an.

»Hattest du wieder Streit mit deiner Frau?« Alphonse Duprés, Philippes langjähriger Freund und Arbeitskollege, musste beinahe schreien, um den Lärm in der Kneipe zu übertönen. Wie jeden Abend war es brechend voll. Dass die beiden Männer sich dennoch regelmäßig im *Chevalier* trafen, lag daran, dass die Kneipe sich gegenüber vom OLYMPP-Firmengelände befand.

Philippe nickte deprimiert. Die Erinnerung an die gestrige Auseinandersetzung versetzte ihm einen Stich. »Claire wirft mir vor, dass ich es im Leben zu nichts gebracht habe. Sie war vor zwei Wochen bei einem Klassentreffen und meint jetzt, ihre Schulfreundinnen hätten bessere Partien gemacht als sie. Und das Schlimme ist – sie hat Recht. Eine Hausmeisterstelle bei OLYMPP ist nicht gerade eine Spitzenkarriere.« Philippe leerte sein Glas in einem Zug und winkte Lucille, der Kellnerin in der viel zu engen Jeans. »Noch zwei Bier für meinen Freund und mich!«, rief er durch den rauchgeschwängerten Raum.

»Schon unterwegs«, flötete Lucille und drängte sich in Richtung Tresen. Wenig später brachte sie die Getränke.

»Habt ihr schon die Abendnachrichten mitbekommen?«, fragte sie. »Diese Sache mit dem *Chirurgen* ist ganz schön aufregend, was?«

»*Chirurg?*«, wiederholte Philippe.

»Der *Chirurg von Lyon.* Im Radio bringen sie kaum noch was anderes.«

»Hat der Bursche den Nobelpreis gewonnen?«

»Wenn es einen für das Morden gäbe, hätte der *Chirurg* die besten Aussichten. Heute Morgen wurde ein Mann umgebracht. Irgendein Künstler. Der Mörder hat ihn regelrecht zerstückelt. Es war angeblich schon das dritte Opfer. Mir wird ganz anders, wenn ich nur daran denke. Dieser Typ muss total übergeschnappt sein.«

Philippe nickte bloß. »So hat eben jeder seine Probleme«, sagte er mürrisch. »Wenn ich heute Nacht betrunken nach Hause komme, wird Claire mich auch umbringen.«

»Philippe ist heute mies drauf«, sagte Alphonse zur Kellnerin. »Ist zu sehr damit beschäftigt, sich selbst zu bemitleiden.«

»Das merke ich schon. Na, dann viel Spaß noch bei eurer Trauerfeier.« Lucille warf den beiden Männern ein Lächeln zu und tauchte wieder in der Menge unter.

Philippe fiel erneut in ein seelisches Loch. »Hausmeister bei OLYMPP ...«, murmelte er voller Selbstverachtung.

»Mir geht es nicht viel besser als dir, auch wenn ich zehn Jahre jünger bin«, sagte Alphonse. »Vandenbergs Chauffeur! Das kann man auch nicht gerade als steile Karriere bezeichnen. Aber beklage ich mich deswegen den ganzen Tag? Wir haben keinen Grund, uns zu schämen.«

»Du quatschst wie ein Prediger.«

Einen Moment lang hätte Alphonse sein Gegenüber am liebsten am Kragen gepackt und durchgeschüttelt. Schon seit drei Stunden sprach Philippe von nichts anderem als davon, was für ein jämmerlicher Waschlappen er war. Jeder Versuch, ihn aufzubauen, war bislang gescheitert. Und als Dank musste Alphonse sich jetzt auch noch beleidigen lassen.

Plötzlich ging ihm ein Licht auf. »Es ist nicht allein der Streit mit Claire, hab ich Recht? Du hast Fracksausen wegen deiner Pensionierung!«

»Hörst du mir überhaupt zu? Schon den ganzen Abend versuche ich dir klar zu machen, dass ich meinen Job *hasse*. In zwei Wochen komme ich endlich raus aus der Firma, raus aus dieser tristen Stadt. Ich habe Pläne!« Doch Philippe klang nicht sehr überzeugend. Wie denn auch? Erst heute Nachmittag hatte er erfahren, dass aus seinen Plänen nichts wurde.

»Pläne – aha«, machte Alphonse. »Und was für Pläne sind das?«

»Pläne, die dich nichts angehen!«

Philippes Tonfall brachte das Fass endgültig zum Überlaufen.

»Jetzt hör mir mal zu, Lafayette!«, stieß Alphonse zornig hervor. »Meine Kinder haben mich heute noch nicht gesehen, meine Frau macht sich sicher schon Sorgen – und ich sitze hier und höre mir seit Stunden dein Gejammer an. Ich bin dein Freund, und ich will dir helfen, aber das gibt dir nicht das Recht, mich anzuschnauzen. Wenn du deine Wut an jemandem auslassen willst, such dir einen anderen!«

Philippe erkannte, dass er zu weit gegangen war. Reumütig meinte er: »Tut mir Leid, Alphonse.« Er seufzte. Es fiel ihm schwer, darüber zu sprechen. »Du hast Recht. Leider. Der Ruhestand macht mir Kopfzerbrechen. Allerdings nicht, weil ich den Job oder die Firma vermissen werde. Die Sache ist komplizierter.« Mit einem kräftigen Schluck Bier spülte er die letzten Hemmungen weg. »Claire und ich, wir hatten einen Traum. Eine kleine weiße Jacht, die *Soleil*. Neun Meter lang, 180 PS. Nichts Besonderes und auch schon ein paar Jahre alt, aber Claire und ich hatten unser Herz daran gehängt. Ich kenne jemanden, der uns das Schmuckstück zu einem Freundschaftspreis verkaufen wollte. Nach meiner Pensionierung wollten Claire und ich ein paar Monate auf See verbringen, nur wir beide. Quer durchs Mittelmeer, vielleicht auch entlang der afrikanischen Atlantikküste. Vor allem für Claire war der Tag meiner Pensionierung ein Neubeginn. Sie konnte es kaum erwarten, aus Lyon herauszukommen. Aber daraus wird nichts.«

»*So* schlimm kann euer Streit doch nicht sein.«

»Der Streit hat nichts damit zu tun. Das Problem ist das Geld.« Philippe erklärte seinem Freund, dass er einen Teil des Betrags über die Jahre hinweg zusammengespart hatte. Den Rest wollte er über seine Pensions-Abfindung finanzieren.

»Bei jemandem, der schon so lange wie du bei OLYMPP arbeitet, dürfte das ein ordentliches Sümmchen sein«, sagte Alphonse.

»Das dachte ich auch«, seufzte Philippe. »Aber Vandenberg hat mir heute eröffnet, dass nichts daraus wird.«

Louis Vandenberg hatte Philippe nach der Pressekonferenz zu sich bestellt. Nicht etwa, um ihm eine Standpauke wegen der nachlässigen Lautsprecherverkabelung zu halten, wie Philippe angenommen hatte. Das hätte ihm wenig ausgemacht. Nein – Vandenberg hatte ihm unmissverständlich klar gemacht, dass er von der Firma keinen Euro ausgezahlt bekäme.

»Das gibt's doch nicht!«, ereiferte sich Alphonse. »OLYMPP ist vielleicht nicht gerade ein Firmenriese, aber verstecken müssen wir uns auch nicht. Immerhin wollen wir in Amerika expandieren. So schlecht kann es um die Finanzen doch nicht stehen.«

Davon war Philippe auch überzeugt. Vandenberg hätte ihn auszahlen *können* – aber er *wollte* nicht. Diese Weigerung war seine letzte Möglichkeit, Philippe noch einmal einen Knüppel zwischen die Beine zu werfen. Der Grund für die Feindseligkeit zwischen beiden Männern lag schon viele Jahre zurück. Es war nicht einfach Abneigung, sondern ein tief sitzender Hass.

»Bisher hat noch jeder seine Abfindung erhalten«, fuhr Alphonse fort und nippte an seinem Glas. Seiner Miene war anzusehen, dass er sich fragte, ob auch er eines Tages ohne Abfindung aus der Firma ausscheiden würde. »Du hast einen Anspruch auf das Geld.«

»Eben nicht! Ich habe mich schon erkundigt. Es ist eine freiwillige Leistung von OLYMPP – und damit von Vandenberg, denn ihm gehört der Laden.«

»Er gehört ihm nicht allein.«

»Und wenn schon. Er hat die meisten Anteile und ist der Mann, der die Entscheidungen trifft. Wenn er mich nicht auszahlen will, guck ich in die Röhre. Und bei meiner mickrigen Rente werden die Banken mir keinen Kredit für die Jacht geben. Dabei habe ich Trottel im vergangenen Jahr extra den Bootsführerschein gemacht.«

»Nimm dir einen Anwalt und zieh vor Gericht«, riet Alphonse. »Ich bin sicher, man würde dir Recht geben.«

Philippe winkte mürrisch ab. Eine Gerichtsverhandlung war ein ungleicher Kampf, der sich über Jahre hinziehen konnte. Jahre, in denen Philippe einen Rechtsbeistand bezahlen musste. Woher sollte er das Geld dafür nehmen? Vandenberg hatte Geld wie Heu; er konnte sich die besten Anwälte des Landes leisten. Und genau das würde er tun, selbst wenn es ihn unterm Strich mehr kostete als die Abfindung für Philippe. Denn hier ging es nicht ums Geld, sondern um eine alte Rechnung.

Ohne weiter auf den Vorschlag einer Klage einzugehen, sagte Philippe: »Wenn ich Claire erzähle, dass ich die Abfindung nicht kriege, bricht für sie eine Welt zusammen.«

Er sah schon die Tränen in den Augen seiner Frau, hörte die Vorwürfe, die sie gegen ihn erheben würde, gefolgt von einem bitteren Streit bis tief in die Nacht. Claire war ohnehin schon sauer auf ihn. Die schlechte Nachricht würde ihre Stimmung auf den Nullpunkt sinken lassen.

Die gestrige Auseinandersetzung mit Claire hatte Philippe schon gereicht. Die unverblümten Worte seiner Frau waren wie Ohrfeigen für ihn gewesen. Hatte er die letzten Jahrzehnte tatsächlich vergeudet? Der heutige Termin mit Vandenberg war wie eine Bestätigung, wie eine Krönung seines Versagens.

Philippe fühlte sich lausig. »Lass uns gehen«, sagte er und leerte sein Bier in einem einzigen Zug. »Es ist schon nach elf. Claires Stimmung wird nicht besser, wenn ich noch länger hier sitze und mich betrinke. Vielleicht helfen ja die Rosen, die ich ihr gekauft habe, sie milder zu stimmen. Wenn nicht ...« Er verstummte viel sagend, hob die Hand und winkte Lucille zu sich, die kurz darauf bei ihnen war und die Rechnung auf ihren Block kritzelte.

»Ich zahle heute«, sagte Philippe und reichte ihr einen Geldschein. »Der Rest ist für dich.«

»Vielen Dank, Philippe«, sagte Lucille, während sie das Geld wegsteckte. »Und passt auf dem Heimweg auf. Ich möchte nicht, dass einer von euch mit diesem *Chirurgen* Bekanntschaft macht. Seid vorsichtig. Spendable Kundschaft verliert man nicht gerne.«

Alle drei lachten.

»Adieu, Lucille.«

»Adieu, ihr beiden.«

5

Was ist los mit dir, Schatz?«, fragte Maria, Giuseppe Pozzonis Frau. Die Eheleute saßen auf dem Sofa und sahen fern, nachdem auch das letzte ihrer vier Kinder im Bett war und schlief. Im Wohnzimmer hing noch immer der Duft des Abendessens – Spaghetti Bolognese. Seit Großmutter Pozzoni am ersten Urlaubstag dieses Gericht aufgetischt hatte, waren die Kinder süchtig danach.

»Wie kommst du darauf, dass etwas mit mir ist?«

Maria sah ihn mit diesem Blick an, der Giuseppe das Gefühl gab, etwas unglaublich Dummes gesagt zu haben.

»Wie lange kennen wir uns schon?«, sagte Maria.

»Zwölf Jahre.«

»Und wie lange sind wir verheiratet?«

»Zehn Jahre. Worauf willst du hinaus?«

»Dass ich dich lange genug kenne, um zu wissen, wann dir irgendwas zu schaffen macht.«

»Und Sie meinen, jetzt macht mir irgendwas zu schaffen, Frau Doktor?« Giuseppe machte übertrieben große, ungläubige Augen.

Maria lächelte. »So sicher wie das Amen in der Kirche.«

»Und wie kommen Sie zu dieser Diagnose?«

Seine Frau fuhr ihm zärtlich mit einer Hand durchs Haar, das sich in den letzten Jahren ein wenig gelichtet hatte.

»Zunächst einmal – du würdest deinen Urlaub nicht wegen einer Kleinigkeit abbrechen.«

Giuseppe hatte ihr schon gebeichtet, dass er auch morgen und übermorgen zum Dienst erscheinen würde.

»Zweitens warst du heute sehr wortkarg beim Abendessen«, fuhr Maria fort. »Du hast kaum gelacht. Und als die Kinder vom Zoobesuch erzählten, hast du nur mit einem Ohr zugehört. Außerdem hast du nur eine Portion Spaghetti verdrückt. Und das ist ein untrügliches Zeichen, dass irgendwas mit dir ist.«

Giuseppe wiegte den Kopf hin und her und flachste: »Vielleicht bist du eine schlechte Köchin.«

»Ausgeschlossen! Ich bin eine hervorragende Köchin.«

Ein Lächeln legte sich auf Pozzonis Gesicht. »Das bist du«, sagte er und gab ihr einen Kuss.

Maria ließ sich nicht beirren. »Komm schon, raus mit der Sprache. Was bedrückt dich? Ich habe ein Recht, es zu erfahren.«

Giuseppe unterdrückte einen Seufzer. Was sollte er seiner Frau erwidern? Dass das Rot der Spaghettisoße ihn an eine Leiche in einer Badewanne erinnerte?

Normalerweise sprach er mit Maria sehr offen über seine Arbeit, doch heute konnte er es nicht. Nicht um Maria etwas vorzuenthalten; wahrscheinlich konnte sie schon morgen früh von dem grässlichen Mord in der Zeitung lesen. Nein, hier ging es ausschließlich um ihn selbst. Er brauchte Abstand, damit der Schock sich legen konnte. Die schrecklich verstümmelte Leiche in der Badewanne hatte ihm drastisch vor Augen geführt, wie verletzlich er war. Er, der Mann mit der Bilderbuchkarriere. Nie hätte er sich träumen lassen, dass ein Toter ihn derart aus dem Gleichgewicht bringen konnte.

Was war das für eine Welt, in der ein Verrückter frei herumlief, der Menschen auf so grausame Weise zurichtete?

6

Philippe blieb noch eine Weile vor dem *Chevalier* stehen, um ein paar Mal tief durchzuatmen und wieder einen klaren Kopf zu bekommen.

Es war dunkel. Hier im Industriegebiet gab es nur wenige Laternen. Die Straßen waren noch nass, doch der Nebel hatte sich verzogen, und am Himmel war keine Wolke mehr zu sehen.

Aber selbst die erfrischende Nachtluft konnte keine Wunder wirken. Das Bier trübte nach wie vor Philippes Sinne.

Er fragte sich, ob er Alphonse nicht besser hätte überreden sollen, ein Taxi zu nehmen. Doch dafür war es jetzt zu spät, Alphonse war schon nicht mehr zu sehen.

Aus der Kneipe drangen unverständliches Gemurmel und gedämpfte Musik. Philippe verspürte das Verlangen, noch einmal hineinzugehen und seine schlechte Laune mit einem weiteren Glas Bier hinunterzuspülen. Doch er wusste, dass der Alkohol das Gefühl der Ohnmacht nicht lindern konnte – und auch nicht die Wut auf Louis Vandenberg, die immer größer wurde, je länger Philippe über seine Situation nachdachte.

»Es tut mir aufrichtig Leid, Lafayette«, hatte Vandenberg nach der Pressekonferenz gesagt und eine Miene aufgesetzt, die vor Scheinheiligkeit nur so strotzte. »Aber aus Ihrer Abfindung wird nichts.« Er hatte in seinem Lederstuhl gesessen, während er Philippe wie einen Schuljungen hatte stehen lassen. Was für eine Demütigung! Nachdem die Katze aus dem Sack war, hatte der OLYMPP-Chef eine Reihe von Argumenten vorgeschoben, weswegen die Auszahlung der Abfindung unmöglich sei. Philippe – wie vor den Kopf geschlagen – hatte kaum mehr zugehört, hatte nur noch einzelne Worte mitbekommen: ... *Beschluss der Geschäftsleitung ... nichts Persönliches ... sehr bedauerlich ... dennoch viel Glück für die Zukunft.* Gleichzeitig hatte Vandenberg es geschickt verstanden, unmissverständlich durchblicken zu lassen, dass diese Entscheidung endgültig war.

Er hatte Philippe den Gnadenstoß versetzt.

Der Zorn kochte auch jetzt, Stunden später, wieder in dem Sechzigjährigen hoch. Wenn ich es ihm doch nur heimzahlen könnte, schoss es ihm durch den Kopf. Egal wie, Hauptsache, dieser Bastard bekommt endlich die Abreibung, die er schon lange verdient.

Grölendes Gelächter drang aus dem *Chevalier* und riss Philippe aus seinen Gedanken. Für einen Moment erschien es ihm, als wäre er aus einem Traum erwacht. Er kam sich plötzlich lächerlich vor, denn er wusste, dass er nichts anderes tat, als Zeit zu schinden: Er fürchtete sich davor, nach Hause zu gehen und Claire unter die Augen zu treten. Jetzt, da Alphonse ihm nicht mehr gut zuredete, stieg die Erwartung des bevorstehenden Gesprächs wie unheilvoller Rauch aus dem niedergebrannten Trümmerhaufen seines Lebens in ihm auf.

Ob sie beide es schafften, den Traum von der Jacht zu begraben? Oder würde der Rückschlag ihn und Claire endgültig auseinander treiben? Sie hatten die gemeinsame Bootstour beinahe zu einem Ideal erhoben, verbunden mit der unausgesprochenen Hoffnung, die Liebe von einst zu retten.

In den letzten Monaten hatte sich das Verhältnis zwischen ihnen immer mehr zugespitzt. Claire war oft ohne ersichtlichen Grund reizbar gewesen, doch auch Philippe musste zugeben, dass seine Laune in jüngster Vergangenheit nicht die beste war. Die näher rückende Pensionierung zwang ihn, über sich selbst nachzudenken. Und auch wenn er den Gedanken, zum alten Eisen zu gehören, als Unsinn abtat, blieb doch stets ein bitterer Nachgeschmack. Vielleicht wirkte dieser innere Konflikt sich auch auf Claires Laune aus ...?

Jedenfalls hatte sich die Stimmung zu Hause merklich verschärft, bis sie gestern zu einem erbitterten Streit ausgeartet war. Philippe hatte Angst, seine Ehe könne vollends zerbrechen.

Schweren Herzens gab er sich einen Ruck und ging über die Straße, um die Rosen aus seinem Büro zu holen. Er überquerte den Parkplatz und steuerte, ein wenig wackelig auf den Beinen, auf den Haupteingang des achtstöckigen Betonklotzes zu. Als er den Blick über die triste Fassade schweifen ließ, bemerkte er, dass in der obersten Etage noch Licht brannte – in Louis Vandenbergs Büro. Philippe wusste, dass um diese Zeit keine Putzfrau mehr Schicht hatte; schließlich war es fast Mitternacht. Offenbar arbeitete der Firmenchef noch.

Während Philippe dastand und auf die beleuchteten Fenster starrte, wurde ihm schlagartig klar, dass es eine günstige Gelegenheit war, Vandenberg die Meinung zu sagen. Viel zu lange hatte er sich von ihm schikanieren lassen. Jetzt und hier wollte er unter vier Augen mit ihm reden. Von Angesicht zu Angesicht, von Mann zu Mann.

Wutentbrannt betrat er das Gebäude. Das Warten auf den Fahrstuhl brachte ihn noch mehr in Rage. Endlich öffnete sich die Lifttür. Philippe trat ein, drückte den obersten Knopf, lehnte sich an die Rückwand.

Und fühlte plötzlich den Stich im Herzen.

O Gott, nicht noch einmal!, schoss es ihm durch den Kopf, denn er kannte diesen Schmerz. Nach seinem ersten Herzinfarkt hatte der Arzt ihm dringend geraten, sich künftig weniger aufzuregen. »Sie haben die Konstitution eines Stiers«, hatte der Arzt gesagt. »Nur deshalb leben Sie noch. Aber ich muss Sie warnen, ein zweites Mal überstehen Sie das nicht.«

Philippe zwang sich zur Ruhe, und es gelang ihm, die Panik

niederzukämpfen. Als der Lift hielt, war der Schmerz wieder verflogen.

Philippe mahnte sich zur Vorsicht. Zwar war er nach wie vor entschlossen, Vandenberg die Meinung zu sagen, aber er würde sich zwingen müssen, sachlich zu bleiben. Egal wie Vandenberg reagierte – Philippe würde sich nicht aufregen. Er durfte es nicht. Sein Leben hing davon ab.

Der Flur lag dunkel vor ihm. Alle Zimmertüren waren geschlossen, bis auf eine am Ende des Gangs – die Tür zu Louis Vandenbergs Büro. Philippe sah einen schmalen Lichtstreifen, der in der Düsternis beinahe gespenstisch wirkte.

Zu beiden Seiten des Flurs waren Plastikschutzfolien, Klappleitern, Eimer, Pinsel und anderes abgestellt, denn in diesem Teil des Gebäudes wurden seit einigen Tagen Malerarbeiten durchgeführt. Der beißende Geruch von Farbe stieg Philippe in die Nase, während er seinen Weg fortsetzte.

Dass etwas nicht stimmte, merkte er erst wenige Schritte vor Vandenbergs Büro, als die Stille plötzlich von leisen, unterdrückten Schreien gestört wurde. Augenblicke später hörte Philippe Keuchen und lautes Rumpeln.

Wie bei einem Kampf.

Augenblicklich beschleunigte sich Philippes Puls. Alles, was er Vandenberg sagen wollte, war mit einem Mal wie weggewischt. Was immer da drinnen vor sich ging – er musste handeln!

Instinktiv schnappte er sich ein kräftiges Rundholz vom Boden – das Bein eines zerlegbaren Malertischs, wie er glaubte. Als Waffe musste das genügen, etwas anderes war nicht greifbar.

Auf Zehenspitzen schlich Philippe an das Büro heran, bemüht, keine verräterischen Geräusche zu verursachen, bis er durch die offene Tür spähen konnte.

Der Anblick, der sich ihm bot, war ganz anders als erwartet. Auf dem Schreibtisch lag eine junge Frau, nackt und stöhnend.

Ihr schwarzes, lockiges Haar bedeckte ihr Gesicht. Vor ihr stand Louis Vandenberg, die Hose bis zu den Knien heruntergelassen. Sein Oberkörper war über den der Frau gebeugt und ließ ihr keinen Bewegungsspielraum, während sein Becken in rhythmischen Bewegungen vor und zurück stieß. Bei jedem Beckenstoß stöhnte die Frau auf, eine Mischung aus lustvollem Keuchen und schmerzvollem Jammern. Als sie den Kopf herumwarf, gab die schwarze Lockenpracht ihr Gesicht frei. Philippe hatte das Gefühl, als hätte ihn ein riesiger Hammer vor die Brust getroffen und würde ihm die Luft aus den Lungen pressen. Er kannte das Mädchen. Mehr noch, er hatte sie aufwachsen sehen. Ihr Name war Madelaine Bonnaire. Sie war die Tochter seines Nachbarn und Freundes Richard. Erst vor wenigen Wochen, nach Abschluss der Schule, hatte sie bei OLYMPP als Putzhilfe angefangen.

Philippe war zu perplex, um einen klaren Gedanken fassen zu können. Einen Moment lang lockte ihn die Versuchung, ins Zimmer zu stürmen, Vandenberg von dem Mädchen wegzureißen und ihn mit dem Holzknüppel zu bearbeiten. Hätte Madelaine geschrien, sich gewehrt oder auf irgendeine andere Weise erkennen lassen, dass Vandenberg ihr Gewalt antat, hätte Philippe nicht gezögert. Aber sie tat nichts dergleichen.

Und so wandte Philippe sich ab und schlich bedrückt davon. Madelaines Liebesleben ging ihn nichts an. Dennoch ließen ihn die Zweifel nicht mehr los, ob er richtig gehandelt hatte. War er schlicht zu *feige* gewesen, um einzugreifen? Diese Frage beschäftigte ihn den ganzen Heimweg.

An der Haustür bemerkte Philippe, dass er die Rosen für Claire im Büro vergessen hatte. Was für ein grauenvoller Tag, dachte er trübsinnig. *C'est la merde!*

7

Dienstag, 10. September 2002

Als Inspektor Giuseppe Pozzoni gegen 10.00 Uhr das Flic-Flac betrat, waren kaum Gäste anwesend. Aber selbst wenn das mittelmäßige Schnellimbiss-Restaurant gegenüber der Polizeizentrale bis zum Bersten voll gewesen wäre – er hätte Luc Zidi auf Anhieb gesehen, denn der Gerichtsmediziner hatte eine Figur wie ein Fass und maß wenigstens 1,95 Meter. Sogar im Sitzen war er ein Riese.

»Sie sehen mitgenommen aus«, sagte Zidi und blickte auf, ohne sein Mahl zu unterbrechen. »Hat Ihre Frau Ihnen im Urlaub so wenig Ruhe gegönnt?« Er grinste zweideutig und aß einen Bissen.

»Ich habe heute Nacht nicht gut geschlafen«, sagte Pozzoni, ohne auf Zidis Anspielung einzugehen.

»Nehmen Sie Platz. Darf ich Sie auf einen Kaffee einladen?«

»Gern.«

Zidi gab dem Kellner mit einem Handzeichen die Bestellung auf. »Was führt Sie zu mir? Halt – lassen Sie mich raten. So kaputt, wie sie aussehen, geht es um diese *Chirurgen*-Geschichte, habe ich Recht?«

Pozzoni nickte müde. »Die Presse wird von Tag zu Tag sensationslüsterner. *Der Chirurg von Lyon* – ich nehme an, das verkauft sich gut. Es wundert mich nur, weshalb sie den Kerl nicht gleich als *Metzger* oder *Schlächter von Lyon* betitelt haben.« Mürrisch dachte er daran, wie Maria reagieren würde, wenn sie erfuhr, dass ihr Mann mit diesem Fall betraut war.

Zidi schaufelte sich einen weiteren Bissen in den Mund und meinte: »Sollen die Zeitungen schreiben, was sie wollen. Mich kann dieser *Chirurgen*-Quatsch nicht beeindrucken.«

»Aber den Bürgermeister, und der macht gewaltig Druck. Er hat dem Polizeipräsidenten die Hölle heiß gemacht, und der Polizeipräsident hat wiederum dem Leiter des Morddezernats Feuer unterm Hintern gemacht – meinem Chef. Jetzt raten Sie, wie das Spielchen weitergeht!«

»Scheiße fällt nach unten, das ist ein Naturgesetz.«

»Danke für Ihr Verständnis.«

»Was wollen Sie? Karriere macht man nun mal nicht bei der Straßenpolizei. Sie sind ein schlaues Kerlchen. Sie werden den *Chirurgen* schon zu fassen bekommen.«

Das will ich hoffen, dachte Pozzoni, sonst kann ich mir den Oberinspektor für die nächsten Jahre abschminken. »Was hat die Obduktion ergeben?«, fragte er.

»Der Mann wurde erwürgt. Sein Kopf wurde post mortem abgetrennt – das heißt, ein Teil des Kopfes, denn der Mörder hat nicht sauber gearbeitet, sodass ein Stück vom Unterkiefer zurückblieb. Anhand der Zähne konnten wir feststellen, dass es sich bei dem Toten tatsächlich um Cassis handelt. Meinen schriftlichen Bericht erhalten Sie im Lauf des Tages.« Luc Zidi schien mit den Jahren einen bemerkenswerten inneren Abstand zu seinem Beruf gewonnen zu haben. Das makabre Thema hemmte seinen Appetit in keiner Weise. »Das Würgemal am Hals deutet auf eine dünne Schlinge hin. Ich tippe auf eine Nylonleine, ein Stück Draht oder eine Saite. Die Haut des Toten ist aufgeplatzt, als die Schlinge ins Fleisch schnitt. Das heißt, dass der Mörder mit viel Kraft zu Werke ging. Wir können mit ziemlicher Sicherheit davon ausgehen, dass der Gesuchte ein Mann ist. Frauen als gewalttätige Serienmörderinnen gab es in der Kriminalgeschichte ohnehin noch nie.«

Der Kellner brachte den Kaffee. Pozzoni murmelte einen Dank und wandte sich wieder an Zidi: »Der Täter ist also ein

Mann. Das schränkt die Reihe der Verdächtigen schon mal auf die Hälfte der Menschheit ein. Wann ist Cassis gestorben?«

»Am frühen Montagmorgen. Ich würde sagen, so zwischen vier und sechs Uhr.«

Pozzoni nippte an seiner Tasse. Er wünschte sich, einen klaren Gedanken fassen zu können, war aber zu müde. »Was haben Sie sonst noch herausgefunden?«

»Der Mörder hat eine Axt benutzt. Die Wundränder an Hals und Kiefer sowie die Spuren an den Knochenstümpfen der Oberschenkel lassen diesen Schluss eindeutig zu. Es sieht ganz danach aus, als wäre es dieselbe Axt, mit der auch die beiden ersten Opfer verstümmelt wurden.«

»Also haben wir es mit einem Irren zu tun, der Körperteile sammelt wie andere Leute Briefmarken«, murmelte Pozzoni und rieb sich die Augen. »Großer Gott, was soll ich damit nur anfangen?«

8

Im Lauf des Vormittags dachte Philippe Lafayette viel über die Ereignisse der vergangenen Nacht nach. Über den zerplatzten Traum, über seine Wut auf Vandenberg und über die Szene, die er im Büro des OLYMPP-Chefs beobachtet hatte. Das alles machte ihm so zu schaffen, dass er sich nicht einmal durch seine Arbeit ablenken konnte.

Hatte Madelaine sich Vandenberg tatsächlich *freiwillig* hingegeben? Gestern hatte Philippe es so gedeutet, weil das Mädchen sich nicht gewehrt hatte. Aber vielleicht war ihr Widerstand zu diesem Zeitpunkt schon gebrochen gewesen. War Madelaines Jammern nicht Beweis genug, dass Vandenberg sich gegen ihren Willen über sie hergemacht hatte?

Und er, Philippe, hatte ihr nicht geholfen.

Aus Angst vor Louis Vandenberg.

Vor fünfundzwanzig Jahren, an einem eiskalten Novembermorgen, hatte Philippe sich schon einmal in Vandenbergs Privatangelegenheiten eingemischt. Er hatte im Stockwerk über sich lautes Rumpeln und Schreie vernommen, war die Treppen hinaufgestürmt und hatte Louis Vandenberg, damals kaum älter als zwanzig, bei einer Prügelei auf der Herrentoilette erwischt. Sein Gegner war etwa im selben Alter gewesen, ein blonder Kerl, den Philippe nie zuvor gesehen hatte. Philippe hatte versucht, die beiden Streithähne mit Worten auseinander zu bringen, und als das nichts half, war er dazwischengegangen. Doch der wutentbrannte Louis Vandenberg hatte ungeahnte Kräfte entwickelt und den Kopf des Blonden wieder und wieder gegen das Urinierbecken geschmettert, wie ein Rasender. Instinktiv hatte Philippe den tobenden Mann auf die Beine gezerrt und ihm einen Fausthieb ins Gesicht verpasst, dass er rückwärts in eine Toilettenzelle getaumelt war.

Die gewaltsame Einmischung und die Hakennase, die ihm als Andenken geblieben war, hatte den eitlen Vandenberg tief gekränkt. Schon damals, als er mit geschwollenem Gesicht auf dem Toilettenboden gelegen war, hatte er Rache geschworen: »Lafayette, Sie verfluchter Bastard, dafür werden Sie mir büßen!«

Er hielt Wort – umso mehr, als die Geschichte im ganzen Unternehmen die Runde machte. Die meisten Angestellten von OLYMPP begrüßten es, dass jemand den eingebildeten Sohn des Firmeninhabers endlich einmal zurechtgewiesen hatte. Louis Vandenberg wurde monatelang zum Gespött der Leute, und er war sich dessen nur zu bewusst. Die größte Demütigung fügte sein eigener Vater ihm zu, ein Mann mit strengen Prinzipien. Er verlangte von Louis, dass er Philippe um Verzeihung bat – wegen eines harmlosen Kratzers, den der Hausmeister bei der Auseinandersetzung davongetragen hatte. Außerdem hielt Vandenberg senior seinen Sohn dazu an, sich vor versammelter Belegschaft für sein Fehlverhalten zu entschuldigen. Die Schmach, die Louis Vandenberg dabei empfunden hatte, hielt seinen Hass auf Philippe bis heute am Leben.

Der blonde junge Mann, dem Philippe vielleicht das Leben gerettet hatte, erstattete aus unerfindlichen Gründen niemals Anzeige gegen Louis Vandenberg. Wenige Wochen nach dem Zwischenfall verschwand er für immer.

Philippe selbst maß der Schlägerei wenig Bedeutung bei. Er hatte eine Rangelei unter jungen Hitzköpfen geschlichtet, mehr nicht.

Für Louis Vandenberg war die öffentliche Bloßstellung jedoch der Auslöser dafür gewesen, in Philippes Vergangenheit herumzuschnüffeln – so lange, bis er dessen dunklen Punkt gefunden hatte. Und davon eingeholt zu werden, fürchtete Philippe mehr als alles andere. Deshalb hatte er Angst vor Louis Vandenberg. Er kannte sein Geheimnis – und damit hatte er Philippe fest in der Hand.

All diese Erinnerungen lasteten schwer auf Philippe. Hinzu kam der nächtliche Streit mit Claire. Was ihm einfalle, so spät nach Hause zu kommen, nach Bier und Zigarettenrauch stinkend wie ein Clochard? Wie hatte sie es nur so lange mit ihm aushalten können? Ihre besten Jahre hatte sie an ihn verschwendet! Und so weiter, und so fort.

Philippe hatte die Beschimpfungen geduldig über sich ergehen lassen. Erst nach der Standpauke hatte er Claire eröffnet, dass er keine Abfindung von der Firma zu erwarten habe, und dass die Reise auf der *Soleil* gestorben sei. Diese Nachricht hatte Claire wie ein Blitzschlag getroffen. Minutenlang stand sie im Zimmer, regungslos, wie betäubt. Ihr Augen hatten allen Glanz verloren.

Philippe hatte versucht, Claire mit aufmunternden Worten zu trösten. Doch was er auch gesagt hatte, ihre Enttäuschung schien nur größer zu werden. Schließlich war sie in Tränen ausgebrochen. Da erst hatte Philippe begriffen, wie viel ihr die gemeinsame Bootstour wirklich bedeutete.

Philippe ließ diese traurigen Gedanken fallen, als das Telefon klingelte. Er wurde in die Chefetage gebeten. Dort ließ man ihn wissen, dass die Jalousie in Cathérine Lazards Büro repariert werden müsse. Philippe machte sich an die Arbeit.

Er hätte nicht sagen können, wie lange er sich mit den verkanteten Lamellen herumärgerte. Jedenfalls merkte er plötzlich, dass jemand hinter ihm stand: Cathérine Lazard. Sie wirkte aufgeschlossen, geradezu freundlich.

Philippe, der bislang wenig mit ihr zu tun gehabt hatte, betrachtete sie zum ersten Mal genauer und begriff, weshalb die Jungs von der Marketingabteilung ihr den Beinamen *Gazelle* gegeben hatten. Cathérine Lazard besaß natürliche Anmut. Ihr olivbrauner Teint verlieh ihr einen Hauch von Exotik, ihre schmalen Gesichtszüge waren ebenmäßig und drückten Stolz aus. Das dichte, lockige Haar fiel ihr schwungvoll über die Schultern, ihre Mandelaugen wirkten auf Philippe beinahe scheu. Heute trug sie einen sportlich-eleganten Hosenanzug – dezent, aber teuer, wie Philippe unschwer erkennen konnte.

Von der redseligen Sekretärin des Personalleiters hatte Philippe, ohne es zu wollen, einiges über Cathérine Lazard erfahren. Sie stammte aus einer einfachen Arbeiterfamilie. Ihre Eltern waren algerische Einwanderer gewesen, die starben, als Cathérine noch ein Kind gewesen war. Diese schicksalhafte Vergangenheit hatte ihr bei Philippe Sympathiepunkte eingebracht. Sie war entwurzelt, genau wie er.

Allerdings hatte sie es im Gegensatz zu Philippe bis ganz nach oben geschafft. Trotz ihrer jungen Jahre – sie war gerade mal fünfunddreißig – gehörte sie zur Führungsspitze von OLYMPP. Vor zwei Jahren hatte sie den dritten Geschäftsführer-Posten neben Louis Vandenberg und Jaques Belloque übernommen.

Philippe wollte ihr schon Adieu sagen und das Büro verlassen, als ihm eine Idee kam: Konnte diese Frau das Unmögliche möglich machen und ihm seine Abfindung verschaffen? Natürlich war es verrückt, sie um etwas zu bitten, das Louis Vandenberg bereits abgelehnt hatte. Aber was hatte er zu verlieren? Die Herzlichkeit und Wärme, die Cathérine Lazard ausstrahlte, war für ihn wie eine Einladung. Zumindest war es einen Versuch wert.

»Haben Sie einen Augenblick Zeit für mich?«, fragte Philippe.

»Selbstverständlich. Nehmen Sie Platz.« Sie wies mit einer Hand auf die Ledercouch. Ihr Lächeln veränderte sich, wirkte verbindlicher.

Philippe hatte das Gefühl, ernst genommen zu werden. Seine anfängliche Nervosität legte sich rasch, denn Cathérine Lazard erwies sich als äußerst angenehme Gesprächspartnerin. Nicht nur, dass sie aufmerksam zuhörte, sie ermunterte Philippe sogar immer wieder, offen zu ihr zu sprechen.

Und das tat er. Zum einen, weil er nur auf ihre Hilfe hoffen konnte, wenn er ihr Vertrauen entgegenbrachte. Zum anderen, weil er an ihre Menschlichkeit appellieren wollte. Er erzählte ihr von der Streichung seiner Abfindung und davon, was er mit dem Geld vorgehabt hatte. Er deutete an, wie es um seine Ehe stand. Den Herzinfarkt, den er vor einem Jahr erlitten hatte, erwähnte er ebenfalls.

Es war Philippe zutiefst zuwider, an das Mitleid dieser Frau zu appellieren, doch es war seine einzige Chance. Dafür war er sogar bereit, auch den letzten Rest seines Stolzes abzulegen.

Während er sprach, starrte er die ganze Zeit vor sich auf den Tisch. »Deshalb bitte ich Sie, Mademoiselle, ein gutes Wort für mich einzulegen«, schloss Philippe. Er wagte endlich aufzuschauen und in Cathérine Lazards Miene nach irgendetwas zu suchen, das ihm Zuversicht gab.

Sie sah ihn nachdenklich an. »Sie erwarten viel von mir. Wie ich Louis kenne, wird es ihm gar nicht schmecken, seine Entscheidung zu revidieren«, sagte sie. »Die Abfindungszahlungen fallen ins Personalressort und damit in seine Zuständigkeit. Abgesehen davon ist die Finanzlage der Firma durch die bevorstehende Expansion in den USA ziemlich angespannt. Aber ich will sehen, was ich tun kann. Melden Sie sich in ein paar Tagen noch einmal bei mir. Vielleicht kann ich etwas ausrichten.«

9

Louis Vandenberg verabscheute Politik. Und er verabscheute Politiker. Allen voran Edmond Jeaubert.

Als Industrieller strebte Vandenberg vorrangig die Gewinne seiner Firma an, während Jeaubert stets Wählerstimmen vor Augen hatte. Daraus waren in den vergangenen Jahren beinahe zwangsläufig immer wieder Interessenkonflikte erwachsen.

Äußerlich war Edmond Jeaubert das genaue Gegenteil von Vandenberg. Er war untersetzt, fast kahlköpfig, und sein Mondgesicht wirkte käsig und aufgedunsen. Auf den ersten Blick wirkte er gemütlich, beinahe träge, doch Vandenberg hatte schon so manches Mal mit der Raffinesse Jeauberts Bekanntschaft gemacht. Nicht umsonst war aus dem ehemaligen Assistenten des Bürgermeisters von Lyon einer der gefährlichsten Verhandlungspartner Frankreichs geworden.

So groß die gegenseitige Abneigung war, so wenig ließen sich gelegentliche Geschäftsessen vermeiden, so wie heute. Jeaubert hatte Vandenberg für 13.00 Uhr nach Paris ins *Maxime* eingeladen, ein exquisites Nobelrestaurant mit Blick auf die Seine und den Eiffelturm. Hier saßen die beiden nun schon seit gut einer Stunde.

Vandenberg vermutete, dass Jeaubert über die bevorstehende Gesundheitsreform mit ihm sprechen wollte; die Reform war umstritten und wurde in den Medien heiß diskutiert. Bislang jedoch war die Unterhaltung nicht über Geplänkel hinausgegangen. Vandenberg fragte sich bereits, was der Politiker tatsächlich im Schilde führte.

Dann aber kam Jeaubert auf den Punkt: »Wie ich hörte, arbeitet OLYMPP zurzeit an einem Geheimprojekt.« Er sagte es ganz beiläufig; dennoch wusste Vandenberg sofort, dass dies der Kern des Gesprächs war.

»Wenn sogar Sie schon davon wissen, kann es so geheim nicht mehr sein«, sagte er und unterdrückte seinen Zorn. Im Unternehmen musste es eine undichte Stelle geben. »Woher wissen Sie davon?«

Edmond Jeaubert lächelte vieldeutig. »Ich habe meine Quellen. Sie werden verstehen, dass ich dazu nicht mehr sagen kann. Gehen Sie davon aus, dass ich alles über Ihr *Matthäus-Projekt* weiß. Über Ihre Kooperation mit Sakamoto, über den aktuellen Status quo, über die Ergebnisse der Tierversuche und der Testreihe mit den Freiwilligen.« Er ließ Vandenberg ein paar Sekunden Zeit zum Nachdenken, bevor er weitersprach: »Außerdem weiß ich, dass der Abschluss des Projekts wegen der finanziellen Schwierigkeiten von OLYMPP gefährdet ist.«

Vandenberg musste sich zwingen, ruhig zu bleiben. Dieser Mistkerl wusste wirklich verdammt gut Bescheid. »OLYMPP steht auf einer soliden finanziellen Basis«, log er. »Wir werden in Kürze in den USA expandieren. Das habe ich gestern vor der Presse gesagt, und so wird es auch im Geschäftsbericht stehen.«

»Veröffentlichen Sie meinetwegen, was Sie wollen«, gab Jeaubert zurück. »Wir wissen beide, wie geduldig Papier ist.«

»Worauf wollen Sie hinaus?«

»Ich biete Ihnen meine Hilfe an, denn ich kann Ihnen die nötige Liquidität beschaffen. Der Staat gewährt jedes Jahr riesige Summen an Subventionsgeldern. Ich könnte mir kaum etwas Sinnvolleres vorstellen, als ein Vorhaben wie das Ihre zu unterstützen. Diese Ansicht vertreten übrigens auch Gesundheitsminister Voloncieux und Verteidigungsminister Groult. In ihrem Auftrag habe ich das heutige Treffen arrangiert.«

»Sieh mal einer an, gleich zwei Minister interessieren sich für meine Arbeit. Ich fühle mich geehrt.« Die Ironie in Vandenbergs Stimme war unüberhörbar. »Aber ich fürchte, ich muss die Herren enttäuschen. Unsere Technologie steckt noch in den Kinderschuhen.«

»Das ist uns durchaus bewusst. Dennoch erkennen wir die Möglichkeiten, die sich auftun könnten. Wir wollen ein Projekt fördern, von dem wir überzeugt sind, dass es das einundzwanzigste Jahrhundert revolutionieren wird. Wir wollen daran teilhaben. Im Gegenzug bieten wir Ihnen das fehlende Geld. Ein Wort von Ihnen genügt, und Sie sind auf Jahre hinaus liquide. Mit unserer Unterstützung können Sie außerdem unzähligen Menschen helfen.«

»Vor allem der französischen Regierung, nicht wahr?«

Edmond Jeaubert lächelte milde. »Was gibt es Besseres als ein Geschäft zum beiderseitigen Vorteil? Ich denke, es ist legitim, dass auch die Regierung einen Nutzen aus dieser Verbindung ziehen will. Der Gesundheitsminister kann öffentlich als Förderer einer hochmodernen Technologie in Erscheinung treten. Dadurch sichert er sich Wählerstimmen – die er auch dringend benötigt, unter uns gesagt.«

»Und Groult?«

In diesem Moment trugen zwei Ober die Vorspeise ab und servierten den Hummer. Nachdem sie außer Hörweite waren, sagte Jeaubert: »Der Verteidigungsminister erhofft sich ab sofort Zugriff auf Ihre Forschungsergebnisse, außerdem das uneingeschränkte militärische Nutzungsrecht.«

Das also ist der Haken, ging es Vandenberg durch den Kopf. Spöttisch sagte er: »Möchte er auch noch einen Posten als vierter Geschäftsführer?«

Unbeirrt wiederholte Jeaubert sein Angebot: »Als Gegenleistung garantieren wir Ihnen Subventionen in nahezu unbegrenzter Höhe.«

Louis Vandenberg ließ sich die Worte durch den Kopf gehen. Vordergründig war das Angebot mehr als großzügig, dennoch widerstrebte es ihm. Er war sicher, dass die Subventionen lediglich ein Köder waren, ein Lockmittel, das geradewegs in die Falle der Abhängigkeit führte. Denn diese Finanzspritze konnte sich sehr schnell zur Daumenschraube entwickeln. Die erste Forderung hatte Jeaubert bereits genannt. Weitere würden folgen, und zwar erst später – genau dann, wenn OLYMPP es sich nicht mehr leisten konnte, auf die staatliche Geldquelle zu verzichten.

Nein, entschied Vandenberg, keine Subventionen! Er wollte die Selbstständigkeit seines Unternehmens nicht aufs Spiel setzen.

»Ihr Angebot klingt verlockend«, sagte er diplomatisch. »Doch selbst mit staatlichen Subventionen kann ich keinen raschen Erfolg des Projekts garantieren. Forschung braucht Zeit. Mit Geld kann man sie nur bedingt beschleunigen.«

Edmond Jeaubert fixierte den OLYMPP-Chef mit kaltem Blick. »Anscheinend begreifen Sie nicht, wie sehr insbesondere Verteidigungsminister Groult an Ihrem Projekt interessiert ist.«

»Bedaure. Mein Entschluss steht fest.«

»Offensichtlich habe ich nicht deutlich genug zum Ausdruck gebracht, wie Ihre Situation sich darstellt.« Jeauberts Stimme war eine Nuance schärfer geworden. Es knirschte und knackte, als er den Kopf des Hummers vom Körper trennte. Irgendetwas in seiner Miene schien dabei anzudeuten, dass er sich vorstellte, der Hummer wäre sein Gegenüber. Nachdem er einen Happen gegessen hatte, wischte er sich die Finger an einer Serviette ab und trank einen Schluck Weißwein.

»Die Herren, die ich vertrete, *wollen* an Ihren Forschungen partizipieren. Nicht erst in zwei Jahren, sondern *sofort.* Ihr Angebot ist mehr als großzügig. Sie *können* nicht ablehnen!«

Die Wortwahl, die Betonung und die Art und Weise, wie Jeaubert den Hummerkopf abgetrennt hatte – das alles war eindeutig.

»Sie wollen mir drohen?«

»Ich weise Sie lediglich darauf hin, dass der Regierung auch andere Mittel zur Verfügung stehen, um an die gewünschten Informationen zu kommen. Sie sollten zugreifen, solange Groult und Voloncieux noch in Spendierlaune sind.«

Vandenberg verstand: Jeaubert hatte ihm soeben die Pistole auf die Brust gesetzt. Entweder war er zur Kooperation bereit und stellte der Regierung seine Forschungsergebnisse zur Verfügung, oder er lehnte ab, behielt seine Autonomie – und machte sich zwei der mächtigsten Männer des Landes zu Feinden. Als Minister hatten sie Möglichkeiten genug, auch ohne seine Zustimmung an die Ergebnisse des Matthäus-Projekts heranzukommen. Legale und illegale Tricks, Bestechung ... Eine undichte Stelle gab es ja schon.

Es war eine Zwickmühle.

»Eine Entscheidung dieser Tragweite möchte ich nicht ohne meine Geschäftspartner treffen«, sagte Vandenberg schließlich, wobei er versuchte, sich seine Verbitterung nicht anmerken zu lassen. »Wir werden Ihnen unseren Entschluss mitteilen, sobald wir zu einer Einigung gekommen sind.«

»Tun Sie das, mein Lieber, tun Sie das«, gab Jeaubert selbstgefällig zurück. »Aber überlegen Sie nicht zu lange. Insbesondere der Verteidigungsminister gehört nicht zu den geduldigsten Leuten.«

»Wir melden uns bei Ihnen.«

Als Louis Vandenberg das *Maxime* verließ, stand eines für ihn fest: Er würde sich nicht erpressen lassen. Nicht von Edmond Jeaubert. Nicht von der Regierung. Von niemandem.

10

Im Morddezernat herrschte Krisenstimmung. Inspektor Giuseppe Pozzoni saß hinter seinem von Aktenbergen überhäuften Schreibtisch und hielt den Telefonhörer auf Armeslänge von sich.

»Verflucht, Pozzoni, ich erwarte, dass Sie alles unternehmen, um diesem verdammten Geisteskranken so schnell wie möglich das Handwerk zu legen!«, brüllte eine Stimme durch die Hörermuschel. »Wir können es uns nicht leisten, dass die Leute das Vertrauen in die Polizei verlieren. Also strengen Sie sich an! Ich will nicht, dass in meiner Stadt eine Panik ausbricht. Ich will Ergebnisse sehen, haben Sie verstanden? Ich will eine Verhaftung! Ich will, dass Sie diesen Irren ans Kreuz nageln!«

Ich will, ich will, ich will, dachte Pozzoni genervt, sagte aber nichts.

Die aufgebrachte Stimme fuhr fort: »Wenn Sie das nicht schaffen, sorge ich persönlich dafür, dass Sie und Ihr Team künftig in der tiefsten Provinz Dienst schieben. Haben wir uns verstanden, mein Junge?« Es klickte in der Leitung, dann war sie tot.

»Einen schönen Gruß von Polizeipräsident Ridefort«, meinte Pozzoni bissig und legte auf. »Er lässt uns ausrichten, dass er voll und ganz hinter uns steht.«

Die beiden anderen Beamten im Zimmer hatten Rideforts Gebrüll bestens verstanden und verzogen das Gesicht zu einem süßsauren Lächeln.

»Ich bin jetzt richtig motiviert«, sagte Pierre Lasalle, ein kleiner, sehniger Mann, der über seinem zerknitterten T-Shirt ein Pistolenhalfter trug. »Ich freue mich schon darauf, mir endlich mal wieder die Nächte um die Ohren schlagen zu dürfen.«

Der andere, ein unscheinbarer Typ mit hoher Stirn und dünnem Haar, hieß Ives Navarre. Er hatte das Gesicht mit den eng stehenden Augen in den Händen vergraben. »Ist doch kein Wunder, dass Ridefort durchdreht«, sagte er und lehnte sich im Stuhl zurück. »Die Presse reißt ihm wegen diesem Killer den Arsch auf. Uns übrigens auch. Habt ihr heute Morgen Zeitung gelesen?«

Pozzoni nickte niedergeschlagen. Mit der Überschrift *Wenn Köpfe rollen* war auf Seite drei von *Lyon Matin* ein ausführlicher Artikel erschienen. Zwar wurden auch die polizeilichen Bestrebungen der letzten zwei Wochen gewürdigt, doch verglichen mit der brutalen Vorgehensweise des Mörders schienen die Ermittlungsarbeiten wie eine Aneinanderreihung zaghafter Fehlversuche. Die Überschrift *Wenn Köpfe rollen* konnte somit durchaus auch auf die Beamten übertragen werden, und letztlich auf den Polizeipräsidenten: Bei Misserfolg drohte das berufliche Abstellgleis.

Pozzoni war sich dessen bewusst. Dass er diesen Fall erst gestern übernommen hatte, spielte dabei keine Rolle. Würde er den Mörder fassen, war er nicht nur Oberinspektor, sondern auch der Held der Stadt. Gelang es ihm nicht – nun ja, seine Großeltern würden sich freuen, wenn er mit Maria und den Kindern nach Cittanova zog.

»Vergessen wir die Presse«, sagte er. »Vergessen wir auch Ridefort. Wir müssen uns voll und ganz auf diesen Fall konzentrieren. Also lassen Sie uns noch einmal die Fakten zusammenfassen, die wir bis jetzt haben.«

Er stand auf, schnappte sich einen Filzschreiber und postierte sich vor dem Flip-Chart-Ständer, den er sich eigens in sein Büro hatte stellen lassen. Diese Vorgehensweise war unkonventionell und bei einigen Kollegen als antiquiert verschrien; Pozzoni jedoch half sie beim Denken, und nur darauf kam es an. Zumindest bis jetzt gab der Erfolg ihm Recht.

Er unterteilte die leere Flip-Chart-Seite in vier Spalten und betitelte sie mit *Fakten, Opfer Nr. 1, Opfer Nr. 2* und *Opfer Nr. 3.* In die Rubrik *Fakten* schrieb er untereinander: *Name/Anschrift des Opfers, Tatzeit, Fundzeit, Tatort, Fundort, Art der Verstümmelung, Tatwaffe, Zeugen, Besonderheiten* und zuletzt *Motiv.*

»Soweit uns bekannt ist, gibt es bislang drei Tote, die auf die Rechnung des *Chirurgen* gehen«, sagte er. »Opfer Nummer eins ist eine weibliche Weiße im Alter zwischen achtzehn und fünfundzwanzig Jahren. Sie wurde vor zwei Wochen in der Rue de l'Arbre nahe der Place des Terreaux entdeckt. Nach den Blutspuren zu urteilen, wurde sie dort auch ermordet – zwischen 21.00 Uhr und 0.00 Uhr Montagnacht, also am 26. August. Die Frau war nackt, doch es konnten keine Anzeichen sexueller Misshandlung entdeckt werden. Genau genommen gibt es überhaupt keine Spuren, die uns dem Täter näher bringen. Zeugen gibt es auch nicht. Der *Chirurg* hat ihr laut Obduktionsbericht den Kopf mit einer Axt abgetrennt und ihn aller Wahrscheinlichkeit nach mitgenommen. Jedenfalls konnten wir ihn nirgends finden. Da wir keine Zähne oder irgendwelche körperlichen Auffälligkeiten zur Identifikation haben und bislang keine passende Vermisstenanzeige vorliegt, ist die Tote uns nach wie vor unbekannt.«

Pozzoni fügte alle genannten Punkte in die Tabelle ein. Als er fertig war, betrachtete er die Notizen eine Zeit lang; dann fragte er: »Habe ich etwas vergessen?«

Die beiden anderen Beamten schüttelten die Häupter.

»Also gut, kommen wir zu Opfer Nummer zwei.« Diesmal schrieb Pozzoni gleich mit, was er sagte. »Wieder handelt es sich um eine weiße Frau, diesmal allerdings älter, zwischen vierzig und fünfundvierzig. Name und Wohnort sind uns auch in diesem Fall nicht bekannt, da wir dasselbe Problem haben wie mit Opfer Nummer eins: Der Mörder hat den Kopf verschwinden lassen, und es gibt keine anatomischen Auffälligkeiten, die uns bei der Identifikation weiterbringen. Eine Vermisstenanzeige liegt auch hier nicht vor. Im Unterschied zum ersten Opfer fehlt dem zweiten zusätzlich zum Kopf auch der linke Arm. Er wurde dicht unter dem Schultergelenk abgetrennt. Die Tatwaffe ist wieder eine Axt, mit hoher Wahrscheinlichkeit dieselbe, mit der auch Nummer eins verstümmelt wurde. Der Mord wurde letzten Mittwoch verübt, also am vierten September, und zwar im Parc de la Tête d'Or, unweit des Rosariums, nur einen Katzensprung vom Interpol-Gebäude entfernt. Keine weiteren Spuren, keine Zeugen. Uhrzeit: ebenfalls zwischen 21.00 Uhr und Mitternacht. Die nackte Leiche wurde gegen zehn Uhr vormittags am letzten Donnerstag gefunden, dem fünften September.«

Wieder hielt Pozzoni einen Moment inne, um seine Notizen auf sich wirken zu lassen und den anderen Gelegenheit zu geben, Ergänzungen zu machen. Doch Navarre und Lasalle hatten auch diesmal nichts hinzuzufügen.

»Opfer Nummer drei«, fuhr Pozzoni fort. »Rudolph Brunner, 52 Jahre alt, besser bekannt unter seinem Künstlernamen, Cassis. Wir konnten ihn anhand eines Unterkieferfragments identifizieren, das der Mörder bei der Enthauptung nicht entfernt hat. Ich gehe davon aus, dass dies versehentlich geschah. Cassis wurde in seiner eigenen Villa in der Allée du Petit Nice Nummer 35 ermordet, und zwar gestern Morgen, am Montag, dem neunten September, zwischen 4.00 und 6.00 Uhr. Seine Haushälterin fand ihn erst gegen 11.30 Uhr tot in der Badewanne, weil sie einen Arzttermin hatte und deshalb später als üblich ihre Arbeit aufnahm. Sie hat ausgesagt, dass sie erst vor drei Monaten bei Cassis angefangen hat. Deshalb weiß sie auch nicht, wer es auf ihn abgesehen haben könnte. Zuvor hatte sich eine Reinigungsfirma um die Villa gekümmert, allerdings mit wechselndem Personal. Niemand kannte Cassis näher. Soweit uns bekannt, pflegte er keine intensiven Freundschaften. Er war ein sehr zurückgezogener Mensch. Eine Frau oder Freundin hatte er nicht. Seine nächsten Verwandten leben in Deutschland, haben ihn aber seit 1990 nicht mehr gesehen. Mit anderen Worten: Wir haben es mit einem modernen Eremiten zu tun. Aus diesem Grund haben wir in dem Haus auch nur vier verschiedene Fingerabdrücke gefunden. Sie stammen von Cassis, dem Hausmädchen und zwei weiteren Personen, die wir noch nicht identifiziert haben. Die Abdrücke sind nicht in unserer Computerdatei registriert. Auch nicht bei Interpol.« Er notierte die zuletzt genannten Punkte unter *Besonderheiten;* dann fuhr er fort: »Cassis war nackt, so wie die beiden ersten Opfer. Und auch er wurde nicht sexuell misshandelt. Sein Kopf und beide Beine fehlten. Die Nachbarn haben in dem Zeitraum, als der Mord verübt wurde, niemanden in der Nähe der Villa gesehen. Andere Zeugen gibt es nicht.« Er ergänzte seine Notizen und blickte auf das Flip-Chart-Papier. Nach einer Weile sagte er: »Bei Cassis gibt es im Vergleich zu den beiden vorangegangenen Taten bestimmte Besonderheiten. Ich werde sie mit Rotstift hervorheben. Cassis ist das erste männliche Opfer. Außerdem wurde er nicht an einem öffentlichen Platz umgebracht, sondern in seinem eigenen Haus. Auch die Tatzeit fällt aus dem Rahmen – Cassis wurde nicht kurz vor Mitternacht getötet, sondern am frühen Morgen. Der vielleicht wichtigste Unterschied ist jedoch die Nachlässigkeit, mit der der Mörder vorgegangen ist. Wie bereits erwähnt, ließ er beim Abtrennen des Schädels einen Teil des Unterkiefers zurück. Daher wissen wir, dass Cassis erdrosselt wurde, bevor die Amputationen vorgenommen wurden. Die Beschaffenheit der Würgemale hat ergeben, dass der Gesuchte Rechtshänder ist – und sehr kräftig. Bei den Opfern Nummer eins und zwei gab es keine Würgemale, da die Hälse sauber abgetrennt worden waren. Dennoch können wir davon ausgehen, dass der Mörder in beiden Fällen auf dieselbe Weise vorgegangen ist.«

Wieder kritzelte er etwas auf das Papier. Dann trat er einen Schritt zurück, um sich alles noch einmal in Ruhe anzuschauen.

»Etwas fehlt noch«, meldete Lasalle sich zu Wort. »Die Beweisstücke im Bad.«

»Richtig!« Pozzoni nickte und setzte seinen Vortrag fort. »In einer Blutlache unter dem Waschbecken fand sich ein etwa fingernagelgroßes Stück Metall. Das Labor hat herausgefunden, dass es sich um Titan handelt. Ich habe mich erkundigt: Normalerweise wird Titan in der Luft- und Raumfahrttechnik eingesetzt, weil es über eine besonders hohe Festigkeit verfügt und gleichzeitig sehr leicht ist. Keine Ahnung, wie dieses Titanstück in Brunners Bad gekommen ist. Im Abfluss der Badewanne haben wir außerdem Kevlar-Fasern gefunden. Ein Spezialist im Labor sagte mir, dass Kevlar normalerweise als Verstärkungsmaterial in der Flugzeug- und Reifenindustrie verwendet wird, denn es ist extrem belastbar. Auch was das Kevlar betrifft, haben wir nicht den blassesten Schimmer, woher es stammt oder wie es in Cassis' Badezimmer kommt. In der Villa haben wir sonst nirgends Titan oder Kevlar entdeckt. Daher vermute ich, dass die beiden Beweisstücke zu irgendetwas gehören, das der Mörder bei sich trug, als er ins Haus einbrach.«

Inzwischen war die Flip-Chart-Tabelle fast komplett. Zwar wusste Pozzoni, dass er noch meilenweit von der Lösung des Falls entfernt war, aber zumindest hatte er jetzt einen Überblick.

Navarre sagte: »Abgesehen von den fehlenden Köpfen gibt es also keinerlei Gemeinsamkeit bei den Opfern? Sehe ich das richtig?«

»So könnte man es ausdrücken«, erwiderte Pozzoni. »Aber bevor wir zur eigentlichen Analyse kommen, lassen Sie uns noch die letzte freie Zeile beschriften. Welches *Motiv* treibt den Mörder an? Ehe wir uns in Spekulationen verlieren, möchte ich Sie mit dem psychologischen Profil des *Chirurgen* vertraut machen.« Er nahm ein mehrseitiges Schriftstück zur Hand, das auf seinem Schreibtisch lag. »Das hier ist vor einer Stunde hereingekommen. Der Polizeipräsident war so freundlich, Interpol um Unterstützung zu bitten.« Wieder lag beißende Ironie in seiner Stimme. »Was ich hier habe, ist ein Täterprofil. Ich habe es bereits durchgelesen. Ich glaube, wir können uns auf das Wesentliche beschränken.«

Während der nun folgenden Ausführungen blätterte der junge Inspektor immer wieder in den Interpol-Unterlagen. Die wichtigen Stellen hatte er markiert. »Die kriminalpsychologische Wahrscheinlichkeit spricht dafür, dass wir einen männlichen Weißen suchen, ein Einzelkind oder einen Erstgeborenen. Wie die meisten Serientäter hat auch unser Gesuchter vermutlich keine feste Anstellung, zumindest konnte er beruflich nie richtig Fuß fassen. Er ist unauffällig, tritt nicht aus der Masse hervor, ist tendenziell schüchtern und introvertiert. Hier steht auch, dass Serientäter von ihren Mitmenschen oft als liebenswürdige Zeitgenossen bezeichnet werden. Der *Chirurg* wird da keine Ausnahme machen. Er neigt dazu, sich in Scheinwelten zurückzuziehen, ist aber nicht schizophren. Das heißt, er verliert nie den Bezug zur Realität. Als Kind oder als Jugendlicher muss er irgendetwas Fürchterliches erlebt haben – etwas, das ihn so sehr quält, dass er es bis zum heutigen Tag nicht vergessen kann. Bei 50 Prozent aller Serienmörder handelt es sich dabei um sexuellen Missbrauch. Aber auch andere Ursachen können ein derartiges Trauma hervorrufen: langes Eingesperrtsein in dunklen Räumen, häufige Prügelstrafen, extreme Bloßstellung oder Demütigung und so weiter. Das führt uns zum Motiv zurück. Interpol geht davon aus, dass der *Chirurg* mordet, weil er sich auf diese Weise für seine Leidenszeit rächen will. Seine Opfer erinnern ihn an seine ehemaligen Peiniger, zum Beispiel an die Eltern. Wahrscheinlich wurde er oft angeschrien und beschimpft; deshalb trennt er allen Opfern die Köpfe ab – um sie für immer zum Schweigen zu bringen.

Die Arme und Beine amputiert er, weil er geschlagen und getreten wurde.« Pozzoni stieß einen tiefen Seufzer aus und blätterte auf die letzte Seite des Interpol-Berichts. »Der *Chirurg* hofft, sich durch seine Taten von seinem Trauma zu befreien. Die Sache hat nur einen Haken: Seine Rechnung geht nicht auf! Je öfter er mordet, desto mehr Routine bekommt er, und desto geringer fällt das ersehnte Gefühl der Befreiung aus. Unser Mann befindet sich auf einer rasanten Talfahrt und wird so lange weitermachen, bis er stirbt oder wir ihn schnappen.«

11

Fahles Abendrot lag über der Stadt, als Philippe Lafayette das Firmengebäude verließ und den Parkplatz überquerte. Am Gattertor, das um diese Zeit noch offen war, blieb er einen Moment stehen, um einen Blick hinüber zum *Chevalier* zu werfen. Die Versuchung, dort auf ein Bier vorbeizuschauen, war groß – es war ein schwüler, drückender Tag gewesen, und es gab vieles, worüber Philippe nachdenken wollte. Allerdings war er erst gestern spät nach Hause gekommen. Es würde Claires Laune noch mehr drücken, wenn er heute wieder nicht pünktlich kam. Doch für ein, zwei Bierchen langte die Zeit vielleicht ...

Während er überlegte, nahm er kaum wahr, wie der dunkelblaue Volvo sich näherte. Erst als alles vorbei war, erinnerte er sich, dass der Motor aufgeheult hatte und der Wagen mit hoher Geschwindigkeit herangeschossen war. Doch in diesem Augenblick achtete Philippe nicht darauf. Zu sehr war er mit seinen Gedanken beschäftigt.

Bis es zu spät war.

Er schrak erst auf, als Reifen quietschten und ein Aufprall, laut wie ein Donnerschlag, die Stille des Abends durchdrang. Als er den Kopf herumriss, sah er den Volvo. Im selben Moment wurde eine menschliche Gestalt emporgeschleudert, hoch über das Dach des Wagens. Philippe stand nur wenige Schritte entfernt. Einer Stoffpuppe gleich wirbelte die Gestalt in der Luft herum. Am höchsten Punkt schien sie für den Bruchteil einer Sekunde wie eingefroren, erstarrt, zwei Meter über der Straße. Dann, während der Motor des Volvo aufbrüllte und der Wagen davonraste, schlug die Gestalt mit dem Kopf voran auf den harten Asphalt. Der Körper lag regungslos da; Arme und Beine waren unnatürlich verdreht.

Wieder quietschten Reifen. Philippe schaute dem davonrasenden Volvo hinterher, doch ehe er das Nummernschild erkennen konnte, war der Wagen um die nächste Ecke verschwunden.

Dann war wieder Stille.

Philippes schockhafte Lähmung hielt nur einen Moment an; dann rannte er zu dem bewegungslosen Körper hinüber und ging auf die Knie. Der Verletzte lag mit geschlossenen Augen auf dem Rücken. Trotz des riesigen schwarzen Blutergusses, der sein Gesicht entstellte, erkannte Philippe den Mann. Es war James Nagashi, einer der Japaner von Sakamoto, die seit mehreren Jahren bei OLYMPP arbeiteten. Ein Arm und ein Bein standen in widernatürlichem Winkel vom Körper ab. Unterhalb des Knies ragte etwas Spitzes aus dem Hosenstoff – allem Anschein nach ein offener Bruch.

»Können Sie mich hören?«, fragte Philippe und berührte den Verletzten vorsichtig an der Schulter.

Nagashi öffnete langsam die Augen. Er nickte und stammelte irgendetwas auf Japanisch.

Gott sei Dank, er lebt, dachte Philippe erleichtert. Doch der Mann muss so schnell wie möglich in ein Krankenhaus.

Rasch schaute Philippe sich um. Passanten hatten sich am Unfallort versammelt. »Hat jemand ein Mobiltelefon dabei?«, fragte er. »Wir brauchen einen Rettungswagen. Schnell!«

Eine Frau kramte in ihrer Tasche nach dem Handy und wählte den Notruf.

Philippe kümmerte sich wieder um Nagashi, der bewusstlos geworden war und viel Blut verlor. Beim Anblick der offenen Wunden, der Quetschungen, Schürfungen und Brüche fühlte Philippe eigenartigerweise, wie ihn tiefe innere Ruhe überkam

– das unerschütterliche Selbstvertrauen, der Situation gewachsen zu sein. So war es seit dem schrecklichen Zwischenfall in Messaad, einem unbedeutenden Ort im Süden des Atlasgebirges, wo die kargen Steinfelsen in die weite Ebene der Sahara übergingen. Seit jenem Tag wirkte ein Anblick wie dieser auf ihn, als würde jemand einen Schalter in seinem Innern umlegen, der seine Sinne schärfte, seine Reaktionen beschleunigte und ihn befähigte, Ruhe zu bewahren und einen vollkommen klaren Verstand zu behalten.

Philippe spürte die Blicke der anderen im Rücken. Er wusste, dass keiner von ihnen es wagte, etwas zu unternehmen. Es hing nun ganz allein von ihm ab, den schwer verletzten James Nagashi so lange am Leben zu halten, bis die Ambulanz eintraf.

Als Erstes musste er verhindern, dass der Bewusstlose an seiner Zunge erstickte. Doch die Knochenbrüche machten es unmöglich, den Mann in die stabile Seitenlage zu bringen, ohne Gefahr zu laufen, seine Verletzungen zu verschlimmern.

»Sie müssen mir helfen«, sagte Philippe zu der Frau, die das Krankenhaus verständigt hatte.

»Ich soll Ihnen ...?«

»Ja! Knien Sie sich hierher, neben seinen Kopf. Genau so!« Während er sprach, drückte er Nagashis Mund auf. »Jetzt nehmen Sie seine Zunge.«

»Ich soll *was*?«

»Greifen sie nach seiner Zunge!«

»Das kann ich nicht.«

»*Bitte!* Der Mann braucht unsere Hilfe.«

Die Frau verzog das Gesicht, befolgte aber Philippes Anweisung und ergriff Nagashis Zungenspitze mit zwei Fingern. Philippe selbst machte sich daran, den verletzten Arm mit seinem Gürtel abzubinden. Tatsächlich gelang es ihm, die Blutung zu stoppen.

Dann trafen auch schon die Sanitäter ein. Der Japaner blieb bewusstlos, als sie ihm Spritzen verabreichten und Infusionen legten, doch Philippe war sicher, dass James Nagashi durchkommen würde. Ein Sterbender sah anders aus.

Auch eine Polizeistreife war inzwischen eingetroffen. Zwei Beamte vermaßen die Unglücksstelle, machten Fotos und notierten, was die Augenzeugen zu berichten hatten.

Auch Philippe wurde befragt.

»Haben Sie das Nummernschild des Wagens gesehen?«

»Nein. Ich weiß nur, es war ein Volvo. Dunkelblau, älteres Modell mit Stufenheck.«

»Haben Sie den Fahrer erkannt?«

»Nein.«

»Wo haben Sie gestanden, als der Unfall geschah?«

Philippe führte den Polizisten an die Stelle, von der aus er alles beobachtet hatte.

»Dann ist der Wagen also schon an Ihnen vorbei gewesen, als er mit dem Mann zusammenprallte«, stellte der Beamte fest.

»Ja.«

»Hat der Fahrer versucht, dem Mann auszuweichen?«

»Nein«, sagte Philippe. »Er ist weder ausgewichen, noch hat er gebremst, sondern beschleunigt. Er hat voll auf den Mann draufgehalten.«

Der Polizist notierte alles und stellte noch eine Reihe weiterer Fragen, die Philippe jedoch nur noch mechanisch beantwortete. Er konnte nicht sagen, ob der Beamte ihm glaubte oder nicht. Für ihn selbst bestand kein Zweifel mehr.

Was er gesehen hatte, war kein Unfall gewesen, sondern versuchter Mord.

12

Als Philippe nach Hause kam, fühlte er sich scheußlich. Auch wenn er in blutigen Situationen einen kühlen Kopf bewahren konnte – hinterher verspürte er stets eine innere Leere, als wäre mit dem Erlebten ein Teil seiner Seele gestorben. Hinzu kamen die Erinnerungen, die ihn seit Jahren plagten – seit damals in Messaad.

Wie in Trance zog Philippe sich saubere Kleidung an. Danach ging er in die Küche, wo Claire am Herd stand und kochte. Die Zurückhaltung, mit der sie ihn begrüßte, hätte sie auch einem Fremden entgegenbringen können.

»Die sind für dich«, sagte Philippe und hielt ihr den Strauß Rosen hin, den er gestern im Büro vergessen hatte. »Ich weiß, dass es dir zurzeit schwer fällt, mir zu glauben, aber ich liebe dich.«

Claire murmelte ein Dankeschön und wandte sich wieder ihren Töpfen zu. Ohne ein weiteres Wort holte Philippe eine Vase und stellte die Blumen ans Fenster.

Er hatte plötzlich das Gefühl, ihm müsse das Herz zerspringen. Claires Liebe hatte ihm über all die Jahre hinweg Halt gegen, war seine Zuflucht gewesen, sein Hafen in den Stürmen des Lebens. Nur die Liebe seiner Frau hatte ihn ertragen lassen, von Vandenberg wie ein Sklave behandelt zu werden. Wenn seine Ehe in die Brüche ging, war sein Leben zerstört.

Beim Abendessen erzählte Philippe seiner Frau nichts von dem Unfall, sondern unternahm den halbherzigen Versuch, den geplatzten Traum von der gemeinsamen Bootstour wieder zusammenzuflicken. Er erzählte von seinem Gespräch mit Cathérine Lazard und davon, dass sie ihm versprochen hatte, bei Vandenberg ein gutes Wort für ihn einzulegen. Doch er musste sich eingestehen, dass er nicht sehr überzeugend wirkte. Wie auch? Er hatte die Hoffnung auf seine Abfindung selbst fast schon aufgegeben.

Später ging Philippe in den Keller, um ein wenig Fitnesstraining zu machen. Doch an diesem Abend verlor er schon bald die Lust an seinen gewohnten Boxübungen. Er streifte die Lederhandschuhe ab und setzte sich mit einer Flasche Bier an seine Werkbank. Erst als er sein altes, verbrauchtes Gesicht im milchigen Spiegel an der Wand sah, bemerkte er, dass er weinte.

13

Louis Vandenberg fühlte sich ausgelaugt. Nach dem Gespräch mit Edmond Jeaubert, dem Unterhändler der französischen Regierung, hatte er noch einen Termin mit Sato Sakamoto wahrgenommen, der sich für ein paar Tage in Paris aufhielt. Das Treffen war beinahe ebenso unerfreulich verlaufen wie das mit Jeaubert.

Sakamoto Incorporated war ein kleines japanisches Unternehmen, das sich im Lauf kürzester Zeit einen Namen in der High-Tech-Branche gemacht hatte. Vor vier Jahren war OLYMPP mit Sakamoto einen Joint Venture eingegangen, um ein gemeinsames, streng geheimes Vorhaben durchzuführen, dem man die inoffizielle Bezeichnung *Matthäus-Projekt* gegeben hatte.

Bislang war die Zusammenarbeit mit den Japanern reibungslos verlaufen. Sakamoto hatte ein paar seiner besten Experten nach Frankreich abbestellt, und die anfänglichen Erfolge hatten die beiden grundverschiedenen Unternehmen zu guten Geschäftspartnern werden lassen.

Doch mit der finanziellen Krise von OLYMPP hatte sich auch das Verhältnis zu Sakamoto geändert. Mittlerweile befürchtete Vandenberg sogar, die Japaner könnten den Kooperationsvertrag einseitig aufkündigen, um ihren Hals rechtzeitig aus der Schlinge zu ziehen.

Vandenberg hatte Sato Sakamoto ein Dutzend Mal versichert, dass seine Firma auf einer soliden finanziellen Basis stand, doch der Japaner hatte sich nicht bluffen lassen. Er war sogar noch besser informiert gewesen als Edmond Jeaubert.

»In Japan es gibt ein Sprichwort, Vandenberg-san«, hatte Sakamoto in gebrochenem Französisch gesagt. »Geschäft ist Krieg. Wenn Ertragslage von OLYMPP sich in den nächsten sechs Monaten nicht verbessert, ich muss Konsequenzen ziehen.«

Im Klartext hieß das: Sakamoto würde seine Leute nach Japan zurückholen und den Joint Venture auflösen. Wenn das geschah, war das Matthäus-Projekt gestorben. Und dann sah es wirklich schlecht um OLYMPP aus.

Inzwischen war es Viertel vor zehn. Vandenberg war auf dem Rückflug nach Lyon. Er saß in der bequemen Ledergarnitur in der firmeneigenen Gulfstream und nippte an einem Glas Champagner, während er ein paar Unterlagen durchblätterte, die er mitgenommen hatte. Doch er konnte sich nicht konzentrieren; der Zorn über Jeaubert und Sakamoto saß zu tief.

Um sich abzulenken, schaltete Vandenberg den Bordfernseher ein und zappte durch die Programme, war aber mit den Gedanken woanders. Er überlegte, ob er nach seiner Ankunft in Lyon noch einmal ins Büro gehen sollte. Für die bevorstehende Eröffnung des Labors in Boston musste noch einiges arrangiert werden.

Andererseits fühlte er sich müde und ausgelaugt bis auf die Knochen. Das lag nicht nur an dem Ärger mit Jeaubert und Sakamoto – es lag auch an der vergangenen Nacht. Das Treffen mit der kleinen Putzhilfe war kräftezehrend gewesen. Aber gut. Verdammt gut sogar! Die Vorstellung, wie sie vor ihm auf dem Schreibtisch gelegen hatte, erregte ihn jetzt noch. Diese kleine Hexe! Hatte ihn zuerst scharf gemacht und sich dann gewehrt, als er den Punkt, da er noch Herr über sich selbst gewesen war, längst überschritten hatte.

Erst spät in der Nacht war er ins Bett gekommen, völlig erschöpft, aber befriedigt wie lange nicht mehr.

Doch der Schlafmangel machte sich jetzt umso deutlicher bemerkbar. Deshalb verwarf Vandenberg den Gedanken, heute noch im Büro vorbeizuschauen.

Dennoch musste er einiges vorbereiten, sollten die Expansionspläne in den USA schnell durchgezogen werden. Vandenberg beauftragte den Copiloten, eine Verbindung zu Jaques Belloque herzustellen.

Kurz darauf begrüßte er seinen Kollegen am Apparat: »Guten Abend, Jaques.«

»Guten Abend.« Belloques Stimme klang ebenfalls müde.

Kein Wunder, dachte Vandenberg, schließlich ist er erst gestern aus den USA zurückgekommen. »Was macht unser Deal mit Boston?«

»Die Amerikaner haben uns einen Vertragsentwurf gefaxt. Ich lasse ihn juristisch prüfen, aber ich denke, abgesehen von den üblichen Kleinigkeiten ist daran kaum etwas auszusetzen. Was gibt es Neues aus Paris?«

»Wenig Gutes, fürchte ich«, antwortete Vandenberg und erzählte Belloque von den geschäftlichen Tiefschlägen, die er hatte einstecken müssen.

»Vielleicht ist das Angebot der Regierung gar nicht so übel«, meinte Belloque schließlich. »Liquide Mittel können wir zurzeit weiß Gott gebrauchen.«

Vandenberg fluchte in sich hinein. Was für ein kleinkarierter Erbsenzähler Belloque doch war! Wäre er nicht so überaus durchsichtig und berechenbar gewesen, hätte Vandenberg ihm vor sechs Jahren niemals den Geschäftsführerposten angeboten. Jaques Belloque war für ihn kaum mehr als eine Strohpuppe, die er nach Belieben manipulieren konnte. Eine Marionette. Und er hasste es, wenn die Marionette einen eigenen Willen entwickelte.

Vandenberg zwang sich, seine Stimme ruhig klingen zu lassen. »Wir dürfen uns auf keinen Fall einer Erpressung beugen«, sagte er. »Jeaubert kämpft mit unfairen Mitteln. Wenn wir nachgeben, wird er es künftig immer so machen. Wir liefern uns ihm damit aus.«

»Ich halte seinen Vorschlag zumindest für überdenkenswert. Mit den Subventionen könnten wir die letzten Tests parallel laufen lassen. Das spart Zeit. Je früher das Matthäus-Projekt beendet wird, desto eher sprudeln unsere Gewinne wieder.«

Vandenberg stöhnte innerlich auf. Ausgerechnet in dieser Sache schien sein sonst so beeinflussbarer Kollege einen festen Standpunkt zu vertreten.

»Wir sollten lieber versuchen, Sakamoto davon zu überzeugen, unseren Joint Venture weiterzuführen«, sagte er. »Auf staatliche Subventionen möchte ich verzichten. Die hohen Herren von der Regierung sind durchtrieben, vor allem Verteidigungsminister Groult. Es würde mich nicht wundern, wenn er versucht, Einfluss auf meine Firma zu nehmen.« *Meine Firma* betonte Vandenberg dezent, aber unüberhörbar. Immerhin war er der Hauptanteilseigner und Sohn des Firmengründers, auch wenn sein Vater schon lange tot war. »Ich will nicht, dass OLYMPP künftig nur noch als Forschungsabteilung für die Armee fungiert.«

Er schaute zum Fernseher. Die Zehn-Uhr-Nachrichten liefen. Wieder ein Schusswechsel zwischen Israelis und Palästinensern in Jerusalem. Vandenbergs Blick blieb auf den Bildschirm gerichtet, während er weitersprach. »Ich denke, wir sollten eine Nacht darüber schlafen und morgen über Jeauberts Vorschlag diskutieren.« Obwohl es für mich rein gar nichts zu diskutieren gibt, fügte er in Gedanken hinzu. »Wir müssen auch Cathérine in diese Entscheidung einbeziehen.«

Dann bat er Belloque, bis zum morgigen Treffen einige Zahlen und Unterlagen zusammenstellen zu lassen – als Basis für die weiteren Pläne in den USA. Mit einem Ohr hörte er, wie die Fernsehsprecherin die Regionalnachrichten verlas. Zu seinem

Erstaunen wurde ein Bericht über Lyon gezeigt. Noch bevor Vandenberg wusste, um was es ging, erschien ein Porträtfoto auf dem Bildschirm, das er nur allzu gut kannte.

Von einem Moment zum anderen trat Louis Vandenberg kalter Schweiß auf die Stirn, während sein Magen sich anfühlte, als hätte er glühende Kohle verschluckt.

»... wurde die Leiche der siebzehnjährigen Madelaine Bonnaire aus der Rhône geborgen«, sagte die Fernsehsprecherin. »Das Mädchen wurde in der vergangenen Nacht durch mehrere Stiche in Brust und Bauch getötet ...«

Noch immer hielt Vandenberg den Hörer ans Ohr.

»Louis? Was ist? Hörst du mir überhaupt zu?«, fragte Belloque.

Nein. Louis Vandenberg hatte kein Wort von dem mitbekommen, was sein Kollege gesagt hatte. Es erschien ihm auch völlig unwichtig. Denn was er soeben im Fernsehen miterlebt hatte, war eine Katastrophe.

»Mein Gott, ich bin geliefert«, flüsterte er und beendete das Gespräch.

14

Jaques Belloque legte den Hörer auf die Gabel und lehnte sich im Bürosessel zurück. Er war verwirrt. Was, zum Teufel, hatte Louis da in die Sprechmuschel genuschelt?

Mein Gott, ich bin geliefert.

Was hatte das zu bedeuten? Belloque nahm die Brille ab und rieb sich die Augen. Das Timelag seiner Amerikareise steckte ihm noch in den Knochen. Außerdem saß er schon seit Stunden vor dem PC. Der beißende Farbgeruch, der das gesamte Stockwerk durchdrang, tat ein Übriges. Eine Pause konnte nicht schaden.

Der Neunundvierzigjährige stand auf und watete über Plastikfolien und Malerwerkzeug hinüber zum Fenster, von wo aus er einen wundervollen Blick über das nächtliche Lyon hatte.

Mein Gott, ich bin geliefert.

Manchmal hatte Louis einen übertriebenen Hang zur Theatralik. Wahrscheinlich ging es bloß um irgendeine Lappalie, wie schon so oft.

Was Jaques Belloque viel nachdenklicher stimmte war die Tatsache, dass Vandenberg den Vorschlag Jeauberts so kategorisch ablehnte. Louis Vandenberg war unbestritten ein hervorragender Wissenschaftler, ein medizinischer Visionär. Doch als Sohn des Firmengründers hing er mit dem Herzen an OLYMPP. Das Unternehmen war sein Leben. Diese enge Bindung an die Firma trübte immer wieder sein geschäftliches Urteilsvermögen. Wie in diesem Fall.

Auch Jaques Belloque hatte ein persönliches Interesse am Wohlergehen von OLYMPP. Immerhin besaß er knapp ein Drittel der Firmenanteile, auf die er – zusätzlich zu seinem Geschäftsführergehalt – eine prozentuale Gewinnbeteiligung erhielt. Er hatte nicht vor, künftig auf diese Einnahmen zu verzichten, doch eine emotionale Bindung zu OLYMPP gab es für ihn nicht.

Seit sechs Jahren war Jaques Belloque nun Mitglied der Unternehmensleitung. Während dieser Zeit hatte er sich alles angeeignet, was es in seiner Position zu wissen gab. Er beherrschte die Spielregeln der modernen Geschäftswelt. Freiwillige Absprachen mit der Konkurrenz, Vereinbarungen mit Banken, Investmentgesellschaften und anderen Kapitalgebern, gute Verbindungen zur Politik – dies waren die Dinge, auf die es ankam. Jedes große Unternehmen war eingebunden in ein Geflecht aus wechselseitigen Ansprüchen und Verpflichtungen. Wer diese Marktmechanismen nicht beachtete, kam schnell unter die Räder.

Auch Louis Vandenberg kannte diese Spielregeln, jedoch nur in den Grundzügen, nicht die Finessen. In Belloques Augen war er zwar ein hervorragender Rhetoriker, eine Führerpersönlichkeit, die es verstand, andere zu begeistern, doch hätte er nicht Leute zur Seite gehabt, die wussten, wie die Instrumente der freien Wirtschaft gespielt wurden – Leute wie Jaques Belloque –, wäre er längst im Sumpf der Intrigen versunken.

Belloque wusste, dass Vandenberg ihn für einen Einfaltspinsel hielt, der leicht zu manipulieren war. In Wahrheit war es genau umgekehrt. Er, Jaques Belloque, spann die Fäden und hielt sie fest in der Hand. Ohne ihn wären vor vier Jahren keine Gespräche mit Sakamoto aufgenommen worden. Ohne ihn stünde OLYMPP jetzt nicht vor dem Durchbruch in einer der bedeutendsten Technologien der modernen Medizin. Und ohne ihn wäre nicht einmal das heutige Essen zwischen Louis und Edmond Jeaubert zu Stande gekommen.

Natürlich ahnte Louis davon nichts. Ebenso wenig wusste er, dass Belloque bereits Maßnahmen ergriffen hatte, ihn *doch* zur Annahme der staatlichen Subventionen zu bewegen.

Belloque war zuversichtlich, dass sein Plan funktionierte.

15

Provence, Spätsommer 1959.

Es war ein heißer, trockener Nachmittag. Ein Heer von Grillen gab ein Konzert, zu dem tausende fliegender Insekten einen Reigen aufführten. Schon seit Wochen brannte die Sonne auf die goldgelben Felder Südfrankreichs hinunter. Wie ein Fluch lastete die flirrende Hitze auf dem Land, ließ die Ernte verdorren, die Flüsse versiegen, die Erde rissig werden.

Und sie brachte die Gemüter zum Sieden.

Eine Faust traf Philippe, damals siebzehn Jahre alt, am Kinn. Der Schlag war nicht wuchtig, kam aber unvermittelt. Philippe stürzte eher aus Schreck denn aus Benommenheit. Nur eine dünne Strohschicht dämpfte seinen Aufprall auf den betonharten Scheunenboden.

»Merde! Was ist in dich gefahren? Bist du völlig übergeschnappt?«, schnauzte er seinen Freund Olivier an.

»Du verdammter Mistkerl!«, rief Olivier. »Das verzeihe ich dir nie! Ich schlag dich tot!«

Olivier war schon immer leicht erregbar gewesen, doch so aufgebracht wie jetzt hatte Philippe ihn noch nie erlebt. Wenngleich Olivier einen Kopf kleiner war als sein Freund, funkelten seine Augen kampfeslustig. Sein Gesicht war rot angelaufen, seine Fäuste geballt.

Philippe rappelte sich auf und wischte sich das Stroh vom Körper. »Bevor du weiter versuchst, mich zu verprügeln, sag mir wenigstens, um was es geht.«

»Das weißt du genau!«

»Das weiß ich eben nicht.«

»Du hättest dich an jedes andere Mädchen heranmachen können. Warum musste es ausgerechnet Babette sein?« Olivier ließ Philippe keine Zeit für eine Antwort, sondern warf sich auf ihn. Die beiden jungen Männer wälzten sich auf dem staubigen Boden wie Kampfhunde, die sich ineinander festgebissen hatten. Schließlich gewann Philippe die Oberhand. Er drückte Olivier mit seinem Körpergewicht nieder und hielt die Handgelenke des Gegners umklammert.

»Ich hab nichts mit Babette, du Schwachkopf!«, zischte Philippe.

Doch Olivier glaubte ihm nicht. »Ich will deine Lügen nicht hören! Ich weiß alles. Mein bester Freund spannt mir die Freundin aus! Du mieses Dreckschwein!«

»Zwischen Babette und mir läuft nichts! Ich schwör's.«

»Zum Teufel mit deinem Schwur!«

Es gelang Olivier, sich aus Philippes Griff zu befreien und ihn von sich zu stoßen. Sofort schlug er wieder auf ihn ein.

Philippe erkannte, dass Kraft und Körpergröße allein nicht ausreichten, um sich einen wutentbrannten Liebeskranken vom Leib zu halten. Außerdem wollte er Olivier nicht verletzen. Er sah nur eine Möglichkeit: Flucht.

Doch Olivier durchschaute seine Absicht und versperrte ihm den Weg zum Scheunentor.

Philippe schüttelte seinen Kopf und seufzte auf. Es wurde Zeit, dass alles wieder ins Lot kam. »Jetzt hör mal zu«, begann er – und verstummte, als er sah, wie Olivier die Heugabel ergriff. Als die spitzen, gebogenen Eisenzacken sich ihm näherten, erkannte Philippe, wie tödlich ernst es dem anderen war.

»Und jetzt sag mir die Wahrheit!«, zischte Olivier, wobei er die Heugabel wie eine Lanze schwenkte.

»Ich habe dir die Wahrheit gesagt. Zwischen Babette und mir ist nichts.«

»Lüg mich nicht an! Babette hat es mir erzählt. Alles, was sich letzten Samstag abgespielt hat!«

Das also war der Grund für Oliviers wilden Zorn. Philippe konnte es ihm nicht einmal übel nehmen. Ein junger Mann und ein junges Mädchen an einem Samstagabend allein in einem Zimmer ... Wenn das kein Grund zur Eifersucht war!

»Wir haben nichts Verbotenes getan.«

Doch auf dem Gesicht Oliviers spiegelte sich blanker Hass. Seine Stimme überschlug sich. »Und warum will Babette dann mit mir Schluss machen?«

O nein, nur das nicht, dachte Philippe. Er hatte sich an jenem Samstag nicht wohl gefühlt und keine Lust gehabt, am Abend etwas mit seinen Freunden zu unternehmen. Seine Tante Cécile, bei der er seit dem frühen Tod seiner Eltern lebte, war zu einem Kartenspiel eingeladen worden. Philippe hatte sich auf einen langweiligen Leseabend eingestellt. Umso erstaunter war er gewesen, als es an der Haustür geklingelt hatte und Babette vor ihm stand. Sie sagte, sie habe Streit mit Olivier gehabt und brauche jemanden zum Reden. Philippe hatte sie hereingebeten und ihr zugehört. So lange, bis sie sich zu ihm ans Bett setzte und ihm sagte, dass sie ihn süß fand. Philippe hatte sich geschmeichelt gefühlt, denn Babette war ein sehr hübsches Mädchen. Aber er hatte geglaubt, dass ihr schüchterner Annäherungsversuch nur eine Trotzreaktion auf den Streit mit Olivier war. Dann aber hatte sie ihn geküsst und ihm die Hand auf den Oberschenkel gelegen. Philippe war gleichermaßen erregt wie abgestoßen gewesen: Babette war seit einem Jahr fest mit Olivier zusammen.

»Wir können das nicht tun«, hatte er gesagt, aber keinen Widerstand geleistet. Zu erregend waren Babettes Berührungen gewesen. Was *das* betraf, schien sie weitaus mehr Erfahrung zu haben als er, obwohl sie ein Jahr jünger war. Doch als sie sich an seinen Hosenknöpfen zu schaffen machte, war ihm bewusst geworden, dass sie zu weit gingen. Er durfte Olivier nicht so schändlich hintergehen, egal wie schlimm der Streit zwischen ihm und Babette war.

»Hör auf!«, hatte Philippe mit trockener Kehle hervorgepresst. »Das können wir nicht tun, so lange du mit Olivier zusammen bist.«

Zuerst hatte er geglaubt, Babette würde in Tränen ausbrechen. Doch weit gefehlt. Statt feuchter Augen hatte sie einen hochroten Kopf bekommen. Dann war sie aufgesprungen, hatte Philippe eine schallende Ohrfeige verpasst und war verschwunden ...

All dies schoss Philippe durch den Kopf, als Olivier ihn nun mit der Heugabel in Schach hielt. Aber was sollte er dem Freund erzählen? Olivier hätte ihm niemals geglaubt, dass *Babette* sich an *ihn* herangemacht hatte und dass nicht mehr zwischen ihnen gewesen war als ein paar Küsse.

»Babette hat mir alles erzählt!«, stieß Olivier hervor. »Wie sie nach unserem Streit jemandem zum Reden brauchte und wie du dann versucht hast, die Situation auszunutzen. Du bist ihr an die Wäsche gegangen!«

Oliviers Blick wirkte fiebrig, beinahe irre.

Und dann ging er mit der Heugabel auf Philippe los, dem es nur mit Mühe gelang, den gebogenen Zacken auszuweichen. Er versetzte Olivier einen wuchtigen Stoß, sodass dieser stürzte und die Heugabel fallen ließ. Doch schon rappelte er sich wieder auf. Philippe blickte sich gehetzt um und sah die Rettung: die Holzleiter, die hinauf auf den Dachboden führte. Zumindest gab es dort oben keine Gerätschaften, nur Stroh und Säcke mit der Aussaat für die nächste Saison. Und Olivier konnte die sperrige Heugabel schlecht mit hinaufnehmen.

Kurz entschlossen eilte Philippe die knarzenden Leitersprossen hinauf, dicht gefolgt von Olivier. Kaum oben angekommen, ging der Kampf weiter. Wieder wälzten die Gegner sich auf dem Stroh. Nur dass der Boden unter dem Stroh diesmal aus Holzbrettern bestand und sich in drei Metern Höhe befand. Sie näherten sich immer mehr dem Rand des Dachbodens. Ein Geländer gab es nicht.

Plötzlich baumelten Philippes linker Arm und sein linkes Bein über der Kante. Nur noch ein paar Zentimeter, und er würde in die Tiefe stürzen.

Olivier erkannte es ebenfalls, wälzte sich von Philippe weg und versuchte, ihn über den Bretterrand zu schieben.

Philippe spürte, wie er rutschte, spürte die Panik, die von ihm Besitz ergriff.

»Olivier!«, rief er verzweifelt. »Hör auf! *Bitte!*«

Doch aus dem Freund war ein erbitterter Feind geworden. Philippe verlor immer mehr den Halt. Und was er dann im Augenwinkel sah, ließ ihm das Blut in den Adern gefrieren. Direkt unter ihm lag die Heugabel; ihre gebogenen Zacken ragten unheilvoll nach oben.

Wenn er fiel, wurde er aufgespießt ...

Schweißgebadet schlug Philippe die Augen auf. Es war dunkel, nur der matte Lichtschimmer der Straßenlaternen drang durch einen Spalt des Rollladens ins Schlafzimmer. Philippe hatte geträumt.

Es dauerte eine Weile, bis sein Puls sich normalisierte. Der Traum war überaus realistisch gewesen, die Angst ebenfalls. Fast so schlimm wie damals, als sich das alles wirklich zugetragen hatte ...

Philippe warf einen Blick auf den Wecker: 23.52 Uhr. Noch mitten in der Nacht.

Er hörte den ruhigen, gleichmäßigen Atem Claires neben sich und hatte das überwältigende Bedürfnis, sie in den Arm zu nehmen. Aber er befürchtete, sie zu wecken – und er wusste nicht, wie sie reagieren würde. Deshalb blieb er auf seiner Bettseite.

Doch in dieser Nacht schlief er nicht gut.

16

Mittwoch, 11. September 2002

Der Obduktionsraum wirkte auf Inspektor Giuseppe Pozzoni jedes Mal bedrohlich. Auch heute fühlte er sich unbehaglich, als er den weiß gekachelten Saal betrat. Der muffige Geruch von Verwesung hielt sich trotz peinlicher Sauberkeit hartnäckig in sämtlichen Ritzen und Fugen.

Luc Zidi, der massige Gerichtsmediziner, war bereits bei der Arbeit. Als er hörte, wie die Tür geöffnet wurde, drehte er sich um.

»Guten Morgen«, sagte er. »Was führt Sie so früh zu mir? Es ist erst sechs Uhr.«

»Die Macht der Gewohnheit«, antwortete Pozzoni. »Ich bin Frühaufsteher.«

Die Wahrheit war, dass er vor lauter Arbeit kaum noch wusste, wo er anfangen sollte. Der *Chirurg* raubte ihm den Schlaf. Zu allem Überfluss war jetzt auch noch der Mord an Madelaine Bonnaire auf seinem Schreibtisch gelandet – das Mädchen, das man gestern tot aus der Rhône geborgen hatte.

Pozzoni hatte mit Pierre Legrand gesprochen, seinem Chef, und ihm klar zu machen versucht, dass er mit dem *Chirurgen*-Fall mehr als ausgelastet war. Doch Legrand hatte ihm entgegengehalten, was Pozzoni ohnehin schon wusste: Aufgrund der Etatkürzungen der letzten Jahre war die Personaldecke des gesamten Polizeiapparats geschrumpft; das Morddezernat bildete keine Ausnahme. Zudem befanden sich einige Kollegen im Urlaub. Und die Grippewelle, die derzeit grassierte, tat ein

Übriges. Kurz, es gab momentan keinen anderen, der den Bonnaire-Fall hätte übernehmen können. Giuseppe Pozzoni hatte sich damit abfinden müssen, auch wenn sein Familienleben sehr darunter leiden würde.

»Was ist mit Madelaine Bonnaire?«, fragte er den Gerichtsmediziner. »Haben Sie die Tote schon obduziert?«

»Bin gerade dabei. Viel verpasst haben Sie noch nicht.«

Pozzoni betrachtete den Körper auf dem Steingut-Tisch. Er hatte lange im Wasser getrieben und war aufgedunsen; die Haut wirkte durchsichtig. Pozzoni hatte sich vom Vater des Mädchens Fotos zeigen lassen. Die Tote hatte kaum noch Ähnlichkeit mit der hübschen jungen Frau auf den Bildern.

Madelaine Bonnaire lag auf dem Rücken. Von beiden Schultern ausgehend, verliefen Schnitte parallel zum Körper. Von der untersten Rippe aus führten die Schnitte im rechten Winkel zur Körpermitte, und von dort hinunter zum Schambein.

Pozzoni hatte schon mehreren Autopsien beigewohnt und kannte daher diesen typischen Y-Schnitt, der die Grundlage für die weiteren Untersuchungen war.

»Ich habe mir Augen, Ohren, Nasenöffnungen sowie die Mundhöhle bereits angeschaut«, sagte Zidi. »Außer einigen Schmutzrückständen und Pflanzenfasern habe ich allerdings nichts entdeckt. Gewöhnliches Treibgut aus dem Fluss, nehme ich an. Aber vielleicht findet das Labor etwas von Bedeutung. Außerdem habe ich Proben von Rückständen unter den Fingernägeln entnommen, aber auch davon verspreche ich mir nicht viel. Falls das Mädchen sich gewehrt und den Täter gekratzt hat, dürfte das Wasser sämtliche Hautpartikel oder Blutreste weggespült haben.«

»Hört sich nicht gerade ermutigend an. Gibt es denn keine Spuren irgendwelcher Art?«

»Doch. Madelaine Bonnaire hatte Geschlechtsverkehr, kurz bevor sie starb. Ich habe Spermaspuren entdeckt und einen vaginalen Abstrich gemacht. Das Labor wird eine DNA-Analyse vornehmen, vielleicht hilft Ihnen das weiter. In ein paar Tagen dürften die Ergebnisse vorliegen.«

»Wurde sie vergewaltigt?«

»Möglich. Im Unterleibsbereich gibt es zwar keine erkennbaren Verletzungen, dafür aber fast an allen anderen Stellen. Fünf Einstiche im Brust- und Bauchbereich, vermutlich verursacht durch ein Stilett oder eine Art Schraubenzieher. Dazu Blutergüsse an den Schultern, den Oberschenkeln und im Gesicht. Ich will keine voreiligen Schlüsse ziehen, aber für mich sieht es ganz danach aus, als hätte irgendein Schweinehund sie missbraucht und dann umgebracht.«

Pozzoni nickte stumm, wobei sein Blick auf den Leichnam gerichtet war.

»Dann wollen wir mal weitersehen«, meinte Zidi. Er klappte den oberen Hautlappen des aufgeschnittenen Körpers hoch, bis Madelaine Bonnaires Brustkorb freilag. Danach durchtrennte er mit einer Schere die Rippen, sodass er das Brustbein wie einen Deckel in einem Stück abheben konnte. Als er dem toten Körper Lunge und Herz entnahm und beides auf einen Schneidetisch legte, sagte der Gerichtsmediziner mit einem Seitenblick auf Pozzoni: »Wenn Ihnen schlecht wird, warten Sie lieber draußen. Ich möchte nicht, dass Sie sich hier drinnen übergeben. Mentholbonbons sind mir leider ausgegangen.«

»Es geht schon«, antwortete der Polizist. Er hatte schon viele Tote gesehen, die auf die unterschiedlichsten Arten ermordet worden waren. Doch das mechanische, emotionslose Sezieren einer Leiche im Obduktionsraum erschien ihm jedes Mal noch brutaler als der gewalttätigste Mord. Brutaler sogar als das Vorgehen des *Chirurgen*.

Zidi hatte inzwischen beide Lungenflügel aufgeschnitten. Wasser sickerte auf den Schneidetisch und floss durch eine muldenförmige Öffnung ab.

»Sie ist ertrunken«, stellte der Gerichtsmediziner sachlich

fest. »Die Stiche haben sie nur verwundet, vielleicht auch bewusstlos gemacht, aber sie haben nicht ihren Tod verursacht. Es sieht ganz danach aus, als hätte der Täter sie in den Fluss geworfen, als sie noch lebte. Er wusste, dass das Mädchen keine Chance hatte.«

Er öffnete Madelaine Bonnaires Herz, konnte aber nichts Außergewöhnliches feststellen. Dennoch entnahm er auch vom Herzen Gewebeproben, um sie im Labor analysieren zu lassen.

Als Zidi sich daran machte, die anderen inneren Organe und die Eingeweide zu entfernen und zu untersuchen, zog Pozzoni es vor, eine Runde über die Flure zu drehen.

Als er zurückkam, war Zidi gerade dabei, die bisherigen Obduktionsergebnisse in sein Diktaphon zu sprechen. Anschließend machte er sich daran, den Schädel des Mordopfers zu öffnen, indem er mit einem sauberen Schnitt die Kopfhaut von einem Ohr zum anderen auftrennte. Um den Schädelknochen freizulegen, zog Zidi die Haut an den Schnitträndern auseinander. Zuerst stülpte er den Stirnlappen mit dem Haaransatz nach vorn, bis er das ausdruckslose Gesicht fast vollständig bedeckte. Dann schob er den hinteren Teil der Kopfhaut bis zum Nacken.

Pozzoni fragte sich, ob Zidi Kinder hatte, die sich abends neugierig nach seiner Arbeit erkundigten. Falls ja – was erzählte er ihnen?

»Jetzt öffnen wir den Schädel«, sagte der Gerichtsmediziner. Er griff nach seiner elektrischen Säge und schaltete sie ein. Sofort erfüllte ein helles Surren den Raum, das in ein schrilles, Gänsehaut erregendes Geräusch überging, als das Sägeblatt sich durch den Schädelknochen fraß. Der durchdringende Laut war in Pozzonis Ohren unangenehmer als das Quietschen von Kreide auf einer Schiefertafel.

Nachdem Zidi die Säge ausgeschaltet hatte, hob er die Schädelplatte mithilfe eines Meißels ab.

»Was Sie hier sehen, ist die *dura mater*«, dozierte er. »Die harte Hirnhaut. Ich werde sie ebenfalls entfernen, damit wir uns das Gehirn der Toten anschauen können.«

Mit einem Skalpell trennte er die lederartige Hülle ab. Darunter trat das rosafarbene Hirn zu Tage.

Noch einmal setzte Zidi das Skalpell an. Vorsichtig schob er es zwischen Gehirn und Stirnknochen, bis er beide Sehnerven zerschnitten hatte. Zuletzt durchtrennte er das Rückenmark. Jetzt konnte er das Gehirn in einem Stück herausnehmen.

Sofort bemerkte er, dass etwas nicht stimmte.

»Was haben wir denn da?«, murmelte er, während er das walnussartige Organ in eine Nierenschale auf dem Schneidetisch ablegte. »Interessant. Wirklich sehr interessant ...«

Auch Pozzoni war verblüfft. Am Gehirn der Toten war ein kleines schwarzes Plättchen befestigt, das im Neonlicht wie ein Edelstein schimmerte.

»Was, in aller Welt, ist das?«, fragte er und kam näher, um besser sehen zu können. »Und wie kommt dieses *Ding* in Madelaine Bonnaires Kopf?«

Zidi zog die Stirn in Falten. »Ich bin seit fünfzehn Jahren Gerichtsmediziner«, sagte er. »Aber so etwas habe ich noch nie gesehen.«

17

Claire Lafayette war in ihre Zeitung vertieft. Das Frühstück schien sie völlig vergessen zu haben.

Plötzlich wich alle Farbe aus ihrem Gesicht. »Mein Gott, das darf doch nicht wahr sein!«, rief sie und brach in Tränen aus.

Philippe, der auf der anderen Seite des Tisches saß, schaute sie an. Er wusste nicht, wie er sich verhalten sollte. Der Streit zwischen ihnen war noch immer nicht beigelegt, doch er konnte Claire, die sichtlich erschüttert war, nicht einfach ignorieren.

»Willst du mir nicht sagen, was los ist?«, fragte er vorsichtig.

Claires Kinn bebte, ihre tränennassen Augen glänzten. Was immer sie gelesen hatte – es hatte den Streit mit Philippe vergessen gemacht.

»Hat dieser *Chirurg* wieder zugeschlagen?«, fragte Philippe, als Claire nicht antwortete.

Sie schüttelte den Kopf. »Nein, es geht um Madelaine.« Ihre Stimme zitterte, als sie aus der Zeitung vorlas: »›Lyon. In der Nacht vom neunten auf den zehnten September wurde die siebzehnjährige Madelaine Bonnaire umgebracht. Ihre Leiche fand man gestern Nachmittag am Ufer der Rhône. Das Mädchen wurde durch mehrere Stiche in Brust und Bauch lebensgefährlich verletzt. Ein Polizeisprecher teilte mit, dass der Mord vermutlich zwischen Mitternacht und drei Uhr morgens verübt wurde. Vom Täter fehlt bisher jede Spur ...‹ Ist das nicht schrecklich? Ausgerechnet Madelaine!« Dicke Tränen liefen Claire über die Wangen.

Auch Philippe war entsetzt. Madelaine – tot? Erst vorgestern hatte er durch Zufall beobachtet, wie sie mit Louis Vandenberg schlief ...

Madelaine wohnte mit ihrem Vater auf der gegenüberliegenden Straßenseite; Philippe kannte sie schon seit vielen Jahren. Er und Claire hatten manches Mal auf sie aufgepasst, als sie noch ein Kind gewesen war. Sie war ihnen ans Herz gewachsen, auch wenn sie in letzter Zeit den Kontakt zueinander verloren hatten.

Und jetzt war sie tot.

Claire schnäuzte sich in ihr Taschentuch und wischte sich die Tränen aus den Augen. »Dass ein anständiges Mädchen sich nicht mehr alleine auf die Straße wagen kann! Meine Güte, wo leben wir bloß? Zuerst dieser Kerl mit der Axt und jetzt das hier. Diese Stadt ist grausam!«

»Waren wir hier nicht jahrelang glücklich?«

»*Ich* war hier nie glücklich! Gott weiß, dass ich all die Jahre nur deinetwegen hier ausgeharrt habe. Hättest du mir nur ein einziges Mal richtig zugehört, wüsstest du das. Die letzten Monate habe ich nur noch dafür gelebt, die Bootsreise mit dir zu machen. Ich hatte es mir so wunderschön vorgestellt ... nur wir beide und das Meer. Aber jetzt werden wir in dieser verfluchten Stadt bleiben und ...« Sie hielt inne, verfiel in einen regelrechten Weinkrampf und konnte sich nicht mehr beruhigen.

Philippe war wie vor den Kopf gestoßen. Das Schlimmste war: Er wusste, dass Claire immer schon hatte wegziehen wollen. Auch er selbst hätte am liebsten schon vor Jahren seinen Job an den Nagel gehängt, um sich andernorts niederzulassen, doch er hatte es nie gekonnt. Denn Louis Vandenberg kannte sein Geheimnis – ein Geheimnis, von dem niemand sonst etwas wusste, nicht einmal Claire. Vandenberg hatte ihn in der Hand, hatte ihn an sich gekettet wie ein Herr seinen Sklaven. Schon deshalb hatte Philippe es nie weiter gebracht als bis zum Hausmeister von OLYMPP.

Claire ließ ihren Tränen freien Lauf. Philippe war nicht im Stande, sie aufzumuntern, zu trösten oder sie schlicht auf andere Gedanken zu bringen. So schaute er sie nur an, übermannt vom dumpfen Gefühl der Trauer und seiner eigenen Machtlosigkeit.

18

Der Himmel hatte seine Schleusen geöffnet, und es regnete in Strömen. Auf dem kurzen Weg zwischen seinem Auto und dem Eingang des noblen Bungalows in Francheville im Westen von Lyon wurde Inspektor Giuseppe Pozzoni nass bis auf die Haut. Den Regenschirm hatte er zu Hause vergessen. Um halb sechs, als er Maria den Abschiedskuss gegeben hatte, waren die Straßen noch trocken gewesen. Jetzt war es zehn Uhr, und Lyon drohte vom Regen überschwemmt zu werden.

Unter dem Vordach angelangt, wischte Pozzoni sich mit einem Taschentuch das Gesicht trocken. Er fühlte sich erbärmlich. Er war übernächtigt, sein Hemd und sein Anzug klebten nass auf seiner Haut, und er fror.

Nach mehrmaligem Klingeln öffnete ein zierliches Männlein mit Ziegenbart und wirr abstehendem Haar: Igor de Beurs. Sein seidener Morgenmantel zeigte ein fernöstliches Kranichmotiv, und seine Hausschuhe erinnerten an plüschige Meerschweinchen. Igor de Beurs war ein Paradiesvogel. Giuseppe Pozzoni konnte den Mann nicht ausstehen.

»Was starren Sie denn so?« De Beurs gähnte und reckte sich. »Immer noch sauer wegen Ihrer Frau?«

Pozzoni verzog keine Miene. Ja, er war noch immer sauer, weil dieser verdammte Gnom es auf dem letzten Polizeiball gewagt hatte, sich an Maria heranzumachen. Natürlich war sie nicht auf seine Annäherungsversuche eingegangen, aber allein die Art, wie er sie mit Blicken verschlungen hatte – widerlich! Beim Tanzen hatte de Beurs ihr immer wieder in den Ausschnitt gestarrt.

Pozzoni zwang sich, den Zwischenfall auf dem Polizeiball beiseite zu schieben. »Lassen Sie uns die alten Geschichten vergessen, Igor«, sagte er. »Ich bin aus rein geschäftlichen Gründen hier.«

»Na, mir soll's recht sein. Was kann ich für Sie tun, mitten in der Nacht?«

»Anständige Menschen arbeiten schon lange. Nicht jeder verdient sein Geld im Schlaf.«

De Beurs lachte. »Wenn ich Sie so anschaue – nass von oben bis unten und Ringe unter den Augen –, will ich lieber kein anständiger Mensch sein. Kommen Sie herein.«

Das Haus war weiträumig und spärlich möbliert, dennoch wirkte es auf schlichte Weise harmonisch.

»Feng Shui«, erklärte de Beurs. »Mein Innenarchitekt hat mich ein Vermögen gekostet. Möchten Sie einen Kaffee? Oder einen Tee? Ach was – so wie Sie aussehen, haben Sie heute noch nichts gefrühstückt. Ich sage dem Küchenmädchen Bescheid, dass sie Ihnen etwas bringt.«

Aha, ein Küchenmädchen, dachte Pozzoni. Und so geleckt, wie es hier aussieht, hat Catweasle offensichtlich auch noch ein fest angestelltes Hausmädchen. »In Ihrer Branche scheint Hochkonjunktur zu herrschen«, bemerkte er.

»Wäre ich bei der Polizei geblieben, würde ich vermutlich immer noch Akten ablegen und gerade so viel verdienen, dass ich nicht an Hunger sterbe. Den Polizeidienst aufzugeben war das Beste, was ich tun konnte. Dieses Haus kann ich mir nur deshalb leisten, weil ich gut in meinem Job bin. Verdammt gut, das wissen Sie genau. Sonst wären Sie jetzt nicht bei mir, habe ich Recht? Ich bin der Beste. Deshalb wollen alle meine Hilfe – die Polizei, die Regierung, das Militär und ungezählte Privatunternehmen. Und sie bezahlen, was ich verlange, ist das nicht wunderbar?« Igor lachte. »Warten Sie einen Moment, ich sag rasch dem Küchenmädchen Bescheid.«

Kurz darauf kam er zurück und führte Pozzoni in sein Arbeitszimmer. Von Feng-Shui-Harmonie war hier nichts mehr zu spüren. Auf mindestens hundert Quadratmetern türmte sich modernstes High-Tech-Gerät bis unter die Decke. Überall blinkten farbige Lämpchen, und auf einem halben Dutzend Monitore flimmerten die unterschiedlichsten Bilder. Das dumpfe Surren der elektrischen Geräte schien die Luft im Raum vibrieren zu lassen.

»Nun verraten Sie mir, was Sie zu mir führt«, sagte de Beurs, als sie Platz genommen hatten.

Pozzoni hatte Mühe, den Blick von den supermodernen, hoch entwickelten Geräten loszureißen. Zwischen diesem Zimmer und dem Computerraum der Polizei von Lyon lagen Welten.

»Ich brauche Ihren Rat«, sagte er schließlich, während er ein Taschentuch aus seiner Hosentasche kramte und auf einen Tisch legte. »Können Sie mir sagen, was das ist?«

Igor de Beurs' Blick wanderte von Pozzonis Gesicht zum Tisch und wieder zurück. »Nun, für mich sieht es aus wie ... sagen wir, wie ein Taschentuch?« Kaum hatte er ausgesprochen, brüllte er vor Lachen.

Pozzoni ließ es stumm über sich ergehen. »Werfen Sie einen Blick hinein«, sagte er, als de Beurs sich wieder beruhigt hatte.

»Ich hoffe sehr, dass ich *nicht* finde, was man für gewöhnlich in einem Taschentuch entdeckt.« Wieder prustete de Beurs los. Erst als das Küchenmädchen an die Tür klopfte, wurde er ernst.

»Kommen Sie rein, Tatjana!«, rief er. Die Hausangestellte erschien mit einem Tablett. »Stellen Sie es hierher. Vielen Dank. Und schließen Sie bitte die Tür hinter sich.« Er goss sich ein Glas Milch ein. »Greifen Sie zu, Inspektor. Ich bin kein großer Esser.«

Pozzoni bediente sich. Als er von seinem Croissant abbiss,

drehte Igor sich zur Tür um. Das Mädchen hatte das riesige Zimmer verlassen.

»Wie finden Sie die Kleine?«, fragte er.

»Sie macht gutes Frühstück.«

»Aha. Und mehr haben Sie zu Tatjana nicht zu sagen?«

»Was hatten Sie erwartet?«

»Dass sie umwerfend aussieht, dass sie fantastische Beine hat, dass ihr Busen Sie anmacht ... etwas in der Art.«

»Sie sieht umwerfend aus, ihre Beine sind fantastisch, und ihr Busen macht mich an«, sagte Pozzoni.

»Sie kommt aus Kiew, glaube ich.« Igor beugte sich verschwörerisch vor. »Wollen Sie sie nackt sehen? Ich habe ihr erlaubt, bei mir zu duschen, weil es in ihrem Studentenwohnheim nur Etagenduschen gibt. Ich habe im Bad heimlich eine Kamera aufgestellt und die Kleine gefilmt ...«

»Dafür sollte ich Sie einsperren, Igor.«

De Beurs kicherte. »Aber dann würde ich Ihnen nicht helfen. Also, dann lassen Sie mal sehen, weshalb Sie mich so früh aus den Federn geholt haben.« Er faltete das Taschentuch so vorsichtig auseinander, als könne es explodieren. »Ein Mikrochip ...«, murmelte er, als sein Blick auf den Inhalt fiel.

»Meine Kollegen haben heute Morgen vergeblich ihr Glück versucht. Können Sie mir sagen, wofür er gut ist?«

»Woher haben Sie ihn?«, wollte Igor wissen.

»Aus dem Kopf der Toten, die man aus der Rhône geborgen hat.«

De Beurs schaute den Inspektor an. »Sie wollen mich auf den Arm nehmen.«

»Keineswegs«, sagte Pozzoni.

De Beurs nahm den Chip mit einer Pinzette auf und hielt ihn unter ein Vergrößerungsglas. Nachdem er ihn von allen Seiten betrachtet hatte, murmelte er: »Merkwürdig. Sehr merkwürdig.«

»Was meinen Sie?«

»Auf dem Chip ist eine Seriennummer, aber es fehlt jegliche Herstellerangabe. Das ist unüblich.«

»Die Nummer haben wir schon überprüft – ohne Erfolg.«

»Vielleicht kommt das Ding aus Fernost. Taiwan oder China. Möglicherweise auch Russland. In diesen Ländern nimmt man es mit der Kennzeichnung nicht so genau. Aber das ist nur eine vorläufige Vermutung. Ich muss mir dieses Schmuckstück erst näher ansehen.«

»Wann können Sie mir Genaueres darüber sagen?«

De Beurs überlegte. »Ich habe heute Mittag geschäftlich in Nantes zu tun und kann den Termin nicht verschieben. Mein Flug geht um eins. Morgen früh komme ich zurück. Danach werde ich mich mit dem Chip beschäftigen. Mit etwas Glück kann ich Ihnen morgen Nachmittag das Ergebnis liefern.«

»Vielen Dank«, sagte Pozzoni. »Ach, und noch eine Bitte: kein Wort zur Presse über den Chip. Ich will nicht, dass Heerscharen von Reportern mir die Arbeit erschweren.«

»Ich werde kein Wort darüber verlieren«, versprach Igor de Beurs. »Sobald ich etwas herausgefunden habe, melde ich mich bei Ihnen.«

19

Die Besprechung der drei OLYMPP-Geschäftsführer dauerte nun schon zwei Stunden. Jaques Belloque knurrte der Magen.

Zu Beginn der Sitzung hatten sie über Madelaine Bonnaire gesprochen. Ihre Ermordung war eines der Top-Themen in den Regionalnachrichten; da lag es nahe, sich zu überlegen, wie man auf etwaige Anfragen der Presse reagierte.

Anschließend hatte Louis Vandenberg ausführlich über sein Treffen mit Sato Sakamoto am Vortag berichtet und erklärt, dass Sakamoto in Erwägung zog, die Zusammenarbeit mit OLYMPP zu beenden, falls die finanzielle Basis des Unternehmens sich im kommenden halben Jahr nicht besserte.

Seit anderthalb Stunden konzentrierte sich das Gespräch nun auf den Vorschlag der französischen Regierung. Sollte OLYMPP die Subventionen akzeptieren oder nicht? Diese Frage wurde heiß diskutiert, und es war kein Ende in Sicht.

Louis Vandenberg hatte seinen Standpunkt mehr als ein Mal verdeutlicht. Er lehnte Edmond Jeauberts Angebot strikt ab, weil er Angst vor Autonomieverlust hatte. Bessere Argumente hatte er nicht vorweisen können.

Jaques Belloque jedoch hatte sich ausgezeichnet auf die Sitzung vorbereitet. Dafür war er auch bis tief in die Nacht an seinem Schreibtisch gesessen. Anhand von Charts und Tabellen konnte er belegen, wie es mit der Liquidität von OLYMPP in den letzten Jahren permanent bergab gegangen war.

»Unsere finanziellen Schwierigkeiten sind nicht von der Hand zu weisen«, sagte er. »Wir haben unser Kreditlimit ausgeschöpft und wollen keinen weiteren Teilhaber aufnehmen, um unsere Stimmrechte nicht zu verwässern. Deshalb lasst uns Jeauberts Vorschlag noch einmal sachlich erwägen, frei von Vorurteilen gegenüber der Regierung. Was bleibt dann? Ein sehr günstiges Darlehen, das unsere Finanzen binnen kürzester Zeit saniert und unseren Joint Venture mit Sakamoto auch in Zukunft sichert. Dass das Verteidigungsministerium schon heute Einblick in unsere Forschungsergebnisse bekommt und diese Ergebnisse für militärische Zwecke verwenden darf, scheint mir ein geringer Preis dafür zu sein. Wir gehen nur ein einziges Risiko ein: dass wir uns in ein Abhängigkeitsverhältnis begeben – was allerdings auch nur ein Hirngespinst von dir sein könnte, Louis.«

Hätte Cathérine Lazard eindeutig Stellung bezogen, wäre die Diskussion schnell beendet gewesen. Aber sie wollte sich nicht festlegen, sondern wartete mit einem eigenen Vorschlag auf.

»Sämtliche Tierversuche wurden erfolgreich abgeschlossen«, sagte sie. »Auch die erste Testreihe mit freiwilligen Versuchspersonen verlief reibungslos. Seien wir ehrlich: Ein gewisses Restrisiko gibt es bei jedem Medikament, bei jeder Therapie und bei jeder neuen medizinischen Technologie. Und weil dieses Restrisiko nun einmal besteht, halte ich es für vertretbar, mit dem Matthäus-Projekt bereits heute in Produktion zu gehen. Auf diese Weise kommt auch ohne Regierungshilfe Geld herein, und zwar so rasch, dass Sakamoto darum betteln wird, weiterhin unser Kooperationspartner bleiben zu dürfen.«

Diese Idee ist absurd, dachte Jaques Belloque. Der Todesstoß! »Das Matthäus-Projekt macht in der Tat deutliche Fortschritte«, sagte er diplomatisch. Er wollte Cathérine nicht gegen sich aufbringen, denn das hätte zur Folge gehabt, dass sie sich auf Louis' Seite stellte. »Die bisherigen Versuche mit den

Probanden sind sehr erfolgreich verlaufen. Dennoch warne ich davor, schon heute in Produktion zu gehen. Zuvor brauchen wir *gesicherte* Testergebnisse. Wenn wir uns einen Fehlschlag erlauben, und es kommt zu einem Skandal, können wir Konkurs anmelden. Dann wird uns niemand mehr unterstützen – keine Bank, kein Privatinvestor, nicht einmal mehr die Regierung. Also lasst uns Jeauberts Angebot annehmen, so lange sich uns die Chance bietet. Dann lassen wir die letzten Testszenarien parallel laufen, und bereits in wenigen Monaten werden wir so liquide sein, dass wir die Subventionen zurückzahlen können.«

»Allerdings hätte das Militär dann schon das Nutzungsrecht«, warf Vandenberg ein. »Das gefällt mir nicht. Das gefällt mir überhaupt nicht.«

In diesem Stil ging es noch eine Zeit lang weiter, ohne dass sie zu einem Konsens gelangten. Schließlich einigten sie sich darauf, die Besprechung um 14.00 Uhr fortzusetzen. Dann wollten sie auch die Expansionspläne in Boston erörtern.

Doch dazu kam es nicht mehr. Als sie sich wieder trafen, beherrschte ein anderes Thema die Diskussion.

»Ich werde erpresst!«, ließ Cathérine Lazard die Bombe platzen. Sie erzählte den anderen, was vorgefallen war.

Nach dem Essen hatte sie einen anonymen Anruf erhalten. Eine Männerstimme hatte ihr die Anweisung erteilt, die Ergebnisse des Matthäus-Projekts noch in diesem Jahr auf den Markt zu bringen; andernfalls würde den Zeitungen ein Foto zugespielt, das Cathérine in einer verfänglichen Situation zeigte. Einen Abzug des Fotos hatte sie in einem Umschlag in ihrem Poststapel vorgefunden.

»Was für ein Foto ist das?«, wollte Louis Vandenberg wissen.

»Eine Nacktaufnahme«, antwortete Cathérine mit gesenktem Blick. Es schien ihr die einfachste Erklärung, auch wenn es gelogen war.

Das Foto in dem Umschlag war objektiv betrachtet wenig verfänglich. Es zeigte eine junge Frau und einen älteren Herrn in einem Straßenbistro bei einer Tasse Kaffee. Obwohl Cathérine Lazard sich eine Perücke aufgesetzt hatte, war sie eindeutig zu erkennen. Dabei hatte sie sich die größte Mühe gegeben, inkognito aufzutreten.

Der ältere Herr, der ihr gegenüber saß und eine Zigarette rauchte, hätte ihr Vater sein können, doch er war es nicht. Der Mann hieß Claude Souci, hatte schlohweißes Haar und eine gebeugte Gestalt. Wer seine Vorgeschichte nicht kannte, mochte ihn für einen ganz gewöhnlichen Siebzigjährigen halten. Für die Polizei jedoch war er alles andere als das.

Nur wenige Menschen kannten Cathérine Lazards Verbindung zu Claude Souci; darauf verwendete sie große Sorgfalt. Auch Louis Vandenberg und Jaques Belloque hatte sie nichts davon erzählt. Denn sollte dieses Foto an die Öffentlichkeit gelangen, büßte Cathérine nicht nur ihre Integrität, sondern auch ihren Posten als Geschäftsführerin ein.

»Mir geht es ähnlich wie Cathérine«, sagte Jaques Belloque und schob seine Brille zurecht. »Ich habe ebenfalls einen Anruf erhalten. Dieselbe Forderung, nur ein anderes Druckmittel.« Er legte einen Stapel Papiere auf den Tisch. »Das sind Kopien von Zahlungsanweisungen und Kontoauszügen, die meine Privatkonten betreffen. Überweisungen auf Auslands- und Spendenkonten, Spesenabrechnungen und dergleichen. Jede Kopie für sich genommen ist belanglos. Aber in der Summe könnte man mich wegen Steuerhinterziehung vor Gericht bringen.«

Louis Vandenberg war wie vor den Kopf gestoßen. Dass seine Kollegen erpresst wurden, war verwirrend. Was ihn allerdings noch viel mehr beschäftigte war die Frage, weshalb *er selbst* keinen Drohanruf erhalten hatte.

»Welcher Verrückte hat sich das ausgedacht?«, fragte Cathérine in die Runde. Louis Vandenberg hatte sie selten so aufgebracht erlebt.

»Das sieht mir nicht nach der Tat eines Verrückten aus«, sagte er. Allmählich schlug seine Verwirrung in Wut um, denn die

Teile des Puzzles fügten sich zu einem Bild. »Niemand anders als Jeaubert steckt dahinter! Er weiß, dass er mich nie umstimmen könnte, deshalb konzentriert er sich auf euch beide. Ich vermute, die Regierung hat schon seit längerer Zeit ein Auge auf OLYMPP geworfen. Deshalb sucht Jeaubert nach Druckmitteln. Und nach unserem gestrigen Gespräch hat er nicht lange gezögert, seine Trümpfe auszuspielen. Er will uns unter Zeitdruck setzen, will euch in Panik versetzen, damit ihr euch gegen mich verbündet. Aber ihr dürft dieser Drohung unter keinen Umständen nachgeben!«

Irgendetwas in den Gesichtern seiner Kollegen sagte Vandenberg, dass es schwer für ihn würde, sie zu überzeugen.

Und wenn schon, sagte er sich. Ich muss sie gar nicht überzeugen. Ich halte die meisten Anteile am Unternehmen. Ich habe die Stimmrechtsmehrheit. Zur Not setze ich meinen Willen auch ohne ihre Zustimmung durch.

Bislang hatte es zwar noch nie eine Entscheidung gegeben, die nicht mindestens von zwei Geschäftsführern befürwortet wurde, aber in diesem Fall würde Louis Vandenberg eine Ausnahme machen. Die Sache war zu wichtig. Die Zukunft *seines* Unternehmens stand auf dem Spiel.

Seine Sekretärin meldete sich über die Gegensprechanlage. »Monsieur Vandenberg? Hier ist ein Herr vor der Polizei, der Sie sprechen möchte. Er sagt, es sei dringend.«

Louis Vandenbergs wieder gewonnenes Selbstvertrauen stürzte wie ein Kartenhaus in sich zusammen. Schlagartig wurde ihm klar, dass die von Edmond Jeaubert eingefädelte Intrige noch viel mehr umfasste als die Erpressung seiner beiden Kollegen. Es konnte kein Zufall sein, dass die Polizei ihn ausgerechnet jetzt sprechen wollte.

»Schicken Sie ihn herein«, sagte er laut.

Kurz darauf öffnete sich die Tür, und ein junger, etwas untersetzter Mann in Zivil trat ins Büro. »Guten Tag, ich bin Inspektor Giuseppe Pozzoni vom Morddezernat Lyon«, sagte er zu

Vandenberg. Als er die beiden anderen sah, fügte er hinzu: »Dürfte ich einen Moment unter vier Augen mit Ihnen sprechen, Monsieur Vandenberg?«

Vandenberg schaute seine Kollegen an und nickte. Ohne ein Wort zu verlieren, verließen Cathérine Lazard und Jaques Belloque das Zimmer.

»Nun, Inspektor«, sagte Vandenberg, als sie alleine waren. »Was kann ich für Sie tun?« Doch tief in seinem Innern kannte er bereits die Antwort.

Tatsächlich sagte der Polizist: »Es tut mir Leid, aber ich muss Sie bitten, mich aufs Revier zu begleiten. Sie stehen unter dringendem Tatverdacht, Madelaine Bonnaire vergewaltigt und ermordet zu haben.«

20

Louis Vandenberg wurde in ein kleines weißes Verhörzimmer geführt. Dort ließ man ihn warten, bis sein Anwalt, Pierre Bouvoire, erschien. Er sprach sich kurz mit ihm ab. Wenig später traf der diensteifrige junge Inspektor ein, flankiert von zwei Kollegen. Die Polizisten nahmen am gegenüberliegenden Ende des Tisches Platz. Auf einem Rollwagen standen ein Fernseher und ein Videorecorder bereit.

»Das hier traf heute anonym bei uns ein«, begann Pozzoni und hielt eine VHS-Videokassette in die Höhe. »Es handelt sich um eine Aufnahme von ungefähr vier Minuten Spielzeit, die Sie, Monsieur Vandenberg, zusammen mit Madelaine Bonnaire zeigt.«

Er schob die Kassette in den Recorder und drückte die Starttaste. Auf dem Monitor erschien Louis Vandenberg in seinem Büro – mit bis zu den Knien heruntergelassenen Hosen. Auf dem Schreibtisch vor ihm lag das nackte Mädchen, sich windend und wimmernd.

Und noch etwas war auf dem Band zu erkennen: die digitale Wanduhr in Louis Vandenbergs Büro, die Datum und Uhrzeit der nächtlichen Szene festhielt.

Trotz Anraten seines Anwalts, jede Aussage zu verweigern, leugnete Vandenberg nicht, mit dem Mädchen sexuellen Verkehr gehabt zu haben. Es hatte keinen Sinn zu leugnen. Das Band sprach eine eindeutige Sprache. Doch er wehrte sich entschieden gegen den Verdacht der Vergewaltigung und des Mordes. Er erklärte, Madelaine Bonnaire habe sich in jener Nacht an ihn »herangemacht«, wie er es ausdrückte. Nachdem sie sein Büro verlassen hatte, habe er sie nicht mehr gesehen. Ein Alibi für die Zeit, in der der Mord verübt worden war, konnte Vandenberg allerdings nicht vorweisen.

»Ein Alibi benötigt mein Mandant auch gar nicht«, warf der Anwalt ein. »Denn diese vierminütige Videosequenz wird von keinem Gericht der Welt als Beweis anerkannt.«

»Darauf lasse ich es ankommen«, entgegnete Pozzoni.

»Ich bitte Sie, Inspektor! Objektiv betrachtet sehen wir auf dem Band nichts anderes als zwei Menschen, die ein wenig Spaß haben.«

»Mir kam es eher so vor, als hätte nur einer Spaß gehabt, nämlich Ihr Mandant. Madelaine Bonnaire hat volle vier Minuten lang gewimmert und gejammert!«

»Was wollen Sie damit andeuten? Dass mein Mandant dem Mädchen Gewalt angetan hat? Davon ist auf dem Band nichts zu sehen! Erst recht nicht, dass er versucht hat, Madelaine Bonnaire umzubringen.«

Bouvoire drohte, die Polizei wegen Rufschädigung anzuzeigen, falls sie es wage, auf der Grundlage so dürftiger Beweise gegen Vandenberg zu ermitteln.

Doch Pozzoni kaufte ihm das nicht ab. »Acht von zehn Beamten, die das Video gesehen haben, glauben an eine Vergewaltigung«, hielt er dagegen. »Ich ebenfalls. Deshalb *werde* ich gegen Ihren Mandanten ermitteln – so lange, bis wir die Wahrheit herausgefunden haben.«

Louis Vandenberg erwähnte nicht, dass auch seine beiden Kollegen erpresst wurden – das hätte Cathérine und Jaques nur in Schwierigkeiten gebracht; allerdings konnte er nicht umhin, seinen eigenen Verdacht zu äußern, nämlich, dass Edmond Jeaubert für das Video verantwortlich war – und damit indirekt die französische Regierung. Doch auf den Gesichtern der Polizisten lag Skepsis.

»Ich werde Ihnen erzählen, wie ich die Geschichte sehe«, sagte Pozzoni. »Irgendjemand – Edmond Jeaubert oder sonst wer – will Sie ausspionieren. Wahrscheinlich war er an Geschäftsgeheimnissen oder Ähnlichem interessiert. Doch als er sah, was er auf Band aufgenommen hatte, und als er am nächsten Tag in den Zeitungen las, dass Madelaine Bonnaire ermordet worden war, zählte er eins und eins zusammen – nämlich dass Sie, Monsieur, den Mord begangen hatten. Und plötzlich hatte der große Unbekannte die Möglichkeit, Ihnen ohne weiteren Aufwand zu schaden. Was also tut er? Er lässt der Polizei eine Kopie seiner Aufzeichnung zukommen.«

»Jeaubert hat alles so organisiert, dass ich der perfekte Schuldige bin«, sagte Vandenberg eindringlich. »Ein Mann in seiner Position, der zudem das Verteidigungsministerium im Rücken hat, hat Mittel und Wege, Indizien nach seinen Vorstellungen zu manipulieren!«

Doch was er auch sagte, die Polizisten nahmen es ihm nicht ab.

Später saß er auf der Pritsche in seiner Zelle und starrte auf die gegenüberliegende kahle Wand. Eine innere Leere, wie er sie seit dem Tod seiner Mutter nicht mehr empfunden hatte, hatte Besitz von ihm ergriffen. Längst schon hatte er das Zeitgefühl verloren, als die Zellentür sich öffnete und ein Beamter in Uniform erschien.

»Ein Anruf für Sie. Draußen, Apparat vier.«

Cathérine Lazard war am Apparat. »Wie geht es dir, Louis? Ist es sehr schlimm?«, fragte sie.

Vandenberg erzählte ihr von dem Verhör. »Die versuchen mich weich zu kochen«, sagte er. »Für die steht jetzt schon fest, dass ich den Mord begangen habe. Sie sind so glücklich darüber, jemanden verhaftet zu haben, dass es ihnen egal ist, wer *wirklich* dahinter steckt. Oder sie fürchten sich davor, der Regierung in die Suppe zu spucken, wenn sie sich an Jeaubert heranwagen.« Er machte eine Pause und atmete tief durch. »Es tut gut, deine Stimme zu hören.«

»Jaques ist auch bei mir im Büro«, sagte Cathérine. »Warte, ich schalte auf Lautsprecher.«

»Hallo, Louis.« Jaques Belloques Stimme war leiser, aber gut zu vernehmen. »Wir haben gute Nachrichten für dich. Bouvoire hat bestimmte Hafterleichterungen erwirken können. Der Richter gewährt dir eine Einzelzelle, und du darfst dir Geschäftsunterlagen kommen lassen, solange du dich in Untersuchungshaft befindest. Außerdem darfst du telefonieren, wann immer du willst.«

»Ja. Mit einem Polizeibeamten an meiner Seite, der mich ständig bewacht.«

»Auch Bouvoire kann nicht zaubern. Er hat ganz schön Druck ausgeübt, um die Vergünstigungen durchzuboxen. Du solltest ihm dankbar sein. Betrachte deine Zelle einfach als vorübergehendes Büro. Ich bin sicher, in ein paar Tagen bist du wieder draußen.«

21

Cathérine Lazard legte den Hörer auf die Gabel und schaute Jaques Belloque an, der am Fenster stand und hinunter auf den Parkplatz des Firmengeländes blickte.

»Meinst du, wir hätten es ihm sagen sollen?«, fragte sie.

»Auf keinen Fall.« Belloque drehte sich zu ihr um. »Louis wird es noch früh genug erfahren. Er würde sich nur unnötig aufregen.«

»Wenn er aus der Untersuchungshaft entlassen wird und erfährt, dass wir beschlossen haben, die Regierungssubventionen zu akzeptieren, wird er aus der Haut fahren.«

»Er wird einsehen, dass es die richtige Entscheidung für OLYMPP ist.« Jaques Belloque war es im Lauf des Nachmittags gelungen, Cathérine von seiner Meinung zu überzeugen. »Außerdem muss Louis einsehen, dass wir keine andere Wahl haben. Wir können das Ultimatum des Erpressers nur einhalten, wenn wir genügend Geld für Parallel-Tests aufbringen. Abgesehen davon, dass ich die Subventionen ohnehin befürworte, habe ich keine Lust auf ein Verfahren wegen Steuerhinterziehung. Und dir wäre die Veröffentlichung dieses Fotos sicher auch nicht recht, stimmt's?«

Erleichtert stellte Jaques Belloque fest, dass seine Kollegin nickte, denn sie war in ihren Meinungen sehr unbeständig. Immer wieder schwenkte sie um; ständig musste er sie bearbeiten, um sie wieder auf seine Seite zu ziehen. Aber er brauchte ihre Unterstützung.

»Louis wird uns vorwerfen, dass wir ihn hintergangen haben.«

»Wir tun nichts Unrechtes«, sagte Belloque. »Wir handeln im Interesse der Firma – und dazu sind wir offiziell legitimiert.« Er griff nach der Satzung, die aufgeschlagen auf dem Tisch lag, und las laut vor: »›Paragraf vier, Absatz zwei: Ist ein Mitglied der Geschäftsführung verhindert, können Entscheidungen einheitlich von den beiden anderen Geschäftsführern getroffen werden.‹ Mit anderen Worten: Wenn wir uns einig sind, können wir tun, was wir für richtig erachten. Louis kann erst etwas dagegen unternehmen, wenn er wieder auf freiem Fuß ist. Aber dann wird es zu spät sein.«

22

Die Nachricht von der Verhaftung Louis Vandenbergs verbreitete sich wie ein Lauffeuer im Unternehmen. Philippe erfuhr es von seinem Freund Alphonse, der kurz vor Feierabend im Hausmeisterbüro vorbeischaute.

Vielleicht gibt es doch noch eine höhere Gerechtigkeit, dachte Philippe. Seine spontane Freude wurde jedoch sofort von tiefer Scham getrübt, als ihm die Kehrseite seines Glücks bewusst wurde: Madelaines Tod war ein viel zu hoher Preis für den Sieg der Gerechtigkeit.

Verstärkt wurde seine Niedergeschlagenheit von Selbstzweifeln, die ihn nun mehr denn je quälten. Wenn Vandenberg tatsächlich Madelaine vergewaltigt und umgebracht hatte, hätte Philippe ihr in jener Nacht das Leben retten können. Er hätte nur dazwischen gehen und Madelaine nach Hause bringen müssen. Stattdessen hatte er sich davongeschlichen und damit ihr Schicksal besiegelt, freilich ohne zu wissen, dass es zum Schlimmsten kommen würde.

Aber hätte er es nicht ahnen müssen? Vandenberg war durchaus ein Mord zuzutrauen. In ihm schlummerte ein riesiges Gewaltpotenzial; das wusste Philippe seit der Schlägerei auf der Herrentoilette vor fünfundzwanzig Jahren. Ein Vierteljahrhundert lang mochte Vandenberg sich im Griff gehabt haben, vor zwei Tagen jedoch war sein Innerstes wieder zu Tage getreten.

Philippes Stimmung erreichte auf dem Heimweg einen neuen Tiefpunkt, denn als er in die Rue Saint Jean einbog, in der er wohnte, kreuzte Richard Bonnaire seinen Weg.

Madelaines Vater war nur noch ein Schatten seiner selbst. Er war erst um die vierzig, doch die dunklen Schatten unter den Augen und die ungepflegten Bartstoppeln auf den eingefallenen Wagen ließen das einst kraftvolle südländische Gesicht zwanzig Jahre älter erscheinen. Er trug einen schwarzen, abgewetzten Anzug; ein Ärmel war hochgesteckt: Richard Bonnaire hatte bei einem Betriebsunfall den linken Arm verloren.

»Guten Abend, Richard«, sagte Philippe mit einem Frosch im Hals.

Erst jetzt bemerkte ihn der andere. »Philippe. Schön, dich zu sehen. Wie geht es dir?« Es war eine Floskel, mehr nicht. Eine mechanische Frage, zu der Richard Bonnaire mechanisch lächelte. Seine Augen starrten ins Leere.

»Das mit Madelaine tut mir sehr Leid«, sagte Philippe mit aufrichtigem Bedauern. Er hielt inne, als er die Tränen in Richard Bonnaires Augen sah.

»Danke für deine Anteilnahme.«

Einen Moment standen die beiden Männer unentschlossen auf der Straße. Philippe wusste nicht, was er noch sagen sollte. Jedes Wort, so aufmunternd oder mitfühlend es auch gemeint war, würde Bonnaires Schmerz nur vergrößern. Andererseits brachte Philippe es nicht übers Herz, sich von Richard zu verabschieden und ihn mit seiner Trauer allein zu lassen. Er fühlte sich Richard Bonnaire verpflichtet, denn er hätte seine Tochter retten können; davon war er immer mehr überzeugt. Deshalb fragte er: »Brauchst du jemanden zum Reden?«

Bonnaires Stoppelkinn zitterte, als er antwortete: »Ja. Ein bisschen Ablenkung wäre schön.«

Wenig später saßen sie bei einer Tasse Tee in Richard Bonnaires Esszimmer. Alle Fensterläden waren geschlossen, das Zimmer wurde nur von ein paar Kerzen erhellt. Auf einer

Kommode standen Bilderrahmen mit Fotos von Madelaine; die Kommode sah aus wie ein Andachtsschrein.

»Seit gestern ist mein Leben ein Scherbenhaufen«, sagte Richard und nahm einen Schluck. »Als damals im Versandlager der Container vom Gabelstapler fiel und mich traf, und als der Arzt im Krankenhaus mir sagte, man müsse mir den linken Arm amputieren, da dachte ich, dass alles aus ist. Aber Madelaine und meine Frau haben mir neuen Mut gegeben. Sie haben mich wieder aufgebaut. Zwei Jahre später hat Francine mich verlassen ... wegen eines anderen Mannes. Er war älter als ich, hatte aber noch *beide* Arme. Wieder glaubte ich, alles wäre aus. Doch Madelaine hat mir auch aus dieser Krise herausgeholfen. Wir waren nur zu zweit, aber wir hatten unser Leben dennoch ganz gut im Griff. Jetzt ist Madelaine tot. Jetzt gibt es niemanden mehr, für den es sich zu leben lohnt.« Er sprach leise und unbeteiligt; es war die sachliche Bestandsaufnahme eines gescheiterten Lebens.

Philippe blieb noch eine halbe Stunde bei Richard Bonnaire. Das Auffrischen der Erinnerungen an Madelaine rückte seine eigenen Probleme immer mehr in ein anderes Licht. Der Hass auf Vandenberg, der Streit mit Claire, die Abfindung, die er vermutlich nie bekommen würde – das alles wurde plötzlich bedeutungslos. Es war *nichts* im Vergleich zu dem Schmerz, den Richard Bonnaire empfand.

23

Als Inspektor Giuseppe Pozzoni nach Hause kam, wurde bereits zu Abend gegessen. Ausnahmsweise gab es heute nicht Spaghetti, sondern Eintopf – das Leibgericht der Kinder *vor* dem Urlaub.

Aldo, mit zwei Jahren der Jüngste, aß unter der Aufsicht seiner Mutter, hatte jedoch sichtlich Spaß und gluckste vor Freude, wenn der Teller bei einer seiner unbeholfenen Bewegungen überschwappte.

Die anderen saßen wie die Orgelpfeifen daneben: Enzo, sechs Jahre alt und damit Pozzonis Zweitjüngster, die achtjährige Angelina, die ihre Großeltern in Cittanova sehr vermisste, und der zehn Jahre alte Sandro, der seinen Vater im Urlaub mit der Bemerkung überrascht hatte, er wolle ebenfalls Polizist werden, nachdem er zuvor eine Karriere als Formel-1-Fahrer hatte anstreben wollen. Pozzoni betrachtete Sandros neuen Berufswunsch als Verbesserung.

Er gab seiner Frau und den Kindern einen Kuss und setzte sich zu ihnen an den Tisch.

»Du bist heute Morgen früh aus dem Haus«, sagte Maria und schöpfte ihm eine Portion Eintopf auf den Teller. »War etwas Besonderes?«

»Nein, ich habe zurzeit nur sehr viel zu tun«, antwortete Pozzoni. Im Beisein der Kinder wollte er nicht über seine Fälle sprechen, schon gar nicht, wenn diese Fälle ihm den Schlaf raubten. Also wechselte er das Thema.

Er war froh zu hören, dass Angelina sich mit zwei Freundinnen aus der Nachbarschaft zum Spielen getroffen hatte; das würde ihr die Sehnsucht nach ihren Großeltern ein wenig lindern. Enzo erzählte voller Stolz von der Sandburg, die er auf dem Spielplatz gebaut hatte. Sogar Aldo hörte auf, mit dem Löffel im Eintopf herumzupatschen, und brabbelte irgendetwas. Nur Sandro hielt sich auffallend zurück.

Erst nach dem Essen zeigte sich der Grund dafür.

Enzo und Angelina schauten sich in ihrem Zimmer einen Zeichentrickfilm an, und Maria war damit beschäftigt, Aldo zu baden und ihn zu Bett zu bringen.

Giuseppe hatte es sich auf der Couch bequem gemacht und kritzelte auf einem Blatt Papier, während er über das heutige Verhör nachdachte. Hatte Louis Vandenberg Madelaine Bonnaire vergewaltigt? Das Video deutete darauf hin, doch Giuseppe musste einräumen, dass ein Rest von Zweifeln blieb. Selbst wenn Vandenberg das Mädchen vergewaltigt hatte – war er auch ihr Mörder? Der Inspektor hielt es für unwahrscheinlich, dass eine junge Frau in ein und derselben Nacht von zwei verschiedenen Tätern vergewaltigt und dann umgebracht wurde. Solche Zufälle gab es seiner Erfahrung nach nicht, es sei denn, Vandenberg hatte Recht, und die Regierung wollte ihm einen Mord anlasten, um ihn aus dem Weg zu räumen und OLYMPP ihre Subventionen aufzuzwingen.

Aber diese Verschwörungstheorie klang für Giuseppe mehr als unglaubwürdig. Wäre ein Unternehmen, das in Geldschwierigkeiten steckte, nicht glücklich über ein millionenschweres Subventionsangebot? Welcher normale Mensch würde sich dagegen *wehren?* Vandenbergs Version der Geschichte erschien Giuseppe ziemlich weit hergeholt.

Ein Geräusch riss ihn aus seinen Gedanken. Er bemerkte, dass Sandro neben ihm stand.

»Ich habe mich schon gefragt, wann du kommst«, sagte er.

»Du hast gewusst, dass ich mit dir sprechen will?«, fragte Sandro verdutzt. »Woher?«

»Ich bin ein guter Polizist.« Pozzoni lächelte. »Nein, Unsinn, ich kenne nur meine Kinder, und eins von ihnen schien mir beim Abendessen ziemlich bedrückt. Willst du dich zu mir setzen?«

Sandro nickte und nahm neben seinem Vater Platz. Nach einer kurzen Pause fragte er: »Stimmt es, dass Polizisten Schmeißfliegen sind?«

»Wer behauptet denn so was?«

»Emile.«

»Ein Freund von dir?«

»Ein Arschgesicht.«

»He, das will ich nicht gehört haben«, sagte Pozzoni mit strenger Miene.

»'tschuldigung.« Sandro wirkte noch bedrückter als zuvor.

»Warum glaubt dieser Emile, dass Polizisten Schmeißfliegen sind?«

»Weil sie immer dort sind, wo die Kacke am Dampfen ist.«

Giuseppe Pozzoni warf seinem Sohn abermals einen strengen Blick zu.

»Das habe nicht ich gesagt, sondern Emile. Und der hat es von seinem Vater.«

»Und jetzt möchtest du kein Polizist mehr werden?«

»Ich weiß nicht. Hat Emiles Vater denn Recht?«

Pozzoni seufzte. Es war nicht einfach, auf diese Frage zu antworten. »Soll ich dir etwas verraten?«, begann er. »Ich wünschte, ich könnte behaupten, dass Emiles Vater ein Lügner ist. Aber ich fürchte, es steckt ein Körnchen Wahrheit in dem, was er sagt. Polizisten sind immer da, wo Verbrechen geschehen. Oder nennen wir es ruhig beim Namen: wo die Kacke am Dampfen ist.«

Sandro grinste.

»Aber rede nicht so, wenn Mama zuhört, verstanden?«, sagte

Giuseppe Pozzoni mit einem Augenzwinkern. Ihm gefiel es, wenn er seine Kinder zum Lachen brachte.

»Ja, Sir«, sagte Sandro und zwinkerte zurück.

Giuseppe Pozzoni genoss die Vertrautheit zwischen Vater und Sohn noch einen Moment; dann sagte er: »Ich möchte, dass du eins weißt: Polizist zu sein, ist etwas sehr Ehrenhaftes. Gäbe es uns nicht, würde niemand die Verbrecher jagen – und das wäre doch ganz schön Scheiße, nicht wahr?«

Sandro kicherte. »Ich gehe jetzt in mein Zimmer«, sagte er mit sichtlich besserer Laune als vor einigen Minuten. »Gleich kommt Godzilla im Fernsehen, das will ich nicht verpassen.«

»Godzilla, aha. Hat Mama es dir erlaubt?«

»Na klar. Ist doch Babykram.«

Sandro war fast schon im Flur verschwunden, als er noch einmal stehen blieb. »Papa ...«

»Ja?«

»Ich bleibe dabei. Wenn ich mit der Schule fertig bin, werde ich Polizist. Genau wie du.«

Pozzoni lächelte. »Gute Nacht, du Schmeißfliege.«

»Nacht, Papa.«

24

Donnerstag, 12. September 2002

In dieser Nacht bekam Philippe kaum ein Auge zu. Das Gespräch mit Richard Bonnaire hatte Spuren hinterlassen, denn im Traum war ihm Madelaine erschienen. Nicht als Jugendliche, sondern als das kleine Kind, mit dem er einst Fangen gespielt hatte. Vor Freude kreischend war Madelaine vor ihm davongerannt. Immer wieder hatte Philippe sie gepackt und gekitzelt. Plötzlich hatte ihr fröhliches Kreischen sich in einen entsetzten Schrei voller Schmerz und Angst verwandelt, sodass Philippe von ihr abgelassen hatte. Das kleine, zerbrechliche Geschöpf war zu Boden gefallen, und Philippe hatte die Stichwunden auf ihrem Körper gesehen. Sein verzweifeltes Bemühen, die Blutungen zu stoppen, war vergebens gewesen. Madelaine war wachsbleich geworden, und ihre Augenlider begannen zu flattern. Ihre kleinen Kinderhändchen hatten auf Philippe gezeigt. *Warum hast du mir nicht geholfen?* Die Worte waren nur noch schwach über ihre trockenen, rissigen Lippen gekommen. *Warum hast du mich nicht beschützt, Onkel Philippe?*

Der Albtraum machte ihm so sehr zu schaffen, dass er nicht mehr einschlafen konnte. Während er in der Dunkelheit an die Decke starrte, kamen und gingen die Erinnerungen, als hätten sie einen eigenen Willen, dem er sich nicht entziehen konnte. Wie oft hatte Madelaine in diesem Bett ihren Mittagsschlaf gehalten? Wie oft hatte sie am Esszimmertisch gespielt?

Merkwürdig, dachte Philippe, dass Madelaine in seiner Erinnerung noch immer ein kleines Mädchen war. Wahrscheinlich lag es daran, dass sie früher viel mehr Zeit mit *Onkel Philippe* und *Tante Claire* verbracht hatte als in den letzten Jahren, als die Besuche immer seltener wurden und zuletzt ganz ausgeblieben waren. Aus dem kleinen Mädchen war eine selbstständige junge Frau geworden.

Aber auch wenn Philippe sie in den vergangenen zwei Jahren kaum mehr gesehen hatte, trieb ihm die Vorstellung, sie nun endgültig verloren zu haben, die Tränen in die Augen. Madelaine war die Tochter, die er und Claire nie gehabt hatten.

Am Frühstückstisch ließ er sich nur deshalb nicht gehen, weil Claire herzzerreißend weinte. Philippe wurde immer deprimierter. Er hatte das Gefühl, innerlich von Trauer zerfressen zu werden.

Und von Wut.

Wut auf Louis Vandenberg.

Nicht nur, dass dieser Kerl Philippes Leben seit einem Vierteljahrhundert fest in Händen hielt und ihm nun die Abfindung verweigerte – nein, jetzt hatte Vandenberg auch noch den Mord an einem Menschen begangen, der Philippe sehr nahe gestanden war.

Ich hoffe, du verrottest im Knast, dachte Philippe voller Bitterkeit.

Als er das Haus verließ und sich auf sein altes Motorrad setzte, konnte er der Versuchung nicht widerstehen, auf der Fahrt zur Firma einen Abstecher zum Gefängnis zu machen. Die Vorstellung, Vandenberg als gebrochenen Mann zu sehen, war zu verlockend. Philippe konnte es kaum erwarten, seinen Erzfeind am Boden zerstört zu sehen.

Philippe geriet an eine mürrische Aufseherin, die alles andere als erfreut war, dass der Richter Straferleichterungen für Louis Vandenberg erlassen hatte. Die Frau murmelte etwas davon, wie sehr ihr diese Vorzugsbehandlung widerstrebe.

Philippe wusste nichts damit anzufangen. Deshalb dankte er ihr freundlich für die Hilfe und wartete, bis sie die elektrische Entriegelung zum Besucherraum betätigt hatte.

Als er eintrat, richteten sich unwillkürlich seine Nackenhaare auf. Der Raum war kühl, karg, unwirtlich. Außer ein paar Tischen und Stühlen gab es nichts. Die Fenster, durch die das trübe Licht eines wolkenverhangenen Morgens fiel, waren vergittert.

Philippe setzte sich an einen der Tische und wartete, während seine Bedrückung konkretere Formen annahm. Seit langem verdrängte Bilder sickerten in sein Bewusstsein. Eine dunkle Kammer, eng wie ein Sarg. Hitze, Hunger, Durst. Das Krabbeln von Kakerlaken auf seinem Körper. Und Schreie. Philippes eigene Schreie, die niemand hören konnte. Oder wollte.

Auf einmal kam Philippe der Besucherraum des Gefängnisses bedrohlich vor. Es kostete ihn all seine Überwindungskraft, ruhig auf dem Stuhl sitzen zu bleiben, statt aus dem Zimmer, nein, aus dem ganzen verfluchten *Gebäude* zu rennen.

Noch während er mit sich rang, öffnete sich eine Tür, und Louis Vandenberg kam herein, gefolgt von einem uniformierten Wärter mit stumpfem Gesichtsausdruck.

Der OLYMPP-Chef sah gelassen aus, wenngleich ein wenig erschöpft. Als er Philippe erblickte, wurde seine Miene zu einer steinernen Maske. »Welche Ehre, Lafayette«, sagte er herablassend.

Noch immer derselbe Hochmut, stellte Philippe ernüchtert fest. Keine Spur von gebrochenem Stolz. Seine Freude schwand.

»Der Tag wird kommen, da Sie sich freuen, wenn *irgendjemand* Sie besucht«, sagte Philippe kalt.

»Sie wünschen sich bestimmt, dass ich hier drinnen wahnsinnig werde, habe ich Recht? Aber den Gefallen tu ich Ihnen nicht.«

»Die Zeit im Gefängnis kann jeden Menschen kaputtmachen.«

»Verschonen Sie mich mit Ihren Weisheiten! Sie haben doch gar keine Ahnung, wovon Sie reden, Mann!«

Irrtum, dachte Philippe. Ich weiß genau, wie es ist, eingesperrt zu sein.

Nur allzu gerne hätte er Vandenberg von seinen eigenen Erfahrungen berichtet, um ihm einen Vorgeschmack auf das zu geben, was ihn noch erwartete: die Selbstvorwürfe, die Verzweiflung, die Resignation. Der Wunsch, allem ein Ende zu setzen. Sicher – Philippes Verlies war ganz anders gewesen, ein heißer, stinkender Bretterverschlag, irgendwo am Ende der Welt. Doch er hatte nicht den leisesten Zweifel, dass jedes Gefängnis zur Hölle werden konnte. Es war nur eine Frage der Zeit.

»Ich werde Sie von nun an regelmäßig besuchen«, sagte Philippe mit der gleichen Selbstgefälligkeit wie Vandenberg. »Irgendwann werde ich das Vergnügen haben, Sie am Ende Ihrer Kraft zu sehen. Das wird ein Festtag für mich sein.«

Ein zynisches Lächeln legte sich auf Vandenbergs Gesicht. »Sie sind erbärmlich, Lafayette«, sagte er. »Sie kommen in der Hoffnung hierher, mich endlich auf den Knien zu sehen, dabei sind Sie bloß ein jämmerlicher Feigling, der nie den Mut aufgebracht hat, sich gegen mich zu wehren – erst jetzt, da ich hinter Gittern bin. Sie tun mir Leid.«

Die Worte trafen Philippe wie Nadelstiche.

»Wenn Sie nachher das Gefängnis verlassen, werden Sie sich wahrscheinlich mächtig auf die Schulter klopfen«, fuhr Vandenberg fort. »Sie werden sich vorkommen wie ein Held, doch für mich sind Sie bloß ein jämmerlicher Waschlappen.«

Obwohl Philippe wusste, dass er sein schwaches Herz nicht überstrapazieren durfte, kochte sein Blut. »Betrachten Sie Ihre Visage im Spiegel, und Sie werden sich erinnern, dass ich mich Ihnen vor fünfundzwanzig Jahren schon einmal in den Weg gestellt habe.« Aber du hast mich dafür bezahlen lassen, denn du kämpfst nicht mit fairen Mitteln, fügte er in Gedanken dazu.

»Ich hätte Ihnen damals den Kiefer brechen sollen. Zu schade, dass ich Montagnacht meine zweite Chance nicht genutzt habe.«

Einen Moment war Vandenbergs Miene wie eingefroren. »Sie ... waren da?«, stammelte er. »Sie haben gesehen, was passiert ist?« Plötzlich brach er in Gelächter aus. »Das ist ja wunderbar! Dann können Sie bezeugen, dass ich dem Mädchen nichts angetan habe!« Ihm schien ein Stein vom Herzen zu fallen; der alte Hass war wie weggeblasen.

Doch Philippe war nicht gekommen, um sich zu versöhnen. Deshalb erwiderte er: »Im Gegenteil, ich habe gesehen, wie Sie über Madelaine hergefallen sind. Leider war ich mir damals nicht sicher – jetzt bin ich es. Ich werde alles tun, dass Sie für den Rest Ihres Leben in der Zelle schmoren. Es wird mir eine Freude sein, bei der Polizei eine Aussage zu machen. Und zwar sofort. Ich kann es kaum erwarten.«

25

Provence, Spätsommer 1959

Nur weg von hier, schoss es Philippe durch den Kopf, als er seinen Freund Olivier regungslos auf dem Boden der Scheune liegen sah. Er war auf den Rücken gefallen, Arme und Beine weit von sich gestreckt. Sein Körper begrub die eisernen Spitzen der Heugabel. Ihr Holzstiel ragte darunter hervor wie eine Lanze, die den Jungen aufgespießt hatte.

Es war grausam, beinahe surreal – eine Tragödie, die schneller über Philippe hereingebrochen war, als er begreifen konnte. Wie hatte es so weit kommen können? Olivier hatte versucht, ihn, Philippe, vom Dachboden zu stoßen. In seiner Verzweiflung hatte Philippe um sich geschlagen und nach irgendetwas gegriffen, an dem er sich festhalten konnte. Er hatte Oliviers Hemd zu fassen bekommen, und dann ...

Dann hatte Olivier den Halt verloren und war in die Tiefe gestürzt.

Erst wenige Sekunden zuvor hatten er und Olivier sich angeschrien. Nun herrschte Stille – eine schaurige, gespenstische Stille. Nur das Zirpen der Insekten war zu hören. Es klang wie ein Totenlied, ein schrilles Requiem an einem heißen Spätsommernachmittag.

Philippe konnte sich später nur noch schemenhaft erinnern, was danach geschah. Er stand unter Schock, als er wie in Trance die Scheunenleiter hinunterstieg, wobei er jeden Blick auf Oliviers Körper vermied. Im Freien angelangt, übergab er sich unter einer alten Pappel.

Dann kam die Angst, man könne ihn des Mordes verdächtigen. Wer wusste von Oliviers eifersüchtigem Zorn auf ihn? Wer hatte sie beide heute zusammen aufs Feld gehen sehen?

Ihm fielen auf Anhieb ein Dutzend Leute ein. Wenn Olivier nicht bald zu Hause erschien, würde das ganze Dorf in Aufruhr versetzt. Und wenn man erst die Leiche in der Scheune fand, war es nicht weiter schwer, die Verbindung zu Philippe herzustellen.

Der Siebzehnjährige brauchte seine Fantasie nicht zu strapazieren, um sich auszumalen, was dann geschah. Das Gefängnis war die geringste seiner Sorgen. Viel beängstigender fand er die Vorstellung, was der aufgebrachte Pöbel ihm antun konnte, wenn man ihm erst die Schuld am Tod Oliviers angelastet hatte. Im vergangenen Jahr war ein Landstreicher von mehreren Dorfbewohnern beinahe zum Krüppel geschlagen worden, weil er ein Huhn hatte stehlen wollen. Was würden die Leute dann erst mit ihm anstellen, fragte sich Philippe, um Oliviers Tod zu rächen? In dieser verdammten Hitze konnten die Emotionen überkochen. Philippe fühlte sich seines Lebens nicht mehr sicher. Er sah sich schon vom nächstbesten Ast baumeln ...

Niemand würde ihm glauben, dass es ein tragischer Unfall gewesen war.

Die nackte Furcht machte es ihm unmöglich, einen vernünftigen, klaren Gedanken zu fassen. Doch er wusste, dass er nicht hier bleiben konnte. Er musste das Dorf verlassen.

Als die Nacht hereinbrach, packte er seine wenigen Habseligkeiten in eine Leinentasche und verließ das Haus seiner Tante für immer.

26

Nachdem er seine Aussage zur Mordnacht bei der Polizei zu Protokoll gegeben hatte, fuhr Philippe in gemächlichem Tempo zur Firma. Das monotone Brummen der Zündapp, eines Modells aus dem Jahre 1968, wirkte besänftigend auf ihn, verdrängte sogar die Gedanken an Oliviers Tod. Während Philippe durch die Straßen knatterte, wurde er von tiefer innerer Ruhe durchflutet.

Er liebte sein Motorrad. Auf dieser alten Zündapp hatte er Claire zum ersten Mal auf eine Spaziertour mitgenommen. Später hatten sie mit der Zündapp ihre Flitterwochen verbracht, auf einer Reise durchs Land. Zu mehr hatte das Geld nicht gereicht, aber sie waren glücklich gewesen. Weil das Motorrad ihn an diese Zeit erinnerte, hatte Philippe es nicht verkauft. Er würde sich nie davon trennen. Nicht einmal für die *Soleil.*

Aber die Jacht war ohnehin unerreichbar. Selbst wenn sie alles verkauften, was sie besaßen, würde das Geld nicht reichen. Ohne die Abfindung blieb die Jacht ein Luftschloss.

Ob Cathérine Lazard etwas für Philippe tun konnte, war nach wie vor offen. Dass Vandenberg hinter Gittern saß, mochte ein Vorteil sein, doch angesichts seiner Verhaftung hatte Cathérine zurzeit ganz andere Probleme, als sich um Philippes Abfindung zu kümmern. Wie er gerüchteweise gehört hatte, stand OLYMPP kurz vor einem großen Geschäft mit der französischen Regierung. Außerdem munkelte man, dass Sakamoto die Beziehungen zu OLYMPP abbrechen wollte.

Philippe beschloss, Cathérine Lazard noch ein wenig Zeit zu geben und sie erst nächste Woche wieder auf seine Abfindung anzusprechen.

Noch etwas beschäftigte Philippe auf seiner Motorradfahrt. Seine Aussage bei der Polizei untermauerte den Verdacht gegen Vandenberg, da war er sicher. Nach dessen arrogantem Auftritt im Gefängnis war es Philippe ein Herzensanliegen gewesen, es diesem Mistkerl heimzuzahlen.

Doch auch wenn er noch so gern daran glauben mochte, dass Vandenberg ein Mörder war – er wusste, dass etwas nicht ins Bild passte: Vandenbergs Gesicht, als Philippe ihm erzählt hatte, dass er in der fraglichen Nacht an der Bürotür gestanden war. Vandenberg hatte gelacht wie jemand, dem eine Zentnerlast von der Seele fällt.

Sie ... waren da? Sie haben gesehen, was passiert ist? Aber Lafayette, das ist ja wunderbar! Dann können Sie bezeugen, dass ich dem Mädchen nichts angetan habe!

Philippe wusste, dass Vandenberg ein begnadeter Schauspieler war, doch sein Lachen hatte echt gewirkt. Befreit. *Hoffnungsvoll.*

Und das irritierte Philippe.

Denn es bedeutete nichts anderes, als dass Vandenberg tatsächlich geglaubt hatte, einen Entlastungszeugen gefunden zu haben. Wie war er überhaupt in diese Situation geraten? Vandenberg war der raffinierteste Mensch, mit dem Philippe es je zu tun gehabt hatte. Weshalb hatte er dann nicht rechtzeitig für ein Alibi gesorgt? Selbst wenn er Madelaine im Affekt umgebracht hätte, wäre ihm bis zu seiner Verhaftung genügend Zeit dafür geblieben.

Irgendetwas war faul an der Geschichte. Konnte es tatsächlich sein, dass Louis Vandenberg unschuldig war?

27

Den ganzen Vormittag zerbrach Philippe sich den Kopf, kam aber stets zu demselben Ergebnis: Louis Vandenberg war vielleicht gar kein Mörder. Vielleicht nicht einmal ein Vergewaltiger.

Allerdings konnte Philippe sich nicht dazu durchringen, dies der Polizei mitzuteilen. Das wäre nicht glaubwürdig, sagte er sich. Schließlich habe ich erst heute Morgen ausgesagt, dass ich von Vandenbergs Schuld überzeugt bin.

Doch letztlich wusste Philippe, dass er sich nur etwas einredete. Tatsache war, dass er die Vorstellung genoss, wie Vandenberg in seiner Zelle schmorte. Wenn es nach Philippe ging, konnte das noch lange Zeit so bleiben.

Am Nachmittag tauchte ein Polizist auf, der sich als Inspektor Giuseppe Pozzoni von der Mordkommission Lyon vorstellte. Er war telefonisch angekündigt worden. Philippe führte ihn in die obere Etage.

Pozzoni zerriss das Plastikband, mit dem der Raum gestern versiegelt worden war, und ließ sich von Philippe die Tür öffnen. Dann betrat er das Büro, nahm die ersten Eindrücke in sich auf und sagte: »Vielen Dank für Ihre Hilfe, Monsieur. Jetzt komme ich alleine zurecht.«

Doch Philippe blieb gebannt im Eingang stehen – wie in jener Nacht, in der er Madelaine und Vandenberg beobachtet hatte.

Pozzonis Gesicht verriet, wie wenig ihm die Anwesenheit eines Zuschauers zusagte. »Ich will Sie nicht aufhalten«, sagte er. »Sie haben sicher noch eine Menge Arbeit.«

Natürlich gab es Arbeit genug, die Philippe erledigen sollte, aber er hatte gehofft, ein wenig mehr über die Mordnacht zu erfahren. »Ich möchte Ihnen gerne helfen, wenn ich kann«, sagte er. »Ich habe das Mädchen gekannt. Ich habe gesehen, was sich in jener Nacht in diesem Zimmer abgespielt hat.«

»Haben Sie schon als Zeuge ausgesagt?«

»Ja, heute Morgen.«

Pozzoni überlegte einen Moment. »Wenn Sie gesehen haben, wie Vandenberg das Mädchen vergewaltigt hat, weshalb haben Sie dann nicht eingegriffen?«

»Ich war angetrunken und wie vor den Kopf gestoßen. In meiner Verwirrung wusste ich nicht, wie ich reagieren sollte.« Dasselbe hatte er auch schon auf dem Revier ausgesagt. »Ich schäme mich, das zuzugeben, aber ich wollte nicht in irgendwas hineingeraten. Ich konnte ja nicht ahnen, was in der Nacht noch alles geschehen würde. Glauben Sie mir, seit ich von Madelaines Tod gehört habe, vergeht keine Minute, in der ich mir keine Vorwürfe mache. Deshalb biete ich Ihnen meine Hilfe an. Ich möchte meinen Fehler wieder gutmachen.«

Beeindruckt von so viel Offenheit fiel es dem jungen Inspektor schwer, die Bitte abzuschlagen. Andererseits konnte er einen Außenstehenden nicht einfach in die Ermittlungen einbeziehen.

»Wie gut kannten Sie das Mädchen?«, fragte er.

»Als wäre sie meine Tochter gewesen.«

»Dann können Sie mir am besten helfen, indem Sie mir alles erzählen, was Sie über Madelaine Bonnaire wissen. Ich werde mir notieren, was Sie zu sagen haben. Gibt es hier in der Nähe ein Zimmer, in das wir uns zurückziehen können?«

Philippe nickte, schloss Vandenbergs Büro ab und führte Pozzoni in ein Separee. Ein wohliges Kribbeln durchströmte ihn. Vielleicht gelang es ihm, dem jungen Inspektor ein paar Informationen zu entlocken.

Doch die nächsten dreißig Minuten erwiesen sich als wenig ergiebig. Pozzoni schrieb alles auf, was Philippe über Madelaine zu erzählen wusste; er selbst jedoch ließ sich nichts aus der Nase ziehen.

Philippe fiel allerdings auf, dass Pozzoni umso mitgenommener wirkte, je mehr er über Madelaine erfuhr. Dies machte den Polizisten sehr sympathisch – und bemitleidenswert, denn er wirkte wie jemand, der langsam aber sicher von einer riesigen Last erdrückt zu werden drohte.

Also unternahm Philippe einen erneuten Versuch, mit dem Inspektor ins Gespräch zu kommen. »Diese Geschichte geht mir ziemlich an die Nieren«, sagte er. »Mord ist etwas Furchtbares. Ich beneide Sie, wie Sie es schaffen, sich so sachlich damit auseinander zu setzen.«

Prompt ging Pozzoni darauf ein. »Ihr Eindruck täuscht«, sagte er. »Es ist mein Job, mich mit Gewaltverbrechen zu beschäftigen. Und ich mag diesen Job, denn irgendjemand *muss* ihn erledigen, und ich mache meine Sache gut. Aber es ist weiß Gott kein Vergnügen. Schauen Sie sich diesen Fall hier an – er ist schlimm genug. Und dann noch die Morde des *Chirurgen.* Seit ich am Montag den Toten in der Badewanne gesehen habe, weiß ich, dass ich nicht so hartgesotten bin, wie ich es gern wäre.«

»Sie meinen diesen Künstler?«

»Ja. Rudolph Brunner.«

Philippe stutzte. »Ich könnte schwören, dass er wie ein Getränk hieß. Oder wie eine Frucht.«

»Cassis. Das war sein Künstlername, mit dem er eine gewisse Bekanntheit erlangt hat. Deshalb haben die Medien nie seinen bürgerlichen Namen erwähnt. Nur ich werde ihn wohl nie vergessen.«

Philippe nickte stumm, denn er wusste nicht, was er sagen konnte, um den jungen Mann seelisch aufzurichten. Er kannte die zerstörerische Kraft unliebsamer Erinnerungen aus eigener Erfahrung. Er hatte den Polizisten zum Reden gebracht und ihm zugehört. Mehr konnte er nicht für ihn tun.

Als sie zu Vandenbergs Büro zurückkehrten, lief ihnen Alphonse über den Weg.

»Sieht ganz so aus, als würde meinem Boss jetzt schon im Knast die Decke auf den Kopf fallen«, sagte er. »Ich soll ihm ein paar Sachen besorgen. Akten, ein Diktiergerät, Schreibzeug und so weiter. Es spricht doch nichts dagegen, Inspektor?«

»Solange er sich in Untersuchungshaft befindet, nein.«

Unter Pozzonis Aufsicht holte Alphonse die von Vandenberg gewünschten Dinge. Philippe half ihm dabei, doch seine Aufmerksamkeit war auf Pozzoni gerichtet, der das Büro durchsuchte. Insbesondere das Sideboard neben der Tür hatte es ihm angetan. Darauf stand ein etwa achtzig Zentimeter hohes und ebenso langes Modellschiff mit dem Namen *El Corazon.* Dem Aussehen nach handelte es sich um eine Galeone der spanischen Armada. Ihr galt Pozzonis ungeteilte Aufmerksamkeit.

»Vielleicht können Sie mir nun doch noch einen Gefallen tun, Monsieur Lafayette«, sagte er. »Könnten Sie mir eine Pinzette besorgen?«

Philippe verließ das Zimmer, kam kurze Zeit später zurück und gab Pozzoni, worum er gebeten hatte.

Der Inspektor murmelte: »Danke sehr«, und widmete sich wieder der Galeone. Er war so in seine Arbeit vertieft, dass es ihn nicht mehr zu stören schien, Zuschauer zu haben. Mit ruhigen Fingern führte er die Pinzette in eine der vorderen Kanonenluken ein. Nach einigen Fehlversuchen gelang es ihm, einen winzigen Gegenstand aus der Öffnung zu fischen, der für Philippe wie eine Diode oder ein kleines Lämpchen aussah. Daran angelötet war ein Computerchip und eine Knopfbatterie. Alles in allem war die Apparatur nicht größer als ein Fingerglied.

»Ist das die Kamera, mit der Vandenberg aufgenommen wurde?«, fragte Alphonse. Zu Philippe sagte er: »Die Polizei hat ein Videoband bekommen, das ihn belastet.«

»Woher wissen Sie davon? In der Presse wurde nichts erwähnt!« Das harmlos wirkende Gesicht des jungen Inspektors hatte plötzlich einen scharfen Ausdruck angenommen.

Alphonse zögerte einen Augenblick. »Als ich Vandenberg vorhin die Post ins Gefängnis brachte, hat er mit seinem Anwalt telefoniert und über das Video gesprochen. Deshalb dachte ich, dieses Ding da könnte die Kamera sein, mit der ...«

»Sagen Sie zu niemandem ein Wort darüber«, unterbrach ihn der Inspektor. »Das gilt auch für Sie, Monsieur Lafayette. Ich will nicht, dass die Medien etwas davon erfahren, jedenfalls so lange nicht, bis Vandenberg zweifelsfrei überführt ist.«

In diesem Moment klingelte Pozzonis Mobiltelefon. Er nahm den Anruf entgegen und ließ das Handy wieder in der Tasche verschwinden. Seine Miene war finster geworden.

»Schließen Sie das Zimmer bitte wieder ab, Monsieur Lafayette, und halten Sie es so lange verschlossen, bis die Leute von der Spurensicherung sich das Schiff angeschaut haben. Ich gebe Ihnen Bescheid, sobald es wieder zugänglich ist«, sagte er. »Und rühren Sie nichts an, hören Sie?«

Damit verschwand er eilig aus dem Zimmer.

Philippe schaute ihm verwundert nach. »Was ist denn in den gefahren, so plötzlich zu verschwinden?«

Alphonse zuckte mit den Schultern. »Keine Ahnung, aber ich hoffe, er taucht so schnell nicht wieder auf. Wie sauer dieser Grünschnabel reagiert hat, als ich die Kamera erwähnte! Für einen Moment dachte ich, er will mich verhaften.« Leiser fügte er hinzu: »Dabei bin ich inzwischen ziemlich sicher, wer hinter den heimlichen Videoaufnahmen steckt.«

Da er keine Anstalten machte, weiterzusprechen, sagte Philippe: »Muss ich erst auf die Knie fallen, damit du es mir verrätst?«

»Es ist Belloque.«

»Jaques Belloque?«

»Wie viele Belloques kennst du? Natürlich Jaques Belloque.«

Auf diese Idee wäre Philippe nie gekommen. »Was macht dich so sicher?«

Alphonse lächelte verschwörerisch. »Ganz einfach. Wie du weißt, bin ich für Kurierfahrten zuständig, wenn Vandenberg mich nicht gerade als Chauffeur benötigt. Und aus verständlichen Gründen hat er zurzeit keine große Verwendung für mich. Heute Morgen habe ich meine tägliche Runde gedreht, um die Post abzuholen, und wie üblich im Vorzimmer von Cathérine Lazard begonnen. Nichts Besonderes. Meine zweite Station war Jaques Belloques Vorzimmer, aber seine Sekretärin war nicht da. Er selbst auch nicht. Was habe ich also gemacht?«

»Gewartet, bis er zurückkommt?«

»Eben nicht! Wer weiß, wie lange das dauern kann! Nein, ich hab natürlich in seinem Fach für den eiligen Postausgang nachgesehen, das sich auf seinem Schreibtisch befindet. Belloque hat mir schon mal einen Anschiss verpasst, weil ich das Fach nicht geleert habe. Und ohne es zu wollen, hab ich heute etwas gesehen, das neben dem Fach auf seinem Schreibtisch lag. Eine Schachtel Zigarren – echte kubanische, keine billigen Stumpen. Und jetzt halt dich fest! Unter der Packung klemmt ein Zettel, auf dem steht: ›Wie ich höre, ist das Hindernis beseitigt. Gratulation! E. J.‹«

»Das ist alles?«

»Deutlicher geht's ja wohl kaum.«

Philippe waren die Schlussfolgerungen seines Freundes noch immer ein Rätsel. »E. J.? Wer soll das sein?«

»Edmond Jeaubert, wer sonst.«

»Wer, zum Teufel, ist Edmond Jeaubert?«

»Schon mal was von Politik gehört, Philippe? Jeaubert war

früher die rechte Hand des Bürgermeisters von Lyon. Heute ist er einer der bekanntesten Mittelsmänner der französischen Regierung. Wenn es zwei Leute auf der Welt gibt, die sich spinnefeind sind, dann Vandenberg und Jeaubert. Soviel ich weiß, versucht Jeaubert, Einfluss auf die Firma zu nehmen, und es gibt nichts, was Vandenberg mehr hasst.«

Abgesehen von mir vielleicht, dachte Philippe. »Du glaubst, dieser Politiker und Jaques Belloque intrigieren gegen Louis Vandenberg?«

»Sieht ganz danach aus.«

Doch so leicht war Philippe nicht zu überzeugen. Das in der Notiz erwähnte *Hindernis* konnte alles Mögliche sein, und bestimmt gab es dutzende von Namen mit den Initialen E. J. Andererseits hatte Alphonse einen erstaunlich guten Riecher für alles, was nicht für seine Augen und Ohren bestimmt war. Schon oft hatte er anhand weniger Hinweise über Geschäftsgeheimnisse spekuliert, die sich später als Tatsachen erwiesen hatten.

»Findest du es nicht eigenartig, dass Belloque die Zigarren und den verräterischen Zettel offen auf seinem Schreibtisch liegen lässt?«, fragte Philippe.

»Nicht, wenn er das Zimmer nur kurz verlässt. Auch ein Geschäftsführer muss mal pinkeln. Und manchmal ist es unauffälliger, etwas offen herumliegen zu lassen, als es wie den Augapfel zu hüten.«

»Es sei denn, *du* bist in der Nähe.«

Alphonse grinste. »Es sei denn, *ich* bin in der Nähe.«

Auf dem Weg zur Tür hörten die beiden Männer plötzlich Schritte im Flur. Draußen angekommen, sah Philippe gerade noch, wie ein Schatten im Treppenaufgang verschwand.

»Hast du erkannt, wer es war?«, fragte er.

»Nein, weshalb?«

»Ich bin mir nicht sicher, aber ich glaube, wir wurden belauscht.«

28

Je näher seine Pensionierung rückte, desto öfter ertappte Philippe sich dabei, im Geiste noch einmal die alten Zeiten heraufzubeschwören. Nicht bewusst – es geschah ganz von selbst. Die Erinnerungen erfüllten ihn mit der gesamten Bandbreite menschlicher Emotionen, vor allem aber mit Furcht.

Seine Vergangenheit war für ihn wie die Büchse der Pandora. Fünfundzwanzig Jahre lang hatte er diese Vergangenheit erfolgreich in einen verborgenen Winkel seines Hirns verbannt. Nun aber zwang ihn der nahende Ruhestand, Zwischenbilanz zu ziehen und sich mit der unangenehmen Wahrheit auseinander zu setzen.

Also hatte er die Büchse der Pandora geöffnet, auf sein Leben zurückgeblickt und damit das Unheil entfesselt. Alte Wunden waren aufgebrochen, und jeder Albtraum hatte weitere nach sich gezogen. Die Bilder waren oft so realistisch, dass Philippe völlig darin aufging. Wenn er später in die Gegenwart zurückkehrte, konnte er nicht sagen, wie lange die Zeitreise in die Vergangenheit gedauert hatte.

Manchmal fragte er sich, wie sein Leben wohl verlaufen wäre, wenn Olivier in jenem tragischen Sommer des Jahres 1959 nicht in die Heugabel gestürzt wäre. Aber es war müßig, darüber nachzugrübeln.

Philippe hatte bereits seine Sachen zusammengepackt, um Feierabend zu machen, als das Telefon klingelte. Noch halb in die Erinnerungen an Olivier vertieft, nahm er den Hörer ab.

»Philippe Lafayette?«, fragte eine Stimme, die er nicht kannte.

»Der bin ich.«

»Hören Sie mir genau zu, denn ich sage es nur einmal.« Es war eine Männerstimme, scharf und durchdringend. Philippe spürte, wie ihm ein kalter Schauer über den Rücken jagte.

»Das ist eine Warnung«, fuhr die Stimme fort. »Sie haben keine Ahnung, worum es hier geht und mit wem Sie es zu tun haben. Ich rate Ihnen, sich aus Dingen herauszuhalten, die Sie nichts angehen, sonst ...«

»Wer sind Sie?«

»... sonst geschieht ein Unglück!«

Ein Klicken, und die Leitung war tot.

Wie in Trance legte Philippe den Hörer auf die Gabel. Hat dieses Telefonat tatsächlich stattgefunden, fragte er sich. Ja, sonst würde mein Puls mir nicht so in den Ohren dröhnen. Jemand hat mir soeben gedroht. Jemand, dem ich offenbar zu nahe gekommen bin, ohne es zu ahnen.

Wer steckte dahinter? Während Philippe wie zu Stein erstarrt in seinem Hausmeister-Kabuff stand und sich über diese Frage den Kopf zermarterte, klingelte das Telefon erneut. Philippes Hände zitterten, als er den Hörer abnahm.

»Philippe?«

»Ja.«

Es war Alphonse. »Du wirst nicht glauben, was mir gerade passiert ist.« Seine Stimme klang aufgeregt.

»Du hast einen anonymen Anruf erhalten.«

»Woher weißt du das?«

»Ich wurde ebenfalls angerufen. Vor einer Minute.«

Nach einer kurzen Pause fragte Alphonse mit brüchiger Stimme: »Glaubst du, wir sind in Gefahr?«

»Die Drohung hörte sich echt an.«

»Aber wer könnte es auf uns abgesehen haben?«

Diese Frage hatte Philippe sich auch schon gestellt. Jetzt, da er wusste, dass Alphonse ebenfalls einen Anruf erhalten hatte, gab es für ihn keinen Zweifel mehr. Nur eine einzige Person konnte sich von *beiden* Männern bedroht fühlen.

»Die Anrufe gehen auf Belloques Konto!«, sagte er. »Ich glaube, er arbeitet tatsächlich mit diesem Politiker zusammen, mit diesem ...«

»Edmond Jeaubert.«

»Ja. Ich kann es mir nur so erklären: Belloque erhält von Jeaubert die Zigarren als Dank dafür, dass er Vandenberg hinter Gitter gebracht hat. Und als er heute Mittag in sein Büro zurückkommt, schöpft er Verdacht, dass du die Notiz gelesen und dir die Wahrheit zusammengereimt hast.«

»Aber wie konnte er wissen, dass *ich* in seinem Zimmer war?«

»Du hast seine Eilpost mitgenommen, also weiß er, dass du an seinem Schreibtisch warst. Ich glaube, er war es auch, der uns im Flur belauscht hat.«

»Als ich dir gesagt habe, dass ich ihn verdächtige!«, fügte Alphonse fassungslos hinzu. »Mein Gott, hätte ich gewusst, in welche Lage ich uns bringe, hätte ich nie ... meine verdammte Neugier! Großer Gott!«

»Beruhige dich«, sagte Philippe, obwohl auch er sich nicht wohl in seiner Haut fühlte. »Noch ist uns nichts passiert.«

»Du hast Recht«, erwiderte Alphonse, klang aber keineswegs ruhiger. »Belloque hat uns diese Warnung nicht umsonst zukommen lassen. Wenn wir uns ab jetzt aus der Geschichte heraushalten, wird keinem etwas geschehen. Versprich mir, dass du vernünftig bist, Philippe. Vergiss, was ich dir heute Mittag über Belloque und Jeaubert erzählt habe.«

Im ersten Moment wollte Philippe der Bitte seines Freundes nachkommen, dann aber fiel ihm ein: »Ich kann die Sache nicht auf sich beruhen lassen. Wenn Belloque eine Intrige eingefädelt hat, um Vandenberg aus dem Verkehr zu ziehen, gehörte auch der Mord an Madelaine zu seinem Plan.«

»Was soll das heißen? Willst du etwa zur Polizei gehen? Wenn du das tust, sind wir beide so gut wie tot!«

»Ich will die Polizei nicht einschalten«, sagte Philippe. »Abgesehen davon, dass es uns schlecht bekäme, haben wir keine Beweise.«

»Und was hast du dann vor?«

Bevor er genauer darüber nachdenken konnte, sagte Philippe: »Wir sollten uns mal Belloques Büro ansehen.«

»Bist du übergeschnappt?«

»Dann mache ich's allein. Vielleicht finde ich etwas heraus.«

»Das ist Wahnsinn! Lass die Finger davon!«

»Alphonse, ich bitte dich. Du weißt, wie viel mir an Madelaine lag. Hätte ich sie am Montag nach Hause gebracht, wäre sie noch am Leben. Ich mache mir Vorwürfe und habe Albträume. Ich *muss* wissen, ob Belloque für Madelaines Tod verantwortlich ist.«

»Meinst du, er lässt Beweise, die sein Leben zerstören können, einfach in seinem Büro liegen?«

»Die Zigarren und die Notiz von Jeaubert lagen offen auf seinem Schreibtisch, oder?«

Alphonse schwieg.

»Ich weiß, es ist nur eine geringe Chance«, fuhr Philippe fort. »Aber eine andere habe ich nicht. Und Belloque ist kein Supermann. Er hat bewiesen, dass auch er Fehler macht. Vielleicht finde ich *irgendetwas,* das unseren Verdacht bestätigt.«

»Wenn er dich erwischt, bist du geliefert.«

»Er wird mich nicht erwischen, denn er wird nicht da sein.« Während des Gesprächs hatten sich vor Philippes geistigem Auge die groben Züge eines Plans herausgebildet. Am liebsten hätte er sich Belloques Büro sofort vorgenommen, doch er kannte die Angewohnheit dieses Mannes, oft bis spät in die Nacht zu arbeiten. Nur freitags ging er stets pünktlich nach Hause, um das Wochenende mit Frau und Tochter zu verbringen.

Philippe blieb nichts anderes übrig, als sich noch einen Tag zu gedulden. Deshalb sagte er: »Ich werde Belloques Büro durchsuchen – morgen Nacht.«

29

Inspektor Giuseppe Pozzoni rieb sich das Gesicht und trank einen weiteren Becher Kaffee. Inzwischen musste er so viel Koffein im Körper haben, dass man damit einen Bären aus dem Winterschlaf hätte reißen können, doch er fühlte sich keineswegs wach.

Pozzoni seufzte. Er war übermüdet und hätte sich ordentlich ausschlafen müssen, doch es hatte keinen Sinn, sich ins Bett zu legen. Seit er am Montag Cassis' Leiche gesehen hatte, bekam er kaum mehr ein Auge zu. Der *Chirurg von Lyon* verfolgte ihn, wohin er auch ging.

Im Revier war zu dieser späten Stunde kaum noch jemand anzutreffen. Von der Schreibtischlampe in Pozzonis Büro abgesehen, brannte im Morddezernat nirgends mehr Licht. Ein Kollege hatte etwas von einem Fußballspiel gesagt, das heute Abend im Fernsehen übertragen wurde. Ein Qualifikationsspiel für die Champions League. Offenbar war Pozzoni der Einzige, der sich nicht dafür interessierte.

Allerdings wäre er jetzt liebend gern bei Maria und den Kindern gewesen. Seit er aus dem Urlaub zurück war, hatte er wenig von ihnen gehabt. Doch an diesem Abend wäre er kein guter Ehemann und Vater gewesen. Deshalb war er im Büro geblieben und hatte sich darangemacht, den unvermeidlichen Papierkram zu erledigen.

Nach dem Gespräch mit diesem neugierigen Hausmeister – wie hieß er gleich? Ach ja, Philippe Lafayette – hatte Giuseppe sich ein wenig besser gefühlt. Es hatte gut getan, mit jemandem über die Dinge zu sprechen, die ihn bedrückten.

Eigenartig, dachte er, dabei kenne ich diesen Mann gar nicht.

Er wusste selbst nicht, was in ihn gefahren war – normalerweise war er nicht so redselig. Aber mit Maria konnte er nicht über seine angeschlagene Verfassung sprechen, und mit seinen Kollegen schon gar nicht. Wenn bekannt wurde, dass die Arbeit ihm derart zusetzte, war die nächste Beförderung gestorben.

Zum ersten Mal fragte sich Giuseppe Pozzoni, ob ihm seine Karriere nicht zu wichtig war.

Er warf einen Blick durchs Fenster auf die nächtliche Stadt. Alles wirkte so friedlich – *trügerisch* friedlich.

Heute Nachmittag war das vierte Opfer des *Chirurgen* gefunden worden, auf einem Bauernhof in Écully, unweit von Lyon. Die Leiche, eine bislang nicht identifizierte Frau im Alter von fünfundzwanzig bis dreißig Jahren, hatte in einem Stall gelegen, zwischen landwirtschaftlichen Geräten, Strohballen und Hühnerkot. Der Gutsbesitzer hatte sie entdeckt, als er Saatgut aus dem Stall holen wollte.

Dem vorläufigen Bericht des Pathologen zufolge war die Tat zwischen 03.00 und 05.00 Uhr am Morgen dieses Tages begangen worden. Wie üblich fehlte vom Kopf der Leiche jede Spur. Zudem hatte der *Chirurg* der Frau mit mehreren Axthieben ein etwa dreißig Zentimeter langes Stück des unteren Rückgrats herausgetrennt. Alles deutete darauf hin, dass es sich um dieselbe Tatwaffe handelte wie bei den anderen Opfern.

Die Bestandsaufnahme in Pozzonis Büro war inzwischen abgeschlossen. Die Flip-Chart-Tabelle vom Dienstag war um eine weitere Spalte ergänzt worden. Viel weiter hatte sie das jedoch nicht gebracht.

Auch der Fall Bonnaire stagnierte. Louis Vandenberg hatte noch kein Geständnis abgelegt, weder für die Vergewaltigung noch für den Mord. Die Untersuchung des Videobands hatte ebenfalls wenig Neues ergeben. Es handelte sich eindeutig *nicht* um einen Zusammenschnitt, sondern um eine zusammenhängende Aufnahme von rund vier Minuten Dauer. Anfang und Ende der Aufzeichnung fehlten jedoch, sodass niemand zu sagen vermochte, was sich vor oder nach diesen vier Minuten abgespielt hatte.

Selbst die Befragung von Richard Bonnaire hatte sich als unergiebig erwiesen.

»Der Mann sagt, dass seine Tochter allgemein beliebt gewesen ist«, hatte Pozzonis Kollege Navarre berichtet. »Und soweit ich feststellen konnte, stimmt das. Madelaine hatte keine Feinde. Jeder, mit dem ich gesprochen habe, hatte nur Gutes über sie zu sagen. Einen festen Freund hatte das Mädchen nicht. Sie war nicht gerade die beste Schülerin; deshalb ist sie diesen Sommer abgegangen und hat bei OLYMPP als Putzkraft angefangen. Von dem Chip-Implantat oder einer Kopf-Operation seiner Tochter will Richard Bonnaire nichts gewusst haben. Er hat Madelaine fast jeden Tag gesehen, außer letztes Jahr in den Sommerferien. Da war Madelaine mit einer Freundin ein paar Wochen in Urlaub. Aber Richard Bonnaire ist nichts an seiner Tochter aufgefallen, als sie zurückkam. An den Namen der Freundin kann er sich allerdings nicht mehr erinnern.«

»Er weiß den Namen nicht mehr? Und er hat nicht mal gewusst, dass seine Tochter einen Computerchip im Kopf hat? Das ist doch Blödsinn!«

»Ja, wahrscheinlich hat er gelogen. Allerdings war der Mann voll bis zum Anschlag, als ich bei ihm war. Er versucht, seinen Schmerz im Alkohol zu ertränken.«

»Hat Madelaine ihm gegenüber den Namen Vandenberg erwähnt?«

»Angeblich nicht. Ich habe ihn auch gefragt, ob seine Tochter in letzter Zeit auffallend viel Geld besaß oder teuren Schmuck trug. Das war nicht der Fall. Die Überprüfung der

Konten hat das bestätigt. Madelaine verfügte lediglich über das Geld, das sie bei OLYMPP verdiente. Nichts deutet darauf hin, dass sie schon seit längerem ein Verhältnis mit Vandenberg hatte und ihn damit erpresste. Aber ich werde mir Richard Bonnaire morgen noch einmal vornehmen. Vielleicht erinnert er sich besser, wenn er seinen Rausch ausgeschlafen hat.«

Momentan gab es keine einzige heiße Spur. Nicht mal eine lauwarme. Es war zum Verzweifeln.

Vor einer Stunde hatte Pozzoni noch einmal Hoffnung geschöpft. Igor de Beurs hatte angerufen und berichtet, dass es ihm gelungen sei, den Chip-Code zu knacken.

»Allerdings ist das Ergebnis sehr dürftig«, hatte de Beurs gesagt. »Dem Mädchen wurde ein leeres Speichermodul eingepflanzt. Ein Placebo. Ich habe nicht die leiseste Ahnung, wozu der Chip gut gewesen sein soll.«

Enttäuscht hatte Pozzoni einen Vermerk in die Akte gemacht: Sackgasse!

Ohne es zu wollen, wanderten seine Gedanken jetzt wieder zu der Frauenleiche in Écully. Er fragte sich, wie dieser Mord sich mit der Theorie von Interpol vereinbaren ließ. Wenn der *Chirurg* seinen Opfern Köpfe, Arme und Beine abtrennte, weil er in seiner Kindheit beschimpft, verprügelt und getreten worden war – weshalb entfernte er dann jemandem ein Stück der Wirbelsäule? Niemand hatte darauf eine Antwort gewusst. Selbst der Interpol-Experte, den sie telefonisch hinzugezogen hatten, war ratlos gewesen.

Pozzoni zuckte zusammen, als er ein Geräusch hörte. Es klang wie ein Knacken oder Klicken, als würde jemand eine Tür zuziehen. Der Inspektor warf einen Blick durch die Trennscheibe in das Großraumbüro des Morddezernats. Niemand war zu sehen.

Er blieb eine Zeit lang regungslos sitzen und lauschte, doch es blieb still. Ich muss mich getäuscht haben, sagte Pozzoni sich schließlich. Das Geräusch ist offenbar von der Straße her gekommen.

Giuseppe Pozzoni musste über sich selbst schmunzeln. Dieses lächerliche Geräusch hatte ihm doch tatsächlich ein wenig Angst eingejagt. Der *Chirurg* machte ihn noch total verrückt! Kopfschüttelnd vertiefte er sich wieder in seine Unterlagen.

Bis er wieder ein Geräusch vernahm. Diesmal Schritte.

Noch einmal blickte er in das dunkle Großraumbüro, wieder war niemand zu sehen. Doch Pozzoni hätte schwören können, dass er nicht allein war.

Er öffnete die Bürotür. »Ist da jemand?«, fragte er laut. Seine Stimme wirkte selbstsicherer, als er sich fühlte.

Keine Antwort.

Pozzoni trat einen Schritt ins Großraumbüro hinein, ließ den Blick über die dunklen Schreibtische schweifen und schaute auf die Tür am anderen Ende des Raumes. Soweit er in der Dunkelheit erkennen konnte, war die Tür geschlossen, und niemand außer ihm hielt sich hier auf.

Er zwang sich, Ruhe zu bewahren und nüchtern zu denken. Kein Mörder würde freiwillig ein Polizeigebäude betreten. Dennoch – Pozzonis ungutes Gefühl blieb. Als er dastand, wurde ihm seine Exponiertheit bewusst, und er kam sich plötzlich wie eine Zielscheibe vor, angestrahlt von dem Licht in seinem Büro.

Leichte Beute für den Mörder.

Mach dich nicht verrückt, befahl er sich. Du verrennst dich in eine Panik.

Doch wider alle Logik signalisierte ihm seine innere Stimme Gefahr. Mit einem Mal konnte er das Gebäude gar nicht schnell genug verlassen. Er verstaute seine Unterlagen in einer Konsole und knipste seine Schreibtischlampe aus. Jetzt war es fast völlig dunkel; nur das Licht der Straßenlaternen fiel durch die Fenster und warf bizarre Schattenmuster an die Wände. Doch Pozzoni fühlte sich jetzt besser. Immerhin stand er nicht mehr wie eine lebende Zielscheibe im Zimmer.

Da sich seine Augen an die Dunkelheit gewöhnen mussten,

ging er zunächst langsam, dann immer schneller durch das Großraumbüro in Richtung Ausgangstür. Als er sie endlich erreichte, fiel ihm ein Stein vom Herzen. Niemand hatte sich auf ihn gestürzt, niemand hatte versucht, ihn zu töten. Beinahe kam er sich lächerlich vor.

Der Inspektor warf einen letzten Blick über die Schulter. Das dunkle Großraumbüro lag still und friedlich da. Pozzoni schämte sich ein wenig vor sich selbst, weil er beinahe die Nerven verloren hätte; zugleich war er erleichtert, dass nichts passiert war. Er drückte er die Klinke und zog die Tür zum Treppenhaus auf.

Und erschrak beinahe zu Tode.

Vor ihm stand eine schwarze Silhouette, nicht besonders groß, aber kräftig. Eindeutig ein Mann. Ein Dämon, der Unterwelt entstiegen.

Vor Schreck wie gelähmt, verharrte Pozzoni. Sein Blick wanderte an der Furcht erregenden Gestalt hinab, über die muskulösen Schultern und die Arme entlang bis zu den Händen, in denen der Mann etwas hielt, das Pozzoni den kalten Schweiß auf den Rücken trieb.

Trotz der Dunkelheit war er sicher, dass es sich um eine Axt handelte.

30

Freitag, 13. September 2002

Wie so oft bei schönem Wetter beschloss Philippe auch an diesem Morgen, seine Zündapp in der Garage stehen zu lassen und zu Fuß zur Firma zu gehen. Dass er von dem Moment an beobachtet wurde, als er das Haus verließ, ahnte er nicht. Er genoss die ersten wärmenden Sonnenstrahlen des Tages in vollen Zügen, und bald vergaß er sogar die telefonische Drohung vom Vorabend. Die frische Luft sorgte dafür, dass er wieder einen klaren Kopf bekam. Den hatte er auch dringend nötig; schließlich wollte er heute Nacht Jaques Belloques Büro durchsuchen ...

Allerdings wuchsen mit jedem Schritt seine Zweifel, ob die Idee wirklich so gut war. Gestern war er noch davon begeistert gewesen. Nach dem anonymen Anruf hatte er sich voller Wut geschworen, der Drohung zu trotzen. Doch nachdem er eine Nacht darüber geschlafen hatte, fragte er sich, ob sein Vorhaben wirklich sinnvoll war. Wie groß mochte die Wahrscheinlichkeit sein, dass er in Belloques Büro etwas fand, das den Mann mit Madelaines Ermordung in Verbindung brachte? Er hatte ja nicht einmal die geringste Vorstellung, wonach er suchen sollte. Er war nahe dran, die Sache abzublasen.

Oder war er wieder einmal nur zu feige? Allein dieser Gedanke war wie ein Peitschenhieb. Nein, er durfte jetzt keinen Rückzieher machen! Hier ging es um ein junges Mädchen, das ihm sehr am Herzen lag und das *ermordet* worden war! Und Jaques Belloque hatte bei diesem abscheulichen Verbrechen die Finger im Spiel gehabt. Philippe war entschlossen, ihn nicht ungeschoren davonkommen zu lassen.

An einer Ampel trat ein Mann in Anzug und Krawatte neben ihn, ein Mobiltelefon am Ohr.

»Kaufen Sie für vierzigtausend«, sagte der Mann zu seinem Gesprächspartner. »Ja, SAP-Aktien. Und für denselben Betrag Futures auf den NEMAX.«

Hätte er nicht so laut gesprochen, wäre er Philippe vermutlich gar nicht aufgefallen. So aber hatte er seine Aufmerksamkeit erregt.

Der Mann war etwa fünfundvierzig Jahre alt, schätzte Philippe. Sein gepflegtes Äußeres, die Kleidung und der Inhalt des Telefonats ließen auf einen durchaus erfolgreichen Geschäftsmann schließen. Er war etwas kleiner als Philippe, sprach mit einem deutlichen Akzent, der aber nicht zuzuordnen war, und besaß eine auffallend große, gebogene Nase. Ein klassisches griechisches Profil, dachte Philippe. Spontan drängte sich ihm der Name *Sokrates* auf.

Philippe warf einen ungeduldigen Blick auf die Ampel, die noch immer Rot zeigte. Dann schaute er auf den Bus, der von links herangefahren kam ...

Und bekam plötzlich einen wuchtigen Stoß in den Rücken.

Automatisch warf er die Arme in die Höhe, hilflos taumelte er nach vorne. Die Front des Busses raste wie ein riesiger Hammer auf ihn zu. Eine Frau schrie, Reifen quietschten. Die Augen geschlossen, schwebte Philippe für einen Moment im dunklen, schwerelosen Raum, wartete auf den alles vernichtenden Schlag, wartete ergeben auf den Tod ...

Erst als er Hände am Körper spürte und aufgeregte Stimmen vernahm, begriff er, dass er noch lebte. Er öffnete die Lider. Der Kühler des Busses war kaum einen Meter entfernt, hatte ihn aber nicht getroffen. Der Schlag, den er gespürt hatte, war nur der Aufprall auf dem Asphalt nach seinem Sturz gewesen.

Philippe setzte sich auf, klopfte sich benommen den Staub

von den Ärmeln und griff nach seiner Aktentasche, die er hatte fallen lassen. Blut lief ihm über die Schläfe. Er tastete danach. Bloß eine Platzwunde, stellte er erleichtert fest.

Dennoch war der Anblick erschreckend genug, um die Menschen, die ihn umringten, zurückweichen zu lassen, als er auf allen vieren zum Bordstein kroch. Nur ein Mann blieb stehen und starrte ihn an, ein mittelgroßer, sportlicher Bursche in einem T-Shirt mit der Aufschrift *Helsinki.* Auch er hätte Grieche sein können. Vom Mundwinkel ausgehend zog sich eine dicke Narbe über die gesamte Wange des Mannes.

Der Fremde schien den Augenblick bewusst auszukosten – jenen Moment, als Philippe erkannte, dass es dieser Kerl gewesen war, der ihn beinahe umgebracht hätte. Zwei, drei Sekunden lang fixierten die tiefschwarzen Augen Philippe. Ohne Eile, ohne ein Zeichen von Nervosität. Dann drehte der Fremde sich um und verschwand mit pantherhafter Geschmeidigkeit in der nächsten Seitenstraße.

Erst jetzt erwachte Philippe aus seiner Lethargie. Er wollte schreien: »Haltet den Kerl auf! Er hat mich vor den Bus gestoßen!« Doch er erkannte, dass es schon zu spät war. Außerdem schlug sein Herz beängstigend schnell, und einmal mehr musste er sich ermahnen, Ruhe zu bewahren.

»Das war knapp«, sagte eine Stimme neben ihm. Es war der Geschäftsmann. Sokrates.

Dankbar griff Philippe nach der dargebotenen Hand und kam wieder auf die Beine. Seine Knochen schmerzten, die Platzwunde am Kopf pulsierte. Aber er wusste, dass er nicht ernsthaft verletzt war.

»Sie sollten künftig vorsichtiger sein«, sagte Sokrates mit seinem undefinierbaren Akzent und reichte Philippe ein Taschentuch. »Wenn man nicht aufpasst, kann das Leben schneller zu Ende sein, als man denkt.«

Diese Worte gingen Philippe nicht mehr aus dem Kopf. Doch erst eine Stunde später, als er seine Wunde versorgt war und er seine Arbeit aufgenommen hatte, wurde ihm klar, dass es keine Floskel oder ein wohl gemeinter Rat gewesen war, sondern eine Warnung. Außerdem erkannte Philippe erst jetzt, dass der griechische Einschlag *beider* Männer schwerlich ein Zufall sein konnte.

»Sokrates« und »Helsinki« arbeiteten zusammen.

Helsinkis stechender Blick ließ ihn nicht mehr los. In diesem Blick hatte keinerlei Erstaunen oder Verwirrung gelegen, dass Philippe den Unfall überlebt hatte. Im Gegenteil, der Mann hatte so ausgesehen, als habe er genau das gewollt – Philippe nicht umzubringen, sondern ihm nur Angst einzujagen.

Ja, für Philippe gab es keinen Zweifel mehr. Der anonymen telefonischen Drohung des Vortags war eine zweite, weitaus handfestere gefolgt. Belloque wollte Druck ausüben.

Im Nachhinein ärgerte Philippe sich darüber, dass er keine Anzeige gegen Sokrates und Helsinki erstattet und die Polizei damit indirekt auf Belloques Spur gesetzt hatte. Jetzt war es dafür zu spät.

Wie sich herausstellte, hatte man auch Alphonse einen gehörigen Schrecken eingejagt. Er erzählte Philippe, dass er an diesem Morgen auf dem Beifahrersitz seines Wagens ein Foto vorgefunden hatte. Es zeigte ihn, seine Frau und seine beiden Kinder beim Abendessen am Tag zuvor; die Aufnahme war von draußen durchs Wohnzimmerfenster geschossen worden. Obwohl es sich um ein harmloses Foto handelte, zeigte es doch, wie leicht es war, an Alphonse und seine Angehörigen heranzukommen. Was, wenn der Fotograf beim nächsten Mal seine Kamera gegen ein Gewehr eintauschte? Auf der Rückseite des Bildes stand: *Zur Erinnerung an unser Telefonat.*

Alphonses Nerven lagen blank.

»Auch mir hat Belloque einen Denkzettel verpasst«, gestand Philippe. »Der Kerl wusste, dass sein telefonischer Einschüchterungsversuch nur begrenzte Wirkung hat, deshalb lässt er seine Muskeln spielen.«

»Genau aus diesem Grund sollten wir uns aus seinen Angelegenheiten heraushalten«, sagte Alphonse. »Wenn *wir* ihn in Frieden lassen, lässt er *uns* in Frieden, verstehst du?«

Philippe versprach ihm, darüber nachzudenken. Doch wie er die Sache auch drehte und wendete, er kam immer wieder zu demselben Schluss: Belloque hatte Angst, weil er etwas zu verbergen hatte. Etwas, das mit den heimlichen Videoaufnahmen in Vandenbergs Büro zu tun hatte. Und damit auch mit Madelaines Tod. Nur deshalb versuchte er so entschlossen, all jene einzuschüchtern, die ihm auf die Schliche gekommen waren.

Doch bei Philippe biss er auf Granit. Philippe wollte sich nicht mehr einschüchtern lassen. Er wollte etwas für Madelaine tun. Sein Entschluss stand nun endgültig fest – heute Nacht würde er sich Belloques Büro vornehmen. Er war jetzt gewarnt. Er würde vorsichtig sein.

Alte, schlummernde Instinkte erwachten.

31

Louis Vandenberg saß in seiner Zelle und war in die Unterlagen vertieft, die er sich hatte bringen lassen, als die Tür geöffnet wurde und ein Beamter einen über zwei Meter großen Mann mit der Statur eines Wrestlers in die Zelle führte.

»Das ist Pierre Dolet«, sagte der Polizist zu Vandenberg. »Er wird Ihnen eine Weile Gesellschaft leisten.«

Vandenberg musterte den Riesen. »Mein Anwalt hat eine Einzelzelle für mich erwirkt«, sagte er.

»Ist nur vorübergehend.«

»Ich muss diese Akten studieren. Meine Firma steht kurz vor dem Abschluss von Geschäften, bei denen es um sehr viel Geld geht. Ich brauche Ruhe, um mich konzentrieren zu können.«

Auf dem Gesicht des Polizisten spiegelte sich Sarkasmus, als er entgegnete: »Es tut mir aufrichtig Leid, wenn Sie mit Ihrer Unterbringung nicht zufrieden sind, Monsieur, aber die Suiten in unserem Hotel sind zurzeit ausgebucht.« Mit diesen Worten verschwand er.

Vandenberg unterdrückte den aufkeimenden Zorn, weil er wusste, dass er nichts unternehmen konnte. Also widmete er sich wieder seinen Unterlagen, ohne dem Gorilla Beachtung zu schenken, den der Wärter zurückgelassen hatte.

Eine Weile blieb es still; dann aber wurde Dolet gesprächig. »Warum biste hier?«, fragte er, lässig an der Wand lehnend.

»Vergewaltigung und Mord. Aber ich bin unschuldig.«

»Echt?«

»Ja.«

»Dann isses wohl dumm für dich gelaufen, was?«

Vandenberg hatte keine Lust auf diese Unterhaltung. Deshalb schenkte er sich eine Antwort und las weiter in den Akten.

»Unschuldig im Knast zu sitzen is' 'n Jammer.« Dolet ließ sich vom offensichtlichen Desinteresse des anderen nicht beeindrucken. »Ich sitz ebenfalls wegen Vergewaltigung. Und Körperverletzung.« Auf dem großen, einfältig wirkenden Gesicht erschien ein Lächeln. »Aber *ich* bin schuldig. Willste wissen, was ich getan hab?«

Nein, das wollte Louis Vandenberg gewiss nicht. Doch was *er* wollte, spielte in dieser Zelle keine Rolle. So musste er sich zwangsläufig und in allen Einzelheiten anhören, wie Dolet seinen homosexuellen Freund misshandelt hatte.

»Hören Sie, ich möchte diese Papiere durchsehen«, unterbrach Vandenberg schließlich genervt, als Dolet nach fünf Minuten noch immer erzählte. »Wenn Sie möchten, lesen Sie Zeitung. Eine aktuelle Ausgabe liegt unter meinem Bett.« Er bedachte seinen Zellengenossen mit einem Blick, der schon so manchen gestandenen Mitarbeiter von OLYMPP verunsichert hatte; dann wandte er sich wieder seinen Unterlagen zu.

Irgendwo hinter sich hörte er Schritte. Wahrscheinlich wollte der tumbe Riese sich die Zeitung holen. Umso überraschter war Vandenberg, als er die Stimme des anderen plötzlich ganz nah an seinem Ohr vernahm: »Hast du's schon mal mit 'nem Kerl gemacht? Kannst es ruhig zugeben.« Es hörte sich beinahe zärtlich an.

Vandenberg spürte Dolets körperliche Präsenz, roch seinen sauren Atem und den Schweißgeruch, den er verströmte. Ein Schauder jagte ihm über den Rücken, als eine Hand ihn an der Schulter berührte. Er sprang auf und wich zurück, doch schon nach einem Schritt hatte er die Wand im Rücken. In der winzigen Zelle gab es kein Entrinnen.

»Machen Sie Ihre Lage nicht schlimmer, als sie ohnehin

schon ist«, presste Vandenberg hervor. »Ich stehe nicht auf Männer.«

Dolet grinste. »Natürlich nicht. Du stehst mehr auf minderjährige Gören.« Er zog ein Messer aus dem Schuh und kam drohend näher. »Pech für dich, dass du genau nach meinem Geschmack bist.«

Wie, zum Teufel, kommt der Kerl an ein Messer, schoss es Vandenberg durch den Kopf. Er wusste sich nicht mehr anders zu helfen, als zu schreien. Heiser, beinahe hysterisch, rief er um Hilfe. Irgendeine der Wachen *musste* ihn doch hören!

Doch die Tür blieb geschlossen.

Nie zuvor hatte Louis Vandenberg eine solche Panik verspürt wie in dem Moment, als er die Klinge am Hals spürte und Dolets riesige Pranke an seiner Hose zu nesteln begann.

Starr vor Entsetzen, rief Vandenberg weiter um Hilfe. Endlich öffnete sich die Zellentür, und zwei Wärter kamen hereingestürzt. Sie entwaffneten den gewalttätigen Hünen und führten ihn ab. Der Spuk war vorüber.

Vandenbergs Knie waren wachsweich. An die Wand gelehnt, ließ er sich zu Boden sinken. Ein heiseres Kichern entrang sich seiner trockenen Kehle. Um ein Haar wäre er von einem schwulen Riesen vergewaltigt worden.

Er blieb so lange am Boden sitzen, bis sein Puls sich wieder normalisiert hatte. Er wollte den Vorfall so schnell wie möglich vergessen, doch aus irgendeinem Grund gelang es ihm nicht. Was hatte Dolet gesagt? *Du stehst mehr auf minderjährige Gören.*

Wie war der Mann darauf gekommen? Anfangs hatte er doch vorgegeben, nicht zu wissen, weshalb Vandenberg einsaß! Warum hatte Dolet gelogen? Und dann war da noch die Frage, wie der Mann ein Messer im Schuh hatte verstecken können, das von den Wärtern unbemerkt geblieben war.

Noch stundenlang dachte Louis Vandenberg darüber nach, ob das, was er heute erlebt hatte, Zufall gewesen war.

32

Am Abend empfing Claire ihren Mann mit Tränen in den Augen.

»Komm rein«, sagte sie schluchzend. »Richard ist auch hier.« Dann bemerkte sie die Platzwunde an Philippes Kopf und fragte erschreckt: »Was ist passiert?«

»Hab mir den Kopf gestoßen, als ich eine Heizung reparierte«, log er. Er wollte nicht, dass Claire sich noch mehr Sorgen machte, als sie schon hatte.

»Sieht übel aus.«

»Du solltest mal die Heizung sehen.«

Der kleine Scherz zauberte ein Lächeln auf Claires Gesicht und gab ihr etwas von der fröhlichen Unbekümmertheit zurück, in die Philippe sich einst verliebt hatte.

Am Esstisch saß Madelaines Vater. Er sah noch verhärmter aus als beim letzten Mal. Seine Haut war blass, seine Augen blutunterlaufen und tief in die Höhlen eingesunken. Außerdem roch er nach Alkohol, auch wenn er im Moment nüchtern zu sein schien.

»Ich habe ein wenig Gesellschaft gebraucht«, sagte er, als Philippe sich zu ihm setzte. »Seit Tagen vergrabe ich mich in meiner Wohnung und grüble. Ich ... ich verliere noch den Verstand, wenn ich mit niemandem sprechen kann ...« Er hielt kurz inne. »Bitte entschuldigt, ich wollte euch nicht den Abend verderben.«

»Das tust du nicht«, sagte Claire entschieden.

»Ganz und gar nicht«, bekräftigte Philippe. »Wir sind für dich da, wenn du unsere Hilfe brauchst.«

Nach einigem Zögern nahm Richard Bonnaire auch das Angebot an, zum Essen zu bleiben. Claires Kochkünste wirkten Wunder. Mit jedem Bissen kehrte ein wenig Farbe ins Gesicht des einarmigen Mannes zurück, und als er leer gegessen hatte, sagte er nicht Nein zu einem Nachschlag.

Claire und Philippe sprachen während des Essens kaum, sondern hörten Richard Bonnarie zu, der sich von der Seele reden wollte, was ihn beschäftigte.

»Madelaines Beerdigung ist am Montag«, erzählte er. »Die Polizei hat ihre Leiche heute freigegeben. Werdet ihr kommen? Das würde mir viel bedeuten. Es wäre sicher auch Madelaines Wunsch gewesen.«

»Selbstverständlich«, sagte Claire sofort. Ihre Augen glänzten feucht. »Madelaine war wie eine Tochter für uns. Wir kommen ganz bestimmt.«

»Ich hatte mich so sehr für mein Mädchen gefreut«, sagte Bonnaire voller Trauer. »Dass die Operation ohne Komplikationen verlaufen ist, meine ich.«

»Operation? Davon hast du uns nie etwas erzählt.«

»Wer redet schon gerne vom Krankenhaus? Seit ich meinen Arm verloren habe, meide ich das Thema, wann immer möglich.« Er nahm einen Bissen und kaute sehr langsam. »Madelaine hatte ein Augenleiden. Eine erbbedingte Krankheit, die die Netzhaut zerstört. Die Ärzte sagten, es läge an meinen Genen, obwohl ich nie Probleme mit den Augen hatte. Bei Madelaine haben sich die ersten Symptome vor zwei Jahren gezeigt. Dann hat ihre Sehkraft sich rapide verschlechtert. Anfangs hat sie mir nichts davon erzählt. Mir fiel nur auf, dass sie immer seltener das Haus verließ. Sie fehlte häufig in der Schule und hat kaum noch ihre Freundinnen besucht.«

Uns auch nicht, dachte Philippe betrübt. Also war diese

Krankheit der Grund für Madelaines Zurückgezogenheit gewesen. Und Claire und ich haben nichts davon gewusst.

Richard Bonnaire fuhr fort: »Das vorletzte Schuljahr hat sie mit Ach und Krach geschafft. Vor einem Jahr war sie dann so gut wie blind.« Er stieß einen tiefen Seufzer aus. »Ich war verzweifelt. Alle Augenärzte sagten, sie könnten Madelaine nicht helfen. Ich war kurz davor, die Hoffnung aufzugeben, als ein Experte uns an OLYMPP verwies.«

»OLYMPP?«, fragte Philippe verwirrt.

»Es gibt dort ein Projekt, das sich mit den medizinischen Einsatzmöglichkeiten von Mikrochips befasst. Eigentlich darf ich nicht darüber sprechen. Madelaine und ich mussten uns zu absolutem Stillschweigen verpflichten, sonst drohen mir riesige Geldstrafen. Am Dienstag hat OLYMPP mich sogar angerufen, um mir mitzuteilen, dass diese Schweigepflicht auch nach Madelaines Tod weiterbesteht.« Er hielt kurz inne. »Es hat so geklungen, als wäre die Geldstrafe längst nicht alles, was ich zu befürchten habe, falls ich den Mund aufmache. Die haben mir richtig Angst eingejagt. Ich erzähle euch das nur, weil ich weiß, dass ich euch vertrauen kann. Selbst der Polizei habe ich nichts davon gesagt, obwohl die mich ganz schön in die Mangel genommen haben.«

»Richard!«, platzte Claire heraus. »Du *musst* die Polizei informieren. Es geht um deine Tochter!«

Bonnaire nickte nachdenklich. »Niemand weiß das besser als ich, Claire. Und genau aus diesem Grund will ich die Sache auf sich beruhen lassen. Es geht nicht um diesen Computerchip, es geht um Madelaine. Dass sie krank war, ist tragisch genug, aber es hat nichts mit ihrem Tod zu tun. Sie wurde missbraucht und ermordet. Und ich bete zu Gott, dass Vandenberg dafür in der Hölle schmort.«

»Du solltest die Polizei trotzdem einweihen«, beharrte Claire.

Richard seufzte. »Ich wüsste nicht, was ich denen noch erzählen soll. Die haben den Chip nach der Obduktion ja schon untersucht. Das hat mir der Beamte gesagt, der mich heute besucht hat.«

»Und?«

»Auf dem Chip war nichts drauf. Ein leerer Speicher, der es trotzdem irgendwie geschafft hat, meinem Mädchen zu helfen. Natürlich habe ich der Polizei verschwiegen, dass der Chip von OLYMPP hergestellt worden war – aus welchen Gründen, habe ich euch ja gerade gesagt. Es ist mir das Risiko nicht wert, und es macht meine Tochter nicht wieder lebendig.«

»Wie ging es mit Madelaines Krankheit später weiter?«, fragte Philippe.

»Wir wurden in ein Sanatorium gebeten, ungefähr zehn Kilometer von hier entfernt. Dort hat man Madelaine untersucht und festgestellt, dass es noch Hoffnung gibt. Ein Arzt hat uns alles erklärt, aber ich habe nicht viel davon verstanden. Ich weiß nur, dass Madelaine der Chip implantiert wurde und dass dieser Chip ein Wunder vollbracht hat. Schon eine Woche nach dem Eingriff konnte Madelaine wieder Umrisse erkennen, und einen Monat später konnte sie klar und deutlich sehen. Weil sie sich als Freiwillige für das Projekt zur Verfügung gestellt hatte, war die Behandlung kostenlos. Der Eingriff fand letztes Jahr in den Sommerferien statt. Jedem, der nach ihrer Narbe am Kopf gefragt hat, haben wir etwas von einem Fahrradsturz erzählt, das erschien allen plausibel.«

»Und Madelaine hatte nach dem Eingriff keine Probleme mehr?«

»Nicht die geringsten. Außerdem wurde die Funktionstüchtigkeit des Chips laufend per Funk überwacht. Erst dadurch war es möglich, dass Madelaine nicht unter ständiger ärztlicher Aufsicht stehen musste. Im Notfall hätte man den Chip sogar anpeilen können. OLYMPP hat uns medizinische Soforthilfe garantiert, solange Madelaine sich innerhalb der Reichweite des Senders aufhielt – und das sind immerhin vierzig Kilometer rund um Lyon. Ja, dieses winzige Ding in ihrem Kopf war ein wahres Wunderwerk.«

33

Nachdem Richard Bonnaire gegangen war, unterhielten Claire und Philippe sich bei einem Glas Rotwein im Wohnzimmer. Das Schicksal des Nachbarn schien Claire die eigenen Sorgen vergessen zu lassen; vom Streit mit Philippe war nichts mehr zu spüren.

Die Standuhr neben der Kommode zeigte bereits kurz nach halb zehn, als Philippe so beiläufig wie möglich sagte: »Ich wollte mich mit Alphonse noch auf ein Bier treffen. Hast du was dagegen?« Er wollte seiner Frau nicht erzählen, dass er die Absicht hatte, Belloques Büro zu durchsuchen. Es hätte Claire nur beunruhigt und womöglich zu einem neuen Streit geführt.

»Du willst so spät noch aus dem Haus? Ich hatte mich auf einen gemütlichen Abend gefreut«, sagte Claire.

»Nur für ein, zwei Stunden«, erwiderte Philippe. Und um seine Frau zu besänftigten, fügte er hinzu: »In ein paar Tagen werde ich ja ganz und gar dir gehören. Wahrscheinlich bist du dann sogar froh, wenn ich ab und zu mal verschwinde, damit du deine Ruhe vor mir hast.«

»Du Dummkopf!« Sie seufzte und schaute ihn mit ihren schönen, warmen Augen an, so liebevoll wie lange nicht mehr. »Ich weiß, ich bin in letzter Zeit nicht nett zu dir gewesen, aber ich liebe dich mehr, als du dir vorstellen kannst. Ich werde *nie* froh sein, wenn du weg bist.« Ihre Stimme klang plötzlich unendlich traurig. »Ich freue mich darauf, meinen Lebensabend gemeinsam mit dir zu verbringen, ganz egal, ob wir nun in See stechen oder in Lyon wohnen bleiben. Hauptsache, du bist bei mir.«

Eine halbe Stunde später stand Philippe vor dem OLYMPP-Gebäude, dessen stockdunkle Fassade in den nachtschwarzen Himmel ragte. Nirgends war Licht in den Fenstern zu sehen. Ausgezeichnet!

Er vergewisserte sich, dass er nicht zufällig beobachtet wurde, öffnete das Schiebetor und überquerte den Parkplatz. Wie in jener Nacht, in der er Madelaine zum letzten Mal lebend gesehen hatte, breitete sich der Flur des achten Stockwerks auch heute wie eine düstere Schlucht vor ihm aus. Nichts schien sich verändert zu haben. Noch immer lagerten die Utensilien der Maler unter Plastikplanen, noch immer roch es nach Farbe und Lösungsmittel.

Philippe ließ das Büro von Cathérine Lazard hinter sich, blieb aber unwillkürlich vor Louis Vandenbergs Tür stehen. Er lauschte angespannt. Nichts war zu hören – kein Rumpeln, kein Stöhnen, keine unterdrückten Schreie. Wie denn auch? Madelaine war tot, Vandenberg im Gefängnis.

Philippe schlich weiter, bewegte sich vorsichtig und nahezu lautlos, wenngleich er sicher war, dass sich niemand hier aufhielt.

Mithilfe des Generalschlüssels aus dem Hausmeisterbüro öffnete er die Tür zu Jaques Belloques Büro, kurbelte die Lamellen-Jalousie herunter und knipste seine Taschenlampe an. Von der Straße aus würde das spärliche Licht nicht zu sehen sein.

Ohne zu wissen, wonach er Ausschau halten sollte, begann Philippe seine Suche. Er durchstöberte Schränke, Schubladen, Ablagestapel, Hängeregister und Unterschriftenmappen.

Nichts.

Als er feststellte, dass die Schreibtischkonsole abgeschlossen war, schlug sein Herz schneller. Das Schloss stellte für ihn kein Hindernis dar. Um es zu öffnen, benötigte er lediglich sein Taschenmesser, eine Büroklammer und acht Sekunden Zeit.

Manche Dinge verlernt man nie, dachte er.

Doch die Konsole enthielt nichts, was Jaques Belloque mit dem Mord an Madelaine in Verbindung brachte.

Zweifel keimten in Philippe und verdichteten sich zu der Gewissheit, einen Fehler begangen zu haben. Er hatte sein Möglichstes zur Klärung des Falles beitragen wollen, hatte wahrscheinlich aber nur seine Zeit verschwendet.

Du alter Narr, schalt er sich selbst. Spielst den Privatdetektiv, steckst deine Nase in anderer Leute Angelegenheiten, bringst dich in Gefahr, behinderst vielleicht die Polizeiarbeit – und wofür? Für nichts!

Er knipste die Taschenlampe aus, kurbelte die Jalousie hoch und blickte ernüchtert aus dem Fenster. Er hatte alles durchstöbert. Wäre Belastungsmaterial dabei gewesen, hätte er es gefunden.

Er drehte sich um und wollte das Büro verlassen, als er im Mondlicht sah, dass das Ölgemälde hinter Belloques Schreibtisch von der Wand abstand – nur einen Finger breit, aber genug, um seine Aufmerksamkeit zu erregen.

War das Bild diebstahlgesichert? Philippe schob seine Bedenken beiseite und griff nach dem Gemälde. Ohne Widerstand klappte es auf wie eine Tür. Dahinter befand sich ein Wandsafe.

Unglaublich, dachte Philippe. Wie in einem alten Film. Ein Safe hinter einem Bild.

Und was noch unglaublicher war – der Safe war nicht verriegelt! Einen Moment lang fühlte Philippe sich wie gelähmt. Eine offene Safetür ... Das war mehr als Glück. Das war ein Märchen. Belloque musste es an diesem Abend verdammt eilig gehabt haben, ins Wochenende zu kommen.

Philippe griff in den Safe und brachte Akten zum Vorschein.

Beim Durchblättern stellte er fest, dass es meist wenig schmeichelhafte Aufzeichnungen über verschiedene Führungskräfte von OLYMPP waren. Kein Wunder, dass Belloque die Papiere unter Verschluss hielt.

Außer den Akten befand sich nur noch ein einziger Gegenstand im Safe: eine Schatulle. Angenehme Wärme breitete sich in Philippes Magengegend aus, als er sie herauszog und den Deckel abnahm. In der Schatulle befanden sich Mini-Videodisks, sauber in einer Dreierreihe angeordnet.

Philippe nahm eine der Scheiben heraus und betrachtete sie im Schein der Taschenlampe. Sie glich einer Musik-CD, nur war sie deutlich kleiner. Auf der spiegelglatten Oberfläche klebte eine Etikette mit der Bleistift-Aufschrift:

14.07.02 – 14.00 bis 17.07.02 – 23.00

Offensichtlich handelte es sich dabei um Beginn und Ende der Aufzeichnung. Philippes Aufregung wuchs. Rasch schaute er die anderen Datenträger durch. Sie waren in chronologischer Reihenfolge sortiert. Er übersprang den August, zog eine Disk vom 2. September heraus und fand endlich, wonach er suchte:

05.09.02 – 11.00 bis 10.09.02 – 07.00

Darunter war ein weiterer handschriftlicher Vermerk, doppelt unterstrichen.

09.09.02 – 22.30 bis 09.09.02 23.34

Die Zeitspanne, in der Madelaine bei Louis Vandenberg im Büro gewesen war!

Also hatte Alphonse Recht, überlegte Philippe. Belloque hat Vandenberg heimlich gefilmt und ihn mithilfe dieser Aufnahmen ins Gefängnis gebracht.

Philippes Kehle schnürte sich zu, als ihm plötzlich klar wurde, dass er die vollständige Originalaufnahme jener Nacht in Händen hielt. Konnte diese Disk Aufschluss darüber bringen, ob Vandenberg Madelaine vergewaltigt hatte? War vielleicht sogar der Mord darauf zu sehen? Falls ja – wer steckte dahinter? Und was sollte er mit diesem Beweis anfangen?

Fragen über Fragen stürmten auf Philippe ein und machten es ihm unmöglich, die Konzentration zu wahren. Während er sich bemühte, wieder einen klaren Gedanken zu fassen, fiel ihm auf, dass sich in der Schatulle noch etwas anderes befand. Etwas Kleines, Glänzendes, das im Licht der Taschenlampe aufblitzte.

Eine Kette.

Eine böse Vorahnung überkam Philippe, als er das Schmuckstück mit zwei Fingern aus der Schachtel fischte. Die Kette war zerrissen, dennoch kam sie ihm seltsam vertraut vor. Er hob sie an den Enden hoch und hielt den pendelnden und sich drehenden Anhänger in den Lichtkegel der Taschenlampe.

Aus Philippes böser Vorahnung wurde traurige Gewissheit. Der Anhänger war ein Messingherz. Und in dieses schimmernde Herz waren zwei Initialen eingraviert: M. B.

Madelaine Bonnaire.

34

Montag, 16. September 2002

An diesem Morgen kam Jaques Belloque erst spät in die Firma. Das Wochenende hatte er mit Frau und Tochter in der Schweiz verbracht und fühlte sich gut erholt.

Bis Cathérine Lazard ihn vor seinem Büro abpasste.

»Ich muss mit dir reden«, sagte sie knapp.

Das hatte nichts Gutes zu bedeuten.

Nachdem sie auf der Couch in Belloques Büro Platz genommen hatte, eröffnete sie ihm: »Ich war am Samstag bei Louis im Gefängnis. Eigentlich hatte ich gar nicht vor, ihn zu besuchen. Aber er rief mich an und bat mich zu kommen. Er hat mich beinahe angefleht. Keine Ahnung, was mit ihm los ist, er war irgendwie verändert ... verängstigt. Er hat zwar nicht darüber gesprochen, aber ich glaube, irgendetwas ist vorgefallen. So lammfromm habe ich ihn noch nie erlebt.«

Belloque ahnte, worauf Cathérine hinauswollte. »Ihr habt auch über den Vorschlag von Edmond Jeaubert gesprochen?« Es war mehr eine Feststellung als eine Frage.

»Ja.«

»Hast du Louis gesagt, dass wir beschlossen haben, das Regierungsangebot zu akzeptieren?«

»Selbstverständlich nicht«, sagte die Frau. »Aber Louis hat mir seinen Standpunkt noch einmal verdeutlicht. Vielleicht hat er Recht. Vielleicht ist es doch keine so gute Idee, die Subventionen in Anspruch zu nehmen.«

In Jaques Belloque stieg Zorn auf. Nachdem Louis aus dem

Weg geräumt war, hatte er geglaubt, alles andere würde reibungslos verlaufen. Er hatte Cathérines Wankelmütigkeit unterschätzt.

»Du weißt so gut wie ich«, sagte er, »wie es um die Finanzen von OLYMPP steht. Ohne die Regierungsgelder kann es noch ein oder zwei Jahre dauern, bis das Matthäus-Projekt abgeschlossen ist. So lange können wir nicht warten – erstens wegen des Erpresser-Ultimatums und zweitens, weil die Firma bis dahin pleite sein könnte.«

»Ich weiß. Trotzdem ... ich habe bei Jeauberts Vorschlag kein gutes Gefühl mehr.«

Meine Güte, dachte Belloque. Kein gutes *Gefühl* – nicht zu fassen! »Willst du, dass der Erpresser an die Öffentlichkeit geht? Dass alle Welt erfährt, was er gegen uns in der Hand hat?«

»Natürlich nicht.«

»Willst du, dass OLYMPP Konkurs anmeldet?«

Cathérine schwieg. Schließlich sagte sie: »Ich will nur eins – dass wir die richtige Entscheidung treffen. Lass uns heute Abend noch einmal in Ruhe darüber sprechen, in Ordnung?«

Nein, dachte Belloque, nichts ist in Ordnung. Der Ausgang des Plans, den er so kunstvoll eingefädelt hatte, war plötzlich wieder offen – wegen Cathérines ewigem Hin und Her. Das konnte er nicht hinnehmen. Er wusste noch nicht, was er dagegen tun würde, er wusste nur, dass er nichts dem Zufall überlassen durfte. Zu viel stand auf dem Spiel.

35

Als er wieder allein in seinem Büro war, saß Jaques Belloque tief in Gedanken versunken in seinem Sessel. Die Woche begann gar nicht gut.

Er drückte eine Taste der Gegensprechanlage. »Sophie, ich möchte in der nächsten Stunde nicht gestört werden. Sagen Sie allen, die mich sprechen wollen, ich sei außer Haus.«

»Wie Sie wünschen, Monsieur.«

Belloque warf einen Blick auf sein leeres Handgelenk – ein weiterer Grund für seine schlechte Laune. Seit einer Woche vermisste er die Rolex, die seine Frau ihm zum letzten Geburtstag geschenkt hatte, ein wertvolles Stück mit eingravierter Widmung. Ein Unikat. Hoffentlich hatte er sie nicht in Boston verloren.

Die Wanduhr zeigte kurz nach zehn.

Belloque schaltete den Computer ein und tippte sein Codewort in die Eingabemaske. Wie üblich folgte kurz darauf die Statusmeldung seines optischen Überwachungssystems.

Observer hieß das Programm, von dem nicht einmal Louis und Cathérine etwas wussten. Erst vor zwei Wochen hatte Belloque es in seinem Büro installieren lassen, zusammen mit einer lichtempfindlichen Mini-Videokamera, die in eines der Schrankschlösser am anderen Ende des Zimmers integriert war. Der Sender, der dort ebenfalls Platz gefunden hatte, übermittelte die optischen Signale an den Empfänger in einem Geheimfach seines neuen Schreibtisches. Wenn man nicht gezielt danach suchte, war das Fach nicht zu finden. Außerdem gab es nur einen Schlüssel dafür, und der befand sich in Belloques Besitz.

In dem Geheimfach wurden die laufenden Aufzeichnungen auf Disk gespeichert. Von seinem PC aus hatte Jaques Belloque Zugriff darauf. Die Handhabung war ein Kinderspiel.

Damit niemand etwas von seiner Selbstüberwachung mitbekam, hatte er alles aus eigener Tasche bezahlt. Als Ablenkungsmanöver für die Installation dienten die Malerarbeiten. In dem dadurch entstandenen Durcheinander auf der Chefetage war der als Handwerker getarnte Sicherheitsexperte, der die Montage vorgenommen hatte, gar nicht aufgefallen.

Belloque hatte sich zu diesem Schritt entschlossen, weil er sich in letzter Zeit beobachtet fühlte. Schon mehrmals hatte er den Eindruck gehabt, dass Papiere aus seinem Schreibtisch durchwühlt worden waren. Anfangs hatte er es für Einbildung gehalten, inzwischen aber war er überzeugt, dass jemand ihn auszuspionieren versuchte.

Ganz abwegig war der Gedanke nicht; immerhin arbeitete er selbst ebenfalls mit solchen Methoden. Viele Wochen lang hatte er Louis Vandenbergs Büro überwacht, bis die Polizei die Kamera im Rumpf der *El Corazon* entdeckt hatte. Im modernen Geschäftsleben war Wissensvorsprung ein enormer Vorteil, den zu erlangen fast jedes Mittel rechtfertigte. Belloque war sicher, dass er nicht der Einzige war, der so dachte.

Aber er konnte es sich nicht leisten, dass irgendjemand hier herumschnüffelte. Schon gar nicht in der momentanen Situation, da er heimlich Geschäftskontakte zu Edmond Jeaubert pflegte.

Er überflog die Übersicht auf dem Bildschirm. Seit er das Zimmer am Freitag verlassen hatte, waren vom System lediglich zwei Sequenzen aufgezeichnet worden:

Freitag, 13.09.2002, 18.54 – 19.31 Uhr
Freitag, 13.09.2002, 22.24 – 23.47 Uhr

Observer arbeitete mit einem Bewegungssensor; gefilmt wurde nur, wenn sich tatsächlich jemand im Raum befand.

Belloque klickte mit der Maus auf den Start-Button, woraufhin sich auf dem Bildschirm ein Videofenster öffnete. In der Kopfleiste erschien eine Uhrzeit – der Beginn der ersten Aufnahme. Die Anzeige zählte im Sekundentakt weiter, darunter lief der eigentliche Film: zwei Putzfrauen, die sich mit Staubwedeln und Wischmobs durch den Raum kämpften. Belloque klickte den Ton weg und startete den Schnelldurchlauf. Der Aufnahme schenkte er nur noch aus dem Augenwinkel Beachtung. Viel mehr beschäftigte ihn die Frage, ob er Cathérine heute Abend wieder auf seine Seite ziehen konnte. Sie war in ihrer Meinung sehr unbeständig. Von Anfang an war Belloque dagegen gewesen, sie als dritte Geschäftsführerin aufzunehmen. Sie war zu jung und unerfahren, auch wenn ihre Reputationen hervorragend waren – ein Universitätsabschluss mit Prädikat sowie eine mehrjährige Position als leitende Angestellte bei Novomed, OLYMPPs schärfstem Konkurrenten. Außerdem war Cathérine eine sehr attraktive Frau, aber hatte Louis sie deshalb gleich zur Teilhaberin machen müssen? Dass Louis ihr zum damaligen Zeitpunkt hoffnungslos verfallen gewesen war, konnte keine Entschuldigung sein.

Doch an den Tatsachen ließ sich nicht mehr rütteln. Das war Vergangenheit. Wichtiger war jetzt die Zukunft, vor allem das Geschäft mit Jeaubert.

Bereits im Juli hatte Belloque die Mini-Kamera in Louis Vandenbergs Büro platziert. Seitdem hatte er hunderte von Gesprächen aufgezeichnet – Geschäftsbesprechungen, Telefonate, vertrauliche Termine mit Mitarbeitern und so weiter. Wie eine Spinne im Netz hatte er darauf gewartet, dass ihm der Zufall eine Beute zuspielen würde. Er hatte ein Druckmittel in die Hände bekommen wollen, mit dem er Louis zwingen konnte, die staatlichen Subventionen zu akzeptieren, was Louis niemals freiwillig tun würde – und das wusste Belloque.

Nach einiger Zeit war das Warten belohnt worden. Mit der Video-Aufnahme von Louis und der minderjährigen Putzhilfe konnte er seinen Kollegen nicht nur unter Druck setzen, er konnte ihn sogar für eine gewisse Zeit von der Bildfläche verschwinden lassen. Dazu musste er lediglich eine geeignete Sequenz der Disk auf VHS überspielen und die Aufzeichnungen anonym an die Polizei weiterleiten. Bis Louis' Anwalt ihn wieder auf freiem Fuß hatte, blieb genug Zeit, den Deal mit Jeaubert unter Dach und Fach zu bringen.

Ein wichtiger Bestandteil des Plans war, dass Louis von diesem Winkelzug niemals etwas mitbekommen durfte. Denn Belloque wollte noch einige Jahre lang Geschäftsführer von OLYMPP bleiben. Um den Verdacht von vornherein von sich abzulenken, hatte er die Erpressungsgeschichte erfunden. Die fingierten Druckmittel gegen sich selbst und gegen Cathérine waren bloß Schau. Sie sollten die Sache glaubwürdig erscheinen lassen.

Die Unterlagen, die Belloque als Steuerhinterzieher belasteten, hatte er eigenhändig zusammengestellt – und mittlerweile vernichtet. Die Fotos von Cathérine und Claude Souci, einer der zwielichtigsten Gestalten der Stadt, hatte er von einem Privatdetektiv schießen lassen. Bei der Krisenbesprechung der drei Geschäftsführer in Louis' Büro hatte Belloque sich königlich darüber amüsiert, dass Cathérine vorgab, mit Nacktfotos erpresst zu werden. Sie war gewitzt, das musste er schon zugeben. Und wie betroffen sie gewirkt hatte! An ihr war eine ausgezeichnete Schauspielerin verloren gegangen.

Doch Cathérines kleine Geheimnisse waren irrelevant. Das eigentliche Problem war Louis mit seiner störrischen Ablehnungshaltung gegenüber den Regierungssubventionen gewesen. Genau dieses Problem hatte Belloque aus dem Weg geräumt.

Jetzt konnte er nach Belieben schalten und walten. Vorausgesetzt, Cathérine machte ihm keinen Strich durch die Rechnung, war der Subventionsvertrag in den nächsten Tagen unterschrieben. Louis würde toben, konnte einen rechtsgültigen Vertrag aber nicht mehr rückgängig machen. Vielleicht konnte er sogar nachvollziehen, dass Jaques und Cathérine sich unter dem Einfluss des vermeintlichen Erpresser-Ultimatums für diesen Weg entschieden hatten. Und mit ein bisschen Glück würde er eines Tages sogar einsehen, dass die Annahme der Subventionen für OLYMPP das Beste war ...

Plötzlich wurde Belloques Aufmerksamkeit wieder auf den Bildschirm gelenkt: Die Putzfrauen waren längst gegangen; nur noch ein dunkles Büro war zu sehen. Allein der lichtempfindlichen Kameraoptik war zu verdanken, dass überhaupt etwas zu erkennen war.

Und dann sah Belloque den Schatten. Ein menschlicher Umriss, der das Zimmer durchstöberte.

Jaques Belloque lief es eiskalt über den Rücken. Er stellte den Zeitraffer ab, sodass der Film wieder in normaler Geschwindigkeit lief.

Also werde ich tatsächlich heimlich beobachtet, dachte er. Aber wer ist dieser Kerl? Wer wagt es, nachts in mein Büro einzudringen und meine Sachen zu durchwühlen?

In den nächsten Minuten würde sich entscheiden, ob Observer sein Geld wert war.

Jaques Belloque wartete, bis die verschwommene Gestalt frontal zur Kamera stand, und fror das Bild per Mausklick ein. Dann vergrößerte er das Videofenster, sodass es den gesamten Monitor ausfüllte. Da die Silhouette unscharf war, gab er Kontrast, Helligkeit und feinere Körnung zu. Jetzt war der Mann auf dem Bildschirm klar und deutlich zu sehen: Philippe Lafayette.

Belloque war verwirrt. Auf der Liste derer, die er als potenziell gefährlich eingestuft hätte, wäre der Hausmeister, der kurz vor seiner Pensionierung stand und ihm nie sonderlich aufgefallen war, ganz unten gestanden. War er auf eigene Faust unterwegs, oder arbeitete er für einen Auftraggeber? Wenn ja, für wen?

Am wichtigsten war jedoch die Frage: Was hatte Lafayette im Büro gesucht?

Schon nach wenigen Augenblicken beantwortete sich die letzte Frage von selbst.

Der Safe, durchfuhr es Belloque. Er hat den Safe entdeckt. Aber ich bin der Einzige, der die Zahlenkombination kennt, also ruhig Blut. Der Safe ist sicher. Es sei denn ...

Es sei denn, ich habe vergessen, ihn zu schließen.

Eine schreckliche Sekunde lang überlegte Belloque, ob das sein konnte. Am Freitagabend hatte er es eilig gehabt. War er so nachlässig gewesen, dass er den Safe unverschlossen zurückgelassen hatte ...?

Leider verdeckte der nächtliche Spion mit dem Rücken den Blick auf den Wandtresor, sodass Belloque mehr ahnen als erkennen konnte, was vor sich ging. Doch was er sah genügte, um seine schlimmste Befürchtung zu bestätigen: Lafayette war es irgendwie gelungen, den Safe zu öffnen. Doch was er danach tat, blieb ungewiss; Belloque konnte nicht einmal mit Bestimmtheit sagen, ob der Hausmeister etwas unter dem Arm trug, als er das Ölgemälde wieder zuklappte und das Zimmer verließ.

Während der OLYMPP-Geschäftsführer auf den nunmehr schwarzen Monitor starrte, wurde ihm klar, dass er erschreckend wenig wusste. Aber er *brauchte* Klarheit. Also schob er den Bilderrahmen zur Seite, stellte hastig die Zahlenkombination des Safes ein und zog die Stahltür auf.

Der kalte Schweiß brach ihm aus, als er sah, dass die Schatulle fehlte. Eine größere Katastrophe war kaum vorstellbar!

Er brauchte eine Zigarre. Seine Finger zitterten, als sie nach dem kleinen hölzernen Kästchen griffen, das Edmond Jeaubert ihm hatte zukommen lassen. Erst als er den würzigen Rauch inhalierte, wich allmählich die Anspannung.

Das herzhafte Aroma des kubanischen Tabaks brachte auch seinen Verstand wieder in Gang. Wollte er den Subventionsvertrag zu einem erfolgreichen Abschluss bringen, musste er zwei Probleme lösen: Philippe Lafayette und Cathérine Lazard. Er musste dafür sorgen, dass die beiden ihm nicht mehr in die Quere kamen.

Belloque lehnte sich im Sessel zurück, stieß eine Rauchwolke aus und schaute zu, wie sie sich langsam im Zimmer verteilte. Im gleichen Maße, wie der grauweiße Schleier sich lichtete, schwand auch seine Ratlosigkeit. Zunächst vage, dann immer deutlicher, formte sich vor seinem geistigen Auge ein Plan, wie er zwei Fliegen mit einer Klappe schlagen konnte. Zufrieden mit sich selbst griff er zum Telefonhörer.

36

Es war ein kühler, diesiger Montagvormittag. Der wolkenverhangene Himmel versprach Regen. Madelaine Bonnaires Beerdigung war auf halb elf angesetzt.

Auch Philippe und Claire gehörten der kleinen Trauergemeinde an. Außer Richard und seiner geschiedenen Frau kannten sie keinen der etwa zwanzig Anwesenden, die sich in der Kapelle versammelt hatten.

Der gedrungene Backsteinbau wirkte trist und kalt; auch die unzähligen brennenden Kerzen konnten nichts daran ändern. Philippe kamen seine Füße und Hände wie Eisklötze vor, was jedoch weniger an der Temperatur lag als an dem traurigen Anlass, der sie alle hierher geführt hatte.

Neben dem Altar war der Sarg aufgebahrt worden, umgeben von schlichtem Blumenschmuck. Im Gegensatz zu den meisten anderen hatte Philippe darauf verzichtet, einen letzten Blick auf Madelaine zu werfen. Er wollte sie so in Erinnerung behalten, wie er sie kennen gelernt hatte – als lebhaftes und lebensfrohes junges Mädchen. Nicht als reglose menschliche Hülle in einem mit Samt ausgelegten Kasten.

Endlich verklang die leise Orgelmusik, und der Priester begann mit warmer, beruhigender Stimme: »Wir haben uns heute versammelt, um Abschied zu nehmen von Madelaine Bonnaire ...«

Während der Geistliche sprach, bemerkte Philippe, wie Claire ein Taschentuch aus ihrer Handtasche zog und sich die feuchten Augen abtupfte. Philippe nahm ihre Hand, doch Claire beruhigte sich bis zum Ende des Gottesdienstes nicht.

Die Trauerrede berührte auch Philippe. Der Priester verglich Madelaine mit einer Blume auf einer Wiese, die gepflückt worden war, bevor sie ihre volle Pracht hatte entfalten können.

Nach dem Gedenkgottesdienst führte der Priester, gefolgt von seinen Messdienern, den Trauerzug quer über den Friedhof. An einem mit Blumen und Kränzen gesäumten Grab blieben sie stehen.

»Lasset uns beten zu Gott, unserem Herrn«, sagte der Priester mit erhobenen Händen und begann das Vaterunser. Alle anderen fielen ein. Die Stimmen der Betenden klangen wie ein monotoner, hohler Gesang über den Friedhof – eine letzte Ehrerbietung an Madelaine.

Nach dem Gebet ließen die Messdiener den Sarg ins Grab hinunter. Der Priester sprach noch ein paar tröstende Worte; dann traten die Anwesenden der Reihe nach vor, um Blütenblätter ins Erdloch zu werfen und sich ein letztes Mal von der Toten zu verabschieden.

Als Philippe gemeinsam mit Claire ans Grab trat, hörte er ihr unterdrücktes Schluchzen und spürte, wie sie von Trauer übermannt wurde. Ihm selbst erging es kaum anders. Er starrte in die dunkle Grube und fragte sich, ob es Madelaine dort, wo sie jetzt war, besser ging. Philippe hoffte es, doch der Gedanke half ihm nicht über seinen Kummer hinweg. Die Selbstvorwürfe plagten ihn in diesem Moment mehr als in den Tagen zuvor. Hätte er Madelaine in jener Nacht retten können?

Philippe wusste inzwischen, dass Vandenberg das Mädchen nicht vergewaltigt hatte. Am Samstag hatte er sich in einem Fachgeschäft ein Abspielgerät ausgeliehen und sich die Disks aus Belloques Safe angesehen. Philippe konnte es zwar immer noch nicht glauben, aber Madelaine hatte sich an Vandenberg herangemacht – nicht umgekehrt.

Der Mord war auf keiner der Disks aufgezeichnet gewesen.

Allerdings war da noch die zerrissene Halskette, die sich neben den Disks in der Schatulle befunden hatte. Wie eine Trophäe. Claire und Philippe hatten Madelaine das Schmuckstück vor vielen Jahren geschenkt, als sie fast zu einer Art Pflegeeltern für das Mädchen geworden waren, denn Richard Bonnaire und seine Frau hatten damals häufig an den Wochenenden arbeiten müssen, um sich finanziell über Wasser halten zu können. Das war lange vor der Scheidung gewesen, und lange vor dem unglückseligen Unfall, der Richard seinen Arm gekostet hatte. Madelaine hatte viele Samstage und Sonntage bei Tante Claire und Onkel Philippe verbracht. Die beiden hatten ihr Geschichten vorgelesen, mit ihr gespielt und Ausflüge unternommen. Gelegentlich waren sie gemeinsam einkaufen gegangen, so auch an jenem wundervollen Samstag im Sommer 1990. Zu dritt waren sie durchs Stadtzentrum gebummelt, als Madelaine die Kette in der Auslage eines Straßenverkäufers entdeckte, die sie mit großen Augen betrachtete. Doch sie hatte ihren Wunsch für sich behalten; ihre Eltern hatten sie zu einem bescheidenen Mädchen erzogen.

Dennoch konnte Philippe sich auch heute noch an den sehnsuchtsvollen Blick erinnern, an die traurigen Kinderaugen, als sie sich schweren Herzens losriss, um weiterzugehen.

Am Abend hatte sie sich dann wie üblich mit einer herzlichen Umarmung von Claire und Philippe verabschiedet, um bei ihren Eltern zu essen. Sie war schon beinahe aus der Tür verschwunden gewesen, da hatte Philippe sie noch einmal zu sich gewinkt.

»Glaubst du, dass Wünsche in Erfüllung gehen, wenn man fest genug daran glaubt?«, hatte er gefragt.

Madelaine hatte ihn nachdenklich angeschaut und dann die Mundwinkel verzogen. »Ich weiß nicht.«

»Wenn du nicht daran glaubst, kann natürlich kein Wunder geschehen. Was meinst du – kannst du ganz fest an ein kleines Wunder glauben?«

Madelaines Nicken war noch immer zögerlich gewesen.

Philippe hatte sie angelächelt. »Ich glaube, heute ist ein guter Tag für ein kleines Wunder. Wollen wir doch gleich mal ausprobieren, ob es klappt. Mach die Augen zu.«

»Warum?«

»Weil nur so ein Wunder geschehen kann.«

Madelaine hatte die Augen zusammengekniffen und obendrein die Hände vors Gesicht gehalten, als wollte sie ganz sichergehen, dass das Wunder auch wirklich geschah. Philippe hatte die Kette aus seiner Hemdtasche geholt.

»Jetzt kannst du die Augen wieder aufmachen.«

Es war eine helle Freude gewesen, das Mienenspiel des Mädchens zu beobachten. Zuerst der ungläubige Blick, bis sie erkannte, was da vor ihrem Gesicht baumelte. Dann das reine, unschuldige Lächeln. Es war ein Fest mit anzusehen, wie sehr sie sich freute.

»Das ist für dich«, hatte Claire gesagt. »Ein Geschenk. Onkel Philippe hat dir die Kette gekauft, als wir beide Eis essen waren.«

»Da steht ja was drauf«, hatte Madelaine plötzlich bemerkt.

»Ich habe die Anfangsbuchstaben deines Namens eingravieren lassen«, hatte Philippe erklärt. »M. B., für Madelaine Bonnaire. Der Anhänger soll dich immer beschützen.«

Das Mädchen war Claire und Philippe vor Dankbarkeit um den Hals gefallen. In diesem Moment war Philippe so stolz gewesen, wie es sonst nur ein Vater sein kann. Er hatte das Kind glücklich gemacht.

Dies alles schoss Philippe binnen weniger Sekunden durch den Kopf, während er in das dunkle Erdloch vor sich starrte und seinen Tränen freien Lauf ließ. Was bislang nur Vorsatz war, wurde in diesem Moment zum heiligen Eid. Am Grab von Madelaine Bonnaire gelobte Philippe, alles zu tun, was in seiner Macht stand, dass ihr Mörder seine gerechte Strafe erhielt.

37

Das Mittagessen wollte Philippe an diesem Tag nicht schmecken, zu frisch waren die Erinnerungen an Madelaines Beerdigung. Er war nur in die Kantine gegangen, um auf andere Gedanken zu kommen. Doch der Anblick der vielen gut gelaunten Menschen drückte ihm nur noch mehr auf die Stimmung. So stocherte er lustlos auf seinem Teller herum, ohne einen Happen hinunterzubekommen.

Zu allem Überfluss setzte sich auch noch Brigitte Fonsac zu ihm, die Redseligkeit in Person. »Hallo, Philippe, ist hier noch frei? Ja? Das ist schön, wir haben schon lange nicht mehr miteinander geplaudert. Ist doch schade, nicht wahr? Guten Appetit!«, plapperte sie, ohne Luft zu holen. Sie stellte ihr Tablett auf den Tisch und setzte sich Philippe gegenüber.

Philippe wagte einen zaghaften Versuch, Brigitte zu sagen, dass er bereits zu Ende gegessen habe und schon wieder auf dem Sprung ins Hausmeisterbüro sei. Doch gegen Brigittes einnehmendes Wesen kam er nicht an. Sie hatte die Fähigkeit, ihre Zuhörer auf charmante Weise zu unterhalten, ohne ihnen die geringste Chance zu geben, sich aus dem Gespräch zurückzuziehen. Obwohl Philippe nicht nach Gesellschaft zu Mute war, gab er seinen Widerstand bald auf.

Während der nächsten zwanzig Minuten schaffte es Brigitte, gleichzeitig zu essen und zu reden und dabei nicht mal zu schmatzen. Bis Salat, Suppe und Hauptgang vertilgt waren, hatte sie schon über zwei Dutzend Themen monologisiert. Dabei gelang es ihr sogar, Philippe aus seiner Niedergeschlagenheit zu reißen. Als Sekretärin des Personalleiters bekam sie alles mit, was sich bei OLYMPP abspielte. Jede Neueinstellung, jede Kündigung und – nicht zuletzt – jedes Gerücht.

»Ich bin gespannt, was mit Vandenberg geschieht«, sagte sie beim Dessert. »Ich meine, ob er schuldig ist oder nicht und welche Strafe er aufgebrummt bekommt, falls er verurteilt wird. Wie man hört, ist er inzwischen ja nicht mehr der einzige Verdächtige.«

»Nein? Ich dachte, die Polizei hält ihn für den Täter.«

»Was die Vergewaltigung angeht«, sagte Brigitte leise. »Das ist wohl ziemlich eindeutig. Aber fraglich ist, ob er auch den Mord begangen hat. Das Augenmerk der Polizei richtet sich zurzeit auf Mademoiselle Lazard.«

»Woher weißt du so gut über den Fall Bescheid?«, fragte Philippe.

Brigitte blickte sich verschwörerisch in der Kantine um und raunte: »Habe ich dir schon mal von meinem Neffen Robert erzählt? Nein? Er arbeitet bei der Kripo. Eigentlich darf er nicht über die Ermittlungen sprechen, aber mir gegenüber lässt er hin und wieder ein paar Andeutungen fallen. Was Mademoiselle Lazard betrifft – man sagt ihr nach, dass sie eine Affäre mit Vandenberg begonnen hat, nur um den Posten als Geschäftsführerin zu bekommen. Sie ist erst Mitte dreißig. Wie sollte sie es sonst so schnell in die Chefetage geschafft haben?«

Philippe war wie vor den Kopf gestoßen. Noch vor wenigen Tagen war er davon überzeugt gewesen, Louis Vandenberg habe Madelaine getötet. Seit er die zerrissene Kette und die Disks gesehen hatte, hätte er seine Seele darauf verwettet, dass Jaques Belloque für das Verbrechen verantwortlich war. Sollte stattdessen Cathérine Lazard darin verwickelt sein?

Der Gedanke war ihm nie gekommen. Stets hatte er Hochachtung vor der jungen Frau gehabt, hatte ihr Charisma, ihre Aufrichtigkeit und ihre steile Karriere bewundert. Allerdings hatte er sich nie die Frage gestellt, *wie* sie so schnell nach oben gekommen war. Mit einem Mal erschienen Brigittes Worte ihm plausibel.

Aber sollte er sich so sehr in Cathérine Lazard getäuscht haben?

»Selbst wenn sie mit Vandenberg ein Verhältnis hatte, ist das kein Beweis für einen Mord«, sagte er.

»Das vielleicht nicht, aber etwas anderes scheint mir ziemlich verdächtig«, entgegnete Brigitte, noch immer mit gesenkter Stimme. »Sie hat Verbindungen zu Claude Souci!«

Philippe blickte Brigitte fassungslos an. »Du meinst *den* Claude Souci?«

»Pssst! Nicht so laut!«, mahnte Brigitte. Sie schaute sich um wie ein erschrecktes Huhn, schien aber beruhigt zu sein, als sie sah, dass niemand zu ihnen schaute. »Robert hat mir erzählt, Souci hat sich im Bahnhofsviertel als Kneipenbesitzer niedergelassen. Er betreibt dort eine Spelunke namens *Chatte noire*. Aber die Polizei geht davon aus, dass es nur Tarnung ist. Robert ist sicher, dass Souci auch heute noch krumme Dinger dreht. Und Cathérine Lazard hat regelmäßig Kontakt zu ihm. Wenn sie sich mit ihm trifft, trägt sie angeblich eine Perücke, damit man sie nicht erkennt. Das schreit doch zum Himmel, oder? Ich sage dir: Niemand kommt so schnell an die Spitze, wenn er nicht krumme Dinger dreht. Entweder du bist skrupellos und erfolgreich, oder du bist ehrlich und bleibst dein Leben lang ein kleines Licht.« Sie warf einen Blick auf die Uhr. »Ach du liebe Güte, schon so spät! Sei mir nicht böse, aber ich muss jetzt wirklich los. Ich hoffe, wir treffen uns noch einmal, bevor du in Rente gehst.« Sie lächelte Philippe noch einmal zu und verschwand mit ihrem Tablett in Richtung Geschirrwagen.

Philippe fühlte sich wie nach einem Wirbelsturm. Ihm schwirrte der Kopf. War es um seine Menschenkenntnis tatsächlich so schlecht bestellt. War Cathérine Lazard tatsächlich eine Teufelin in Engelsgestalt?

38

Inspektor Giuseppe Pozzoni saß mit seinen beiden Kollegen, Lasalle und Navarre, vor dem wuchtigen Schreibtisch von Armand F. Ridefort, dem Polizeipräsidenten von Lyon. Auch der Chef der Mordkommission, Pierre Legrand, war zugegen, doch im Unterschied zu den drei anderen Polizisten saß er nicht wie ein Sünder auf der Büßerbank, sondern lehnte ein wenig abseits an einem der großen Fenster zur Straße. Schon dadurch machte er deutlich, dass er die Verantwortung für den Stillstand bei den Ermittlungen im *Chirurgen*-Fall ablehnte. Legrand war wie ein Fähnlein im Wind; alles, was er sagte oder tat, richtete er danach aus, wie förderlich es seiner Karriere war. In dieser Sache gab es nichts zu gewinnen. Also versuchte er sich herauszuhalten, so gut es ging.

»Meine Herren, ich bin mehr als ungehalten!«, sagte Polizeipräsident Ridefort gerade mit lauter, zorniger Stimme. »Seit Wochen versetzt ein Serienmörder die Stadt in Angst und Schrecken, und Sie sind nicht in der Lage, diesem Unbekannten Einhalt zu gebieten. Verdammt nochmal, Sie sind hier nicht bei der Straßenwache! Das ist der übelste Fall, den diese Stadt je erlebt hat. Also nehmen Sie gefälligst Ihre Finger aus dem Arsch und finden Sie diesen Scheißkerl!«

Während Ridefort sich mit weiteren Kraftausdrücken immer mehr in Rage redete, stand er hinter seinem Schreibtisch auf. Er war eine beeindruckende Erscheinung: groß, schlank, mit grauen Schläfen und nach hinten gekämmtem Haar. Ein Mann der alten Schule. Ein Patriarch. Und als solcher regierte er sein Königreich mit Autorität und Strenge. Rechtfertigungen duldete er nicht. Kaum jemand hatte es bislang geschafft, sich Ridefort gegenüber durchzusetzen. Pozzoni bildete da keine Ausnahme. Jedes Wort hätte seine Situation nur verschlimmert.

»Ich will Ergebnisse sehen!«, fuhr der Polizeipräsident fort. »Ich will, dass Sie diesen Irren finden und ihn hinter Gitter bringen. So lange er frei herumläuft, ist keiner vor ihm sicher. Es gibt bereits vier Tote, die auf sein Konto gehen, und noch haben Sie nicht den leisesten Anhaltspunkt, wer dieser Kerl ist!«

Giuseppe Pozzoni hätte gern entgegnet, dass Serienkiller oft erst nach Jahren, manchmal auch gar nicht überführt werden konnten. Aber er schluckte die Bemerkung ebenso herunter wie einen Hinweis auf den personellen Engpass, der momentan im Morddezernat herrschte und für den Ridefort mitverantwortlich war. Ihn darauf aufmerksam zu machen, hätte ihn nur noch mehr provoziert. Nein, da war es schon besser, die Zähne zusammenzubeißen und alle Anstrengungen auf die Ergreifung des Mörders zu richten. Wenn es ihm gelang, den *Chirurgen* dingfest zu machen, würden die Zeitungen ihn zum Retter der Stadt erheben. Dann musste Ridefort ihn zum Oberinspektor befördern, egal wie sauer er momentan auf Pozzoni und sein Team war.

Pozzoni stellte sich vor, welche Genugtuung es wäre, diesem gnadenlosen Killer Handschellen anzulegen. Der Gedanke hatte etwas Erhebendes, nötigte ihm aber auch ein Schmunzeln ab. Letzte Woche, als er nachts alleine in seinem Büro gewesen war, hatte er einen Vorgeschmack darauf bekommen, wie es sein würde, dem *Chirurgen* von Angesicht zu Angesicht gegenüberzutreten. Und er hatte dabei kein gutes Bild abgegeben, das musste Pozzoni sich leider eingestehen. Glücklicherweise hatte sich herausgestellt, dass die Furcht einflößende Gestalt ein Polizeibeamter gewesen war, der das Licht in Pozzonis Büro bemerkt hatte und nach dem Rechten sehen wollte. Die vermeintliche Axt hatte sich als Schlagstock entpuppt.

»Ich wollte, ich könnte diese Angelegenheit ebenso amüsant finden wie Sie, Inspektor!«, zischte Ridefort, der Pozzonis Mienenspiel falsch interpretierte. »Aber ich kann beim besten Willen nicht erkennen, was daran so lustig ist!«

Pozzoni setzte zu einer Erklärung an, aber der Polizeipräsident wischte schon den Versuch mit einer ärgerlichen Handbewegung weg.

»Jetzt verschwinden Sie aus meinem Büro! Alle! Und wenn ich Sie das nächste Mal hierher bestelle, will ich Ergebnisse sehen, haben wir uns verstanden?« Mit diesen Worten beendete Ridefort die Unterredung.

Giuseppe Pozzonis Zimmer war in den letzten Tagen immer unübersichtlicher geworden. Auf dem Schreibtisch und auf den Konsolen stapelten sich Aktenberge: Protokolle, Zeugenaussagen, Obduktionsberichte ... Wären da nicht die Flip-Chart-Blätter gewesen, die mittlerweile mehrere Wände zierten und auf denen die wichtigsten Fakten im *Chirurgen*-Fall zusammengefasst waren, hätte Pozzoni bald den Überblick verloren.

Navarre und Lasalle konnte man deutlich ansehen, wie niedergeschlagen sie nach der Standpauke des Polizeipräsidenten waren. Um ihnen den Rücken zu stärken, sagte Pozzoni: »Wir haben keinen Grund, uns etwas vorzuwerfen. Wir arbeiten hart an dem Fall. Niemand hätte den Job besser erledigt – und das weiß selbst Ridefort, sonst hätte er die Sache längst einem anderen Team aufs Auge gedrückt. Alles, was uns fehlt, ist ein greifbarer Erfolg. Irgendwann wird dieser Irre einen Fehler begehen, der ihm das Genick bricht.«

»Vielleicht sollten wir den Fall freiwillig abgeben«, meinte Navarre und strich sich über die hohe Stirn.

»Kommt nicht infrage!«, erwiderte Lasalle entschieden. »Wir haben sämtliche Vorarbeiten geleistet und schwer dafür geschuftet. Ich lasse mir die Lorbeeren jetzt nicht mehr wegschnappen.«

Pozzoni war derselben Meinung, und nicht nur um der Karriere willen. »Wie stehe ich vor meinen Kindern da, wenn ich ihnen erzähle, dass ich den wichtigsten Mordfall der letzten Jahre abgeben musste, weil ich ihn nicht lösen konnte? Was würden *Ihre* Kinder dazu sagen, Ives?«

Navarre schaute ihn an und verzog das Gesicht. »Sie wissen wirklich, wo Sie ansetzen müssen, um einem ins Gewissen zu reden«, seufzte er. »Na, meinetwegen. Bringen wir die Sache zu Ende. Was sind schon monatelange Albträume, wenn wir dafür die Helden der Stadt werden können?«

In diesem Moment wurde die Tür aufgerissen, und eine junge Beamtin in Uniform stürzte herein.

»So eilig, Mademoiselle?«, fragte Pozzoni.

»Tut mir Leid, wenn ich störe, aber in der Zentrale ist gerade eine Meldung eingegangen.«

»Hat der *Chirurg* schon wieder zugeschlagen?«

»Es sieht ganz danach aus.«

39

Bereits am Freitag hatte Philippe sich bei Cathérine Lazard einen Termin für den heutigen Montagnachmittag geben lassen. Er wollte sich erkundigen, ob sie etwas für ihn hatte tun können, was seine Abfindung betraf. Nun aber, als Philippe im Vorzimmer wartete, quälte ihn eine ganz andere Frage: War Cathérine Lazard eine Mörderin? Seit seinem Gespräch mit der redseligen Brigitte Fonsac konnte Philippe diesen Verdacht nicht mehr abschütteln.

Nach dem Mittagessen hatte er sich als Erstes über die Auskunft die Nummer des *Chatte noire* besorgt. Einen Privatanschluss hatte Claude Souci nicht registrieren lassen.

Von seinem Freund Alphonse hatte Philippe erfahren, dass Souci angeblich ein bürgerliches Leben führte, seit er vor Jahren aus dem Gefängnis entlassen worden war. Früher hatte er des Öfteren unter Mordverdacht gestanden, war aber nie überführt worden. Doch es hielten sich hartnäckig Gerüchte, dass Souci Zeugen und Richter bestochen und bedroht hatte, sodass er lediglich wegen Zuhälterei und Körperverletzung vor Gericht gestanden hatte.

Das alles beschäftigte Philippe sehr – auch jetzt, als er im Vorzimmer von Cathérine Lazard wartete. Weshalb hielt sie Kontakt zu einem Schwerverbrecher? Es passte einfach nicht in das Bild, das Philippe bislang von der jungen Frau hatte.

Pünktlich um drei wurde er in Cathérine Lazards Büro gebeten. Sie wirkte freundlich und aufgeschlossen wie immer, bot ihm einen Kaffee an und nahm sich genügend Zeit für ihn, auch wenn sie in Sachen Abfindung noch nichts erreicht hatte.

»Seit Monsieur Vandenberg verhindert ist, platzt mein Terminkalender aus allen Nähten«, entschuldigte sie sich. »Deshalb konnte ich Ihrer Angelegenheit nicht die nötige Aufmerksamkeit schenken. Aber ich werde ich mich noch darum kümmern, das verspreche ich Ihnen.«

Philippe wusste, dass er nichts anderes hatte erwarten dürfen. Dennoch war er enttäuscht. Seine Laune besserte sich erst, als durch die Gegensprechanlage die Stimme der Sekretärin erklang. »Mademoiselle Lazard, es tut mir Leid, wenn ich stören muss, aber soeben hat Monsieur Rampère angerufen und darum gebeten, dass Sie ins Labor kommen. Er sagte, dass es unbedingt erforderlich ist und nur ein paar Minuten dauert.«

Cathérine Lazard schaute Philippe an. »So geht es dauernd«, sagte sie. »Bitte entschuldigen Sie mich einen Augenblick. Wenn Monsieur Rampère sagt, es ist dringend, dann ist es dringend. Warten Sie hier, ich werde mich beeilen.«

Als sie das Zimmer verlassen hatte, warf Philippe einen Blick auf die Uhr. Zehn nach drei. Pünktlich wie die Eisenbahn, dachte er. Denn was Cathérine Lazard nicht ahnen konnte: Der Anruf war ein Trick. Niemand anders als Philippes Freund Alphonse war am Apparat gewesen. Er war ein passabler Stimmenimitator; jedenfalls reichten seine Fähigkeiten, um die Sekretärin am Telefon zu bluffen.

Philippe hörte, wie im Vorzimmer erneut das Telefon klingelte. Wieder war es Alphonse, diesmal mit dem Auftrag, die Sekretärin zu unterhalten und auf diese Weise davon abzulenken, was in Cathérine Lazards Büro vor sich ging.

Philippe musste sich sputen, denn es würde nicht lange dauern, bis die OLYMPP-Geschäftsführerin feststellte, dass Rampère sie gar nicht sprechen wollte. Und für den Weg ins Labor und wieder zurück brauchte sie allenfalls sechs oder sieben Minuten.

Philippes Puls beschleunigte sich. Vorsichtig schlich er um den Schreibtisch herum, während er gleichzeitig den Zettel aus der Hosentasche kramte, auf dem er die Nummer des *Chatte noire* notiert hatte.

Das schmucke, in Leder gebundene Time-System-Ringbuch, auf das er es abgesehen hatte, lag direkt neben dem Computermonitor. Philippe blätterte eilig darin, bis er das Telefonregister gefunden hatte. Der Name der Bahnhofskneipe war nicht vermerkt, ebenso wenig die Worte *Chatte* oder *noire.* Eine passende Abkürzung konnte Philippe auch nicht finden. Es gab lediglich den Buchstaben *C,* der für *Chatte* oder für *Claude* stehen konnte, doch die Telefonnummer stimmte nicht mit der auf Philippes Zettel überein.

Er blätterte weiter zum Buchstaben *S,* fand aber nichts, das auf den Namen *Souci* hindeutete. Was nun? Philippe warf abermals einen Blick auf die Uhr. Höchstens noch vier Minuten, bis die Frau zurückkam.

Da er keine Vorstellung hatte, unter welchem Pseudonym oder Kürzel er weitersuchen sollte, entschied er sich für einen anderen Weg: Er wollte die Spalte der Telefonanschlüsse durchgehen, bis er auf die gesuchte Nummer stieß. Da er die Ziffernfolge inzwischen auswendig konnte, kam er rasch voran. Dennoch hatte er mehrere dicht beschriebene Listen zu durchforsten, was sich angesichts der immer knapperen Zeit zur Belastungsprobe für seine Nerven entwickelte. Er war erst beim Buchstaben *O* angelangt, als er draußen auf dem Flur die Liftglocke vernahm.

Cathérine Lazard war zurück!

Philippe wollte den Terminplaner schon wieder zuklappen, als ihm die magische Nummer doch noch ins Auge fiel. Und während die Schritte auf dem Gang bedenklich näher kamen, las er in der Namensspalte: *Onkel C.*

40

Das jüngste Opfer des *Chirurgen* war im Industriegebiet nahe des Saône-Ufers gefunden worden. Als Inspektor Giuseppe Pozzoni mit seinen Kollegen am Tatort eintraf, hatten uniformierte Polizisten das Areal bereits abgesperrt und mit der Spurensuche begonnen.

Die dichte Wolkendecke des Vormittags war aufgebrochen, und die Sonne spendete angenehme Wärme. Doch das schöne Wetter wollte so gar nicht zu Pozzonis Stimmung passen. Ein weiterer Mord – das bedeutete noch mehr Verantwortung auf seinen Schultern, noch mehr Druck durch den Polizeipräsidenten, noch mehr schlaflose Nächte.

»Wo ist die Leiche?«, fragte er den nächstbesten Beamten.

»Diesmal gibt es keine Leiche«, entgegnete der Mann, der bleich wie eine Wand war. »Das Opfer hatte Glück – falls man es so nennen kann – und lebt noch. Der Krankenwagen ist vor zwei Minuten losgefahren. In die Clinique Saint-Charles.«

»Keine Leiche?«, murmelte Pozzoni verwundert.

»*Noch* nicht. Der Arzt wusste nicht, ob er ihn durchbringen wird.«

»Ihn?«

»Das Opfer ist ein Mann, Identität bislang unbekannt. Anfang bis Mitte dreißig, soweit man es bei dem vielen Blut erkennen konnte. Untersetzt, etwa eins siebzig groß. Mehr kann ich im Moment nicht sagen.«

Ives Navarre, der sich mit einer Gruppe von Männern unterhielt, winkte Pozzoni zu sich.

»Das ist Monsieur Crimpet«, erklärte er, als Pozzoni sich zu ihnen gesellt hatte. Crimpet war ein bulliger Endvierziger, der ausgebeulte Jeans, feste Stiefel und ein verschwitztes Unterhemd trug. Seine Arbeitshandschuhe hatte er ausgezogen; nun spielte er nervös damit herum.

»Was Monsieur Crimpet zu sagen hat, dürfte Sie interessieren, Inspektor«, fuhr Navarre fort. »Er hat gesehen, was passiert ist.«

Pozzoni zog die Brauen hoch. »Das ist ja endlich ein Lichtblick. Stimmt das?«

Crimpet nickte unglücklich. »Ja, Inspektor, hab ich. Jedenfalls so einigermaßen. Bin Kranführer bei MSN, müssen Sie wissen.« Er zeigte mit dem Daumen über die Schulter. An einem verwahrlosten Gattertor erkannte Pozzoni das Firmenschild. »Bin verantwortlich fürs Beladen und Entladen der Schiffe, die hier ankommen. Container, Autos und dergleichen. Alles was anfällt. Jedenfalls sitz ich in meiner Kabine und lösch gerade 'ne Ladung, als ich plötzlich sehe, wie da drüben einer zwischen den Lastwagen rauskommt. Zuerst denk ich mir nichts dabei, aber dann merk ich, dass der Kerl verfolgt wird. Von 'nem Typen mit 'ner Axt. Bis ich mir so richtig klar darüber bin, was los ist, hat der mit der Axt den anderen auch schon eingeholt und schlägt auf ihn ein. Aber der Verletzte rennt weiter. Endlich kann ich wieder klar denken. Ich reiss meine Krantür auf und ruf zu den beiden rüber, aber es hilft nichts, also renne ich hin. Als der Bursche mit der Axt mich kommen sieht, haut er ab, dort drüben in Richtung Ufer und dann die Straße lang. Den anderen hat er einfach liegen lassen. Das war 'n Anblick, sag ich Ihnen! Verdammt nochmal, so was hab ich noch nicht erlebt. Das Blut und dann das Gejammer ... Ich dachte, ich müsste mich übergeben. Aber dann sag ich mir, dass ich mich am Riemen reißen und dem armen Teufel helfen muss. Also ruf ich die Polizei und 'nen Rettungswagen.«

»Das war genau richtig«, sagte Pozzoni. »Kennen Sie den Mann?«

»Den Verletzten? Nee, hab ich noch nie gesehen.«

»Und den Täter?«

»Den mit der Axt?« Crimpet zog abwägend die Mundwinkel nach unten und schüttelte den Kopf.

»Bitte überlegen Sie genau«, drängte Pozzoni. »Es ist möglich, dass es sich um einen gesuchten Serienmörder handelt.«

»Sie meinen den *Chirurgen*?«

»Genau den. Kam Ihnen der Mann irgendwie bekannt vor?«

Crimpet zog abermals die Mundwinkel nach unten, während er an seinem Arbeitshandschuh zupfte. »Das ging alles so verflixt schnell«, sagte er. »Außerdem hab ich die ganze Zeit auf diesen armen blutenden Teufel gestarrt. Nee ... den mit der Axt hab ich nicht richtig gesehen. Ich glaub, er ist nicht mehr der Allerjüngste. Aber ganz sicher bin ich mir nicht.«

Pozzoni nickte und versuchte, sich seinen Zorn nicht anmerken zu lassen. Eine Personenbeschreibung wäre auch zu schön gewesen.

41

Als Philippe sich nach Feierabend auf seine Zündapp setzte, fühlte er sich völlig erschöpft. Zuerst Madelaines Beerdigung, dann das aufschlussreiche Mittagessen mit Brigitte Fonsac, und später das Gespräch mit Cathérine Lazard. Der Gedanke an das Treffen mit der OLYMPP-Geschäftsführerin trieb ihm auch jetzt noch den Schweiß auf die Stirn. Es war ihm gerade noch rechtzeitig gelungen, wieder seinen Platz einzunehmen, bevor Lazard wutschnaubend ins Büro zurückgekehrt war. Philippe war sicher, dass sie seinen kleinen Spionageakt nicht durchschaut hatte, doch das knappe Timing hatte ihn Nerven gekostet.

Im weiteren Verlauf des Nachmittags hatte Philippe sich immer wieder gefragt, was die Eintragung in ihrem Telefonregister zu bedeuten hatte: *Onkel C.* Das *C* konnte nur für *Claude* stehen. *Onkel Claude.* War Cathérine Lazard tatsächlich Soucis Nichte? Selbst wenn, stempelte es sie nicht automatisch zur Verbrecherin.

Aber eigenartig war es doch.

Deshalb fuhr Philippe an diesem Abend nicht sofort nach Hause, sondern ins Bahnhofsviertel. Nach einigem Suchen fand er das *Chatte noire,* ein schäbiges Etablissement, von dessen Fassade der Putz bröckelte.

Das Innere besaß den morbiden Charme einer Geisterbahn. Noch war der Raum – eine Mischung aus Kneipe und Groschentheater – fast leer. Eine Putzfrau wischte den Boden, der

Barkeeper traf hinter der Theke die letzten Vorbereitungen für den bevorstehenden Abend. Die wenigen Gäste, die Philippe sah, saßen vereinzelt an den Tischen, nippten an ihren Getränken und starrten auf eine Tänzerin, die auf der Bühne eine lustlose Show darbot.

Philippe fragte den Barkeeper nach Claude Souci.

»Sie kennen Claude?«, fragte der Keeper.

»Kennen wäre zu viel gesagt. Ich interessiere mich für ihn.«

»Sind Sie ein Bulle oder so?«

»Ich arbeite an einem Buch über Kriminalgeschichte. Ich bin Schriftsteller.«

Der Barkeeper wirkte noch skeptisch. »Claude ist fast jeden Abend hier, aber er taucht erst später auf. Sehen Sie den Typ da drüben?« Er wies mit einer Kopfbewegung auf einen weißhaarigen alten Mann, der an einem der Tische eine Zeitung las. »Wenn Sie wollen, fragen Sie den mal. Ist der Manager hier. Ein Freund von Claude. Vielleicht kann der Ihnen weiterhelfen.«

Philippe bedankte sich, wandte sich an den Mann mit der Zeitung und gab sich auch ihm gegenüber als Schriftsteller aus. Der Weißhaarige musterte ihn aufmerksam. Obwohl er siebzig Jahre oder älter sein musste, strahlte er eine beinahe fühlbare Energie aus, die Philippe zeigte, dass der gebeugte Körper lediglich ein äußerer Zustand war. Die funkelnden Augen wiesen auf einen hellwachen Verstand hin.

Der Mann legte die Zeitung beiseite und bedeutete Philippe, sich zu ihm zu setzen. Seine Handrücken waren übersät mit Altersflecken. Die geschwollenen Gelenke ließen auf Gicht schließen.

»Nun, Monsieur ...«

»Brouchard«, sagte Philippe und rief sich noch einmal alle Punkte seiner Tarnung ins Gedächtnis.

»Brouchard, aha. Was kann ich für Sie tun?«

»Ich schreibe an einem Buch. Eine Sammlung von Biografien berühmter französischer Krimineller.«

»Und wie kann ich Ihnen dabei helfen?«

»Der Barkeeper hat mir gesagt, dass Sie Claude Souci gut kennen. Ein Kapitel meines Buches möchte ich ihm widmen.«

Der Weißhaarige nickte. »Ja, ich kenne Claude schon seit vielen Jahren. Nun, dann schießen Sie mal los. Was interessiert Sie genau? Claude wird wohl nichts dagegen haben, wenn ich ein wenig mit Ihnen plaudere.«

Die nächsten fünfzehn Minuten brachte Philippe damit zu, mit allgemein gehaltenen Fragen das Vertrauen seines Gegenübers zu erlangen. Um seine Glaubwürdigkeit als Autor zu unterstreichen, machte er sich immer wieder Notizen.

Er fand Folgendes heraus: Der Weißhaarige war ein Buchhalter namens René Raguenault, der dieses und vier weitere Etablissements für Claude Souci verwaltete. Die beiden Männer hatten sich Mitte der Siebzigerjahre kennen gelernt, in einer Zeit, in der Souci auf dem Höhepunkt seines zweifelhaften Ruhms angelangt war. Bis zum heutigen Tag wurden ihm zweiundzwanzig Morde zur Last gelegt, doch jedes Mal hatten die Richter ihn aus Mangel an Beweisen freigesprochen. Es gab noch eine ganze Reihe weiterer Verbrechen, die Souci begangen haben sollte. Aber nur drei Mal war er verurteilt worden, und von den insgesamt vier Jahren Haft saß er nur zwei ab. Zuletzt war er Mitte der Neunzigerjahre für drei Monate im Gefängnis gewesen. Ob er wegen guter Führung vorzeitig entlassen wurde oder weil er mit Bestechungsgeldern nachgeholfen hatte, blieb Raguenaults Geheimnis.

Überhaupt war Raguenault ein geschickter Erzähler, der es verstand, Soucis Geschichte so wiederzugeben, dass offen blieb, ob er auch jene Verbrechen verübt hatte, von denen er freigesprochen worden war.

»Wie dem auch sei«, schloss der alte Mann. »Fest steht, dass Claude seit Jahren eine saubere Weste hat.«

»Sie behaupten also, er führt ein völlig normales, gutbürgerliches Leben?«

»Gutbürgerlich würde ich das Betreiben von Freudenhäusern nicht gerade nennen«, antwortete Raguenault. »Aber es schadet wenigstens keinem.«

Philippe beschloss, den entscheidenden Vorstoß zu wagen. »Zieht Souci sich zurück, um sich mehr seiner Familie zu widmen?«, fragte er.

»Claude hat keine Familie. Er hatte viele Frauen, das schon. Vielleicht hat er sogar Kinder in die Welt gesetzt, von denen ich nichts weiß. Aber Familie hatte er nie.«

»Soweit mir bekannt ist, hat er eine Nichte.«

»Wer sagt das?«

»Ich glaube, ich habe bei meinen Zeitungsrecherchen darüber gelesen.«

Raguenault verzog das Gesicht und setzte eine Miene auf, die Philippe nicht einschätzen konnte. Zum ersten Mal hatte er den Verdacht, der Weißhaarige könne seine Tarnung durchschaut haben.

»Sie sollten Ihre Recherchen gründlicher machen«, sagte der Alte. »Claude hat keine Nichte.«

»Sind Sie sicher?«

»Er war ein Einzelkind. Ich kenne ihn schon seit einer Ewigkeit. Es gibt keine Verwandten mehr. Die wenigen, die es gab, sind tot.«

Philippe war verwirrt. Wenn Souci nicht Cathérine Lazards Onkel war, was verband sie dann mit ihm?

Als hätte Raguenault die Frage erahnt, sagte er: »Es gibt nur einen Menschen, der ihm so nahe steht wie ein leiblicher Verwandter. Aber ich werde Ihnen den Namen nicht verraten, denn es handelt sich um eine überaus erfolgreiche Geschäftsfrau. Ihr Ruf wäre ruiniert, wenn ihre Verbindung zu Claude herauskäme.«

»Weshalb haben die beiden ein so inniges Verhältnis?«

»Ich erzähle es Ihnen unter der Voraussetzung, dass Sie nichts davon in ihrem Buch erwähnen. Falls doch«, Raguenault grinste wie ein Fuchs, »werden Sie womöglich das dreiundzwanzigste Mordopfer sein, für das Claude nicht verhaftet wird.«

Philippe konnte nicht einschätzen, wie ernst die Drohung gemeint war. Aber da er ohnehin kein Buch schreiben wollte, fiel es ihm leicht, dem Weißhaarigen das verlangte Versprechen zu geben.

Raguenault nickte zufrieden. »Es wird Sie vielleicht wundern, aber aus irgendeinem sentimentalen Grund verbindet die beiden eine Art Vater-Tochter-Verhältnis. Die Medien stellen Claude stets als Gewaltverbrecher hin – sicher nicht völlig zu Unrecht. Aber er hat auch eine sensible Seite. Als die Frau noch ein Mädchen von vierzehn Jahren war, starben ihre Eltern. Von da an kümmerte Claude sich um sie. Er gab ihr ein Zuhause und ermöglichte ihr eine ordentliche Schulausbildung. Als der Kontakt während ihres Studiums in Paris loser wurde, brach es Claude schier das Herz.«

Der Mann erzählte noch eine ganze Weile weiter. Die zunehmende Melancholie in seiner Stimme, die Wärme, mit der er von Cathérine Lazard sprach – freilich ohne ihren Namen zu nennen –, und das versonnene Lächeln auf seinen Lippen, all das machte Philippe sicher: Dieser weißhaarige alte Mann war auch nicht der, für den er sich ausgab.

Er hieß nicht René Raguenault. Er war kein anderer als Claude Souci.

42

Es war schon dunkel, als Philippe sich auf den Heimweg machte. Der Himmel hatte sich im Laufe des Abends wieder zugezogen. Dicke, pechschwarze Wolken verwandelten Lyon in einen düsteren Betonhaufen.

Das Bahnhofsviertel war belebt, doch je weiter Philippe sich davon entfernte, desto leerer wurden die Straßen. Kein Wunder bei dieser Witterung. Es konnte nur noch eine Frage von Minuten sein, bis sintflutartiger Regen losbrach. Philippe hoffte inständig, dass er es rechtzeitig nach Hause schaffte.

Während er auf seiner Zündapp durch die ausgestorbenen Straßenschluchten fuhr, ließ er noch einmal seinen Besuch im *Chatte noire* Revue passieren. Ob Souci tatsächlich so harmlos war, wie er getan hatte, konnte Philippe nicht sagen. Aber eines stand jetzt zumindest fest: Cathérine Lazard kannte ihn, ziemlich gut sogar. Und das machte sie verdächtig.

Dann war da noch Jaques Belloque. Der Verdacht gegen ihn wog mindestens genauso schwer. Die Indizien, die Philippe in Belloques Safe gefunden hatte, sprachen für sich.

Die ganze Angelegenheit war verwirrend, ein bodenloser Sumpf, der Philippe mehr und mehr in die Tiefe zog. Er spürte, dass bis zur Wahrheit noch ein langer Weg vor ihm lag.

Seine Gedanken schweiften zu Claire. Wahrscheinlich wartete sie schon voller Sorge auf ihn. Philippe war sich schmerzlich bewusst, dass es nach Madelaines Beerdigung nicht gerade eine Heldentat war, seine Frau so lange allein zu lassen.

Zu allem Überfluss begann es wie aus Eimern zu schütten. Bis Philippe sich überlegt hatte, ob er sich irgendwo unterstellen solle, war er tropfnass. Jetzt, da es keinen Unterschied mehr machte, fuhr er weiter.

Als er auf die Pont de la Feuillée einbog – eine der Brücken über die Saône –, begann der Motor zu stottern. Auch das noch! Philippe nahm Gas weg. Er hoffte inständig, den Rest des Weges ohne größeren Schaden zu überstehen. Nur noch ein paar Minuten, dann war er daheim.

Dachte er zumindest.

Denn während er sich ausmalte, wie er Claire in die Arme schließen und ihr Trost spenden würde, erschien in seinem Rückspiegel ein Scheinwerferpaar, das sich schnell näherte.

Sehr schnell.

Philippe warf einen Blick über die Schulter und sah voller Entsetzen einen tonnenschweren Laster heranrasen. Es war wie am Freitag, als man ihn vor den Bus gestoßen hatte. Doch diesmal war es keine Warnung, davon war Philippe überzeugt.

Der Kühlergrill des Lasters wirkte wie ein riesiges Maul, das Dröhnen des Motors wie schauriges Gebrüll. Die Scheinwerfer glichen glühenden Augen, die im nächtlichen Großstadtdschungel Beute erspäht hatten.

Philippe erstarrte vor Schreck. Höchstens dreißig Meter noch zwischen ihm und dem stählernen Ungeheuer.

Wer hat es auf mich abgesehen, schoss es ihm durch den Kopf. Er drohte ins Schlingern zu geraten und musste den Blick nach vorn richten, bis er das Gleichgewicht wiedererlangt hatte. Dann schaute er noch einmal gehetzt über die Schulter.

Die grellen Lichter der Straßenlaternen ließen die Scheibe des Führerhauses aufblitzen. Riesige Scheibenwischer kämpften vergebens gegen den strömenden Regen. Unmöglich zu erkennen, wer im Wagen saß.

Endlich fiel der lähmende Schock von Philippe ab. Ungeachtet des Problems mit dem Motor – das fingiert war, wie er inzwischen glaubte – gab er Gas. Die Maschine röhrte auf und schoss nach vorn.

Dann brach plötzlich das Hinterrad auf dem nassen Asphalt aus. Philippe fühlte, wie es wegrutschte. Er war machtlos, konnte nur abwarten, was geschah.

Die Zündapp drohte umzukippen und geradewegs unter die Vorderachse des Lasters zu geraten. Nur mit Mühe gelang es Philippe, die Balance zu halten. Dann, endlich, hatte er das Motorrad abgefangen, nur einen halben Meter neben dem Brückengeländer.

Der Laster war nun beängstigend nahe. Philippe konnte ihn förmlich im Rücken spüren. Gleichzeitig verlor die stotternde Zündapp wieder an Fahrt. Schlagartig wurde Philippe klar, dass er es niemals bis ans Ende der Brücke schaffen würde. Doch plötzlich wusste er, was er zu tun hatte. Ohne weiter darüber nachzudenken, brachte er sich in Position, schwang ein Bein über den Sitz und sprang vom Motorrad, das augenblicklich umkippte, kreischend und scheppernd über die Straße schleifte und schließlich liegen blieb.

Philippe rappelte sich auf und rannte los. Hinter sich hörte er das Geräusch von splitterndem Glas und von Stahl, als die gewaltigen Zwillingsreifen des Lasters die Zündapp zermalmten.

Philippe wagte es nicht, sich umzudrehen. Er rannte weiter, griff nach dem Brückengeländer und schwang sich darüber, wobei er sich beinahe das Schultergelenk auskugelte. Doch er ignorierte den Schmerz. Hauptsache, er war diesem Ungetüm von Lastwagen entkommen.

Alles ging so schnell, dass Philippe gar nicht die Zeit hatte, Angst vor der schwarz glitzernden Wasserwand zu verspüren, die auf ihn zuraste.

Der Aufprall war hart und raubte ihm beinahe die Besinnung. Allein die eisige Kälte, die ihn umschlang, verhinderte die Ohnmacht. Er zwang sich zu schmerzhaften Arm- und

Beinschlägen. Endlich durchstieß er die Wasseroberfläche. Er schnappte gierig nach Luft, schluckte Wasser, hustete. Zum Glück war es nicht weit bis zum Ufer. Mit letzter Kraft zog er sich an Land und richtete sich auf. Er warf einen Blick zur Brücke und merkte erst jetzt, dass die Strömung ihn ein gutes Stück abgetrieben hatte. Fürs Erste war er in Sicherheit.

Er blieb im Schutz der Uferböschung, während er das Geschehen auf der Brücke beobachtete. Der Laster hatte gehalten; zwei dunkle Gestalten waren ausgestiegen. Soeben öffneten sie die Ladetüren und ließen eine Rampe herunter. Dann machten sie sich eilig daran, Philippes demoliertes Motorrad in den Lkw zu wuchten.

Sie beseitigen die Spuren, überlegte Philippe. Wer, zum Teufel, sind diese Kerle?

Er befürchtete schon, sie würden unerkannt entkommen, doch nachdem sie die Zündapp aufgeladen hatten, traten sie ans Brückengeländer, als wollten sie den Fluss absuchen und sich davon überzeugen, dass Philippe tot war.

Trotz des heftigen Regens konnte Philippe im Schein der Laternen die Gesichter der Männer erkennen. Es waren die beiden, die Philippe am Freitag vor den Bus gestoßen hatten: Sokrates und Helsinki.

43

Es regnete noch immer in Strömen, als Philippe nach Hause kam, doch es spielte längst keine Rolle mehr. Das unfreiwillige Bad in der Saône hatte ihn bis auf die Knochen durchnässt.

Philippes Hand zitterte bei dem Versuch, den Schlüssel ins Türschloss zu stecken. Die Kälte und der Schrecken der Nacht hatten ihre Spuren hinterlassen.

Noch während er überlegte, was er Claire erzählen sollte, gelang es ihm, die Tür zu öffnen. Drinnen war es dunkel.

»Claire?«

Keine Antwort.

Philippe schaltete das Licht ein und rief abermals nach seiner Frau, wieder ergebnislos. Auf dem Esstisch entdeckte er einen Zettel. *Bin bei Viola,* stand darauf. Viola war eine von Claires besten Freundinnen. *Abendessen ist im Kühlschrank. Bin gegen elf zurück.*

Philippe seufzte wehmütig. Offenbar hatte Claire jemanden gebraucht, mit dem sie reden konnte. *Er* war ja nicht da gewesen.

Zugleich war er erleichtert über Claires Abwesenheit. Es ersparte ihm eine Erklärung und damit eine weitere Lüge. Bis seine Frau zurück war, würde er trocken und aufgewärmt sein und sich von seinem Schock erholt haben.

Nach einer heißen Dusche und einem Glas Rotwein fühlte er sich wie ein neuer Mensch. Allerdings nicht lange: Beim Essen kam ihm die Frage, was geschehen würde, wenn Sokrates und Helsinki herausfanden, dass er gar nicht tot war. Und *bis* sie es herausfanden, konnte es nicht lange dauern. Wahrscheinlich war morgen schon wieder sein Leben bedroht, und vielleicht hatte er dann weniger Glück ...

Philippe löschte sämtliche Lichter, stellte sich ans Fenster und spähte eine Zeit lang auf die dunkle Straße. Es regnete noch immer in Strömen, sodass er kaum etwas erkennen konnte.

Der Gongschlag der Standuhr ließ ihn erschreckt herumfahren. Halb elf. In einer halben Stunde kam Claire nach Hause. Der Gedanke, dass sie möglicherweise einem Beobachter auf der Straße in die Arme lief, ließ Philippe schaudern. Es war besser, wenn er Claire bei Viola abholte und mit ihr in einem Hotel übernachtete.

Er stand noch immer am Fenster und lauschte dem Prasseln des Regens, als sich vor seinem geistigen Auge plötzlich Teile des Puzzles zusammenfügten.

Der Stoß vor den Bus am Freitagmorgen ...

Die Verfolgungsjagd vorhin ...

Beide Zwischenfälle hatte er Sokrates und Helsinki zu verdanken. Für wen arbeiteten diese Männer? Die Antwort konnte nur lauten: für Jaques Belloque. Denn letzte Woche hatte kein anderer außer ihm Grund gehabt, Philippe eine Warnung zukommen zu lassen. Der versuchte Mord heute auf der Brücke konnte nur bedeuten: Belloque hatte das Fehlen der Schatulle in seinem Safe bemerkt und daraus geschlossen, dass Philippe sich keineswegs aus seinen Angelegenheiten heraushielt.

Philippe musste dringend Vorkehrungen treffen, um sicherzustellen, dass Belloque ihn künftig in Frieden ließ. Zum Glück war es noch nicht zu spät.

Das Telefon klingelte. Mechanisch nahm Philippe den Hörer ab.

»Ja?«

»Spreche ich mit einem Angehörigen von Claire Lafayette?«

Einem *Angehörigen?* Das Wort fuhr Philippe durch Mark und Bein. »Ich ... ich bin ihr Ehemann«, stammelte er.

Was der Mann am anderen Ende der Leitung zu sagen hatte, ließ Philippe am ganzen Leib zittern, heftig und unkontrollierbar. Das Telefon, das Zimmer, die ganze Welt begann sich zu drehen. Er fühlte sich, als würde ihm jemand den Boden unter den Füßen wegziehen und ihn in ein abgrundtiefes Loch stoßen.

»Großer Gott, warum auch noch Claire?«, murmelte er.

44

Im Krankenhaus war es zu dieser späten Stunde ruhig. Von den leeren, nach Desinfektionsmittel riechenden Fluren ging eine lethargische Gelassenheit aus, die so gar nicht zu Philippes Gemütszustand passte.

In der Notaufnahme wurde er bereits von einem hageren Mann mit Nickelbrille und weißem Kittel erwartet.

»Guten Abend«, sagte der Arzt. »Ich bin Doktor Truvelle. Wir haben telefoniert.« Er lächelte mitfühlend und hielt Philippe die Hand hin.

»Sie sagten, dass meine Frau ...«, Philippe stockte, suchte nach Worten, »... dass sie verletzt wurde. Wird sie durchkommen?«

Doktor Truvelle wich aus. »Ein Fußgänger hat ihre Frau in einer Seitenstraße unweit des Museums für schöne Künste aufgefunden.«

Philippe nickte. Das lag auf dem Weg zu Viola.

»Sie wurde niedergestochen«, fuhr der Arzt fort. »Mit einer langen, dolchartigen Waffe. Einer Art Stilett. Dabei wurden auch Leber und Milz verletzt.«

»Bitte, sagen Sie mir – wird sie es überstehen?«

»Die Stichverletzungen allein sind schon schwer genug, sind aber nicht das eigentliche Problem«, sagte Doktor Truvelle. »Was mir viel größere Sorgen bereitet, ist der Tumor.«

Philippe, dessen Nerven ohnehin blank lagen, starrte den Arzt fassungslos an. Alle Farbe wich aus seinem Gesicht. »Sie meinen, sie hat ...?« Er brachte das Wort nicht über die Lippen.

»Krebs«, führte der Arzt den Satz zu Ende. »So Leid es mir tut. Es war purer Zufall, dass wir bei der Operation darauf stießen. Ihre Frau leidet an einem fortgeschrittenen Leberkarzinom, etwa in der Größe eines Tennisballs. Hat sie Ihnen nichts davon gesagt?«

Philippe schüttelte den Kopf. »Ich glaube nicht, dass sie selbst etwas davon ahnte.« Er machte eine Pause und versuchte, seine wirbelnden Gedanken zu ordnen, doch es gelang ihm nicht. Noch vor einer Woche war sein Leben geordnet gewesen. Natürlich nicht das reine Glück, doch er hatte zufrieden sein können. Und nun war binnen weniger Tage das Chaos über ihn hereingebrochen.

»Wie sind Claires Chancen, wieder gesund zu werden?«, fragte er.

»Offen gestanden, nicht sehr gut. Bestenfalls fünfzig zu fünfzig, würde ich sagen – und das auch nur, wenn wir den Tumor entfernen. Allerdings ist eine Operation in diesem Stadium ein ernster Eingriff. Es könnte sein, dass ihre Frau ihn nicht übersteht. Deshalb haben wir den Tumor noch nicht entfernt. Ohne eine ausdrückliche Einwilligung war uns das Risiko zu hoch. Außerdem hatte ihre Frau durch die Stichwunden viel Blut verloren und war schon stark geschwächt, sodass wir ihren Organismus nicht zusätzlich belasten wollten. Aber sobald sich ihr Zustand stabilisiert hat, sollten Sie beide möglichst rasch entscheiden, ob wir operieren sollen. Mit jedem Tag, den wir warten, sinken die Chancen Ihrer Frau auf Genesung.«

»Was, wenn Sie nicht operieren?«

»Ich schätze, ohne operativen Eingriff hat Ihre Frau noch sechs Monate zu leben. Vielleicht acht, aber mehr sicher nicht. Es tut mir Leid.«

Philippe war wie vor den Kopf gestoßen. Nur noch ein gutes halbes Jahr. Und danach war er vielleicht für immer allein auf dieser Welt! Der Gedanke war unerträglicher als alles, was er bisher durchgemacht hatte.

Sechs Monate. Höchstens acht. Die Alternative war eine riskante Operation, die ihm Claire schon in den nächsten Tagen nehmen konnte. Philippe und Claire standen vor der schwersten Entscheidung ihres Lebens.

»Kann ich zu ihr?«, fragte er.

Der Arzt nickte. »Gehen Sie hinein. Aber bleiben Sie nicht zu lange. Ihre Frau braucht jetzt vor allem Ruhe.«

Im Zimmer brannte gedämpftes Licht. Claire lag an der Fensterseite; das zweite Bett war leer. Philippe rückte sich einen Stuhl zurecht, setzte sich neben seine Frau und nahm vorsichtig ihre Hand, die mittels einer Kanüle mit einem Tropf verbunden war. Unter der Bettdecke führte ein Schlauch zu einem Beutel, in den das Wundwasser abfließen konnte.

Der Anblick erfüllte Philippe mit unsäglichem Schmerz. Zwar hatte er schon viele Verwundete gesehen, doch hier ging es um seine Frau, einen Menschen, den er liebte. Er konnte unmöglich die innere Distanz aufbauen, die ihn in seinem früheren Leben davor bewahrt hatte, den Verstand zu verlieren.

Sein Blick wanderte über das Bett. Claires Gesicht war mit Blutergüssen übersät, sah aber friedlich aus. Wie wenig sie sich seit dem Tag verändert hatte, an dem er um ihre Hand angehalten hatte. Der graue Schimmer, der sich mit den Jahren auf ihr Haar gelegt hatte, und die Fältchen um die Augen und den Mund machten sie sogar noch liebenswerter als früher, noch empfindsamer. Einmal mehr erkannte Philippe, wie bedingungslos er Claire liebte.

Sie lag beinahe reglos da. Ihr Atem ging flach. Auf einem Monitor neben dem Bett zeigte eine grüne Kurve den Herzschlag an, unterlegt von einem sanften, sich rhythmisch wiederholenden Signalton. Andere Geräte überwachten Blutwerte, Lungentätigkeit sowie weitere lebenserhaltende Körperfunktionen.

Der Anblick der Schläuche und technischen Apparaturen zerriss Philippe beinahe das Herz.

Was habe ich dir angetan, dachte er verzweifelt. In dem blinden Bestreben, Madelaines Mörder zu finden, hatte er nicht nur sein eigenes Leben riskiert, sondern auch das seiner Frau. Es war unverzeihlich. Dass die Stichverletzungen, an denen er sich die Schuld gab, weit weniger ernst waren als dieser verfluchte Lebertumor, war kein Trost für ihn.

»Du wirst es schaffen«, flüsterte Philippe seiner Frau zu. »Du *musst* es schaffen. Du darfst mich nicht allein lassen, hörst du, Claire?«

Er hätte nicht sagen können, wie lange er an dem Bett saß und mit sich haderte – vielleicht nur Minuten, vielleicht Stunden –, als er endlich eine Bewegung auf dem Gesicht seiner Frau bemerkte. Zuerst war es nur ein winziges Zucken um die Mundwinkel. Bald darauf blinzelte sie und schlug die noch müden Augen auf.

»Hallo, mein Schatz«, sagte Philippe leise.

»Philippe?« Es klang zaghaft und schwach, als würde ihr schon dieses eine Wort unendlich viel Kraft abverlangen.

»Ich bin hier.«

Claire versuchte den Kopf zu heben, doch Philippe kam ihr zuvor und stand auf, sodass sie ihn sehen konnte.

»Du darfst dich nicht anstrengen, Liebes«, sagte er. »Bleib liegen und ruh dich aus.«

Ihr Kopf sank ins Kissen zurück. »Wo bin ich?«

»Im Krankenhaus. Kannst du dich nicht erinnern, was passiert ist?«

Eine Weile starrte sie mit leerem Blick an die Decke; dann schien sie sich zu entsinnen. Die grüne Kurve auf dem Monitor schlug heftiger aus, der Signalton piepste schneller.

»Da war etwas ...«, murmelte sie. »Männer. Ja, jetzt weiß ich es wieder.« Sie hielt inne, um Atem zu schöpfen.

»Möchtest du einen Schluck Wasser?«, fragte Philippe.

»Kein Wasser, danke. Mir ist schlecht.«

»Soll ich den Arzt holen?«

»Nein. Ich will nur nach Hause.« Offenbar hatte sie ihre Lage noch immer nicht vollständig begriffen.

»Du darfst nach Hause, sobald es dir wieder gut geht.«

»Da waren zwei Männer«, sagte sie geistesabwesend. »Zwei Männer. Südländer. Einer von ihnen hatte ein Messer. Onassis.«

»Onassis?«

»Ja ... er sah aus wie Onassis.«

Sofort blitzte ein Bild vor Philippes Augen auf: Sokrates.

»Der andere war jünger ... glaube ich. Aber ich konnte ihn kaum erkennen. Er hat mich von hinten gepackt und mich festgehalten, als ...« Sie fing heftig zu zittern an, ihr Herz raste. Der Signalton piepste unablässig. »Du musst die Kerle anzeigen«, stieß sie dann hervor, als wäre das im Moment ihre größte Sorge. »Sie dürfen nicht ungeschoren davonkommen.«

»Lass uns morgen darüber reden, Schatz ...«

»Bitte, Philippe ... Versprich es mir!«

Wie hätte er seiner Frau die Bitte abschlagen können? »Ich verspreche dir alles, was du willst. Aber jetzt denk nicht weiter darüber nach. Erst musst du schnell wieder gesund werden. Du bist hier in guten Händen. Der Arzt sagt, bald bist du wieder ganz die Alte.« Die Lüge trieb Philippe beinahe die Tränen in die Augen, aber er wollte irgendetwas sagen, das Claire aufbaute.

Völlig unerwartet fragte sie: »Werde ich sterben?«

»Aber nein. Wie kommst du darauf? Natürlich wirst du nicht ...«

»Hat der Arzt dir nichts erzählt?« Claires Stimme klang zwar noch immer schwach, doch Philippe spürte, dass sie inzwischen bei vollem Bewusstsein war und wusste, was sie sagte. »Belüg mich nicht, ich sehe es dir an. Der Arzt hat dir von dem Tumor erzählt.«

Philippe war wie vom Schlag getroffen. »Du weißt davon?«

»Schon seit Wochen.«

»Aber ... warum hast du mir kein Wort davon gesagt?«

»Ich wollte uns die Bootsfahrt nicht vermasseln. Diese Reise ... ich wollte, dass wir sie genießen. Du solltest nicht ständig Angst um mich haben. Ich dachte, ich würde besser damit fertig, wenn es mein Geheimnis ist. Aber ich habe mich getäuscht. Es ist schlimm zu wissen, dass man bald sterben muss.« Tränen der Verzweiflung rannen ihr übers Gesicht. »Es tut mir Leid, Philippe, wenn du in letzter Zeit unter meiner schlechten Laune zu leiden hattest. Jetzt kennst du wenigstens den Grund dafür.«

Philippe schaute ihr in die Augen, diese wunderschönen, warmen Augen, die er so sehr liebte, und fragte sich, wie oft er diesen Anblick noch genießen durfte.

45

Philippe verließ Claire schweren Herzens und nur, weil Doktor Truvelle ihn dazu drängte.

»Sie können nichts für Ihre Frau tun«, sagte der Arzt. »Lassen Sie sie in Ruhe ausschlafen, sie braucht Erholung. Und Sie sehen ebenfalls so aus, als könnten Sie Schlaf vertragen. Gehen Sie nach Hause, und kommen Sie morgen wieder vorbei. Das ist für Sie beide das Beste.«

Philippe hätte am liebsten die ganze Nacht Claires Hand gehalten, doch er sah ein, dass Doktor Truvelle Recht hatte.

Bevor er ging, machte er sich auf der Herrentoilette noch ein wenig frisch, denn er fühlte sich schrecklich. Ein Blick in den Spiegel ließ ihn zusammenzucken. Sein Gesicht war totenbleich, die Augen rot gerändert von den Tränen und der Übermüdung. Er krempelte die Ärmel hoch und spritzte sich eiskaltes Wasser ins Gesicht.

»Ist das eine Tätowierung?«, fragte plötzlich eine Stimme neben ihm.

Philippe ließ das Papierhandtuch sinken, mit dem er sich abgetrocknet hatte, und erkannte im Spiegel Inspektor Pozzoni.

»Das da auf Ihrem Arm, meine ich«, sagte der Polizist. »Sieht aus wie ein Wappen.«

Philippe warf einen Blick auf seinen rechten Unterarm, an dessen Außenseite ein dunkler Fleck in der ungefähren Form eines Dreiecks prangte.

»Nein«, sagte er matt. »Keine Tätowierung. Eine Narbe. Eine alte Verletzung. Ist eine lange Geschichte.« Die er schon längst verdrängt hatte. »Was führt Sie hierher, Inspektor, mitten in der Nacht?«

Giuseppe Pozzoni erzählte ihm von dem Mann, den der *Chirurg* am Mittag überfallen hatte. Vor einer Stunde sei der Mann aufgewacht, doch bis er, Pozzoni, im Krankenhaus gewesen sei, habe der Verletzte schon wieder das Bewusstsein verloren. Jetzt hoffte Pozzoni darauf, doch noch mit dem Mann sprechen zu können. »Und weshalb sind Sie hier?«

Philippes erster Impuls war, dem jungen Inspektor alles zu erzählen, die ganze Geschichte – von der telefonischen Drohung bis zum Messerangriff auf Claire. Pozzoni schien ein netter Kerl zu sein und ein offenes Ohr für ihn zu haben. Sich jemandem anzuvertrauen, hätte Philippe sicher gut getan. Doch er war müde und ausgelaugt. Außerdem wollte er vermeiden, dass Pozzoni auf den Gedanken kam, Claire in ihrem derzeitigen Zustand zu befragen. Philippe würde Anzeige gegen Sokrates und Helsinki erstatten, wie er es seiner Frau versprochen hatte. Aber nicht jetzt. Morgen.

Also sagte er dem Polizisten nur, dass Claire eingeliefert worden war. Dann verabschiedete er sich und ging nach Hause.

Philippe stellte das Auto in einer Nebenstraße ab und legte die letzten Meter zu seinem Haus zu Fuß zurück. Er hielt die Augen offen und wartete darauf, dass sein sechster Sinn sich meldete, dieses Kribbeln auf der Haut, das ihm signalisierte, dass er beobachtet wurde. In Algerien hatten seine Vorahnungen ihm mehr als einmal das Leben gerettet.

Es hatte aufgehört zu regnen, nur der nasse Asphalt glitzerte noch im Schein der Laternen. Die Luft war kühl und glasklar. Philippes Blick wanderte die Straße entlang, vorbei an den parkenden Autos, die alle leer zu sein schienen, wie auch die dunklen Nischen zwischen den Häusern. Das Kribbeln blieb aus. Es bestand keine Gefahr.

Zu Hause angekommen, setzte Philippe sich mit der Flasche Rotwein, die er zum Abendessen angebrochen hatte, auf die Couch. Dann leerte er eine weitere Flasche, doch der Alkohol bewirkte nur, dass er in einen Abgrund tiefer Depression stürzte. Immer wieder drängten die Erinnerungen an Claire sich in den Vordergrund – Erinnerungen an glückliche Tage, die sie gemeinsam verbracht hatten, an die Hochzeit in der kleinen Kapelle in Francheville, an die Flitterwochen mit der Zündapp, die jetzt nur noch Schrott war. Auch Bilder aus der Zeit, als sie sich um Madelaine gekümmert hatten, zogen an Philippes geistigem Auge vorüber: Madelaine, Claire und er selbst auf dem Spielplatz, bei ausgedehnten Spaziergängen, im Zoo ... Wie eine echte kleine Familie.

Philippe nahm einen weiteren Schluck Wein und merkte, dass seine Wangen tränennass waren. Madelaine war tot. Und um Claire stand es sehr schlecht. Je mehr Philippe darüber nachdachte, desto rascher braute sich in seiner verletzten Seele ein gewaltiger Sturm zusammen, eine Mischung aus Ohnmacht und Selbstmitleid, Trauer und Wut. Philippe wusste, dass es in dieser Situation nur eine Möglichkeit gab, wieder Herr über sich selbst zu werden: Er musste sich abreagieren, sich körperlich bis zur völligen Erschöpfung verausgaben.

Wenig später trommelte er im Keller mit seinen alten, schwarzen Handschuhen auf den Sandsack ein, der von der Decke hing – zunächst noch halbherzig, dann mit aller Macht, während er die Bilder von Claire und Madelaine kommen und gehen ließ. Schon nach ein paar Minuten fühlte Philippe den Schweiß auf seinem Körper.

Warum war Madelaine getötet worden?

Ein Schlag mit der Rechten, dann mit der Linken, dann wieder mit der Rechten, immer schneller, immer verbissener.

Warum hatte man Claire niedergestochen?

Philippe duckte sich, als wäre der Sandsack ein leibhaftiger Gegner, und richtete sich wieder auf, um eine neue Rechts-Links-Kombination zu schlagen.

Es musste folgendermaßen sein: Belloque hatte versucht, ihn, Philippe, töten zu lassen, um ihn zum Schweigen zu bringen. Und Claire hatte Belloque offenbar für eine Mitwisserin gehalten, deshalb der Messerangriff.

Philippe drosch in rascher Folge auf den Sandsack ein. Bei jedem Hieb ächzte und keuchte er. Seine Arme begannen zu schmerzen. Ein gutes Zeichen, denn nur mit Schmerz konnte er Herr über den *cafard* werden, den Dämon in seinem Kopf.

Ob Belloque auch versucht hatte, Alphonse umzubringen? Womöglich auch dessen Frau und Kinder?

Rechts, links, rechts. Auch Philippes Schultern begannen zu schmerzen. Das vertraute Gefühl bleischwerer Arme stellte sich ein.

Wie soll es weitergehen, fragte sich Philippe. Wie soll ich Belloque dazu bringen, dass er Claire und mich und Alphonse und dessen Familie in Ruhe lässt? Falls es nicht schon zu spät ist ...

Ein weiterer Fausthagel ließ den Sandsack hin und her pendeln. Schweiß rann Philippe in die Augen, dass sie brannten und stachen. Mittlerweile schmerzte ihn der ganze Körper von Kopf bis Fuß, während er seinen Rhythmus fand und den Sack mit der Gleichmäßigkeit eines Roboters bearbeitete. Genau das, was er jetzt brauchte. Der beste Weg, wieder einen klaren Kopf zu bekommen ...

Wenn Belloque derart skrupellos vorging, um das Geheimnis zu wahren, das er in seinem Safe verborgen gehalten hatte, dann tat er das sicher aus gutem Grund. Hatte Belloque die Verbrechen der heutigen Nacht begangen, weil er Angst hatte, als Mörder überführt zu werden?

Philippes Schläge wurden härter, während er weiter darüber nachdachte. Doch von welcher Warte er die Frage auch betrachtete, stets kam er zu demselben Ergebnis: Jaques Belloque hatte zuerst Madelaine umbringen lassen, und jetzt versuchte er all jene zu beseitigen, die ihm gefährlich werden konnten.

Philippe stellte sich vor, der Sandsack sei Belloque. Das gab ihm zusätzliche Kraft, die er in seinen Kampf einbringen konnte, während er gleichzeitig darauf wartete, dass die vollkommene Erschöpfung ihn von allen Gedanken, Ängsten und Sorgen erlöste. Doch heute blieb sie aus. Philippes Wut auf Belloque steigerte sich sogar noch; er konnte nichts dagegen tun. Heute waren Fausthiebe zu wenig, zu mild für Jaques Belloque.

Dann explodierte der anschwellende Hass in einem zerstörerischen Ausbruch der Gewalt, als würde jemand einen Schalter in Philippes Kopf umlegen. Er war nicht mehr er selbst. Wie ein Besessener zerrte er sich die klobigen Boxhandschuhe von den Händen und verzweifelte beinahe, als es ihm nicht sofort gelang.

Er schrie in blinder Wut, stürmte zum Werkzeugschrank und riss ein paar Regale heraus. Zangen, Feilen, Schraubenzieher – alles, was zuvor sauber einsortiert gewesen war, krachte scheppernd zu Boden. Doch das war Philippe egal. Er suchte etwas Bestimmtes.

Wo war sie? Wo hatte er sie zuletzt hingelegt, seine Axt?

Dann sah er sie in einer Ecke neben den Holzscheiten. Der Griff fühlte sich wohltuend hart und kalt an, und die Schneide glänzte im dämmrigen Schein der Kellerbeleuchtung.

Dann schlug Philippe zu. Zunächst auf den Sandsack. Einmal, zweimal, dreimal. Die Löcher, die die Axt ins Leder riss, klafften wie Wunden. Der herausrieselnde Sand glich einem Blutstrom, der sich auf den Boden ergoss, bis schließlich nur noch ein schlaffer Beutel von der Decke hing. Philippe schlug auf alles ein, das in seiner Reichweite lag: Kreissäge, Schränke, Arbeitstisch, Regale – vor nichts machte er Halt. Holz knackte, Glas zersplitterte. Minutenlang tobte Philippe, reagierte seinen

Hass ab, bis er am Ende seiner Kräfte war. Völlig ausgelaugt ließ er sich schließlich auf einen Schemel fallen, der den Tobsuchtsanfall wie durch ein Wunder überstanden hatte.

Claire!

Der Gedanke, sie zu verlieren, war unerträglich. Dieser verteufelte Tumor! Sie hatte davon gewusst und ihm nichts gesagt, weil sie ihn nicht mit Sorgen beladen wollte. Weil sie mit ihm gemeinsam den Traum verwirklichen wollte, auf den sie sich schon so lange gefreut hatte. Die Reise auf der *Soleil*.

Und diese Reise würde sie bekommen! Wenn es sonst keine Möglichkeit gab, ihr zu helfen, so konnte Philippe wenigstens eines für sie tun: ihr Hoffnung geben.

Das war sein fester Entschluss. Er würde das Geld für die Jacht auftreiben.

Für Claire.

Egal wie.

46

Dienstag, 17. September 2002

An diesem Morgen forderten der Alkohol und die Erschöpfung ihren Tribut – Philippe fühlte sich, als hätte er Watte im Kopf und Gummi in den Knochen. Beim Rasieren kam es ihm vor, als würde ihn ein Greis aus dem Spiegel anstarren. Über Nacht schien er zwanzig Jahre gealtert zu sein.

So wenig erholsam der Schlaf gewesen war – eines hatte er bewirkt: Philippe war sich nun vollkommen im Klaren darüber, wie wichtig er in dieser Situation für Claire war. Hoffnung war für sie noch viel wichtiger als für ihn. Es war seine Aufgabe, Claire diese Hoffnung zu geben.

Philippe hatte auch schon eine Vorstellung davon, wie er das Geld für die Jacht zusammenbekam. Er konnte nicht mehr warten, bis Cathérine Lazard sich der Sache annahm. Die Zeit lief ihm davon. Er musste Claire Mut machen – nicht erst in ein paar Tagen, sondern so schnell wie möglich.

Irgendwann in einer traumlosen Phase des Halbschlafs war ihm die Idee gekommen. Er wollte seinem alten Widersacher Louis Vandenberg ein Geschäft vorschlagen, ihm anbieten, der Polizei ein Video mit der ungekürzten Fassung der nächtlichen Büroszene zuzuspielen. Damit wäre bewiesen, dass Vandenberg Madelaine nicht vergewaltigt hatte; dann war auch der Mordverdacht nicht mehr haltbar.

Als Gegenleistung erwartete Philippe die Zahlung seiner Abfindung in doppelter Höhe; schließlich hatte er ein Risiko auf sich genommen. Zusammen mit seinem Ersparten würde die

Summe reichen, um die Jacht schuldenfrei erwerben zu können. Das war alles, was er wollte.

Dass dieses Vorhaben die Freiheit für Louis Vandenberg bedeutete, war ein geringer Preis für die Aussicht, Claire zu helfen.

Er hatte sich auch überlegt, wie Jaques Belloque auf das alles reagieren würde. Er schien Philippe noch für tot zu halten; jedenfalls hatte in der Nacht niemand versucht, in die Wohnung einzudringen. Doch wenn erst klar war, dass Philippe noch unter den Lebenden weilte, schwebte er augenblicklich wieder in Gefahr. Deshalb musste er sich beeilen. Eine Vorstellung, wie er mit Jaques Belloque umgehen würde, hatte er schon. Eine recht genaue sogar.

Philippe lächelte sein Spiegelbild an. Ja, er war todmüde, aber durchaus zufrieden mit sich und seinem Plan.

Er verspürte das Bedürfnis, mit Claire zu sprechen und ihr mitzuteilen, dass die gemeinsame Bootsfahrt nun doch in greifbare Nähe gerückt war. Also rief er im Krankenhaus an, wo ihm jedoch gesagt wurde, dass seine Frau noch schlafe. Philippe hängte ein und beschloss, es später noch einmal zu versuchen. Vielleicht hatte er bis dahin schon etwas erreicht.

Bevor er an diesem Tag in die Firma fuhr, schaute er im Gefängnis vorbei. Anders als bei seinem letzten Besuch wirkte Vandenberg diesmal keineswegs arrogant oder ablehnend. Er schien sich sogar über den unerwarteten Besuch zu freuen.

»Schön Sie zu sehen, Lafayette«, sagte er zu Philippes Verwunderung, der nicht einen Hauch Ironie in Vandenbergs Worten hörte. Vandenberg klang nur ausgelaugt und auf seltsame Weise dankbar.

»Sie sehen mitgenommen aus«, sagte Philippe, während Vandenberg sich zu ihm an den Tisch setzte.

»Sie sollten sich selbst mal sehen.«

»Ich weiß. In letzter Zeit habe ich einige Probleme.«

Vandenberg nickte ernst. »Wem sagen Sie das? Hier drinnen

zu sitzen und nicht zu wissen, was mit der Firma los ist, bringt mich um den Verstand. Ich könnte schwören, irgendetwas ist faul. Außerdem fürchte ich, Sie hatten Recht: Das Gefängnis kann einen wirklich kaputtmachen.«

Philippe war über diesen Sinneswandel nicht verwundert, höchstens darüber, wie rasch er sich bei Vandenberg vollzogen hatte. Froh darüber, einen Zuhörer zu haben, zeigte der Mann sich äußerst redselig. Philippe erlebte ihn zum ersten Mal als Menschen. Es war ein eigenartiges Gefühl, Sympathien für jemanden zu entwickeln, den er jahrelang gehasst hatte.

Schließlich brachte Philippe das Gespräch auf Madelaines Ermordung.

»Ich war es nicht«, sagte Vandenberg müde. »Ich habe dem Mädchen keine Gewalt angetan. Und umgebracht habe ich sie schon gar nicht.«

»Sie brauchen sich nicht zu rechtfertigen.«

Doch Vandenberg schien den Einwurf gar nicht gehört zu haben. Unbeirrt sprach er weiter: »Seit ich hier bin, habe ich viel Zeit zum Nachdenken gehabt. Soll ich Ihnen etwas Verrücktes sagen? Irgendwie geschieht es mir recht, hinter Gittern zu sitzen, selbst wenn ich unschuldig bin. Erinnern Sie sich an diese Schlägerei, bei der Sie mir die Nase gebrochen haben? An den blonden Kerl, den ich verprügelt habe? Er und ich – wir haben damals etwas getan, wofür ich mich heute sehr schäme. Kein Schwerverbrechen, aber eine Strafe hat man dafür verdient. Mein Kumpan gelangte viel eher als ich zu dieser Einsicht. Er wollte bei der Polizei sein Gewissen erleichtern. Als Sie sich in unseren Streit einmischten, war ich gerade dabei, ihn ... sagen wir mal, vom Gegenteil zu überzeugen. Später habe ich ihm dann Geld gegeben, damit er dicht hält und für immer verschwindet. Wir wurden nie für diese Tat belangt. Und jetzt sitze ich im Gefängnis – für ein Verbrechen, das ich *nicht* begangen habe. Was für eine Ironie! Für die Polizei bin ich bereits ein abgeurteilter Mörder, denn sie steht wegen dieses *Chi-*

rurgen unter Druck. Mein Fall interessiert sie nicht wirklich. Sie wollen der Öffentlichkeit nur jemanden präsentieren, der für den Tod des Mädchens herhalten muss. Ich komme ihnen da gerade recht.«

Philippe räusperte sich, strich sich mit Daumen und Zeigefinger über seinen Schnauzer und sagte: »Genau aus diesem Grund bin ich hier. Ich möchte Ihnen ein Geschäft vorschlagen. Vielleicht können wir uns gegenseitig helfen.«

47

Der Gedanke, Alphonse könne in der Nacht eine ähnliche Katastrophe widerfahren sein wie ihm, ließ Philippe nicht mehr los. Deshalb rief er bei ihm an, ehe er das Gefängnis verließ. Zu seiner großen Erleichterung ging es Alphonse und dessen Familie bestens.

»Weshalb fragst du?«, wollte Alphonse wissen.

Philippe erzählte ihm knapp, was vorgefallen war. »Hör zu, ich stehe gerade im Foyer des Gefängnisses. Lass uns später darüber sprechen. Tu mir bis dahin den Gefallen und halt die Augen offen.«

Er hängte ein, verließ das Vollzugsgebäude und setzte sich in seinen Wagen. Als Nächstes stand ein Besuch im Polizeirevier an, um Sokrates und Helsinki anzuzeigen, wie er es Claire versprochen hatte.

Im Morddezernat fragte Philippe sich nach Inspektor Pozzoni durch. Das Zimmer erinnerte ihn eher an einen Seminarraum als an ein Polizeibüro. An den Wänden, an den alten grauen Spinden – überall hingen dicht beschriebene Papierbögen.

»Der Inspektor ist gleich zurück«, sagte ein Beamter, der auf einem Stuhl in der Ecke saß und in irgendwelchen Unterlagen blätterte. »Am besten, Sie nehmen einen Moment Platz.«

Philippe dankte ihm, blieb aber stehen und betrachtete die Aufschriften auf den Papierbögen. Einzelne Worte waren durch Unterstreichungen oder Einkreisungen hervorgehoben, darunter *Serientäter, Axt* und *Psychopath*. Kein Zweifel, es handelte sich um Notizen zu den Morden des meistgesuchten Verbrechers der Stadt.

»Sie sind dem *Chirurgen* ziemlich dicht auf den Fersen, oder?«, fragte Philippe, während es ihm eiskalt über den Rücken lief.

»Darüber darf ich keine Auskunft geben«, sagte der Beamte.

Philippes Blick wanderte an den Wänden weiter. Ihm fiel ein Bogen Papier ins Auge, auf dem Fotos der verstümmelten Opfer aufgeklebt waren. Unter jedem Bild standen handschriftliche Vermerke zum Tathergang.

Philippe betrachtete die Fotos der Reihe nach und mit wachsendem Unbehagen. Die Häufung der Gräueltaten auf dieser einen Seite war wie eine blitzlichtartige Rückblende in Philippes Vergangenheit.

Messaad.

Die Erinnerung verfolgte ihn wie der Teufel höchstpersönlich. Er hatte niemandem davon erzählt, nicht einmal Claire. Jahrelang, sogar jahrzehntelang hatte er verdrängt, was damals vorgefallen war. Erst in den letzten Wochen waren die Erinnerungen wieder aufgebrochen wie alte Wunden, zwanghaft, gleich einem Fluch, den er nicht abzuschütteln vermochte.

Es war glutheiß gewesen damals im Jahre 1961. Flirrende Hitze lag über der unbelebten steinigen Ebene, einem nördlichen Ausläufer der Sahara. Die Sonne hatte die Erde verbrannt; die gesamte Region war ein einziger glühender Backofen gewesen, ein menschenfeindliches Gebiet, in das sie sich hatten zurückziehen müssen. Der neunzehnjährige Philippe – damals noch Philippe Leroy – und sein Freund Lorenzo Espinola, meist *le bœuf* genannt, *der Ochse,* weil er ein ebenso bulliger wie einfältiger Bursche war. Mit der Rechtschreibung haperte es bei *le bœuf* wie bei keinem zweiten. Nur im Armdrücken war er unschlagbar, hatte gegen jeden Gegner gesiegt.

Doch jetzt war Espinolas Arm blutig und zu nichts mehr zu gebrauchen. Wenigstens hatte er aufgehört zu schreien, seit er in eine Art Dämmerzustand versunken war. Mittlerweile zitterte er allerdings am ganzen Körper, stundenlang schon, was Philippe mit wachsender Besorgnis beobachtete. Wenn es so weiterging und keine Hilfe eintraf, würde Espinola den Tag nicht überstehen.

Zum hundertsten Mal ließ Philippe den Blick ins Tal schweifen. Alles schien ruhig, doch Philippe wusste, dass sie dort unten warteten. Er hatte dieses untrügliche Gefühl, dieses Kribbeln auf der Haut. Sie waren dort unten, irgendwo, versteckt hinter haushohen Geröllhalden. Deshalb hatte Philippe sich mit *le bœuf* hierher zurückgezogen, in eine kleine Felsenhöhle, nachdem sie vom Rest ihres Trupps getrennt worden waren. Das war vor vier Tagen gewesen. Seitdem waren sie auf sich allein gestellt und harrten hier aus.

Ihre Ausrüstung hatten sie beim Kampf verloren. Sie hatten keine Medikamente, keine Salztabletten mehr, kaum noch Wasser. Es war zum Verzweifeln.

Philippe wischte sich den Schweiß aus der Stirn und ging zurück in die Höhle. Obwohl es hier deutlich kühler war als draußen, fühlte er sich kein bisschen erfrischt.

»Wie geht es dir?«, fragte er seinen Freund, der neben der Feuerstelle auf dem Boden lag.

Le bœuf murmelte etwas Unverständliches, während Philippe sich neben ihn kniete und den durchgebluteten Verband betrachtete, den er ihm um den Arm gewickelt hatte. Die Explosion einer Granate hatte ihm den Unterarm aufgerissen, vom Handknöchel bis zum Ellbogen. Der Arm war nur noch ein nutzloses Anhängsel.

Philippe selbst hatte kaum etwas abbekommen. Ein Querschläger hatte ihn erwischt, ebenfalls am Unterarm. In der Wunde hatte sich Staub angesammelt, der sie wie ein dunkles Wappen erscheinen ließ, doch die Verletzung war harmlos.

Dennoch war es eine Tortur gewesen, *le bœuf* hierher zu bringen. Philippe hatte ihn halb tragen, halb schleifen müssen, denn bei einem Sturz hatte der Koloss sich auch noch ein Bein verletzt. Vermutlich gebrochen.

Der Schenkel war schnell geschient. Die Versorgung der Armverletzung jedoch hatte sich als wesentlich schwieriger erwiesen. Mit einem Messer hatte Philippe seinem Freund beide Hemdsärmel abgetrennt. Mit dem einen hatte er den blutenden Arm abgebunden; den anderen hatte er *le bœuf* wie einen Knebel zwischen die Zähne gesteckt, um ihn am Schreien zu hindern. Anschließend hatte er sein Messer in der Feuerstelle erhitzt, bis die Klinge glühte. Dann hatte er mit der Säuberung der Wunde begonnen, während *le bœuf*, halb wahnsinnig vor Schmerz, in seinen Knebel geschrien hatte. Seitdem lag er hier, auf Steine gebettet, und dämmerte. Wenn er nicht gerade schlief, fantasierte er in Fieberträumen und zitterte wie Espenlaub. So wie jetzt.

»Möchtest du einen Schluck Wasser?«, fragte Philippe. Viel hatten sie nicht mehr, aber *le bœuf* brauchte Wasser. Dringend.

Wieder stammelte der Verwundete irgendetwas Unverständliches. Philippe öffnete die Feldflasche und führte sie *le bœuf* zum Mund, während er ihm mit der anderen Hand den Nacken stützte.

Kaum hatte *le bœuf* getrunken, fiel er auch schon wieder in seinen Dämmerzustand.

Vorsichtig löste Philippe den Verband. Er hätte ihn auswaschen sollen – aber womit? Sie hatten ja noch nicht einmal genug Trinkwasser, und eine Quelle gab es nicht in ihrer Nähe; zumindest hatte Philippe keine entdeckt. Also sparte er sich jeden Schluck Wasser vom Mund ab, freilich ohne seinem verletzten Freund etwas davon zu sagen.

Lange würde ihr Vorrat jedoch nicht mehr reichen. Mit etwas Glück noch heute, vielleicht auch noch morgen, aber danach würden sie verdursten.

Philippe fuhr sich mit der trockenen Zunge über die rissigen, von Sandstaub bedeckten Lippen und zog einen Ast aus der Feuerstelle. Im flackernden Schein der Fackel untersuchte er *le bœufs* Unterarm.

Die Wunde sah alles andere als gut aus. Sie wollte nicht heilen, was unter den gegebenen Umständen kaum verwunderlich war. Hitze, Staub, Ungeziefer, Wasser- und Arzneimangel – es waren die denkbar ungünstigsten Bedingungen für *le bœuf.* Das Schlimmste war, dass sich mittlerweile starker Wundbrand gebildet hatte. Aber Philippe konnte nichts dagegen tun.

»Der Arm ... muss ab, oder?«, fragte *le bœuf* zu Philippes Erstaunen. Seine Stimme war schwach, aber seltsam klar, als wäre er sich der Ausweglosigkeit seiner Lage voll bewusst.

»Die Wunde sieht nicht gut aus«, sagte Philippe.

»Wundbrand?«

»Ja.«

»Dann ... muss der verdammte Arm ab.« *Le bœuf* stöhnte auf, als er sich zu bewegen versuchte. »Meinst du, du schaffst das?«

Bei dem Gedanken, seinem Freund einen Arm zu amputieren, wurde Philippe übel.

»Ich glaube ... ehrlich gesagt ... nein.«

»Du *musst*!«, fuhr *le bœuf* ihn unvermutet scharf an. »Wir haben keine Wahl. Es ist meine einzige Chance. Wenn du es nicht tust, bin ich in ein paar Stunden tot.«

»Unser Wasser wird ohnehin nicht mehr lange reichen«, sagte Philippe. »Außerdem würde eine Amputation eine Wunde verursachen, die ebenso groß ist wie die jetzige. Dadurch wäre nichts gewonnen. Du könntest verbluten. Also lass uns lieber hier warten, in aller Ruhe, bis wir verdursten und in Frieden sterben.«

»Nein«, stöhnte *le bœuf.* »Die anderen wissen, wo sie uns verloren haben. Sie werden kommen und nach uns suchen, da bin ich sicher!« Wieder keuchte er schwer, aber in seiner Stimme lag eine erstaunliche Entschlossenheit. »Wir beide werden so lange durchhalten, verstanden? Aber mit diesem verfluchten Arm werde ich den heutigen Tag nicht überleben. Also tu jetzt, was ich dir sage, und hol mir meinen Rucksack herüber. Da ist eine Axt drin.«

Philippe tat, was *le bœuf* ihm gesagt hatte.

»Hast du sie gefunden?«

Er zeigte seinem Kameraden die Axt. Er konnte selbst nicht glauben, dass er wirklich tat, was *le bœuf* von ihm verlangte. Beinahe wie in Trance gehorchte Philippe auch der nächsten Anweisung und legte die Klinge der Axt ins Feuer.

»Jetzt hör mir genau zu!«, forderte *le bœuf* unter enormer Anstrengung. Schweißtropfen glänzten auf seiner Stirn. »Ich habe vor einiger Zeit gesehen, wie das gemacht wird. Mein Bruder hatte sich mit einer Sense in den Fuß geschnitten ... man musste den Fuß amputieren. Er hat es überlebt, obwohl auch er keine Medikamente hatte ... Wir Espinolas sind zäh. Also halte dich an meine Anweisungen und merke dir genau, was ich jetzt sage ... Wenn der Arm erst ab ist, bin ich vermutlich nicht mehr ansprechbar.« Der Versuch eines Lächelns scheiterte. Dem Mann war seine Angst überdeutlich anzusehen, auch wenn er sich bemühte, einen entschlossenen Eindruck zu machen.

Philippe prägte sich alles ein – wie er den Arm abbinden und den Axthieb anbringen sollte, wie er die Blutung stoppen und die Wunde versiegeln musste.

»Und jetzt lass es uns hinter uns bringen«, presste *le bœuf* zwischen den Zähnen hervor. Mit zitternden Fingern nestelte Philippe seinen Schnürsenkel auf und band ihn um den Oberarm des Verletzten.

»Fester«, befahl *le bœuf,* als Philippe die Schlinge zuzog. »Mach den Knoten, so fest du kannst!«

Mit zusammengebissenen Zähnen riss Philippe an den beiden Enden des Schuhbändels. Die dünne Schnur fraß sich in den mächtigen Bizeps. *Le bœuf* ächzte.

»Und jetzt den Knebel«, sagte er.

Philippe stopfte seinem Freund den durchgebluteten Hemdsärmel in den Mund.

»Bist du so weit?«

Le bœuf nickte schwach und schloss die Augen; er wollte nicht sehen, wann Philippe zuschlug. Außerdem war die Gefahr zu groß, dass er in einer Reflexbewegung den Arm wegzog und die schreckliche, qualvolle Prozedur wiederholt werden musste.

Philippe kniete neben seinem Freund. Um nichts in der Welt hätte er mit ihm tauschen mögen. Seine Finger krampften sich um den Stiel der Axt. Bei der Vorstellung, was er in den nächsten Minuten alles zu tun hatte, drehte sich ihm der Magen um.

Diese Gedanken beschäftigten Philippe, als er die Fotos der Mordopfer betrachtete. Verstümmelte Leichen. Abgetrennte Gliedmaßen.

Er fühlte sich, als hätte er eine Rasierklinge verschluckt. Es war wie eine Erlösung, als die Tür endlich aufging und Pozzoni hereinkam.

»Entschuldigen Sie, Ives, dass es etwas länger gedauert hat«, sagte er zu seinem Kollegen, ohne von Philippe Notiz zu nehmen. »Aber es war wichtig. Die Jungs von der Spurensuche sind inzwischen sicher, dass auch der gestrige Vorfall auf das Konto des *Chirurgen* geht. Am Pullover des Verletzten befanden sich Blutspuren der toten Frau aus dem Hühnerstall. Diesmal hat der *Chirurg* einen Fehler begangen – sein letztes Opfer, der Mann im Krankenhaus, lebt noch, auch wenn er noch nicht ansprechbar ist.« Erst jetzt bemerkte er Philippe. »Ah, Monsieur Lafayette. Was führt Sie zu mir?«

»Ich möchte Anzeige erstatten.«

»Anzeige? Gegen wen?«

»Meine Frau wurde gestern von zwei Männern überfallen

und niedergestochen. Außerdem hat man versucht, mich umzubringen.«

Pozzoni, der ebenfalls übernächtigt aussah, bat Philippe in ein Nebenzimmer, wo ein Beamter sich um die Formalitäten kümmerte. Philippe berichtete, was vorgefallen war, und gab Personenbeschreibungen von Sokrates und Helsinki ab. Anschließend stellte der Polizist noch eine ganze Reihe Fragen.

Philippe gab an, die Männer nicht zu kennen, die ihm nach dem Leben trachteten. Das gelte auch für seine Frau. Einen Grund für die Mordanschläge könne er sich nicht vorstellen, fügte er hinzu, behielt aber seinen Verdacht gegen Jaques Belloque als Drahtzieher dieser mörderischen Intrige für sich. Mit Belloque hatte er besondere Pläne.

Als das Anzeigenformular ausgefüllt und unterschrieben war, sagte der Uniformierte: »Die Personenbeschreibungen gehen heute noch an alle Polizeidienststellen. Noch besser wäre es, wenn Sie von unserem Zeichner Phantombilder anfertigen lassen.«

»Einverstanden.«

»Spätestens morgen werden die Bilder in sämtlichen Zeitungen der Region und im Fernsehen erscheinen. Unsere Chancen, die Kerle zu fassen, stehen nicht schlecht.«

Für Philippe hörte es sich an, als würde der Mann das jedem sagen.

48

Monsieur Belloque?«, klang die Stimme der Sekretärin aus der Gegensprechanlage.

»Was gibt's, Sophie?«

»Monsieur Lafayette ist hier. Er hat keinen Termin, möchte aber mit Ihnen sprechen. Er sagt, es sei dringend.«

»Danke, Sophie. Er soll noch einen Moment Platz nehmen, ich komme sofort.«

Jaques Belloque überlegte. Es war Viertel nach zehn. Um halb elf hatte er im Konferenzsaal einen Termin mit Edmond Jeaubert, in dem die letzten Einzelheiten des Subventionsvertrags festgelegt werden sollten. An dem Treffen waren nicht nur er selbst, Edmond Jeaubert und Cathérine Lazard beteiligt, die er wieder auf seine Seite hatte ziehen können – beide Vertragsparteien boten auch noch jeweils ein halbes Dutzend Anwälte auf. Das Geschäft war zu wichtig, und keine Partei hatte einen Vorteil zu verschenken.

Belloque konnte diesen Termin unmöglich verschieben, selbst eine Verspätung war undenkbar. Andererseits wartete in seinem Vorzimmer derjenige, der sein Büro durchsucht, den Safe geöffnet und die Schatulle an sich genommen hatte. Der einzige Mensch auf der Welt, der eine Gefahr für ihn darstellte. Jaques Belloque gestand sich ein, dass er nervös war, als er aufstand und die Tür öffnete.

Auch Philippe war angespannt. Der Plan, den er sich in der Nacht zurechtgelegt hatte, war riskant. Er fragte sich, ob er nicht zu hoch hinaus wollte.

»Ich freue mich, Sie zu sehen«, begann Belloque, nachdem sie sich gesetzt hatten. »Ehrlich gesagt habe ich damit gerechnet, dass Sie sich bei mir melden. Allerdings passt mir der Termin heute gar nicht gut. In wenigen Minuten werde ich zu einer Besprechung erwartet.«

»Ich halte Sie nicht lange auf«, entgegnete Philippe, der nicht bereit war, sein Vorhaben zu verschieben. »Ich bin hier, weil ich etwas besitze, das Ihnen gehört.«

»Und jetzt möchten Sie dafür einen – nun, sagen wir, einen Finderlohn?«

»Es geht in diese Richtung, ja.«

Belloque nickte. »Das hatte ich mir schon gedacht. Wie Sie sich vorstellen können, bin ich sehr daran interessiert, dass die Schatulle nicht in falsche Hände gerät und dass Sie, Monsieur, Ihr Wissen für sich behalten. Ich bin sicher, wir werden zu einer Einigung gelangen. An welchen Betrag denken Sie?«

»500.000 Euro.«

Philippe hatte die Summe wohl kalkuliert. Sie war groß genug, um Richard Bonnaire zu unterstützen. Zwar konnte ihm das Geld nicht die Tochter ersetzen, aber es würde ihn von allen finanziellen Sorgen befreien. Außerdem war eine halbe Million angemessen, um Jaques Belloque empfindlich zu treffen. Selbst für einen Mann in seiner Position war ein Betrag in dieser Höhe kein Taschengeld. Andererseits würde er das Geld relativ problemlos auftreiben können – zumindest nahm Philippe es an.

Belloque jedoch zischte: »Sind Sie übergeschnappt? Eine halbe Million für ein paar lächerliche Mini-Disks?«

Philippe starrte sein Gegenüber an. Er konnte nicht fassen, dass Belloque feilschen wollte. »Wir wissen beide, was sich in der Schatulle befindet. Mein Angebot ist akzeptabel.«

»Sie haben keine Ahnung, mit wem Sie sich anlegen, Lafayette!« Von Belloques gewohnter Sachlichkeit war nichts mehr zu spüren. »Ich warne Sie, provozieren Sie mich nicht!«

»Und *ich* warne *Sie*!«, brauste Philippe auf. Nach allem, was er in den letzten Tagen erlebt hatte, war er zu keinen Verhandlungen bereit. »Ich bin nicht hierher gekommen, ohne mich vorher abgesichert zu haben. Falls mir etwas zustößt, bevor ich das Geld von Ihnen erhalten habe, wird die Schatulle mitsamt Inhalt und einer ausführlichen Notiz an die Polizei weitergeleitet. Auch Louis Vandenberg wird über alles unterrichtet. Dann dürften Ihre Tage bei OLYMPP gezählt sein, was meinen Sie?« Dass er ohnehin vorhatte, die Polizei und Vandenberg zu informieren – spätestens, wenn er mit Claire auf hoher See und damit in Sicherheit war –, sagte er nicht.

Jaques Belloque hatte sichtlich Mühe, sich zu beherrschen. Zwar konnte er die geforderte Summe über seine Privatkonten auftreiben und musste dafür nicht einmal Wertpapiere liquidieren, doch es war eine Menge Geld.

Was ihn am meisten ärgerte, war, dass er keine Wahl hatte. Er *musste* bezahlen. Wegen der Polizei machte er sich keine Sorgen, aber wenn Louis erfuhr, was hinter seinem Rücken geschehen war, konnte er seine Sachen packen.

Er wurde puterrot im Gesicht, als ihm seine Machtlosigkeit mit aller Klarheit bewusst wurde. Doch ihm blieb nicht mehr viel Zeit, die unumgängliche Entscheidung zu treffen, denn das Treffen mit Cathérine und den Regierungsvertretern rückte näher.

»Also gut, ich bin einverstanden«, sagte er zähneknirschend. »500.000 Euro – aber keinen Cent mehr, haben Sie verstanden? Versuchen Sie ja nicht, mich aufs Kreuz zu legen!«

Philippe atmete auf. Alles klappte wie am Schnürchen.

»Wie wollen Sie das Geld haben?«, fragte Belloque barsch.

»Bar, in einem Geldkoffer. Wie im Film – kleine, gebrauchte Scheine, nicht markiert und nicht fortlaufend nummeriert. Wir treffen uns morgen Mittag um ein Uhr vor dem Lycée Saint-Pierre. Nur Sie und ich. Sehe ich jemanden in Ihrer Nähe, der mir verdächtig erscheint, platzt unsere Vereinbarung. Sie werden mutterseelenallein auf der Bank gegenüber vom Haupteingang auf mich warten.« Philippe wartete einen Moment, bevor er sich augenzwinkernd die Bemerkung gestattete: »Vergessen Sie das Geld nicht.«

49

Als Philippe am Abend im Krankenhaus vorbeischaute, lag Claire wach im Bett und starrte mit leerem Blick an die gegenüberliegende Wand. Sie war bleich, die Haut schimmerte durchsichtig. So zerbrechlich hatte Philippe seine Frau noch nie gesehen.

»Hallo, Schatz«, sagte er mit belegter Stimme und setzte sich neben sie. »Wie geht es dir?«

Claire rührte sich nicht, starrte weiter geradeaus.

Philippe nahm ihre Hand und drückte sie sanft. »Ich wollte dir Blumen mitbringen, aber das ist verboten. Wenn du erst wieder zu Hause bist, kaufe ich dir Rosen, so viel du willst. Und sobald du wieder ganz gesund bist, stechen wir in See.« Vergebens wartete er auf eine Reaktion. Er verbarg seine Enttäuschung und fuhr fort: »Hörst du? Ich bekomme nun doch meine Abfindung ... ist das nicht wunderbar? Du musst nur wieder gesund werden, damit wir in See stechen können.« Seine Stimme wurde brüchig. Es war schwer, jemandem Hoffnung zu schenken, wenn man selbst kaum zu hoffen wagte.

Aber er musste sich zusammenreißen. Also erzählte er seiner Frau in den schillerndsten Farben von der bevorstehenden Bootsfahrt, während er gegen seine Verzweiflung ankämpfte. Wie er das Geld für die Jacht beschaffte, verschwieg er. Es spielte keine Rolle. Wichtig war nur, dass Claire ihre schreckliche Krankheit überwand.

»Diese Reise ist ein schöner Gedanke«, sagte sie plötzlich.

Ihre Stimme war matt, ihr Lächeln ebenso. Doch Philippe hätte über diese erste Reaktion vor Freude weinen können.

»Es wird nicht nur ein Gedanke bleiben«, sagte er eindringlich. »Wir werden diese Reise tatsächlich erleben, du und ich – und es wird die schönste Zeit unseres Lebens.«

Claire drehte den Kopf zur Seite und schaute Philippe an. Die Leere in ihren Augen war verschwunden, die Wärme, die Philippe so liebte, zurückgekehrt.

Er fühlte, wie die eiserne Faust um sein Herz sich löste. Er hatte es geschafft, Claire aus ihrer Lethargie zu reißen – der erste Schritt in die richtige Richtung.

»Es tut mir Leid«, sagte Claire.

»Wovon sprichst du?«

»Ich habe dir vorgeworfen, dass du dein Leben vergeudet hast. Ich habe es nicht so gemeint.« Claires Kinn bebte, und eine Träne rann ihr aus dem Augenwinkel. Voller Scham drehte sie ihr Gesicht weg.

»Nicht weinen, Liebes«, sagte Philippe sanft. »Du musst dich nicht bei mir entschuldigen. Alles ist gut. Manchmal sagt man Dinge, die man nicht so meint.«

Während er Claires Hand hielt und ihr übers Haar strich, beruhigte sie sich zusehends. »Ich liebe dich«, sagte sie schließlich. Es war kaum mehr als ein Flüstern. »Ich liebe dich und ich habe wahnsinnige Angst, dich zu verlieren. Du bist der beste Mann, den ich mir vorstellen kann. All die Jahre, die ich mit dir verbracht habe, war ich glücklich und stolz, an deiner Seite zu sein. Bitte verzeih, dass ich in letzter Zeit so ungerecht war. Ich wollte es dir heute sagen, falls ich ... keine Gelegenheit mehr dazu habe.«

»Ich will nicht, dass du so etwas sagst.«

»Hör zu, Philippe, bitte. Ich habe mit Doktor Truvelle gesprochen. Mein Entschluss steht fest. Ich werde die Operation auf mich nehmen. Gleich morgen früh bin ich an der Reihe.«

»Morgen früh schon?«

»Die Ärzte wollen keine Zeit verlieren. Ich auch nicht. Die Stichverletzungen sind nicht weiter gefährlich, aber der Tumor ... Je schneller operiert wird, desto besser sind meine Chancen. Also habe ich Ja gesagt.«

Philippe war wie gelähmt. Natürlich hatte er gewusst, dass diese Entscheidung unumgänglich war. Doch dass er so schnell damit konfrontiert wurde, traf ihn wie ein Schlag. Er hätte sich gewünscht, mehr Zeit zu haben, sich mit der Realität abzufinden.

»Ja ... ja, du hast Recht«, stammelte er. »Du musst es hinter dich bringen. O Claire, wie sehr ich dich liebe!«

Er drückte Claires Hand, so fest er konnte, und beugte sich zu ihr, um sie in den Arm zu nehmen – vielleicht zum allerletzten Mal.

»Ich will, dass du immer an unsere Bootsfahrt denkst«, sagte er. »Denke an die *Soleil*, an das Meer, an all die Länder, die wir noch sehen werden, und werde wieder gesund. Tu es für mich! Wir werden diese Reise antreten, dafür sorge ich. Hörst du? Das verspreche ich dir!«

50

Mittwoch, 18. September 2002

Auch in dieser Nacht hatte Philippe kaum Ruhe gefunden. Madelaine und *le boeuf* hatten ihn in seinen Albträumen verfolgt. Hinzu kamen schlimme Befürchtungen, was Claires Operation betraf.

Kaum war er wach, rief er im Krankenhaus an. Obwohl Claire versuchte, tapfer zu wirken, spürte Philippe ihre Angst. Er wollte auf dem Weg in die Firma bei ihr vorbeischauen, doch es hatte keinen Sinn: Die Operation begann in weniger als zwanzig Minuten. Claire sagte, dass sie ihn liebe. Es klang wie ein Abschied.

Philippe versprach ihr, in Gedanken bei ihr zu sein und sie zu besuchen, sobald die Ärzte es erlaubten. Bei der Vorstellung, dass Claire bei dem Eingriff sterben konnte, versagte ihm die Stimme.

Das Frühstück ließ Philippe an diesem Morgen ausfallen; schon der Gedanke verursachte ihm Übelkeit. Um sich abzulenken, holte er die Zeitung aus dem Briefkasten und blätterte ein wenig darin. Wie in den letzten Tagen überflog er auch heute als Erstes den Polizeibericht, aber weder der Mord an Madelaine noch der *Chirurgen*-Fall hatte nennenswerte Fortschritte gemacht.

Allerdings fielen Philippe die Phantombilder von Sokrates und Helsinki ins Auge. Darunter schilderte ein Artikel, was sich zugetragen hatte. Sogar Philippes Name wurde erwähnt.

Den ganzen Vormittag konnte Philippe sich nicht auf seine Aufgaben konzentrieren. Was mache ich hier eigentlich, fragte er sich, während er das Notstromaggregat im Keller des OLYMPP-Gebäudes reparierte. Übermorgen werde ich pensioniert, meine Frau liegt unter dem Messer, heute Mittag erhalte ich von Belloque eine halbe Million Euro – und ich verbringe meine Zeit mit Reparaturen ...

Doch auf eigentümliche Art und Weise beruhigte ihn die monotone Tätigkeit. Der vertraute Arbeitsablauf gab ihm Halt in dieser Zeit der zermürbenden Ungewissheit.

Gegen Mittag hielt er es nicht mehr aus und rief abermals im Krankenhaus an. Man verband ihn mit dem Ärztezimmer, wo beunruhigende Neuigkeiten auf ihn warteten. Es hatte Komplikationen gegeben; deshalb war die Operation noch nicht zu Ende.

Als Philippe einhängte, fühlte er sich hundeelend. Komplikationen – allein das Wort trieb ihm den Angstschweiß aus den Poren. Aber er durfte jetzt nicht aufgeben. Noch konnten die Dinge sich zum Guten wenden.

Wie schon das Frühstück ließ er auch das Mittagessen ausfallen. Er hatte keinen Appetit. Außerdem gab es Wichtigeres zu tun, denn die Uhr zeigte bereits kurz nach zwölf an. In weniger als einer Stunde würde er sich mit Belloque treffen. Und da ging es um viel Geld.

500.000 Euro.

Für Richard Bonnaire.

Philippe wollte kein Risiko eingehen, dass bei der Übergabe etwas dazwischen kam.

51

Jaques Belloque saß auf einer Bank gegenüber dem Lycée Saint-Pierre und musste sich zwingen, nicht nervös auf und ab zu gehen. Er hatte Philippes Anweisungen genauestens befolgt, dennoch fragte er sich, ob etwas schief gelaufen war. Es war bereits zehn nach eins. Dieser erpresserische Hausmeister ließ ihn tatsächlich warten!

Der Pulk von Kindern, der um ein Uhr aus dem Schulgebäude geströmt war, hatte sich inzwischen verflüchtigt. Nur noch wenige Jungen und Mädchen standen im Pausenhof und unterhielten sich.

Automatisch bewegte Belloques Hand sich zu dem schwarzen Lederkoffer, der neben ihm auf der Bank lag und in dem sich eine halbe Million Euro befanden. Eine riesige Summe Schweigegeld. Allein der Gedanke, dass der Subventionsvertrag mit der französischen Regierung bald unterschrieben sein würde, tröstete Belloque. Wenn dieses Geschäft besiegelt war, würden die Erträge von OLYMPP wieder in die Höhe schnellen – und damit auch seine Gewinnanteile. Die halbe Million in dem Aktenkoffer würde sich dagegen wie ein besseres Trinkgeld ausnehmen.

Noch waren die Verträge nicht geschlossen. Die Anwälte beider Parteien rangen nach wie vor um Klauseln und Nebenrechte. Aber zumindest in der Sache war man sich einig. Falls die Verhandlungen sich noch länger hinzogen, war Belloque sogar zu Zugeständnissen bereit, denn er wollte das Geschäft unbedingt noch im Lauf der Woche unter Dach und Fach bringen – damit alles geregelt war, falls Louis wieder auf freien Fuß kam.

Um Viertel nach eins erschien Philippe.

»Wo haben Sie so lange gesteckt?«, fragte Belloque scharf.

»Ich habe die Gegend beobachtet. Um sicherzugehen, dass mir keiner eine Kugel durch den Kopf jagt, während wir uns unterhalten.«

»Sie haben einen skurrilen Sinn für Humor, Lafayette. Wie kommen Sie überhaupt auf diesen Ort? Direkt vor einer Schule?«

»Madelaine ist hier zum Unterricht gegangen.«

Belloque schaute Philippe ausdruckslos an. »Wahrscheinlich gibt es keinen Ort in Lyon, an dem eine Geldübergabe auffälliger wäre. Na, mir soll's egal sein. Es ist Ihr Problem, wenn Sie auf dem Rückweg von einer Horde bekiffter Halbwüchsiger ausgeraubt werden. Lassen Sie uns zur Sache kommen, ich will nicht den ganzen Nachmittag auf dieser Bank verbringen. Haben Sie die Schatulle dabei?«

Philippe nickte und zeigte Belloque die Tragetasche in seiner Hand.

»Sehr gut«, sagte der OLYMPP-Geschäftsführer. Er schob den ledernen Aktenkoffer näher zu Philippe, während er gleichzeitig die Tragetasche in Empfang nahm. »Ich warne Sie noch einmal: Was sich in diesem Koffer befindet, ist eine *einmalige* Zahlung. Glauben Sie nicht, dass ich von nun an Ihre monatliche Pension aufstocke.«

»Keine Sorge, ich bin genügsam.«

»Eine halbe Million Euro für ein paar Mini-Disks würde ich nicht unbedingt genügsam nennen.«

»Immerhin geht es um Aufnahmen, die beweisen, dass Sie heimlich das Büro von Louis Vandenberg überwacht haben«, sagte Philippe und ignorierte die Bissigkeit des anderen. »Aufnahmen, die zeigen, dass Madelaine Bonnaire *nicht* vergewaltigt wurde. Ich habe mir vom Abend des neunten September übrigens eine ungekürzte Kopie angefertigt, um Vandenbergs Unschuld beweisen zu können. Aus demselben Grund habe ich auch die Kette behalten, die den Mordverdacht von ihm abwenden wird.«

Belloques Miene veränderte sich. Philippe glaubte, eine Spur von Unsicherheit darin zu erkennen.

»Welche Kette?«, fragte er. »Wovon sprechen Sie?«

»Für Schauspielerei ist es jetzt ein wenig zu spät, finden Sie nicht? Allein wegen der Filmaufnahmen hätten Sie mir wohl kaum eine halbe Million gegeben.«

»Sie sprechen in Rätseln, Lafayette. Ich habe keine Ahnung, was Sie sich in Ihrer Fantasie alles zusammenreimen, aber eins will ich klarstellen: Bei dieser Sache geht es ausschließlich um die Aufnahmen, um sonst nichts! Louis musste für ein paar Tage aus dem Weg, da kamen mir die Aufnahmen mit dem Mädchen gerade recht. Wer konnte ahnen, dass die Kleine ausgerechnet in jener Nacht umgebracht wird?«

Jetzt war Philippe verwirrt. »Aber was ist mit der Kette?«

»Welche Kette?«

»Die in der Schatulle. Die Kette von Madelaine Bonnaire.«

»Sie meinen ... Sie haben diese Kette in *meinem Safe* gefunden?«

»Natürlich.«

Belloques Gesichtsausdruck verfinsterte sich von einem Moment zum anderen, Philippe wusste nicht, was er davon halten sollte. Spielte der OLYMPP-Chef ihm etwas vor, oder hatte er tatsächlich nichts von der Kette gewusst? Doch wie war sie dann in die Schatulle gekommen?

Mit einem prall gefüllten Geldkoffer in der Hand und einem unguten Gefühl im Magen machte Philippe sich auf den Weg. Irgendetwas stimmte hier nicht.

Im Geiste rollte er die ganze Geschichte noch einmal von vorn auf. Rückblickend kam ihm nun manches merkwürdig vor, was ihm noch vor wenigen Tagen wie eine glückliche Fügung erschienen war.

Zunächst waren da die Zigarren, die Alphonse auf Belloques Schreibtisch gefunden hatte – mitsamt der Dankesnotiz von Edmond Jeaubert. Die Zigarren und die Notiz hatten den Ausschlag gegeben, dass Belloque überhaupt erst unter Verdacht geraten war. Die Drohungen, die Alphonse und Philippe kurz darauf erhalten hatten, hatten sie in ihrem Verdacht bestärkt.

Ebenfalls seltsam erschien Philippe aus jetziger Sicht die Durchsuchung von Jaques Belloques Büro am vergangenen Freitag. War es nicht ein höchst eigenwilliger Zufall gewesen, dass die Safetür damals offen stand? Wie oft vergaß jemand, seinen Bürosafe zu schließen? Vor allem, wenn er belastendes Material gegen sich selbst dort aufbewahrte?

Nein, die ganze Sache stank zum Himmel. Hier trafen zu viele »glückliche Umstände« aufeinander. Hatte also jemand die Notiz von Edmond Jeaubert gefälscht, damit Alphonse sie auf Belloques Schreibtisch fand? Und hatte dieser Jemand auch Madelaines Kette im Safe deponiert und die Tür absichtlich offen gelassen?

Philippes Herz begann schneller zu schlagen. Diese Möglichkeit hatte er bislang nicht in Betracht gezogen. Waren er, Alphonse, Louis Vandenberg und Jaques Belloque bloß Marionetten in einer wohl durchdachten Intrige?

52

Jaques Belloque war dabei, Unterlagen für die nächste Verhandlungsrunde mit Jeauberts Anwälten zusammenzustellen, doch seine Gedanken schweiften immer wieder ab. Hatte Lafayette tatsächlich die Kette des toten Mädchens in seinem Safe gefunden? Wie war das möglich? Und wer hatte die Kette im Safe deponiert?

Dass die Kette ihn im Ernstfall belasten konnte, bezweifelte Belloque. Er hatte sie noch nie gesehen, somit konnten sich seine Fingerabdrücke nicht darauf befinden. Selbst wenn dieser verdammte Hausmeister damit zur Polizei gehen würde, stünde Aussage gegen Aussage.

Aber weshalb hatte jemand die Kette in seinem Safe deponiert? Wollte man ihm Angst einjagen? Gab es jemanden, dem es gefiel, seine Macht zu demonstrieren? Jemanden, der ihm zu verstehen geben wollte, dass auch ein Jaques Belloque eine verwundbare Stelle besaß?

Belloque zuckte zusammen, als die Sekretärin über die Gegensprechanlage Inspektor Pozzoni ankündigte.

»Lassen Sie ihn herein«, sagte Belloque.

Seine Befürchtungen bewahrheiteten sich, als Pozzoni ihm eröffnete, dass er wegen Mordverdachts festgenommen sei. Jetzt hieß es Nerven behalten.

»Ich versichere Ihnen, es muss sich um einen Irrtum handeln«, sagte Belloque in dem Bemühen, selbstbewusst zu wirken. »Ich habe mit dem Tod des Mädchens nichts zu tun.«

Pozzonis Miene blieb steinern. »Das muss der Richter entscheiden, aber die Beweise sprechen gegen Sie.«

»Beweise?«

»Madelaine Bonnaire wurde auf einem Schotterplatz im Industriegebiet niedergestochen, ungefähr einen Kilometer flussaufwärts von der Stelle entfernt, an der man sie später gefunden hat. Wir kennen den Tatort, weil auf dem Platz Blutspuren gefunden wurden. Die DNS stimmt mit der des Mädchens überein.«

»Und was hat das mit mir zu tun?«

»Unweit des Tatorts hat ein Passant heute Morgen eine Herrenarmbanduhr entdeckt. Eine Rolex mit Widmung. Ihr Name ist eingraviert. An der Uhr klebte Blut.«

Belloque schluckte trocken. »Ich vermisse die Uhr schon seit letzter Woche.«

»Das glaube ich Ihnen gern.«

»Ersparen Sie mir Ihre Anspielungen, Inspektor! Ist es nicht merkwürdig, dass die Uhr erst heute gefunden wurde? Jemand hat sie nachträglich dort hingelegt, um mich zu belasten. Wer ist dieser angebliche Passant?«

Belloque zitterte; er spürte, wie die unsichtbare Schlinge um seinen Hals unaufhaltsam zugezogen wurde. Es gab nur einen Menschen, der bezeugen konnte, dass er zur Tatzeit zu Hause gewesen war: seine Frau. Würde dieses Alibi genügen?

»Unsere Experten werden herausfinden, wie lange die Uhr schon am Fundort lag und ob die Blutspuren tatsächlich von Madelaine Bonnaire stammen«, sagte Pozzoni. »Die Blutgruppe stimmt überein. Der DNS-Test wird in wenigen Tagen letzte Klarheit schaffen. So lange muss ich Sie in Gewahrsam nehmen.«

Aus Jaques Belloques Gesicht wich alle Farbe. Noch vor wenigen Stunden war er überzeugt gewesen, sämtliche Fäden in der Hand zu halten. Jetzt war er nur noch ein Spielball in den Händen anderer. Dabei hatte er lediglich Louis Vandenbergs

Büro heimlich gefilmt und einen kurzen Ausschnitt der Aufnahmen der Polizei zugeleitet – der unschöne, aber notwendige Winkelzug eines Geschäftsmanns, der am Wohl seiner Firma interessiert war.

Doch was man ihm anlastete, war *Mord!* Auf einmal war er sicher, eine lebenslange Haftstrafe für ein Verbrechen verbüßen zu müssen, das er nicht begangen hatte. Zuerst Madelaine Bonnaires Kette in seinem Safe, jetzt seine Uhr in der Nähe des Tatorts ... Wer immer ihn aus dem Weg räumen wollte, hatte seine Schritte sorgfältig vorbereitet. Bestimmt hatte der oder die Unbekannte weitere fingierte Beweise in der Hand – so viele, wie nötig waren, um ihn hinter Gitter zu bringen.

»Ich möchte meinen Anwalt anrufen«, sagte Belloque tonlos, obwohl er nicht glaubte, dass der Anwalt ihm noch helfen konnte.

53

Cathérine Lazard lehnte sich gemütlich im Sessel zurück und nippte an ihrem Kaffee. Schon seit einer Stunde war sie alleine im Büro. Die Tür hatte sie geschlossen. Ihrer Sekretärin hatte sie gesagt, sie wolle nicht gestört werden, da sie einige Besprechungen vorbereiten müsse.

Im Grunde war das nicht einmal gelogen. Es gab ein paar wichtige Termine, die es vorzubereiten galt, umso mehr, da nun auch noch Jaques Belloque verhaftet worden war und Cathérine damit alleine an der Spitze von OLYMPP stand. Arbeit gab es mehr als genug für sie.

Theoretisch.

Praktisch dachte sie nicht daran, den Deal mit der Regierung weiter voranzutreiben. Sie würde gar nichts mehr vorantreiben. Denn sie war endlich am Ziel.

Der Weg war mühevoll gewesen, doch er hatte sich gelohnt. Bereits in den ersten Wochen ihrer Tätigkeit als Geschäftsführerin hatte sie – heimlich, versteht sich – alle wichtigen Räume mit Überwachungseinrichtungen ausstatten lassen. Ihr Informationsnetz war sündhaft teuer gewesen, doch es war das modernste, was es für Geld zu kaufen gab. Hochentwickelte Mini-Kameras machten optische Aufzeichnungen, stecknadelkopfgroße Wanzen belauschten Gespräche, ein- und ausgehende Mails wurden automatisch mit einem Schlüsselwortprogramm abgeglichen. Das System war raffiniert und effizient und entsprach in etwa dem aktuellen

Standard der Nachrichtendienste in der westlichen Hemisphäre.

Um sich selbst vor ähnlichen Spionageakten zu schützen, waren alle Kabel, die Cathérine hatte verlegen lassen, professionell isoliert worden. Sie strahlten keine Signale ab und glichen aufs Haar den unzähligen anderen Kabeln, die durch die Schächte des OLYMPP-Gebäudes führten. Sämtliche Installationen waren nachts vorgenommen worden, ganze zwei Monate lang. Das Ergebnis sprach für sich.

Mit diesem System hatte Cathérine Lazard bereits vieles herausgefunden, zum Beispiel, dass Jaques Belloque sein eigenes, wesentlich primitiveres Überwachungssystem einbauen ließ, dass er sein eigenes Süppchen kochte und Louis aus dem Verkehr ziehen wollte, um das Geschäft mit Edmond Jeaubert abzuschließen. Danach war es ihr ein Leichtes gewesen, sich Belloques Plan zu Nutze zu machen und alles so einzufädeln, dass er sein Videoband aufzeichnen konnte, um es an die Polizei weiterzuleiten. So hatten die Dinge ihren Lauf genommen, ganz nach Cathérine Lazards Geschmack. Louis Vandenberg stand wie ein Vergewaltiger und Mörder da.

Um ihr Vorhaben nun abschließen zu können, hatte sie dafür gesorgt, dass Jaques Belloque ebenfalls von der Bildfläche verschwand. Seine Rolex hatte sie bereits während ihres gemeinsamen Boston-Aufenthalts in ihren Besitz gebracht. Cathérine hatte nur noch dafür sorgen müssen, dass die Uhr zu einem ihr günstigen Zeitpunkt auftauchte – und zwar so, dass Jaques Belloque unter Mordverdacht geriet, Louis Vandenberg aber nicht vollständig entlastet wurde. Denn sie wollte beide Männer für eine gewisse Zeit aus dem Weg haben, um völlig freie Hand zu haben.

Auch dieser Schachzug war erfolgreich gewesen. Belloque war vor einer Stunde abgeführt worden. Zwar stammte das Blut an der Rolex nicht von Madelaine Bonnaire, doch bis die DNS-Analyse abgeschlossen war, würden ein paar Tage vergehen. Und selbst dann blieb die Frage offen, wie die Uhr in die Nähe des Tatorts gekommen war.

Auch die Einmischung von Alphonse Duprés war von Cathérine initiiert worden. Alphonse war neugierig, gutgläubig und leicht einzuschüchtern. Ideal für ihre Zwecke. Sie wusste, wann Alphonse die Post in der achten Etage abholte. Ebenso wusste sie, dass Belloques Observer-Programm tagsüber ausgeschaltet war. Somit hatte sie leichtes Spiel gehabt. Sie hatte Belloque unter einem Vorwand aus seinem Zimmer gelockt und die gefälschte Nachricht von Edmond Jeaubert auf seinem Schreibtisch platziert, damit Alphonse sie dort fand. Auf diese Weise hatte sie ihn zu einem Zeugen gemacht, der der Polizei im Bedarfsfall ein Motiv für Belloques vermeintlichen Mord liefern konnte.

Doch Cathérine hatte nicht damit gerechnet, dass Alphonse eine weitere Person ins Vertrauen ziehen würde: Philippe Lafayette. Seit er sich eingemischt hatte, war Improvisation angesagt.

Die Auskünfte, die Cathérine in der Personalabteilung über den Mann eingeholt hatte, ließen ihn in einem ähnlichen Licht erscheinen wie Alphonse Duprés – unauffällig, ein wenig neugierig und von eher ängstlicher Natur. Also hatte Cathérine beschlossen, aus dem ungebetenen Mitwisser einen zweiten Zeugen zu machen.

Sie hatte alles getan, um den Verdacht der beiden Männer gegen Belloque zu schüren. Sie hatte ihnen telefonische Warnungen zukommen lassen und echt wirkende Drohungen geschickt. Als sie mitbekam, dass Philippe Lafayette das Büro von Belloque durchsuchen wollte, hatte sie Madelaines defekte Kette im Safe ihres Kollegen deponiert und die Safetür offen stehen lassen. Philippe Lafayette hatte die Schatulle gefunden und genau die Schlüsse gezogen, die Cathérine sich erhofft hatte.

Natürlich hatte Belloque herausgefunden, dass Lafayette

sein Büro durchsucht hatte. Das konnte Cathérine nur recht sein. Je mehr die beiden Männer sich miteinander befassten, umso leichter fiel es ihr, unauffällig im Hintergrund zu bleiben. Allerdings hatte Cathérine nicht damit gerechnet, dass Belloque den neugierigen Hausmeister auf *ihre* Spur ansetzen würde. Denn Belloque hatte die Sekretärin des Personalleiters, Brigitte Fonsac, erpresst, damit sie Lafayettes Aufmerksamkeit auf Cathérines Kontakt zu Claude Souci lenkte.

Aus diesem Grund hatte Cathérine ihre Leute noch am selben Abend angewiesen, Claire Lafayette niederzustechen und Philippe mit dem Lastwagen einen Schrecken einzujagen, den er so schnell nicht vergaß. Es war nie ihre Absicht gewesen, Claire oder Philippe zu töten. Sie wollte Philippe lediglich provozieren, um ihn wieder gegen Belloque aufzubringen.

Alles war nach Wunsch verlaufen. Philippe hatte seine Verfolger auf der Brücke erkannt und einmal mehr den aus seiner Sicht einzig logischen Schluss gezogen: Belloque hatte es auf ihn abgesehen. Dass Philippe sogar zu einem Gegenschlag ausholte und Belloque erpresste, hatte Cathérine Lazard amüsiert verfolgt.

Sie gestattete sich ein triumphierendes Lächeln. Nach einigem Hin und Her waren ihre beiden Kollegen nun hinter Gittern. Endlich konnte sie tun, was ihr beliebte. Wenige Wochen, vielleicht auch nur Tage, würden ausreichen, um auch die letzte Phase ihres Plans erfolgreich abzuschließen. So lange würde sie die Polizei mit manipulierten Spuren und verwirrenden Indizien beschäftigen.

Niemand konnte sie mehr aufhalten.

54

Im Hausmeisterbüro fand Philippe einen Zettel, auf dem eine Telefonnummer notiert war. Darunter hatte ein Kollege »Bitte R. Bonnaire zurückrufen! Eilt!« geschrieben.

Philippe wählte die Nummer. Es hatte kaum einmal geläutet, als am anderen Ende auch schon der Hörer abgenommen wurde.

»Ah, endlich!«, entfuhr es Madelaines Vater. »Ich habe schon sehnsüchtig auf deinen Anruf gewartet.«

»Ich musste in der Stadt etwas besorgen«, sagte Philippe. »Außerdem war ich auf einen Sprung bei Claire im Krankenhaus, deshalb hat es länger gedauert.« Von der halben Million Euro erzählte er nichts. Nicht am Telefon. Er wollte es nachholen, wenn er Richard das Geld gab.

»Wie geht es Claire?«

Philippe verspürte einen Stich. »Sie hat die Operation überstanden, ist aber noch nicht aus der Narkose erwacht. Die Ärzte können noch nicht sagen, ob sie es schafft. Erst in ein oder zwei Tagen werden wir Gewissheit haben. Aber jetzt zu dir. Was kann ich für dich tun?«

»Du? Für mich? Gar nichts! Im Gegenteil. Ich habe eine Information für dich. Hast du heute die Zeitung gelesen?«

»Ja.«

»Den Bericht, wie man dich vor den Bus gestoßen hat?«

»Das war mein Lieblingsartikel. Worauf willst du hinaus?«

»Die Phantombilder. Dieser Kerl ...«

»Welcher von beiden?«

»Der Jüngere. Der mit der Narbe.«

Helsinki, dachte Philippe. »Was ist mit ihm?«

»Ich habe ihn schon einmal gesehen. Er kannte Madelaine.«

Es vergingen ein paar Sekunden, ehe Philippe die Neuigkeit verarbeitet hatte. »Wie kommst du darauf?«

»Er hat sie mal von zu Hause abgeholt.«

»Wohin? Zur Arbeit?«

»Das weiß ich nicht.«

»Wann war das?«

»Ist schon ein paar Wochen her. Ich stand am Fenster, während er unten am Haus auf Madelaine gewartet hat. Ich wollte ihr nicht nachspionieren, wollte aber wissen, welchen Umgang sie hat. Ich bin mir nicht sicher, aber ich glaube, der Kerl war ihr Freund. Der Altersunterschied spielt heute ja keine so große Rolle mehr. Dennoch bin ich im ersten Moment erschrocken. Ich habe Madelaine später darauf angesprochen. Sie hat von ihm geschwärmt, wie Siebzehnjährige nun mal schwärmen. Sie hat ihm sogar die Kette geschenkt, die du ihr vor ein paar Jahren gekauft hast. Erinnerst du dich?«

Und ob!

Noch während Philippes Gedanken sich überschlugen, fuhr Richard Bonnaire fort: »Der Kerl gehört zu Mademoiselle Lazard.«

»Cathérine Lazard?«

»Ja, das hat Madelaine mir erzählt. Sie hat sie Anfang Juni kennen gelernt, als sie zur Nachuntersuchung ihrer Augen im IPP war – dem Institut für angewandte Pharmakologie und Prothetik. Dort wurde Madelaine letztes Jahr operiert. Ich hatte sie an dem Tag begleitet. Vor Krankenhausbesuchen war sie jedes Mal ein Nervenbündel. Jedenfalls war auch Mademoiselle Lazard dort – natürlich nicht als Patient, sondern als Besucherin. Soweit ich mich erinnern kann, hat sie die Klinik besichtigt, die ja zu OLYMPP gehört. Ich weiß nicht, weshalb, aber sie schien einen regelrechten Narren an meiner Tochter gefressen zu haben. Als Madelaine ihr erzählte, dass sie von der Schule abgegangen sei und nach Arbeit suche, hat Mademoiselle Lazard ihr die Anstellung bei OLYMPP verschafft. Ich weiß, es war nur ein Job als Putzhilfe, aber immerhin besser, als auf der Straße zu stehen. Es war Madelaines erstes selbst verdientes Geld. Nun, als ich vorhin in die Zeitung geschaut habe, dachte ich, mich trifft der Schlag. Ausgerechnet einer von Mademoiselle Lazards Helfern soll dich vor einen Bus gestoßen haben? Das ist doch verrückt!«

»Allerdings. Hast du schon die Polizei informiert?«

Am anderen Ende der Leitung war es einen Moment lang still. »Nein«, sagte Richard Bonnaire schließlich. »Du weißt doch, ich habe der Polizei bisher noch gar nichts über Madelaines Krankheit erzählt.«

Philippes erster Impuls war, Richard anzubrüllen. *Herrgott nochmal, hier geht es um den Mord an deiner Tochter!* Doch er hielt inne, als ihm klar wurde, dass Richard Bonnaire es auch so schwer genug hatte. Außerdem reichte es vollkommen, dass Richard ihm Bescheid gesagt hatte.

Er würde sich um alles kümmern.

55

Kemal Sa'idi zuckte auf der Couch zusammen, als die Tür ins Schloss fiel. Noch bevor er richtig wach war, griff er blitzschnell nach seiner Pistole – ein Reflex, den er sich im Laufe vieler Jahre antrainiert hatte.

Sein Job brachte es mit sich, ständig auf der Hut zu sein. Er war schon einmal unvorsichtig gewesen, was ihm die hässliche Narbe eingebracht hatte, die sich vom Mundwinkel quer über die linke Wange zog. Noch einmal würde er sich nicht gefangen nehmen lassen. Von niemandem.

Als er sah, dass sein Bruder Ahmad das Apartment betreten hatte, ließ er die Waffe sinken und lehnte sich zurück.

»Du hast mich erschreckt, zum Teufel«, murrte er.

»Soweit ich mich erinnere, war es nicht deine Aufgabe, dich auszuschlafen!« Ahmads Stimme klang scharf und vorwurfsvoll. Schon seines Alters wegen – er war 44, Kemal 35 – war Ahmad stets derjenige gewesen, der den Ton angab.

»Und soweit *ich* mich erinnere, bist du nicht meine Mutter!«, gab Kemal mit derselben Schärfe zurück.

Ahmad stellte die Tüte mit den Einkäufen ab, zog den Mantel aus und riss sich den falschen Schnurrbart ab. Danach ging er in die Küche, ohne seinen Bruder eines Blickes zu würdigen.

In Kemal stieg heißer Zorn auf; seine Unbeherrschtheit war vielleicht seine größte Schwäche. Er konnte sein Temperament nicht zügeln. Er hämmerte die Faust aufs Couchpolster, um seinem Ärger Luft zu machen. Warum musste Ahmad sich immer so aufspielen? Ja, gut, er war der Ältere und Besonnenere. Doch er war auch derjenige, der ständig irgendwelche Bedenken äußerte. Kemal hingegen war mutiger, entschlussfreudiger, draufgängerischer. Ohne ihn wäre Ahmad bloß ein Zauderer gewesen, ein Mann, der Pläne schmiedete, aber niemals zur Tat schritt.

Doch so unterschiedlich die Brüder waren, sie ergänzten sich perfekt. Das war auch der Grund, weshalb sie stets als Team arbeiteten. Spannungen gab es eigentlich nur, wenn sie gezwungen waren, über längere Zeit auf engem Raum zu leben. Wie in diesem Fall. Seit Wochen mussten sie mit diesen siebzig Quadratmetern auskommen, die jeden Tag weniger zu werden schienen. Sie hatten ihr Quartier kaum verlassen.

Ahmad Sa'idi kam aus der Küche und reichte seinem jüngeren Bruder eine Dose Bier. »Für deine Nerven«, sagte er.

Kemal nahm die Dose und leerte sie in einem Zug. »Das war nötig«, sagte er und rülpste. »Ich werde hier drin noch verrückt.«

Ahmad nickte. »Ich weiß, aber wir müssen vorsichtig sein. Vor allem, seit die Zeitungen heute Morgen unsere Visagen abgedruckt haben.«

»Die Bilder haben kaum Ähnlichkeit mit uns.«

»Da bin ich mir nicht so sicher. Je öfter wir dieses Apartment verlassen, desto gefährlicher wird es für uns.«

»Dafür gibt es einen Haufen Kohle«, hielt Kemal dagegen. Fünfzehn Millionen Schweizer Franken für jeden von ihnen, um genau zu sein. Das war selbst für Profikiller wie Ahmad und Kemal eine gewaltige Summe. Kemal konnte es kaum abwarten, bis das Geld endlich auf ihrem Züricher Nummernkonto einging.

»Hat sich irgendetwas getan, während ich weg war?«, fragte Ahmad.

Kemal grinste. »Woher soll ich das wissen? Ich habe geschlafen.«

Kurz darauf saß Ahmad vor dem Computer. Er tippte einen Befehl ein, worauf eine Liste mit Namen und Zahlen erschien. Es waren sämtliche ein- und ausgehenden Telefonate, die von den angezapften Apparaten bei OLYMPP aus geführt worden waren. Die gesamte Chefetage wurde überwacht, dazu die Konferenzräume sowie die Anschlüsse der Abteilungsleiter. Außerdem das Hausmeisterbüro, seit Philippe Lafayette sich eingemischt hatte.

Die Rufnummern der Gesprächsteilnehmer wurden automatisch mit einer Liste verglichen, die im Computer gespeichert war und in der sämtliche Anschlüsse aufgeführt waren, die Ahmad und Kemal als kritisch eingestuft hatten – etwa Nummern von Gesprächspartnern, auf die sie ein besonderes Augenmerk legen wollten. Diese Nummern wurden rot hervorgehoben.

So auch das letzte Telefonat, welches das Programm registriert hatte.

»Richard Bonnaire hat im Hausmeisterbüro von OLYMPP angerufen«, sagte Ahmad. Gleichzeitig wählte er per Mausklick die letzte Zeile der Liste aus, um die Aufzeichnung abzuspulen. »Ich wette fünfzehn Millionen Schweizer Franken, dass sein Anruf nichts Gutes zu bedeuten hat.«

56

Cathérine Lazard saß noch immer in ihrem Büro und überdachte die nächsten Schritte, als ihr privates Mobiltelefon klingelte. Sie kramte es aus ihrer Handtasche und warf einen Blick auf das Display. Ahmad Sa'idi.

Einen Moment lang stockte ihr der Atem. Ahmad Sa'idi war ein Mann ihres Vertrauens, ruhig, besonnen – jemand, der niemals unbedacht handelte. Ahmad wusste, dass er Cathérine nicht im Büro anrufen sollte. Wenn er es dennoch tat, musste es einen wichtigen Grund dafür geben.

Während sie zuhörte, wie Ahmad vom Telefonat zwischen Philippe Lafayette und Richard Bonnaire berichtete, fühlte sie, wie sie von kalter Wut gepackt wurde.

Richard Bonnaire stellte kein Problem dar. Nach ihrer Einschätzung würde er nichts gegen sie unternehmen. Zur Not konnten Ahmad und Kemal ihn unter Druck setzen, damit er dicht hielt.

Aber dieser Hausmeister!

Cathérine hatte geglaubt, ihn leicht beeinflussen zu können – was für ein Irrtum! Allmählich wurde der Mann lästig. Sie überlegte: Alphonse Duprés würde als Zeuge gegen Belloque vollauf genügen. Im Grunde war Lafayette überflüssig. Cathérine lag der Befehl, ihn zu liquidieren, schon auf der Zunge, als ihr klar wurde, dass sie praktisch nichts über ihn wusste. Wer war dieser Kerl, der sein Leben nur um der Wahrheit willen riskierte?

Wenn Cathérine eines gelernt hatte, dann dies: Man musste seine Gegner studieren, um ihre wunden Punkte zu finden und sie zu Fall zu bringen. Diese Lektion hatte Onkel Claude ihr beigebracht, schon vor vielen Jahren, als sie noch ein Mädchen gewesen war, kurz nach dem Tod ihrer Eltern. Die Schwächen des Gegners zum eigenen Vorteil nutzen, war Onkel Claudes Erfolgsrezept gewesen.

Cathérine hatte sich an diese Regel gehalten. Sie wusste über jeden Bescheid, der bei ihrer groß angelegten Intrige eine Rolle spielte: über Louis Vandenberg, Jaques Belloque, Alphonse Duprés, Richard Bonnaire – sogar über den Unterhändler der französischen Regierung, Edmond Jeaubert. Selbst über den Gesundheits- und den Verteidigungsminister war sie im Bilde. Ahmad und Kemal Sa'idi hatten alles Wissenswerte über diese Leute herausgefunden.

Nur über Philippe Lafayette wusste Cathérine so gut wie nichts, weil der Mann ursprünglich nicht in ihrem Plan vorgesehen war und weil sie ihn später nicht als ernst zu nehmenden Gegner eingeschätzt hatte. Das hatte sich inzwischen geändert. Cathérine brannte darauf zu erfahren, welcher Mensch sich hinter der Maske des harmlosen Hausmeisters verbarg.

Kurz entschlossen griff sie zum Hörer und forderte in der Personalabteilung seine Akte an. Um ihre wahre Absicht zu verschleiern, bestellte sie die Akten aller Mitarbeiter, die in den nächsten drei Monaten aus dem Betrieb ausschieden.

Zehn Minuten später befanden sich sieben Hängemappen auf ihrem Schreibtisch. Nur eine davon interessierte sie.

Sie überflog den Schriftwechsel, die Aktennotizen und die Beurteilungen, doch die Dokumente bestätigten lediglich Cathérines ursprünglichen – *falschen* – Eindruck. Philippe Lafayette schien sich nicht gerade durch besonderen Ehrgeiz auszuzeichnen, leistete aber ordentliche Arbeit. Wenn man der Akte überhaupt etwas entnehmen konnte, dann die Information, dass Philippe Lafayette durch und durch mittelmäßig war.

Aber genau das war er eben *nicht*, wie Cathérine festgestellt hatte. Er war neugierig, mutig und unbeirrbar. Ein Mann mit dem unumstößlichen Willen, den Tod eines siebzehnjährigen Mädchens aufzuklären. Ein Mann, der Drohungen in den Wind schlug und sogar dann nicht zurückschreckte, wenn er sich selbst oder seine Frau in Gefahr brachte.

Cathérine blätterte weiter, bis sie schließlich bei den Bewerbungsunterlagen anlangte. Auf dem Foto des Mannes, der ihr das Leben schwer machte, blieb ihr Blick haften. Es war mehr als fünfundzwanzig Jahre alt; auf dem Lebenslauf war als Datum der 23. August 1977 angegeben. Damals musste Philippe Lafayette fünfunddreißig gewesen sein, im selben Alter wie Cathérine heute. Schon in jenen Tagen hatte er einen Schnauzbart getragen. Bis auf ein paar Falten, die hinzugekommen waren, hatte er sich kaum verändert.

Beim genaueren Durchsehen der Bewerbung stellte Cathérine etwas Erstaunliches fest: Über die Zeit vor 1977 gab es so gut wie keine Angaben. *Diverse Aushilfsarbeiten* stand dort nur. Seltsam. Welcher Mann ging bis zu seinem fünfunddreißigsten Lebensjahr lediglich Aushilfsarbeiten nach? Irgendetwas war faul an dieser Bewerbung.

Cathérine suchte noch eine Zeit lang weiter, entdeckte aber nichts, das ihr Aufschluss über ihre Fragen gegeben hätte. Was hatte dieser Mann vor seiner Einstellung bei OLYMPP getan? Und weshalb verschwieg er seine Vergangenheit?

Irgendwie musste sie es herausfinden. Wenn sie ein ehemaliges Mitglied des Geheimdienstes oder – schlimmer noch – irgendeiner terroristischen Vereinigung töten ließ, ohne entsprechende Vorkehrungen zu treffen, konnte sie in Teufels Küche geraten.

Also nahm sie die Akte und machte ein paar Kopien. Später würde sie diese Papiere den Sa'idi-Brüdern zukommen lassen, zusammen mit dem Auftrag, mehr über diesen mysteriösen Hausmeister herauszufinden.

57

Philippe saß schon eine ganze Weile am Bett seiner Frau, als sie endlich aufwachte. Die Operation war sehr schwer für sie gewesen; ihr Gesicht sah müde, blass und eingefallen aus, und sie hatte Mühe, die Augen offen zu halten. Die wenigen Sätze, die ihr über die Lippen kamen, sprach sie so leise, dass Philippe sie kaum verstehen konnte.

Doktor Truvelle, den Philippe zuvor auf dem Gang getroffen hatte, war mit seiner Prognose nach wie vor zurückhaltend. Abwarten sei das Einzige, was man jetzt noch tun könne, hatte er gesagt. Aber genau das fiel Philippe unendlich schwer.

»Ich habe von unserer Reise geträumt«, murmelte Claire. »Ein schöner Traum.«

»Ich war vor ein paar Stunden schon einmal hier und habe dir davon erzählt«, sagte Philippe. »Du warst nicht bei Bewusstsein, aber ich hatte gehofft, dass du mich hörst.«

Claire lächelte, seufzte und schloss die Augen. Philippe konnte ihr ansehen, dass sie versuchte, sich ihren Traum noch einmal ins Gedächtnis zu rufen. Dann änderte sich plötzlich ihr Gesichtsausdruck, und sie schlug die Augen auf. »Da fällt mir ein ...«, sagte sie kaum vernehmbar, »dass vorhin jemand hier war. Ein Mann in einem Rollstuhl. Er hat mir einen Zettel für dich gegeben, als ich ihm sagte, dass du mich heute Abend besuchen würdest. Ich glaube, er liegt auf meinem Nachttisch.«

Philippe fand die Notiz, auf der die Bitte vermerkt war, er solle in Zimmer U13 vorbeischauen.

»Ich werde ihm nachher einen Besuch abstatten«, sagte er.

Claire hatte wieder die Augen geschlossen. »Erzählst du mir noch ein bisschen darüber, was wir alles unternehmen werden?«, fragte sie.

»Natürlich, Liebling.«

Philippe begann die Reise im Hafen von Marseille und kreuzte mit der *Soleil* bei wolkenlosem Himmel gen Korsika, Sardinien und Sizilien. Doch bevor er im Hafen von Palermo eintraf, war Claire eingeschlafen.

Er blieb neben ihr sitzen, bis eine Krankenschwester den Kopf zur Tür hereinsteckte und ihm zu verstehen gab, dass er seine Frau jetzt besser alleine lassen solle. Philippe nickte, stand auf und drückte Claire einen Kuss auf die Stirn. Ohne sie wollte er nicht weiterleben. Claires Liebe war es gewesen, die ihn aufgefangen hatte, als er vor fünfundzwanzig Jahren nach Frankreich zurückgekehrt war. Sie hatte ihn die Bitterkeit seiner Vergangenheit vergessen lassen; sie hatte die Gabe gehabt, einen neuen Menschen aus ihm zu machen.

Obwohl er keine große Lust verspürte, überwand sich Philippe und suchte Zimmer U13 auf, das sich in der Unfallchirurgie befand. Dort erwartete ihn James Nagashi, der in der vergangenen Woche vor Philippes Augen angefahren worden war. Er saß an einem kleinen Wandtisch und legte sein Buch zur Seite, als Philippe ins Zimmer trat.

»Hajimemashite«, sagte Nagashi. Sein Gesicht wurde von einem großen, hässlichen Bluterguss und von Schürfwunden verunstaltet. Abgesehen davon schien es ihm gut zu gehen. »Es freut mich sehr, Sie zu sehen. Bitte nehmen Sie Platz, Lafayette-san.«

Philippe setzte sich an den Tisch.

»Möchten Sie einen Tee?«, fragte Nagashi.

»Gerne, vielen Dank.«

Während der Japaner seinen Rollstuhl durchs Zimmer manövrierte, um eine Tasse zu besorgen, stellte Philippe entsetzt fest, dass ein Hosenbein seines Schlafanzugs hochgesteckt war.

Nagashi, dem Philippes Blick nicht entging, erzählte, er habe das Bein bereits als Kind verloren, bei einem Erdbeben, das sein Heimatdorf dem Erdboden gleichgemacht hatte. »Im Vergleich dazu habe ich letzten Dienstag großes Glück gehabt. Ein paar Blutergüsse, eine Gehirnerschütterung, ein ausgekugelter Arm – das alles erscheint mir ziemlich harmlos, wenn man bedenkt, was vorgefallen ist. Doch ich stehe tief in Ihrer Schuld, Lafayette-san. Ich habe erfahren, dass Sie mir Erste Hilfe geleistet haben. Wären Sie nicht zur Stelle gewesen, hätte ich ersticken oder verbluten können.«

»Hat die Polizei schon mit Ihnen gesprochen?«

»Ja.«

»Dann wissen Sie auch, dass es wahrscheinlich gar kein Unfall war?«

»Das weiß ich. Eigentlich bin ich selbst schuld, dass es so weit gekommen ist. Ich hätte vorsichtiger sein müssen, immerhin habe ich schon zwei Morddrohungen erhalten. Aber ich habe sie nicht ernst genommen.«

Philippe nickte finster. Er selbst hatte Drohungen leichtsinnig in den Wind geschlagen und die Konsequenzen zu spüren bekommen. »Wer hat es auf Sie abgesehen?«, fragte er.

»Die Konkurrenz, nehme ich an.«

»Konkurrenten von OLYMPP?«

»So ist es. Andere Mitglieder unseres Teams wurden ebenfalls bedroht. Ich arbeite bei einer Art Geheim-Projekt mit, und die Konkurrenz ist sehr daran interessiert, unsere Forschungen zu sabotieren. Leider schreckt sie offenbar nicht einmal mehr vor Mordversuchen zurück. Umso tiefer stehe ich in Ihrer Schuld. *Domo arigato!*«

»Sie müssen mir nicht danken«, wehrte Philippe ab. »Ich war nur zufällig zur richtigen Zeit am richtigen Ort.«

»Ihre Bescheidenheit ehrt Sie, aber in meiner Kultur nehmen wir es sehr genau mit unseren Pflichten. Vielleicht werde ich meine Schuld nie vollkommen begleichen können, aber lassen Sie mich wenigstens versuchen, einen Teil davon abzutragen.«

»Ich wüsste nicht, wie, Monsieur.«

»Aber ich. Zumindest wäre es ein Anfang. Denn ich glaube, ich kann Ihnen bei Ihrer Suche helfen.«

»Bei meiner *Suche*?«

Der Japaner nickte. »Ich habe heute bei OLYMPP angerufen, weil ich mich bei Ihnen bedanken wollte. Da ich Sie nicht erreichen konnte, fragte ich im Personalbüro nach. Dort erhielt ich den Tipp, mich mit Duprés-san in Verbindung zu setzen, weil sie sich gut kennen. Er sagte mir, dass Ihre Frau im Krankenhaus ist. Also habe ich ihr einen Besuch abgestattet. Selbstverständlich war ich nur sehr kurz bei ihr, sie war noch sehr erschöpft. Aber sie erzählte mir, dass Sie Madelaine Bonnaire sehr nahe standen und sich ihr gegenüber verpflichtet fühlen.«

»Das stimmt.«

Nagashi lächelte wie ein Weiser. »*Sie* fühlen sich einem toten Mädchen gegenüber verpflichtet, *ich* fühle mich *Ihnen* gegenüber verpflichtet. Lassen Sie mich meine Schuld begleichen, damit Sie die Ihre begleichen können.« Nagashi machte eine Pause, suchte nach dem richtigen Einstieg und begann mit seinem Vortrag: »Ich bin mir nicht sicher, aber ich denke, der Tod von Madelaine Bonnaire hat etwas mit dem Projekt zu tun, von dem ich eben sprach. Ich weiß, es klingt unglaubwürdig, aber es geht um die Revolutionierung der Medizin. Um Dinge, die Sie nur aus Science-Fiction-Filmen kennen, aber in der Realität nicht für möglich halten. Zum Beispiel das hier.« Nagashi glitt mit seinem Rollstuhl zur Seite und deutete auf einen zerbeulten Gegenstand, der an seinem Krankenbett lehnte.

»Was ist das?«

»Meine Beinprothese.«

Philippe verstand gar nichts mehr. »Sie wollen mir erzählen, bei diesem Projekt geht es um *Ihre Beinprothese*?«

»In gewisser Weise – ja.«

»Und was hat das mit Madelaine zu tun?«

»Um das zu erklären, muss ich ein wenig ausholen. Bei unserem Projekt geht es um Prothesen aller Art, genauer gesagt um High-Tech-Prothesen. Prozessorgesteuerte Systeme, die ihre Träger intelligent unterstützen sollen. Genau das ist Gegenstand der Kooperation zwischen OLYMPP und Sakamoto. OLYMPP ist ein führendes Unternehmen auf dem Gebiet der klassischen Prothetik. Sakamoto hat sich auf die Entwicklung hochleistungsfähiger Computerchips spezialisiert. Die Verbindung beider Technologien hat uns in der Medizin einen großen Schritt nach vorn gebracht. Das Projekt setzt dort an, wo körperliche Gebrechen unheilbar sind. Wir haben es nach dem Apostel Matthäus benannt, der an einer Stelle seines Evangeliums schrieb ...« Er nahm eine Krankenhausbibel zur Hand und blätterte darin. »Hier ist es. Kapitel 15, Verse 29 und 30: ›Von dort zog Jesus weiter und kam an den See von Galiläa. Er stieg auf einen Berg und setzte sich dort nieder. Da kamen große Volksscharen zu ihm. Die hatten Lahme, Krüppel, Blinde, Stumme und viele andere bei sich und legten sie ihm zu Füßen. Und er heilte sie.‹« Nagashi klappte das Buch zu und legte es zur Seite. »Das war unser Leitspruch, unser Ziel, das wir verfolgten. Inzwischen stehen wir kurz vor dem Durchbruch. Zwar können wir keine verlorenen Körperteile ersetzen, aber wir können Patienten ihre Gebrechen vergessen lassen – mithilfe von Neurotechnologie.«

»Neurotechnologie?«, wiederholte Philippe, für den die Ausführungen des Japaners sehr fantastisch klangen.

»Die Verbindung von Technik mit Nervenzellen. Das Matthäus-Projekt wurde vor vier Jahren zu eben diesem Zweck ins Leben gerufen. Inzwischen können wir Taube wieder hören lassen oder amputierte Gliedmaßen durch Prothesen ersetzen, die echte Empfindungen vermitteln.«

»*Echte* Empfindungen? Wie meinen Sie das?«

»Elektroden an der Prothesenoberfläche wandeln den Tastsinn in elektrische Reize um. Nach einer gewissen Eingewöhnungszeit kann sich das menschliche Gehirn darauf einstellen, sodass es kaum mehr einen Unterschied bemerkt. Dasselbe funktioniert auch umgekehrt. Wenn man einen Muskel bewegen will, kommt der entsprechende Befehl vom Gehirn. Der elektrische Impuls wird über Nervenbahnen im Körper weitergeleitet und löst normalerweise eine Kontraktion der stimulierten Muskeln aus. Sind diese Muskeln nicht mehr vorhanden, verpufft der elektrische Reiz auf der Hautoberfläche. Mit Neuroprothesen können solche Reize aufgenommen und umgesetzt werden. Künstliche Beine bewegen sich, Finger aus rostfreiem Edelstahl ballen sich zu Fäusten und so weiter. Meine eigene Prothese ist ein solches Modell, wenn auch nicht das neueste. Aber es wird genügen, um Ihnen die Technik zu veranschaulichen.« Er stellte das Bein neben sich und drehte es um, sodass der Fuß nach oben zeigte. Durch den hellen Kunststoff konnte Philippe dunklere Stellen im Innern des Fußes erkennen.

»Das sind Sensoren«, erläuterte Nagashi. »Fünf am Ballen, zwei an der Ferse. Mit ihrer Hilfe wird der Bodendruck registriert – so exakt, dass ich sogar problemlos die Pedale meines Autos bedienen kann. Bei Gelähmten beschreiten wir übrigens ähnliche Wege, allerdings muss deren Körper wesentlich stärker verdrahtet werden. Immerhin müssen beim Gehen in jedem Bein mehr als vierzig Muskeln koordiniert werden, außerdem hunderttausend Nervenstränge in der Wirbelsäule. Nur damit Sie eine Vorstellung davon bekommen, wie diffizil die Sache ist.«

Philippe betrachtete noch immer die Prothese in Nagashis Händen. »Und wie werden die elektrischen Impulse übertragen?«, wollte er wissen.

»Ganz einfach – über Kabel.« Der Japaner drehte die Prothese um. »Die Impulse gelangen von den Sensoren quer durch das künstliche Bein in diese Auswölbung, in der für gewöhnlich der Stumpf meines Oberschenkels steckt. Hier, am tiefsten Punkt des Hohlraums, kommen die Kabel aus der Prothese und münden in diesen vierpoligen Stecker.«

»Ja, ich sehe es.«

»Dieser Stecker wird an mein Bein angeschlossen.« Bevor Philippe seinen Unglauben äußern konnte, öffnete Nagashi die Sicherheitsnadel, mit der sein Hosenbein hochgesteckt war.

»Das gibt es nicht!«, stieß Philippe ungläubig hervor, als er aus dem Oberschenkel des Japaners ebenfalls eine Steckverbindung ragen sah.

»Das ist das Pendant zum Stecker in der Prothese«, sagte Nagashi, als wäre es das Selbstverständlichste auf der Welt. »Wenn ich die Prothese morgens anziehe, muss ich die beiden Verbindungen zusammenstecken, und schon komme ich mir vor, als hätte ich zwei funktionstüchtige Beine wie jeder gesunde Mensch.«

Philippes Erstaunen war so groß, dass er für den Moment vergessen hatte, weshalb er hier war. Jetzt fiel es ihm wieder ein; es passte zu dem, was Richard Bonnaire ihm erzählt hatte. »Madelaine war eine der freiwilligen Versuchspersonen des Matthäus-Projekts, oder?«, fragte er.

»Ja. Ich lernte sie zufällig im IPP kennen, dem Institut für angewandte Pharmakologie und Prothetik. Das ist die Klinik, in der die Versuchspatienten unseres Projekts operiert werden. Madelaine und ich befanden uns zur selben Zeit in Behandlung. Ich wegen meines Beins, Madelaine wegen ihres Augenleidens.«

»Ihr Vater erzählte mir, dass sie fast schon blind war, als sie operiert wurde.«

»Das stimmt. Sie litt an *retinitis pigmentosa,* einem erbbedingten Augenleiden, das die Lichtrezeptoren der Netzhaut zerstört. Augenkrankheiten sind mein Fachgebiet. Wäre ich nicht selbst Patient im IPP gewesen, hätte ich bei Madelaines Operation assistiert.«

»Glauben Sie, Madelaine wurde wegen dieser Operation umgebracht?«

»Lassen Sie mich erläutern, welche Eingriffe bei dem Mädchen vorgenommen wurden«, sagte Nagashi. »Ich glaube, dann wird vieles klarer. Blindheit zu besiegen, ist um ein Vielfaches schwieriger als eine sensomotorische Beinprothese zu entwickeln. Das Problem ist die Optik. In den USA hat man vor zwei Jahren die so genannte Dobelle-Brille auf den Markt gebracht. Man trägt sie wie eine normale Brille. Eine ins Gestell integrierte Kamera wandelt die optischen Signale in elektrische um und leitet sie ins Sehzentrum des Gehirns – über einen Kabelstrang, der in die Schädeldecke des Blinden führt. Mit anderen Worten: Der Patient kann nur dann sehen, wenn er wie ein Roboter verkabelt ist. Abgesehen davon ist die Bildqualität unbefriedigend. Deshalb sind wir im Matthäus-Projekt einen anderen Weg gegangen. Wir implantieren einen winzigen hochauflösenden Chip direkt in die Netzhaut. Nach der Operation sieht das Auge genauso aus wie vorher. Eingebaute Elektroden reizen die hinter der Netzhaut liegenden Nervenzellen. Die Stromimpulse wandern über den Sehnerv ins Gehirn wie bei einem gesunden Menschen. Was so einfach klingt, ist in Wahrheit äußerst kompliziert. Denn schon die kleinsten Lücken zwischen den Photodioden können schwere optische Störungen verursachen – schwarze Flecke, Unschärfebereiche oder Verzerrungen.«

»Sie setzen all diese Technik ins Auge ein?«

»Nicht ganz. Leider gibt es da ein Problem: Platzmangel. Die Umwandlung optischer Signale benötigt ungeheure Rechenkapazität, die durch den Netzhautchip allein nicht abgedeckt werden kann. Deshalb wird den Patienten nur die Optik ins Auge eingesetzt. Den eigentlichen Rechenchip implantieren wir separat ins Gehirn, etwas oberhalb der Schläfe. Die Signalübertragung geschieht per Funk, somit entfallen Kabelverbindungen. Der Rechenchip hat außerdem eine Überwachungsfunktion. Er wertet die vom Netzhautimplantat übertragenen Daten permanent aus und erkennt, ob Störungen vorliegen. Das ist gar nicht so einfach, weil ein Blinder sich erst wieder an das Sehen gewöhnen muss. Um Störfälle zu erkennen, muss der Chip in der Lage sein, sich den Veränderungen des Gehirns anzupassen. Mit anderen Worten, er muss im gleichen Maß lernen wie das Gehirn des Trägers. Zu diesem Zweck haben wir einen Zwischenspeicher eingebaut, sozusagen das Gedächtnis des Chips, aus dem er seine Erfahrungswerte bezieht. Dieser Speicher funktioniert wie eine Endlosschleife. Er archiviert die optischen Eindrücke der jeweils letzten drei Minuten und gleicht diese Daten mit jenen ab, die vom Gehirn verarbeitet wurden. Bei gravierenden Abweichungen, die zum Glück sehr selten sind, gibt der Chip über einen eingebauten Sender Alarm bei OLYMPP und im IPP, vorausgesetzt, die Versuchsperson verlässt nicht einen gewissen Senderadius.«

»Dennoch ist es mir ein Rätsel, was das alles mit Madelaines Tod zu tun hat«, sagte Philippe. »Wer ermordet ein Mädchen nur wegen einer Netzhautprothese?«

»Hier geht es um eine der zukunftsweisendsten Technologien der Welt«, entgegnete der Japaner. »Ein Mädchen mit einem hoch entwickelten optischen Chip im Kopf ist ein gutes Ziel für einen Mord, finden Sie nicht? Noch dazu mit einem Sender ausgestattet! Das Funksignal des Matthäus-Chips hat zwar nur eine geringe Reichweite, aber stellen Sie sich vor, man ersetzt den Sender durch ein viel leistungsfähigeres Modell, der streng geheime Daten binnen Sekunden via Satellit an jeden Ort der Wert transferieren kann. Und der Prozessor könnte als eine Art Fotoarchiv eingesetzt werden.«

»Sie sprechen von Spionage?«

»Nicht, dass unsere Versuche tatsächlich in diese Richtung gegangen wären, aber wie jede Technologie, lässt sich auch diese für militärische Zwecke einsetzen. Lassen Sie mich noch einen Schritt weiter gehen. Nicht nur der Sender könnte verbessert werden, auch der Netzhaut-Chip. Beispielsweise könnte man ihn so modifizieren, dass er Infrarot oder Wärme erkennt. Und von allen anderen Körperfunktionen haben wir noch gar nicht gesprochen. Durch Mikrochips könnte jeder Bereich des menschlichen Körpers perfektioniert werden. Cochlea-Implantate – das sind Prothesen fürs Innenohr – könnten aufgerüstet werden, damit man Ultraschall hören kann, Gedächtniserweiterungs- und Lernchips würden uns zu ungeahnten mentalen Fähigkeiten verhelfen. Ich weiß, all das hört sich an, als würde ich von einer weit entfernten Zukunft sprechen, aber in wenigen Jahren könnte es schon so weit sein. Und das Beste kommt erst noch! Halten Sie mich nicht für verrückt, aber auch Gedankenübertragung wird mithilfe von Neurotechnologie möglich sein.«

Philippes Miene zeigte unverhohlene Skepsis.

»Sie müssen mir glauben«, sagte Nagashi. »Schon heute ist Gedankenübertragung möglich, zumindest ansatzweise. Ich spreche nicht von Zaubertricks oder von Parapsychologie, sondern von physikalisch nachvollziehbaren Methoden, die in der Medizin eingesetzt werden. ALS-Patienten sind der lebende Beweis dafür. Amyotrophische Lateralsklerose ist unheilbar und führt im Endstadium zur völligen Lähmung. Nicht einmal Sprechen oder Augenzwinkern sind den Betroffenen mehr möglich, sie sind Gefangene ihres Körpers. Nur geistig bleiben ALS-Opfer völlig gesund, und genau das hat man sich zu Nutze gemacht. Mit einer Elektrodenkappe können die Hirnströme dieser Menschen gemessen werden, und mit einiger Übung können die Patienten ihre Hirnströme bewusst steuern. Auf diese Weise sind sie in der Lage, Buchstaben aus einem Alphabet auszuwählen und über Computer Worte oder sogar ganze Sätze zu schreiben. Ohne Sprache, ohne Tastatur, ohne die geringste Bewegung. Allein durch Gedankenkraft.«

Für Philippe klang all das wie Utopie, doch er musste zugeben, dass eine derartige Technologie ein ausgezeichnetes Motiv für einen Mord lieferte. Die Frage war nur: Weshalb hatte Cathérine Lazard Madelaine umgebracht, wenn sie als Geschäftsführerin von OLYMPP sicher viel einfacher an die Matthäus-Chips herankommen konnte?

Noch etwas anderes passte nicht ins Bild: Philippe erinnerte sich, was Richard Bonnaire über den Chip gesagt hatte, als er am letzten Freitag zum Abendessen geblieben war: *Auf dem Chip war nichts drauf. Ein leerer Speicher, der es trotzdem irgendwie geschafft hat, meinem Mädchen zu helfen.*

Ein paar Minuten saß Philippe tief in Gedanken versunken am Tisch. Schließlich meinte er: »Ich habe eine Idee. Allerdings brauche ich Ihre Hilfe.«

»Sie können auf mich zählen.«

»Ausgezeichnet. Fühlen Sie sich fit genug für einen nächtlichen Spaziergang?«

58

Donnerstag, 19. September 2002

Die ganze Nacht war Philippe auf den Beinen. Nach seinem »Spaziergang« mit James Nagashi ins OLYMPP-Labor hatte es plötzlich so viel zu tun gegeben, dass er kein Auge zugetan hatte. Bis alles erledigt war, dämmerte bereits der Morgen.

Philippe wusste nun, was er zu tun hatte. Er war der Einzige, der alle Zusammenhänge kannte, der Einzige, der Cathérine Lazard und ihre Helfer bestrafen konnte. Und Strafe hatten sie weiß Gott verdient.

Dennoch plagte ihn das schlechte Gewissen. Der Plan, den er sich zurechtgelegt hatte, barg Risiken. Claire gegenüber war es verantwortungslos, sein Leben aufs Spiel zu setzen.

Ja – obwohl er alles hundertmal durchdacht hatte, wusste er nicht, ob er richtig handelte. Aber er hatte sich entschieden.

Hundemüde kam er nach Hause, wurde aber sofort wieder hellwach, als er merkte, dass während seiner Abwesenheit jemand in die Wohnung eingedrungen war. Es war nur eine winzige Veränderung, die Philippe aufmerksam werden ließ: Ein paar Fransen des Läufers, der das Parkett im Flur zierte, lagen nicht mehr so, wie sie zuvor gelegen hatten.

Philippe lächelte in sich hinein. So primitiv sein Warnsystem war, es hatte funktioniert. Seit Claire im Krankenhaus lag und er um sein Leben fürchten musste, hatte er ein paar Einrichtungsgegenstände präzise arrangiert. Die Tür zur Küche hinterließ er stets exakt zwei Fingerbreit geöffnet. Das Kabel des altmodischen Telefons bildete eine schneckenhausartige Schleife. Alle Schlüssel lagen als scheinbar wilder, in Wahrheit jedoch exakt aufgetürmter Haufen in einer Holzschale auf der Kommode.

Und die Fransen des Läufers waren zu einem unauffälligen Durcheinander angeordnet – kein Eindringling wäre je auf die Idee gekommen, dass irgendein Muster dahinter steckte.

Obwohl Philippe viel lieber eine heiße Dusche genommen und sich eine Stunde aufs Ohr gelegt hätte, beschloss er, zuerst die Wohnung zu durchsuchen.

Mal sehen, ob etwas fehlt, dachte er.

59

Trotz der frühen Stunde saß Giuseppe Pozzoni bereits in seinem Büro, doch statt zu arbeiten starrte er Löcher in die Luft. Seit anderthalb Wochen schuftete er wie ein Berserker, um seine Fälle zu einem raschen Abschluss zu bringen. Ohne Erfolg. Der Polizeipräsident informierte sich täglich zweimal über den neuesten Stand der Ermittlungen im *Chirurgen*-Fall. Die Stagnation gefiel ihm überhaupt nicht, und das ließ er Pozzoni mehr als deutlich spüren. Aber was hätte er tun sollen? Der Verwundete im Krankenhaus war noch immer nicht ansprechbar. Ohne ihn gab es keine Personenbeschreibung, und ohne Personenbeschreibung gab es keine Verhaftung. So einfach war das.

Im Fall Bonnaire trat der junge Inspektor ebenfalls auf der Stelle. Sowohl Louis Vandenberg als auch Jaques Belloque saßen vorläufig noch im Gefängnis. Beide kamen als Täter infrage, aber keiner von beiden konnte bislang zweifelsfrei überführt werden. Pozzoni seufzte. Die DNS-Analyse des Bluts, das an der Rolex geklebt hatte, stand noch aus; wenn es sich dabei nicht um Madelaine Bonnaires Blut handelte, würde er Belloque wieder auf freien Fuß setzen müssen. Auch Louis Vandenberg konnte er höchstens noch zwei Tage festhalten, wenn er dem Untersuchungsrichter nicht etwas Besseres vorweisen konnte als einen vierminütigen Video-Ausschnitt.

Pozzoni fuhr sich mit beiden Händen über das müde Gesicht und fragte sich, ob er es wohl jemals bis zum Oberinspektor schaffte.

Nicht, wenn es so weitergeht, dachte er zerknirscht. Mittlerweile fragte er sich, ob die nächste Beförderung tatsächlich erstrebenswert war. Nicht nur, dass die Morde des *Chirurgen* ihn verfolgten und seine Seele zerfraßen, er sah auch seine Familie kaum noch. Wenn er abends nach Hause kam, waren die Kinder meist schon im Bett, manchmal auch Maria. Es gab Tage, da er kein Wort mit seiner Frau wechselte. Sie beklagte sich nicht, doch Pozzoni spürte, dass dieser Zustand auf Dauer nicht gut für seine Ehe war. Maria litt genauso darunter wie er selbst. Vielleicht sollte er Sandro, seinem Ältesten, lieber davon abraten, Polizist zu werden ...

Das Telefon klingelte. Pozzoni nahm ab. Am anderen Ende der Leitung war Philippe Lafayette, dem er neulich in einem Anfall von Schwermut sein Herz ausgeschüttet hatte. Pozzoni konnte nicht sagen, weshalb, aber aus irgendeinem Grund mochte er den Mann.

»Ich wollte Ihnen nur mitteilen, dass ich vorübergehend die Stadt verlasse«, sagte der Hausmeister. »Für den Fall, dass Sie noch Fragen wegen des Mordes an Madelaine Bonnaire haben. Oder wegen der beiden Kerle, die meine Frau und mich überfallen haben.«

»Wohin wollen Sie?«

»Ich besitze einen Wohnwagen auf einem Campingplatz, zwei Autostunden von Lyon entfernt. Meine Frau und ich verbringen dort schon seit Jahren unseren Urlaub, aber jetzt will ich den Wohnwagen verkaufen. Sobald ich zurück bin, werde ich Ihnen etwas geben – den Beweis, dass Cathérine Lazard für den Mord an Madelaine verantwortlich ist.«

Pozzoni glaubte, sich verhört zu haben. »Sie können beweisen, dass Mademoiselle Lazard ...?«

»Kann ich«, unterbrach ihn Philippe. »Deshalb will ich meine Sachen ja verkaufen und gemeinsam mit meiner Frau so schnell wie möglich das Weite suchen. Mademoiselle Lazard ist gefährlich. Wenn sie erfährt, dass sie ihre Verhaftung mir zu verdanken hat, wird sie wieder ihre Killer auf mich ansetzen. Das Land zu verlassen scheint mir ein vernünftiger Weg, um noch eine Weile am Leben zu bleiben.«

»Was für ein Beweis ist das?«

»Das ist eine Überraschung. Sie wird Ihnen gefallen.«

»Wenn Sie etwas in Händen haben, müssen Sie es der Polizei *sofort* übergeben!«, sagte Pozzoni. Als Philippe nichts erwiderte, fuhr er fort: »Ich könnte Sie nötigenfalls zwingen, mir den Beweis auszuhändigen.«

»Ich weiß. Deshalb habe ich Ihnen nicht verraten, wo sich der Campingplatz befindet. Wenn Sie eine Fahndung nach mir einleiten, werden Sie auch nicht früher an den Beweis herankommen. Spätestens heute Abend will ich wieder in Lyon sein, so lange brauche ich den Beweis.«

»Und wofür?«

»Als Lebensversicherung.«

»Ich verstehe nicht ...«

»Dieser Beweis liegt in einem Schließfach, zu dem es zwei Schlüssel gibt. Einen davon habe ich einem Anwalt gegeben mit der Bitte, den Inhalt des Schließfachs an Sie weiterzuleiten, falls ich mich bis heute Abend, 20.00 Uhr, nicht bei ihm melde. Konkret, falls mir etwas zustößt.«

»Ich kann Ihnen Polizeischutz anbieten.«

»Danke, aber mein Plan steht.«

Pozzoni erkannte, dass er sich an Philippe die Zähne ausbeißen würde. »Was ist mit dem anderen Schließfachschlüssel?«, fragte er.

»Den trage ich bei mir. Falls man mich verfolgt und alles andere versagt, kann ich den Schlüssel gegen mein Leben eintauschen.«

»Und den Beweis damit vernichten!«

»Falls es sich nicht vermeiden lässt ...«

Der Inspektor stieß einen tiefen Seufzer aus. »Wollen Sie meine persönliche Meinung hören? Ihr Plan ist naiv! Aber wie ich die Sache sehe, kann ich Sie ohnehin nicht umstimmen.«

»Da haben Sie Recht.«

Noch ein Seufzer. »Dann viel Glück! Und passen Sie auf sich auf, Sie sturer alter Esel!«

60

Ahmad Sa'idi tippte einen Befehl in den Computer und hörte sich das letzte aufgenommene Telefonat noch einmal an. Er erlaubte sich ein zufriedenes Lächeln. Es hatte sich gelohnt, Lafayettes Privatanschluss anzuzapfen.

Ahmad nahm sein Mobiltelefon, wählte Cathérine Lazards Nummer und berichtete ihr die Neuigkeiten.

»Wo befindet sich das Schließfach?«, fragte sie.

»Das hat Lafayette nicht gesagt«, antwortete Ahmad. Er glaubte das Rascheln von Bettwäsche zu vernehmen. Für einen Moment stellte er sich vor, wie Cathérine sich darin räkelte.

»Was für ein Beweis könnte das sein?«, fragte sie dann.

»Das weiß ich leider nicht.«

»Hat Lafayette den Namen des Anwalts erwähnt, dem er den Zweitschlüssel gegeben hat?«

»Nein.«

Cathérine Lazard überlegte einen Augenblick und sagte schließlich: »Na schön, ich denke, wir wissen auch so genug. Was immer sich in dem Schließfach befindet – das Risiko ist zu hoch, dass es der Polizei in die Hände fällt. Ihr müsst diesen mysteriösen Beweis in eure Gewalt bringen, und zwar vor acht Uhr heute Abend. Ist Kemal bei dir?«

»Nein. Seit er Lafayettes Telefon verwanzt hat, ist er verschwunden. Würde mich nicht wundern, wenn er sich irgendein Mädchen angelacht hat.«

»Dein Bruder ist ein Idiot!«, stieß Cathérine wutentbrannt

hervor. Ahmad liebte ihr Temperament. »Wir sind in einen Mordfall verwickelt, sein Bild ist in allen Zeitungen zu sehen, und er spielt Casanova!«

»Er steht nicht auf Mädchen, die Zeitung lesen«, entgegnete Ahmad ruhig. Selbst wenn Kemal gelegentlich zu unvorsichtig war, war er kein schlechter Kerl. Cathérine wusste das ebenfalls. Hätte Kemal sich nicht schon oft durch ausgezeichnete Arbeit hervorgetan, hätte sie ihn längst zum Teufel gejagt.

»Finde Kemal, oder mach den Campingplatz allein ausfindig. Ich will diesen Schlüssel haben! Das dürfte wohl ein Kinderspiel sein.«

»Da bin ich mir nicht so sicher.«

»Was soll das heißen? Hast du etwas über Lafayette herausgefunden?«

»Allerdings. Ich habe gestern ein paar Mails verschickt und meine üblichen Quellen angezapft.« Genau genommen hatte er rund zwei Dutzend Informanten mit der Suche nach der Identität von Philippe Lafayette beauftragt. Diese Informanten hatten wiederum Unterinformanten aktiviert. Es wurden nicht nur Namenslisten durchforstet, auch visuelle Suchprogramme per Internet wurden gestartet, die das Bewerbungsfoto Lafayettes mit Fotoarchiven aller Art verglichen. In der Nacht war somit eine weltweite digitale Fahndung nach dem Vorleben des geheimnisvollen Hausmeisters durchgeführt worden, besser als irgendein Geheimdienst es hätte tun können. Unabhängig von Bürokratien funktionierte das kriminelle Netz der Informationsbeschaffung perfekt.

»Der Mann ist ein Phantom«, fuhr Ahmad Sa'idi fort. »Vor 1977 taucht sein Name nirgends auf. Er ist in keiner Datei vermerkt, weder bei den Einwohnermeldeämtern noch bei der Polizei, noch sonst irgendwo. Auch nicht bei Interpol oder beim FBI. Nicht einmal die Sozialversicherungsnummer gab es vor 1977.«

»Benutzt er einen falschen Namen?«

»Ja.«

»War er beim Geheimdienst?«

»Nein.«

»Bist du sicher?«

»Absolut. Jeder Geheimdienst würde einem ehemaligen Mitglied eine perfekte neue Identität verschaffen – keine, die so löchrig wie ein Schweizer Käse ist.«

»Ist er ein Ex-Mafioso?«

»Nein. Er gehört nicht zu den Männern, bei denen wir es mit einer halben Armee zu tun bekommen, wenn wir sie beseitigen.«

»Sehr gut, dann legt ihn um. Aber erst, wenn ihr hundertprozentig sicher seid, zu welchem Schließfach der Schlüssel passt. Wir dürfen uns keinen Irrtum erlauben.« Da Ahmad nichts erwiderte, fragte sie: »Gibt es sonst noch etwas über Lafayette zu berichten?«

»Er ist ein ehemaliger Fremdenlegionär«, sagte Ahmad Sa'idi. »Und ein Killer.«

Es dauerte einen Moment, bis Cathérine diese Neuigkeit verarbeitet hatte. »Wie meinst du das – ein *Killer?* Am besten, du fängst ganz von vorne an! Was hast du über Lafayette herausgefunden?«

Ahmad nahm seine Unterlagen und blätterte darin, während er Bericht erstattete. »Lafayette heißt eigentlich Leroy. Seine Eltern starben früh, deshalb wuchs er bei einer Tante in der Provence auf. Von dort verschwand er eines Nachts im Jahr 1959 Hals über Kopf, nachdem er in eine Schlägerei verwickelt gewesen war, bei der er einen Freund in eine Heugabel stieß. Damals war er siebzehn. Kurze Zeit später ist er in die Legion eingetreten. Nach der Grundausbildung teilte man ihn in eine Stabsabteilung beim Nachschub ein, doch er bat um einen Einsatz im Algerienkrieg. Die Geschichte mit der Heugabel scheint ihn lebensmüde gemacht zu haben.«

»Also kam er an die Front?«

»Ja, kaum drei Monate nachdem er in die Legion eingetreten

war. Er diente im 3. Infanterieregiment und machte sich schon bei seinem ersten Einsatz als Scharfschütze verdient. Er nahm an der Erstürmung eines Schulgebäudes teil, in dem man das Lager rebellischer Widerständler vermutete. Es heißt, als das Gegenfeuer eröffnet wurde, geriet er in einen regelrechten Blutrausch. An diesem Tag erschoss er zweiundzwanzig Menschen.« Ahmad ließ die Zahl einen Moment lang wirken. Zweiundzwanzig. Sehr beachtlich. »Sein gutes Auge, seine Schnelligkeit und das so genannte *kepi blanc* – das ist die traditionelle Kopfbedeckung der Rekruten – brachten ihm den Beinamen ›der weiße Falke‹ ein. In seiner Einheit war er von diesem Tag an ein Held. Danach wird es ruhiger um ihn, bis zum Sommer 1961. Irgendetwas muss damals in den Bergen von Messaad vorgefallen sein. Dorthin hat er sich mit einem Kameraden zurückgezogen, nachdem sie bei einem Kampfeinsatz im Hinterland von ihrer Einheit getrennt worden waren. Jedenfalls tötete er seinen Begleiter auf bestialische Weise. Er schlug ihm einen Arm ab und ließ ihn verbluten. Danach galt er eine Zeit lang als nicht mehr zurechnungsfähig. Eine psychologische Behandlung schlug fehl. Deshalb beschloss man 1963, ihn nach Übersee zu versetzen, in eine Stabsabteilung in Französisch Guyana. Offenbar hat der Ortswechsel ihm gut getan. Er war vierzehn Jahre in Guyana stationiert. Allerdings wurde er immer wieder auffällig. Insgesamt hat er in der Zeit achtzehn Monate in Einzelhaft verbracht. Drei, weil er für einen desertierenden Kameraden Papiere gefälscht hat, und fünfzehn Monate wegen Körperverletzung. 1977 desertierte er selbst. Auf der Flucht brachte er einen Legionär um. Seitdem lebt er sehr zurückgezogen in Lyon. Polizeilich vorbestraft ist er nicht, was erstaunlich ist, wenn man seine Vorgeschichte bedenkt. Tief in seinem Innern schlummert etwas. So ähnlich steht es auch im letzten Eintrag seiner psychologischen Krankenakte von 1977. Aber keine Sorge, Kemal und ich werden mit ihm fertig. Ich wollte nur, dass du weißt, auf wen du dich da eingelassen hast. Der Mann ist eine tickende Zeitbombe.«

61

Kemal Sa'idi lief der Schweiß übers Gesicht. Es war kurz nach zwölf. Die Sonne stand an diesem außergewöhnlich heißen Septembernachmittag hoch am Himmel und brannte ihm auf den Rücken. Seit einer halben Stunde lag er nun schon hinter einem ausgedörrten Baumstumpf auf der Kuppe dieses trostlosen, steinigen Hügels bei Saint-Gilles und hielt sich den Feldstecher an die Augen.

Die Gegend, etwa zwei Autostunden südlich von Lyon, erinnerte Kemal an Algerien. Karge Erhebungen voller Geröll, wohin man auch blickte. Von niedrigen Gräsern und gedrungenen Büschen abgesehen, wuchs nichts in dieser Einöde, und wenn, dann hatte die Hitze des Sommers es goldgelb gefärbt. Eine hügelige Felsensteppe im Süden Frankreichs. Und über allem schwebte das ewige Lied der Grillen.

Ein paar hundert Meter hangabwärts lag in einer kleinen Senke der Campingplatz, bedeckt von einem Teppich flimmernder Luft. Das winzige Bürogebäude und die Duschen schienen verwahrlost. Um nichts in der Welt hätte Kemal hier seinen Urlaub verbringen wollen – eine Meinung, mit der er offenbar nicht alleine stand, denn der Campingplatz war nahezu verwaist. Nur ein einziger Wohnwagen stand auf dem Gelände, der von Philippe Lafayette. Das vermutete Kemal zumindest, denn er hatte keine Menschenseele gesehen, seit er auf seinem Hügel Stellung bezogen hatte. Allein der Dampf, der aus den gekippten Fenstern mit den blickdichten Vorhängen quoll, deutete darauf hin, dass Lafayette gerade dabei war, sein Mittagessen zu kochen.

Besser gesagt seine Henkersmahlzeit, dachte Kemal amüsiert.

Auch er verspürte Appetit und hatte Durst, denn er hatte heute noch nichts zu sich genommen. Kein Frühstück, keinen Kaffee, kein Wasser, gar nichts. Nachdem Ahmad ihn heute Morgen per Handy aus Amandas Bett geworfen hatte, war ihm keine Zeit dazu geblieben. Die Sa'idi-Brüder hatten sich in Lafayettes Wohnung getroffen und sie so lange durchsucht, bis sie einen Prospekt des Campingplatzes gefunden hatten. Danach hatten sie sich sofort auf den Weg hierher gemacht – Kemal auf seinem Motorrad, und Ahmad in seinem unauffälligen Opel Vectra. Ohne es zu wollen hatte Kemal seinen Bruder auf der Autobahn abgehängt.

Jetzt lag er hier, inmitten der brütenden Hitze, während Ahmad sich von der Klimaanlage kühlen ließ!

Der Zorn hatte ihn einen Moment unaufmerksam werden lassen. Er biss die Zähne zusammen, verwünschte seinen Bruder und richtete den Blick wieder auf den Campingplatz.

Plötzlich wusste er, dass jemand hinter ihm stand. Er hatte keine Schritte gehört, keinen Schatten gesehen. Er *spürte* die Anwesenheit des anderen mehr, als dass er sie wahrnahm. Doch bevor er die Pistole ziehen und herumwirbeln konnte, berührte etwas Hartes, Kaltes seine Schläfe, und eine tonlose Stimme raunte: »Das ist ein Gewehrlauf. Eine falsche Bewegung, und du hast ein Loch im Kopf, durch das du den Unterarm schieben kannst.«

Langsam drehte Kemal sich um. Über ihm stand eine Männergestalt. Die Sonne blitzte hinter der dunklen Silhouette hervor und stach Kemal in die Augen. Das Gewehr in den Händen des Mannes schien unnatürlich groß.

»Jämmerlich!«, zischte die Gestalt abfällig. »Du liegst wie ein Opferlamm vor mir im Sand!«

Kemals Anspannung löste sich, als er seinen Bruder erkannte. »Du Scheißkerl! Ich hätte mir um ein Haar in die Hose gemacht.«

»Geschieht dir recht!« Ahmads Stimme war leise, aber scharf. »Jemand, der so unaufmerksam ist wie du, sollte die Hosen gestrichen voll haben. Eine ganze Pfadfindergruppe hätte diesen Hügel heraufwandern können, ohne dass du sie bemerkt hättest.«

Kemals Erleichterung schlug augenblicklich in Wut um, doch er entgegnete nichts. Er hasste es, wenn sein älterer Bruder ihn zurechtwies. Und noch mehr hasste er es, wenn Ahmad Recht hatte.

Wortlos legte der Ältere sich neben Kemal, nahm ihm den Feldstecher aus der Hand und beobachtete eine Weile den Campingplatz, um sich selbst ein Bild zu verschaffen.

»Lafayette ist in seinem Wohnwagen. Seit ich hier angekommen bin, tut er nichts anderes als kochen«, flüsterte Kemal.

Ahmad blickte unverwandt durch den Feldstecher. »Dann wird es Zeit, dass wir ihn aus der Reserve locken«, sagte er.

Wenig später verfolgte Ahmad durch das Zielfernrohr seines schallgedämpften Präzisionsgewehrs, wie Kemal sich im Schutz einiger Felsen und Büsche ins Tal schlich.

Auf leisen Sohlen kam der Tod.

Kemal sollte sich zum Wohnwagen schleichen und Lafayette überrumpeln. Ahmad sondierte inzwischen das Gelände und würde ihm Schützenhilfe leisten, falls der ehemalige Legionär einen Hinterhalt gelegt hatte. Sobald Kemal ihn außer Gefecht gesetzt hatte, würde Ahmad ihm folgen. Gemeinsam würden sie dem Mann den Schlüssel abnehmen und aus ihm herauspressen, zu welchem Schließfach er gehörte. Danach würde Ahmad sich auf den Rückweg nach Lyon machen, um das belastende Material gegen Cathérine in seinen Besitz zu bringen.

Wenn alles klappte, würde Ahmad seinem Bruder dann per Mobiltelefon Bescheid geben, damit dieser Philippe umbringen, den Wohnwagen in Brand stecken und nach Lyon nachkommen konnte.

Falls Lafayette ein falsches Schließfach angab, würde es Kemal eine Freunde sein, die Wahrheit aus ihm herauszuholen. Kemal war ein Meister der Folter. Seit ziemlich genau sechzehn Jahren.

1986, in Algerien, gehörten die Sa'idi-Brüder der nationalen Befreiungsfront an, der *Armée de Libération Nationale,* kurz ALN. Die ALN war der militärische Arm der nationalen Befreiungsfront FLN gewesen, der *Front de Libération Nationale.*

ALN und FLN waren bereits 1954 zu Beginn des Algerienkriegs gegründet worden – mit dem Ziel, sich gegen die Besatzungsmacht Frankreich aufzulehnen. Ihre bevorzugte Vorgehensweise war der Guerillakampf, und darin waren sie ausgesprochen erfolgreich.

Um ihren schwindenden Einfluss aufzuhalten, gründeten die Franzosen in jenen Tagen die OAS, die *Organisation de l'Armée Secrète.* Sie war das Pendant zur ALN, eine Terrororganisation, der jedes Mittel recht war, um den Gegner in die Knie zu zwingen. Neben Mitgliedern der französischen Armee schlossen sich auch viele Legionäre der OAS an.

Die Fronten verhärteten sich, die Methoden wurden brutaler. Selbst nach dem Abmarsch der französischen Truppen 1962 endete der Krieg nicht, er verlagerte sich nur in den Untergrund. 1972 wurde Larbi Sa'idi, fanatischer ALN-Anhänger und Vater von Ahmad und Kemal, bei einem Bombenattentat der OAS getötet. Ahmad, mit vierzehn Jahren alt genug, meldete sich als Freiwilliger bei der ALN. Kemal folgte ihm an seinem achten Geburtstag.

In den Achtzigern wurde es ruhiger. Es gab nur noch gelegentliche Auseinandersetzungen zwischen ALN und OAS, dann aber mit unverminderter Härte, so wie 1986.

Bei einem Überraschungsangriff der OAS auf einen ALN-Unterschlupf war Kemal in Gefangenschaft geraten. Die Wunden, die ihm mit Lötkolben und Rasiermessern beigebracht worden waren, hatten Narben hinterlassen, die ihn für immer zeichnen würden. Nicht nur seinen Körper, auch seine Seele. Damals hatte er das Foltern gelernt. Er hatte es am eigenen Leib erfahren. Es hatte sich ihm auf ewig ins Gedächtnis eingebrannt und stand auf Abruf bereit.

Seit er wusste, dass Philippe Lafayette als Legionär in Algerien gewesen war, und dass er vielleicht sogar der OAS angehört hatte – wenn auch lange bevor Kemal in die ALN eintrat –, konnte er es kaum erwarten, den Hausmeister in die Finger zu bekommen. Sein aufgestauter Hass auf die französische Untergrund-Terrorgruppe richtete sich jetzt auf diese eine Person.

Ahmad konnte es ihm nicht verdenken.

Cathérine Lazard hatte er davon nichts erzählt, sonst hätte sie befürchtet, die Verfolgung Philippe Lafayettes könne zu einem persönlichen Rachefeldzug Kemals ausarten. Aber das war ausgeschlossen. Kemal und Ahmad waren Profis. Vor allem anderen würden sie ihren Auftrag ausführen. Gelegenheit, Rache zu nehmen, gab es anschließend noch genug.

Im Fadenkreuz seines Zielfernrohrs sah Ahmad, wie der Kopf seines Bruders hinter einem Hügel verschwand. Jetzt war es an der Zeit, das Gewehr auf den Wohnwagen auszurichten. Denn falls Lafayette zu flüchten versuchte, war es Ahmads Aufgabe, ihm eine Kugel ins Bein zu jagen.

62

Philippe hatte gerade einen Topf Wasser, den er zum Spülen benötigte, auf den Gaskocher gestellt, als plötzlich das Blinklicht neben dem Fernseher ansprang. Aha, dachte er, es geht los.

Augenblicklich schnellte sein Adrenalinspiegel in die Höhe, wie früher, als er noch aktiv bei Kampfeinsätzen mitgewirkt hatte. Adrenalin war gut. Es steigerte die Aufmerksamkeit, schärfte das Reaktionsvermögen und verbesserte die Überlebenschancen.

Dennoch zwang Philippe sich zur Ruhe. Wenn er die Situation meistern wollte, musste er die Nerven bewahren.

Nicht durchdrehen! Alles klappt wie am Schnürchen.

Als er heute Morgen nach Hause gekommen war, hatten ihm die Fransen des Läufers im Flur verraten, dass jemand bei ihm eingedrungen war. Nachdem er außerdem festgestellt hatte, dass das Kabel des Telefonhörers nicht mehr in Form eines Schneckenhauses aufgerollt war, hatte er den Hörer aufgeschraubt und die Wanze entdeckt. Sein Anruf bei Inspektor Pozzoni war bloß eine Falle gewesen. Und so wie es aussah, schnappte diese Falle soeben zu.

Philippe rieb sich nervös die Hände, obwohl er wusste, dass er gut vorbereitet war. Den Prospekt vom Campingplatz hatte er zu Hause so platziert, dass er genügend Vorsprung hatte, bis der Prospekt entdeckt wurde. Nachdem er hier eingetroffen war, hatte er dem holländischen Pärchen, das hier gezeltet hatte, von einer Tarantelplage erzählt. Daraufhin hatten die beiden schleunigst das Weite gesucht. Andere Urlauber gab es nicht. Den alten Campingwart, den Philippe schon seit Jahren kannte, hatte er nach Hause geschickt.

Das Blinklicht leuchtete noch immer. Es war drahtlos durch einen der acht Bewegungssensoren ausgelöst worden, die Philippe rund um den Wohnwagen angeordnet hatte. Zusammen mit einigen anderen Utensilien waren die Sensoren Relikte aus der Zeit seiner Desertion, die er während der Flucht im Rucksack transportiert hatte. Jahrelang hatte er mit der Angst gelebt, seine Verfolger könnten ihn irgendwann doch noch aufspüren und töten, denn die Legion gestand sich selbst das Recht zu, Deserteure unter gewissen Umständen zu liquidieren. Zum Beispiel, wenn man Waffen mitgehen ließ. Oder wenn man als unzurechenbar galt. Oder wenn man einen Kameraden getötet hatte.

Philippe verfolgten sie aus allen drei Gründen.

Erst nachdem er schon viele Monate in Frankreich gelebt hatte, war sein Verfolgungswahn allmählich verebbt, und er hatte sein Verteidigungsarsenal in eine Stahlkiste weggeschlossen, deren Inhalt nicht einmal Claire kannte und deren Schlüssel nur er besaß. Anfangs hatte er die Kiste in seinem Keller in Lyon verstaut, später hatte er sie in den Wohnwagen verfrachtet, weil er beim Boxen nicht ständig an seine Vergangenheit erinnert werden wollte.

Lange Zeit hatte er die Waffen und die anderen Geräte nicht mehr angerührt, höchstens, um sie zu pflegen. Dass er sie eines Tages brauchen würde, hatte er nicht mehr geglaubt.

Jetzt wusste er, dass es gut gewesen war, die Kiste nicht zu entsorgen. Zwar waren die Pistolen inzwischen unbrauchbar – und ob die Granaten noch funktionierten, bezweifelte er. Die Bewegungssensoren taten jedoch nach wie vor ihren Dienst.

Das Blinklicht erlosch, ein zweites leuchtete auf. Der Angreifer musste sich jetzt in unmittelbarer Nähe der Wohnwagenrückseite befinden.

Ein drittes Licht zeigte Philippe, dass der Killer sich zur Seite bewegte. Vermutlich hatte er vor, zum Eingang zu schleichen, die Tür aufzureißen und Philippe zu überrumpeln. Doch der ehemalige Legionär war darauf gefasst. Er würde dem unliebsamen Besuch einen angemessenen Empfang bereiten.

63

Langsam und vorsichtig setzte Kemal Sa'idi einen Fuß vor den anderen. Auf dem trockenen Schotterplatz durfte er sich keinen Fehltritt erlauben. Nicht so nahe vor dem Ziel. Jedes Geräusch konnte ihn verraten.

Seine Anspannung löste sich ein wenig, als er hörte, wie drinnen das Radio eingeschaltet wurde. Sein Opfer schien nichts zu ahnen.

Dennoch ließ Kemal sich nicht zur Eile verleiten. Konzentriert legte er die letzten Schritte bis zur Eingangstür zurück. Regungslos harrte er aus, um zu lauschen. Er hörte nichts außer der Musik.

Perfekt.

Seine Hand wanderte langsam zum Rücken, bekam den Griff der Sig Sauer zu fassen, die in seinem Hosenbund steckte. Ein Schweißtropfen rann Kemal ins Auge. Das Salz brannte wie Feuer, doch er beachtete es nicht, weil jede unnötige Bewegung ihn verraten konnte.

Behutsam entsicherte er seine Waffe. Das leise Klicken wurde von der Schnulze im Radio übertönt. Während Kemal die Sig in Anschlag brachte, näherte seine freie Hand sich dem Türgriff.

Doch bevor er in den Wohnwagen stürmen konnte, wurde die Tür von innen aufgerissen, und eine Faust raste mit Wucht auf ihn zu. Sie traf Kemal am Kinn, das förmlich zu zerbersten schien. Halb benommen und außer Stande zu schießen, fühlte

Kemal, wie zwei kräftige Hände ihn packten und nach innen zogen.

Durch den Nebel seines verschleierten Bewusstseins wurde ihm klar, dass er nun nicht mehr Jäger, sondern Gefangener war.

Ahmad Sa'idi traute seinen Augen kaum. Alles geschah so unerwartet, so rasend schnell, dass ihm keine Zeit für einen platzierten Schuss blieb, zumal Kemal, durch den Kinnhaken ins Taumeln geraten, die Feuerlinie verdeckte. Lafayette, der weiße Falke, hatte sich auf Ahmads Bruder gestürzt wie auf eine hilflose kleine Maus. Sein Timing war verblüffend gewesen. Zu verblüffend. Er musste Kemal erwartet haben.

Aber wie konnte das sein?

Ahmad Sa'idi versuchte durch sein Zielfernrohr das Innere des Wohnwagens zu erkennen, jedoch vergeblich. Was jetzt? Eine Feuersalve loslassen? Aber dadurch hätte auch Kemal eine Kugel abbekommen können.

Nein, es gab nur eine Möglichkeit, auch wenn sie ihm nicht gefiel. Auf allen vieren kroch Ahmad Sa'idi rückwärts, bis er sicher war, vom Wohnwagen aus nicht gesehen werden zu können. Dann stand er auf, schlich den Hügel hinab und folgte dem Weg seines Bruders.

64

Vor einer halben Stunde hatte Inspektor Giuseppe Pozzoni die Nachricht bekommen, dass das jüngste Opfer des *Chirurgen* aus seiner Bewusstlosigkeit erwacht sei. Er hatte sich ins Auto gesetzt und war sofort zum Krankenhaus gefahren.

Endlich ein Lichtblick, dachte Pozzoni, während er in die Tiefgarage einbog. Mit etwas Glück würde er den *Chirurgen* bald festnehmen. Alles hing nun davon ab, wie gut der Verletzte den Täter beschreiben konnte.

»Sein Name ist Paul Piton. Vierundfünfzig Jahre alt, von Beruf Lastwagenfahrer bei ProGas, geschieden. Seine Kinder leben bei seiner Frau in Montpellier.« Mit diesen Worten wurde Pozzoni von dem Beamten begrüßt, der vor der Krankenhaustür Wache schob. »Und das hier ist Doktor Montferrat.« Er winkte einen unscheinbaren Arzt mittleren Alters herbei, der erzählte, dass Pitons Zustand noch äußerst labil sei. Deshalb bat er Pozzoni, den Verletzten nicht länger als unbedingt nötig zu befragen.

Pozzoni versprach es und trat gemeinsam mit dem Arzt und dem anderen Beamten ins Zimmer.

»Monsieur Piton?«, fragte der Arzt.

Vom Bett aus war angestrengtes Stöhnen zu vernehmen. Ein Kopf wälzte sich auf dem Kissen in Richtung der Besucher. Müde Augen blickten ihnen entgegen. »Wer ... sind Sie?«

Wieder sprach der Arzt mit beinahe singender Stimme: »Ich bin Doktor Montferrat.«

»Ah, Doktor«, murmelte der Patient. »Entschuldigen Sie, ich habe Sie ... nicht erkannt.«

»Hauptsache, Sie sind bei Bewusstsein und befinden sich auf dem Weg der Besserung. Diesen Herren hier kennen Sie schon, nicht wahr?«

Pitons Augen wanderten zu dem jungen Polizisten. »Gendarme ... Fillac?«

»Ja. Und das hier ist Inspektor Pozzoni von der Mordkommission.«

»Mordkommission? Bin ich denn schon tot, Doktor?« Der Mann im Bett lächelte matt.

»Nein. Und Sie werden auch nicht sterben. Nicht während meiner Schicht, verstanden?«

»Ich werde mir Mühe geben.«

»Der Inspektor ist hier, um Ihnen ein paar Fragen zu stellen«, fuhr der Arzt fort. »Fühlen Sie sich dazu in der Lage?«

»Natürlich.«

»In Ordnung, dann lasse ich Sie jetzt allein.«

Als der Arzt das Zimmer verlassen hatte, setzte Pozzoni sich ans Bett des Verletzten. Piton sah schwach aus, obwohl er einen stämmigen Körperbau hatte. Eine dunkle Linie, etwa in Höhe des Adamsapfels, führte um seinen Hals herum – das Würgemal.

»Wissen Sie, weshalb Sie hier sind?«, fragte der Inspektor.

Die Stirn des Mannes legte sich in Falten, als hätte er noch gar nicht über diese Frage nachgedacht. »Ich wurde angegriffen«, sagte er gedankenverloren. »So viel weiß ich noch, aber mehr nicht.«

»Sie sind ein Opfer des *Chirurgen*. Haben Sie schon von ihm gehört?«

Pitons Augen weiteten sich. »Des *Chirurgen?* Ja ... ja, ich habe in der Zeitung von ihm gelesen.« Er hielt einen Moment inne, ehe er weitersprach. »Stimmt es, dass bisher keins seiner Opfer überlebt hat?«

»Leider. Deshalb sind Sie für die Polizei von unschätzbarem Wert. Wir müssen diesen Mörder fassen, bevor er noch mehr Menschen töten oder verletzen kann.«

»Ich helfe Ihnen gern, Inspektor«, murmelte Piton. »Wenn ich kann.«

»Kennen Sie den Mann, der Sie überfallen hat?«

»Ich weiß nicht ...«

»Haben Sie ihn nicht gesehen?«

Pitons Augen wurden trüb, als er sich zu erinnern versuchte. »Es ging alles sehr schnell. Außerdem hat er sich ... von hinten angeschlichen. Ich habe ihn nicht einmal kommen hören. Plötzlich spürte ich etwas an meinem Hals, eine Schlinge, glaube ich. Zuerst begriff ich gar nicht, was los war. Dann schlug ich um mich. Ich konnte mich losreißen und davonlaufen, aber irgendwas traf mich am Rücken und riss mich zu Boden. Dabei verlor ich wohl die Besinnung. Von da an erinnere ich mich an gar nichts mehr.«

»Konnten Sie einen Blick auf das Gesicht des Täters werfen?«

Noch immer schien Piton weit weg zu sein, während er die Worte erschöpft hervorbrachte. »Sein ... Gesicht? Ich weiß nicht. Ja ... da war ein Gesicht ... verschwommen. Ein Mann. Schon älter ... älter als ich. Zumindest sah er so aus.«

»Wie sah er aus? Welche Haarfarbe hatte er? Trug er einen Bart oder eine Brille?«

»Bart ...? Brille ...? Ich weiß nicht. Keine Brille, glaube ich. Bart? Möglich. Das Haar ... kurz und grau, würde ich sagen. Aber da war noch etwas. An seinem Arm. Am linken Unterarm. Ich sah es, als ich mich von der Schlinge losriss. Ja, jetzt sehe ich es wieder vor mir. Ein Muttermal. Oder eine Tätowierung. Jedenfalls sehr auffällig.«

Im Lauf der Erzählung hatte sich Pitons Pulsschlag drastisch beschleunigt. Das akustische Überwachungssignal war mit jedem Wort schneller geworden. Jetzt glich es einem Stakkato.

»Monsieur Piton?« Pozzoni berührte den Verletzten am

Arm, doch er reagierte nicht. »Monsieur Piton, bitte beruhigen Sie sich!« Bevor Pozzoni dem Gendarmen befehlen konnte, Hilfe zu holen, flog die Tür auf, und Doktor Montferrat stürzte ins Zimmer.

»Verflixt, was haben Sie getan?«, klagte er die Polizisten an. »Verlassen Sie sofort das Zimmer.« Er drehte sich um und rief der Schwester, die er im Schlepptau hatte, ein paar hektische Anweisungen zu.

Pozzoni bedeutete dem anderen Beamten, ihm zu folgen, und eilte auf den Flur. »Verdammt«, zischte er. »Den Mann hat es übel erwischt.«

»Die Axthiebe haben Pitons Rückenmark verletzt«, erklärte Fillac. »Der Arzt konnte noch nicht sagen, ob er gelähmt bleibt.«

»Ich hoffe, wir können mit der Beschreibung, die er uns geliefert hat, etwas anfangen«, sagte Pozzoni. »Sie ist zwar recht vage, aber besser als nichts. Fillac, Sie bleiben hier und geben mir Bescheid, wenn Piton wieder ansprechbar ist. Vielleicht erinnert er sich an weitere Details. Ich füttere inzwischen den Computer mit den Daten, die wir haben. Vielleicht ...«

Mitten im Satz hielt er inne. Ihm war soeben etwas eingefallen. Ein älterer Mann mit grauem Haar, vielleicht mit Bart. Was, wenn das Muttermal kein Muttermal und die Tätowierung keine Tätowierung war, sondern eine alte Narbe in Form eines Wappens?

»Was ist mit Ihnen, Inspektor?«, fragte der Gendarm.

»Ich bin mir nicht sicher«, antwortete Pozzoni. »Ich hatte gerade eine merkwürdige Idee.«

65

Der Wohnwagen befand sich nur noch einen Steinwurf von Ahmad Sa'idi entfernt. Ab hier war er gezwungen, seine natürliche Deckung – ein ausgetrocknetes Bachbett – zu verlassen. Den Rest des Weges konnten ihm nur noch wenige karge Büsche Sichtschutz bieten.

Die Frage, wie dieser gefährliche Ex-Legionär Kemals Angriff hatte vorhersehen können, beschäftigte Ahmad noch immer. Dann wusste er plötzlich die Antwort, als er ein kleines Kästchen auf dem Boden stehen sah, kaum zwei Meter vor ihm. Ein Bewegungsmelder. Die Ockerfarbe machte das Gehäuse fast unsichtbar.

Langsam näherte Ahmad sich dem Gerät, das nicht größer war als eine Zigarettenschachtel. Zu seinem Erstaunen stellte er fest, dass es sehr alt war. Ein Wunder, dass es überhaupt noch funktionierte.

Für einen Mann mit Ahmads Vergangenheit war es ein Leichtes, den Sensor zu deaktivieren. Aber wie viele dieser Geräte mochte Lafayette aufgestellt haben? Höchstens zwölf, schätzte Ahmad. Eher acht. Zwei für jede Seite des Wohnwagens, also für jede Richtung, aus der ein Angriff erfolgen konnte. Mehr war für ein Areal dieser Größe nicht erforderlich.

Da er mit bloßem Auge keinen weiteren Melder entdecken konnte, nahm er sein Zielfernrohr zu Hilfe. Jetzt, da er wusste, wonach er Ausschau halten musste, dauerte es nicht lange, bis er einen zweiten Sensor im Sucher erkannte. Der Peilfühler zeigte jedoch in eine andere Richtung. Von Ahmads Position aus bestand somit keine Gefahr, sich zu verraten. Der Weg war frei.

Ebenso geräuschlos wie flink huschte der Mann über das flache Gelände. Am Wohnwagen angelangt hielt er inne und lauschte. Er hörte ein Geräusch – eine Ohrfeige – und eine scharfe Stimme: »Wie viele sind außer dir noch hier?«

Dann sagte sein Bruder: »Weshalb sollte man einem Greis mehr als einen Mann hinterherschicken?«

»Weil *ein* Mann offenbar nicht reicht!« Wieder eine Ohrfeige.

Sehr gut, dachte Ahmad. Kemal versuchte, Lafayette in Sicherheit zu wiegen. Außerdem provozierte er ihn, was ihm zwar Schläge einbrachte, Lafayette aber davon ablenkte, darauf zu achten, was draußen vor sich ging.

Um Kemal zu helfen und Lafayette kampfunfähig zu machen, musste Ahmad die Situation genau einschätzen können. Ihm blieb nichts anderes übrig, als einen Blick in den Wohnwagen zu riskieren.

Vorsichtig lugte er durch eine Fensterecke. Kemal saß auf einen Hocker gefesselt ungefähr in der Mitte des Raums; wie es aussah, war er bewegungsunfähig. Lafayette stand vor ihm und holte gerade zu einem weiteren Schlag aus.

»Und wenn Sie mich totprügeln«, sagte Kemal und spuckte Blut auf den Boden. »Es ändert nichts daran, dass ich allein bin.« In seiner Stimme lag keinerlei Angst.

»Wie du willst«, entgegnete der Ex-Legionär. »Wenn Ohrfeigen dich nicht beeindrucken, dann vielleicht das hier.«

Fassungslos sah Ahmad, wie Lafayette einen dampfenden Topf vom Gaskocher nahm und ihn über Kemals Schoß hielt.

»Na, was ist? Lockert das deine Zunge?«

»Ich kann nur wiederholen, was Sie schon wissen.«

Kemals Stimme war nicht mehr ganz so selbstsicher, doch Ahmad wusste, dass sein Bruder ihn nicht verraten würde. Er konnte mehr Schmerzen ertragen als irgendein anderer Mensch auf der Welt.

Dennoch musste Ahmad ihm schleunigst helfen, denn Lafayette schien zu allem entschlossen.

So schnell die gebotene Vorsicht es zuließ, schlich er zum Eingang des Wohnwagens und entsicherte seine Pistole. Jetzt hing alles von ihm ab.

Ein letztes Mal vergegenwärtigte er sich, worauf er zu achten hatte: nicht auf den Kopf und nicht aufs Herz zielen – Lafayette durfte erst sterben, wenn sie das Schließfach gefunden hatten. Andererseits musste der Schuss den Ex-Legionär außer Gefecht setzen, bevor er das heiße Wasser auf Kemal kippen konnte. Es würde brenzlig werden, aber es ließ sich nicht umgehen.

Möge Allah mit mir sein, dachte Ahmad Sa'idi und legte die Hand an den Türgriff.

66

Im Grunde hasste Philippe es, so drastische Mittel anzuwenden, wie er es jetzt tat, und einem Wehrlosen zu drohen, ihn mit heißem Wasser zu übergießen, war nicht fair.

Aber was hatte das schon zu bedeuten? Dieser Kerl war auch nicht fair zu ihm und Claire gewesen. Außerdem ging es um Leben und Tod. Philippe musste wissen, mit wie vielen Gegnern er es zu tun hatte. Wo Helsinki war, konnte Sokrates nicht weit sein; doch vielleicht hatte Cathérine Lazard weitere Leute auf ihn angesetzt.

»Zum letzten Mal«, sagte er. »Wie viele sind noch hinter mir her?«

Helsinki, dessen Blick unruhig zwischen dem dampfenden Topf und Philippes Gesicht hin und her huschte, zischte: »Leck mich am ...«, als die Wohnwagentür mit einem Ruck aufgerissen wurde.

Bevor er wusste, was er tat, wirbelte Philippe herum und schleuderte das heiße Wasser mitsamt Topf in Richtung Eingang. Ahmad Sa'idi konnte sich gerade noch darunter wegducken. Die wenigen Spritzer, die ihn trafen, brannten wie Feuer. Irgendwo über ihm krachte der Topf gegen die Wand und fiel scheppernd zu Boden. Ahmad rappelte sich auf und erkannte, dass Philippes Hände jetzt leer waren. Sofort stürzte er sich auf ihn.

Eine Faust traf Philippe in die Magengrube, ein Pistolengriff rammte seinen Schädel. Grauer Nebel legte sich über ihn wie eine bleierne Wolke. Er holte zu einem Verteidigungsschlag aus, doch der Schwinger ging ins Leere. Durch die Wucht verlor er beinahe das Gleichgewicht.

Im selben Moment traf ihn eine Serie von Hieben in die ungeschützte Seite und trieb ihm die Luft aus den Lungen. Sekundenlang schnappte er vergeblich nach Atem. Benommen taumelte er nach hinten, als er plötzlich stolperte. Zu spät erkannte er, dass Helsinki – noch immer an seinen Hocker gefesselt – ihm ein Bein gestellt hatte.

Ein letzter Schlag traf seinen Kiefer, und sein Kopf schien zu explodieren. Ihm wurde schwarz vor Augen, und er fiel.

Lange konnte er nicht bewusstlos gewesen sein. Als er aufwachte spürte er, wie jemand ihn rüttelte. Noch bevor die Schwärze hinter seinen Augen verflogen war, wusste er, dass er auf den Klappstuhl gefesselt war. Allmählich tauchten die Schemen der beiden Killer vor ihm auf.

»Ich habe gesehen, dass Sie draußen Bewegungsmelder postiert haben«, sagte Sokrates. »Also gehe ich davon aus, dass Sie uns bereits erwartet haben. Sie können sich bestimmt vorstellen, wie sehr wir am Schließfachschlüssel interessiert sind.«

Als wäre es eine Aufforderung gewesen, schlug Helsinki Philippe mitten ins Gesicht. Sein Kopf flog zur Seite, und für einen Augenblick wurde ihm schwindlig. Der süßliche Geschmack seines eigenen Bluts lag ihm auf der Zunge.

»Her mit dem Schlüssel, alter Mann!«, brüllte Helsinki mit wiedergewonnener Selbstsicherheit. »Sonst ...« Er ließ den Satz unvollendet, deutete aber mit einer unmissverständlichen Kopfbewegung in Richtung Gaskocher, auf dem bereits ein neuer Topf Wasser erhitzt wurde.

Philippes Magen verkrampfte sich. Er fragte sich, ob er Claire jemals wiedersah.

»Ihr braucht mich nicht zu foltern«, sagte er so ruhig er konnte. »Was ihr sucht, hängt an der Kette um meinen Hals.«

Helsinkis Augen wurden schmal, als er an Philippe herantrat, die Kette unter dessen Hemdkragen hervorzog und sie ihm mit einem Ruck abriss. Er betrachtete den Schlüssel, konnte außer der eingravierten Nummer 33 aber nichts entdecken. »Zu welchem Schließfach gehört er?«

»Das werde ich euch sagen – wenn ihr mich laufen lasst.«

»Sie befinden sich kaum in der Position zu verhandeln, Monsieur«, sagte Ahmad Sa'idi beinahe mild. »Tun Sie sich selbst einen Gefallen, und seien Sie kooperativ.« Trotz der Freundlichkeit in der Stimme war es unverkennbar eine Drohung.

»Ohne meine Hilfe werdet ihr das Schließfach nie finden. Heute Abend wird die Polizei durch einen von mir beauftragten Anwalt einen Beweis erhalten, der Cathérine Lazard für Jahre hinter Gitter bringt, falls sie nicht schleunigst das Land verlässt. Ob ihr das gefallen wird? Ihr bisheriges Leben aufzugeben, nur weil ihr beide es nicht geschafft habt, das richtige Schließfach ausfindig zu machen?«

Helsinki wollte schon zu einem weiteren Schlag ausholen, als sein Bruder ihm mit einem schneidenden Laut Einhalt gebot. Dann sagte Sokrates zu Philippe: »In Ordnung. Wenn Sie uns verraten, wo das Schließfach ist, lassen wir Sie frei.« In seinem Gesicht war nicht zu lesen, ob er das Angebot ernst meinte.

Doch der Jüngere wollte sich diesem Vorschlag nicht beugen. »Was soll das, Ahmad?«, rief er. »Wir können es auch anders aus ihm herausbekommen. Lass mich dieses Schwein weich kochen! Ich schwöre, er wird singen!« Wütend griff er nach dem Topf auf dem Herd.

Doch erneut setzte Sokrates sich durch. »Benutze deinen Kopf, wozu Allah ihn dir geschenkt hat! Zum Denken! Und jetzt stell den Topf wieder zurück. Sofort!«

Der herrische Befehlston trieb Helsinki die Zornesröte ins Gesicht. Nur widerwillig gehorchte er.

»Ich versichere Ihnen, Monsieur Lafayette, dass Ihnen nichts geschieht, wenn Sie uns verraten, zu welchem Schließfach der Schlüssel gehört«, sagte Sokrates. »Sie haben mein Wort.«

Philippe nickte. »Das Schließfach befindet sich in Lyon. Am Bahnhof.«

»An welchem?«

»An der Gare de Perrache.«

Sokrates schien zufrieden. Zu dem Jüngeren sagte er: »Siehst du, es gibt andere Methoden als Gewalt, um seine Ziele zu erreichen. Ich werde jetzt nach Lyon fahren. Du bleibst hier und lässt dein Mobiltelefon eingeschaltet. Sobald ich das Schließfach gefunden habe, rufe ich dich an. Und dann – *erst dann* – kannst du mit dem Mann machen, was du willst.«

67

Kaum war Ahmad Sa'idi gegangen, bekam Kemals Gesichtsausdruck einen diabolischen Glanz.

»So, weißer Falke, jetzt wollen wir mal sehen, wie du dich als Suppenhuhn machst!« Er lachte heiser, als hätte er einen besonders geistreichen Scherz gemacht. Es war ihm sichtlich ein Genuss, mit Philippe allein zu sein. Endlich gab es niemanden mehr, der ihm Anweisungen erteilte, niemanden, der ihn wie ein Kind beaufsichtigte. So zögerte er nicht lange, Philippe mit einem Küchenlappen und einem Streifen Klebeband zu knebeln und ihm die Schuhe auszuziehen. Dann nahm er den Topf von der Platte.

»Keine Sorge, ich werde dich nicht sofort töten. Du hast ja selbst gehört, das darf ich nicht. Aber ich verspreche dir, du wirst froh sein, wenn es so weit ist.«

Mit diesen Worten ließ er einen Schwall heißes Wasser über Philippes nackte Füße schwappen. Sofort setzte der Schmerz ein. Philippe brüllte, doch der Lappen in seinem Mund erstickte seine Schreie.

»Was ist denn? Ich hab noch nicht mal richtig angefangen.« Kemal grinste. Die Narbe auf seiner Wange zuckte voller Vorfreude. »Ich habe schon eine Menge Ideen, was ich mit dir anstellen werde, bis Ahmad in Lyon ist. Ich bin ein schöpferischer Mensch – ein Künstler des Schmerzes.«

Philippe, der noch immer Mühe hatte, gegen den Schmerz in seinen Füßen anzukämpfen, konnte sich kaum auf Kemals

Worte konzentrieren. Lange würde er die Folter dieses Wahnsinnigen nicht durchstehen.

»Aber richtig interessant wird es erst, wenn Ahmad angerufen hat. Ich bin gespannt, wie lange ein weißer Falke durchhält. Ich habe mich noch nie um einen Ex-Legionär gekümmert, aber es ist bestimmt sehr interessant. Warst du in der OAS?« Ohne Philippes Reaktion abzuwarten, fuhr er fort: »Jede Wette, dass du OAS-Mitglied warst. Der OAS gehörten viele Legionäre an. Hast du gewusst, dass ich meine Narbe der OAS zu verdanken habe? Nicht nur die Narbe im Gesicht, auch all die anderen.« Er knöpfte sein Hemd auf. Sein Körper war übersät mit dutzenden von Wundmalen. »Ja, sieh dir genau an, was die OAS aus mir gemacht hat«, zischte Kemal. »Denn genau das werde ich auch dir antun. Heute ist der Tag der Vergeltung für mich, alter Mann. Und wenn ich mit dir fertig bin, werde ich nach Lyon fahren und mich um deine Frau kümmern.«

Mit Genugtuung sah Kemal, wie Philippe sich auf dem Klappstuhl wand. Psychischer Schmerz war bei dieser Form der Kunst ebenso wichtig wie physischer.

Kemal kam aber nicht mehr dazu, einen zweiten Schwall Wasser über den Topfrand schwappen zu lassen, denn Philippe begann zu husten und nach Luft zu ringen. Sein Gesicht verfärbte sich.

So gerne der Algerier weitergemacht hätte – er wusste, dass er sein Opfer nicht sterben lassen durfte. Noch nicht. Deshalb beschloss er, ihm den Knebel zu entfernen. Falls er zu schreien begann, was in dieser gottverlassenen Gegend vermutlich sowieso niemand hören konnte, würde er den Knebel schnell wieder angelegt haben.

Als Kemal das Klebeband abriss und seinem Opfer den Lappen aus dem Mund zog, krümmte sich der alte Mann und rang keuchend nach Luft wie ein Ertrinkender. Das konnte unmöglich eine Reaktion auf die Verbrühungen an seinen Füßen sein.

Kemal hatte schon so manchen gefoltert, aber nie so etwas erlebt.

»Diese Schmerzen«, stieß Philippe hervor. »Mein Arm. Meine Brust. Geben Sie mir meine Pillen. Bitte.«

Sofort verstand Kemal. Der Alte hatte einen Herzanfall. Von Cathérine Lazard wusste er, dass Lafayette bereits einen Infarkt hinter sich hatte. Verdammt! Falls das Schließfach sich *nicht* an der Gare de Perrache befand und der Hausmeister starb, bevor Ahmad den Beweis in seinen Händen hielt, würde Cathérine Kemal zur Rechenschaft ziehen. Wie sollte er ihr die Verbrühungen an Lafayettes Füßen erklären?

Kemal sah nur einen Ausweg. »Wo sind die Pillen?«, fragte er.

»Hier.« Philippes Stimme klang gequält. »In meiner Brusttasche.«

Doch kaum hatte Kemal sich zu ihm vorgebeugt, merkte er, dass er einen Fehler begangen hatte. Denn im selben Augenblick stießen Philippes Hände hinter seinem Rücken hervor – die Hände, die eigentlich gefesselt sein sollten. Sie packten den jungen Mann und zogen ihn nach unten.

»Denkst du im Ernst, ich würde ausgerechnet jetzt und hier vor deinen Augen krepieren, *mon ami*?«, fauchte Philippe, der Kemal ein Taschenmesser an den Hals hielt. Mithilfe dieses Messers, das er aus seiner Gesäßtasche gefischt hatte, war es ihm gelungen, seine Fesseln zu durchtrennen. »Keine Bewegung, sonst wird es mir ein Vergnügen sein, dich aufzuschlitzen!«

Obwohl er nun wieder die Oberhand gewonnen hatte, stand Philippe vor einem Problem: Er musste sich vom restlichen Klebeband befreien, das um seine Fußknöchel und seinen Oberkörper geschlungen war, und dabei seinen Gegner in Schach halten. Also nahm er den jungen Mann in den Würgegriff, so gut er konnte, während er mit dem Messer das Klebeband zerschnitt.

Als er die letzte Fußfessel löste, erkannte Kemal seine Chance. Er mobilisierte all seine Kraft, ignorierte den Druck auf seinen Kehlkopf und begann wild um sich zu schlagen. Er traf Philippes wunde Füße und spürte, wie dessen Arme unter dem Schmerz nachgaben. Es gelang ihm, sich aus dem Würgegriff zu winden, seine Pistole in einer einzigen schnellen Bewegung zu ziehen und einen Schuss in die Richtung abzufeuern, aus der Philippe ihm hinterherhechtete.

Der Schalldämpfer gab ein kurzes »Plopp« von sich, und irgendwo im hinteren Teil des Wohnwagens zersprang eine Vase. Philippe warf sich auf Kemal, packte seine Hand und drückte den Waffenlauf zur Seite. Weitere Schüsse durchschlugen das Dach, sodass vereinzelte dünne Sonnenstrahlen ins Wohnwageninnere drangen.

Obwohl die Anstrengung seinen Arm schier zerriss, gelang es Philippe, die Waffe in der Faust des anderen zu Boden zu drücken. Er wähnte sich schon als Sieger, da bemerkte er, dass der Lauf der Pistole unter den Herd zielte.

Genau dorthin, wo die Gasflasche stand.

68

Während er verzweifelt versuchte, Helsinkis Faust mit der Pistole wegzudrücken, wurde Philippe noch einmal von seiner Vergangenheit eingeholt. Es geschah unvermittelt, er konnte nichts dagegen tun. Binnen weniger Sekunden jagte sein Leben an ihm vorbei – Eindrücke und Erinnerungen, die mehr als ein halbes Jahrhundert umfassten.

Seine elternlosen, aber glücklichen Jugendjahre im Haus seiner Tante. Der folgenreiche Zwischenfall mit Olivier, der ihn in die Legion geführt hatte. Philippe hätte nichts dagegen gehabt, an der Front zu sterben, ein Teil von ihm wünschte es sich sogar. Doch sein Selbsterhaltungstrieb siegte letztlich über die Schicksalsergebenheit, und er tötete selbst, statt getötet zu werden. Je mehr er von seinen Kameraden gefeiert wurde, desto mehr verachtete er sich selbst. Sein Beiname – der weiße Falke – wurde für ihn zum Inbegriff für das Böse, das tief in ihm schlummerte.

Wenige Jahre später kam dann der Einsatz in Messaad. Der Tod seines Freundes Lorenzo Espinola, genannt *le bœuf*. Die Armamputation, die in einer Katastrophe geendet hatte – eine Grenzerfahrung, die Philippe an den Rand dessen führte, was er auszuhalten im Stande war. Messaad warf ihn endgültig aus der Bahn, machte ihn zu einem anderen Menschen. Messaad hatte zur Folge, dass er innerlich abstumpfte, so, als wäre mit *le bœuf* auch ein Teil seiner Seele gestorben.

Die Albträume suchten ihn immer stärker heim. Oft plagten

sie ihn so lange, dass er Tobsuchtsanfälle bekam, bis er erschöpft zusammenbrach oder von seinen Kameraden überwältigt werden konnte.

Bald wurde ihm nachgesagt, er habe den *cafard* im Kopf. Nach dem Glauben der Legion war der *cafard* ein sagenumwobener schwarzer Käfer, der in den Körper eindrang, das Gehirn anfraß und den Befallenen in den Wahnsinn trieb. Philippe konnte es seinen Kameraden nicht verdenken, dass sie ihn für besessen hielten. Manchmal glaubte er selbst beinahe daran.

Monatelang hatte er tatsächlich das Gefühl, zerfressen zu werden. Albträume und Wutausbrüche häuften sich. Philippe fand keine Ruhe mehr. Letztlich sahen seine Vorgesetzten nur noch eine Möglichkeit, der Situation Herr zu werden: Philippe wurde nach Französisch Guyana versetzt.

Tatsächlich half ihm der Ortswechsel. Eine andere Umgebung, andere Kameraden, andere Aufgaben. In Guyana gab es keinen Krieg, nur Übungseinsätze, und selbst davon wurde Philippe anfangs befreit. Obwohl er nie mehr der Alte wurde, fühlte er sich mit der Zeit besser. Es schien, als wäre der *cafard* aus seinem Kopf verschwunden.

Der Rückfall kam 1974 bei einer Truppenübung im Dschungel. Die Einheit gelb, der Philippe angehörte, umfasste zwölf Mann. Angeführt wurde sie von Antonio Diaz, einem jungen Lieutenant, der für seinen beinahe krankhaften Ehrgeiz bekannt war.

Die Einheit hatte die Aufgabe, das Basislager der Truppe blau ausfindig zu machen und es in einem Scheingefecht auszuheben. Zu diesem Zweck teilten sie sich in mehrere Gruppen auf, die sich aus unterschiedlichen Richtungen dem Feind nähern sollten. Auch Philippe – damals noch Philippe Leroy – und Antonio Diaz bildeten eine solche Gruppe.

Alles lief wie geplant. Das Lager der Blauen war schnell umzingelt. Doch bevor Antonio Diaz den Befehl zum Angriff geben konnte, tauchte wie aus dem Nichts der Panther auf.

Beide Männer waren vor Schreck wie gelähmt. Diaz, der als Erster die Fassung wiedererlangte, versuchte zu fliehen, doch durch seine abrupten Bewegungen reizte er das Tier erst recht. Mit einem einzigen gewaltigen Satz sprang der Panther Diaz an. Schreiend und hilflos um sich schlagend ging der Mann zu Boden.

Endlich löste Philippe sich aus seiner Starre. Er schoss zwei-, drei-, viermal auf die Bestie, bis sie reglos über Diaz niederbrach. Später, als Philippe seinen Vorgesetzten im Lazarett besuchte, wurde ihm klar, dass Diaz ihm keineswegs dankbar war. Im Gegenteil machte er Philippe dafür verantwortlich, dass er bei dem Zwischenfall sein linkes Auge verloren hatte.

Nachdem Diaz aus dem Lazarett entlassen worden war, begann die Schikane. Wann immer es unangenehme Aufgaben gab, wurde Philippe damit bedacht: Nachtwache, Kochdienst, Waffenpflege, Latrinenreinigung.

Das Schlimmste war, dass Diaz auch noch in Philippes Vergangenheit zu wühlen begann. Er ließ seine Beziehungen spielen, bekam Einblick in Philippes Krankengeschichte und genoss es, alte Wunden aufzureißen.

So kam es, dass Philippe mehrmals ohne eigenes Zutun in Schlägereien verwickelt wurde, wobei man die Schuld anschließend ihm anlastete. Die Strafen fielen anfangs gering aus, doch nachdem er Antonio Diaz angeblich mit einer zerbrochenen Flasche angegriffen hatte, wurde er in den Bunker gesteckt. Und es blieb nicht bei diesem einen Mal.

Der Bunker war ein enger, dunkler Bretterverschlag einige hundert Meter abseits der Kaserne. Ein Loch, das eines Tieres unwürdig gewesen wäre. Philippe verbrachte insgesamt achtzehn Monate im Bunker. Er hätte es ertragen, wäre Diaz nicht immer wieder gekommen, um ihn nach Lorenzo Espinola zu fragen – *le bœuf.* So wurde Philippe von den längst verdrängten Bildern heimgesucht, während er in seinem Kabuff eingesperrt war, allein mit sich selbst und seinen Albträumen.

Die Schikanen wurden schlimmer und ließen in Philippe den Entschluss reifen, seine Einheit zu verlassen. Mehrmals bat er um Versetzung, doch stets wurde sein Anliegen abgelehnt. Und kündigen konnte man in der Legion nicht. Deshalb wurde immer deutlicher, dass es für ihn nur einen Weg aus der Misere gab: Desertion.

Schon seit ein paar Jahren hatte Philippe sich ein wenig Geld damit verdient, gefälschte Papiere für Kameraden zu organisieren, die untertauchen und andernorts ein neues Leben beginnen wollten. Als Diaz seinen illegalen Handel auffliegen ließ, wanderte Philippe abermals in den Bunker.

Nachdem ein weiteres Versetzungsgesuch abgelehnt wurde und Antonio Diaz ihm eines Tages drohte, ihm mit einem Messer ebenfalls ein Auge zu nehmen, sobald sich die Gelegenheit bot, wusste Philippe, dass nun die Zeit reif war. Er wollte zurück nach Frankreich.

Also organisierte er sich Papiere auf einen anderen Namen – Philippe Lafayette – und floh wenig später in einer Nacht- und Nebelaktion quer durch die schier unendliche Weite des südamerikanischen Regenwalds. Dieser Weg schien ihm am sichersten. In den Städten, vor allem in den Häfen, hätten sie als Erstes nach ihm gesucht. Der Dschungel, der ihm über die Jahre hinweg eine neue Heimat geworden war, gewährte ihm Schutz.

Schutz bot ihm auch sein Rucksack, in dem er ein Verteidigungsarsenal mit sich führte. Lange hatte er sich überlegt, ob er Waffen und Ausrüstung zurücklassen solle, denn wer mit Waffen desertierte, war Freiwild.

Doch Freiwild war er ohnehin. Er wusste, dass Diaz es sich nicht nehmen ließe, die Verfolgergruppe anzuführen. Also hatte Philippe sich für die Waffen entschieden.

Stundenlang hetzte er durch den Urwald, ohne sich eine Pause zu gönnen, doch irgendwann verließen ihn die Kräfte, und er schlief an einem Baumstamm hockend ein.

Wenig später weckte ihn ein Geräusch. Irgendjemand hielt ihm einen Waffenlauf an die Schläfe – ein deutscher Caporal namens Schneider, wie sich herausstellte. Als Schneider Diaz rief, nahm das Unglück seinen Lauf.

Schneider sagte: »Steh auf, damit wir dich zurückbringen können. Diesmal wirst du im Bunker schmoren, bis du schwarz bist.«

Doch Diaz hatte anderes vor. »Nein!«, zischte er. »Leroy geht nicht zurück. Er geht nirgendwo hin. Der Bunker würde ihn nicht ändern. Er hat den *cafard* im Kopf.«

»Sie meinen ...«, stammelte Schneider.

»Ja, er ist *wahnsinnig*. Und dagegen gibt es nur ein Mittel.«

Philippe, der wehrlos auf dem Boden saß, glaubte schon, dass nun alles vorbei sei. Schicksalsergeben wartete er auf die Kugel.

»Er ist unbewaffnet«, sagte Schneider zu Diaz.

»Ich habe Sie nicht nach Ihrer Meinung gefragt, Caporal!«

»Aber das ist Mord!«

Einen Moment lang schien Diaz unentschlossen. Dann kam er offenbar zu dem Schluss, dass er keinen Zeugen gebrauchen konnte.

Er feuerte auf Schneider.

Philippe wurde schlagartig klar, dass Diaz ihm auch diese Tat in die Schuhe schieben würde.

Der Deutsche war nicht sofort tot. Noch während er in die Knie sank, richtete er seine Pistole auf Diaz, sodass dieser gezwungen war, in Deckung zu gehen. Philippe nutzt die Gelegenheit. Er rappelte sich auf, packte seinen Rucksack und rannte los, während er hinter sich Schreie und Schüsse hörte.

So schnell und so leise er konnte, eilte er durch den nächtlichen Wald. Wie er es schließlich schaffte, Diaz und den anderen zu entkommen, wusste er selbst nicht. Doch nach zwei Tagen war er sicher, sie abgehängt zu haben.

Er schlug sich in westlicher Richtung nach Surinam durch,

dann nach Norden, bis er endlich die Hafenstadt Paramaribo erreichte. Von dort aus setzte er nach Belém in Argentinien über, wo er auf einem Überseefrachter anheuerte, der ihn nach Frankreich brachte.

Das alles geschah im Jahre 1977.

In der darauf folgenden Zeit blieb Philippe vorsichtig. Die Legion ließ nicht so leicht von der Suche nach einem Deserteur und vermeintlichen Kameradenmörder ab. Also wählte Philippe als neue Heimat eine Stadt, in der er weder Verwandte noch Bekannte hatte und in der es keinerlei Verbindung zu den ersten siebzehn Jahren seines Lebens gab. Seine Wahl fiel auf Lyon.

Da er keine Berufsausbildung vorweisen konnte, sich aber durch handwerkliches Geschick auszeichnete, bekam er die Stelle als Hausmeister bei OLYMPP. Mit dem Juniorchef, Louis Vandenberg, hatte er zunächst nicht viel zu tun. Ihre erste Begegnung war die Auseinandersetzung auf der Herrentoilette, bei der Philippe dem jungen Mann die Nase brach. Gekränkter Stolz, verletzte Eitelkeit, monatelange Hänseleien durch die Belegschaft sowie die Anordnung seines Vaters, sich öffentlich zu entschuldigen – dies alles machte Louis Vandenberg sehr zu schaffen. Um sich bei Philippe zu revanchieren, stöberte er so lange in dessen Vergangenheit, bis er herausgefunden hatte, dass die Legion ihn wegen Mordes suchte. Doch statt ihn zu verraten, drohte Louis nur, Philippes Geheimnis zu lüften, falls dieser irgendetwas tat, das ihm missfiel.

Philippe hätte erneut untertauchen können, war die ewige Flucht aber leid. Er sehnte sich nach einem ruhigen Leben und danach, seine Vergangenheit endlich zu vergessen.

Fünfundzwanzig Jahre lang war es ihm gelungen. Dann hatte der *cafard* in seinem Kopf sich wieder geregt.

69

Ahmad Sa'idi hatte vor wenigen Minuten den Campingplatz verlassen. Jetzt saß er in seinem Opel Vectra, in der einen Hand das Lenkrad, in der anderen sein Mobiltelefon.

»Hier Lazard«, meldete sich Cathérine.

»Ich bin's. Ich wollte dir nur kurz Bescheid geben, dass ich den Schlüssel habe. Kemal ist ...«

Weiter kam er nicht. Mitten im Satz wurde er plötzlich von einem gewaltigen Knall unterbrochen, der die Scheiben des Autos erzittern ließ. Im Außenspiegel sah er eine dicke Rauchwolke zum Himmel steigen.

»Ahmad? Was ist los?«, fragte Cathérine.

»Ich melde mich wieder«, sagte er knapp und stellte das Telefon ab.

Die Rauchwolke konnte nur eines bedeuten: Der Wohnwagen war explodiert. Hoffentlich hatte Kemal sich rechtzeitig in Sicherheit bringen können.

Ahmad Sa'idi gab Gas, ließ die letzten heruntergekommenen Häuser des Ortes hinter sich und wendete den Wagen mit quietschenden Reifen. Die Vorderachse holperte über einen unbestellten Acker, das Heck scherte aus und vollführte eine wilde Drehung um hundertachtzig Grad. Wieder trat Ahmad das Gaspedal durch, und der Vectra machte einen Satz auf die Straße. Immer schneller jagte er über das wellige Kopfsteinpflaster. Dass Ahmad den Wagen beinahe zu Schrott fuhr, beachtete er nicht. Allein Kemal zählte.

Endlich erreichte er den Campingplatz – und seine schlimmsten Befürchtungen bestätigten sich. Wo vor wenigen Minuten noch der Wohnwagen gestanden hatte, befand sich nur noch ein brennender Schrotthaufen.

Wie hypnotisiert stieg Ahmad aus dem Opel. Der beißende Gestank von Rauch schwängerte die Luft. Weit verstreut lagen glühende Trümmer auf der steinigen Erde.

Inmitten dieses brennenden Schlachtfelds entdeckte Ahmad seinen Bruder. Reglos lag er da, Arme und Beine seltsam verdreht. Die Hälfte seines Gesichts war verkohlt, die andere Hälfte starrte blind ins Leere.

Der Anblick versetzte Ahmad einen Stich ins Herz. Die Erkenntnis, dass sein Bruder tot und er das letzte noch lebende Familienmitglied war, brach wie eine schwarze, bitterkalte Woge über ihn herein. Dass auch Lafayettes Leiche hier irgendwo liegen musste, linderte seinen Schmerz nicht.

Das Verlangen, Kemal ein letztes Mal in die Arme zu schließen, war groß, doch schon hatten sich Schaulustige versammelt, und in der Ferne ertönten Polizeisirenen. Ahmad musste fort von hier. Schnell. Ohne sich von seinem Bruder zu verabschieden.

Nach einem letzten Blick auf das traurige Bild der Vernichtung zwang Ahmad Sa'idi sich, wieder in den Vectra zu steigen. Seine Bewegungen waren hölzern, doch er wusste, dass er sich jetzt nicht gehen lassen durfte. Er musste sich zusammenreißen und dieses Schließfach finden, damit Kemals Tod nicht umsonst gewesen war.

Die Rückfahrt nach Lyon war für ihn die einsamste Zeit seines Lebens. Sekunden erschienen ihm wie Stunden, Minuten wie Jahre. Während er auf der Autobahn dahinbrauste und den Ort hinter sich ließ, an dem er alles verloren hatte, das ihm auf der Welt noch geblieben war, stand die Zeit im Wageninnern still. Das Klingeln des Mobiltelefons holte ihn aus seinen Gedanken. Auf dem Display erschien Cathérines Nummer. Obwohl Ahmad der Sinn ganz und gar nicht nach Telefonieren stand, nahm er ab.

»Was ist passiert?«, fragte die Frau. »Warum hast du vorhin aufgelegt?«

Ahmad erzählte es ihr, mechanisch wie ein Roboter.

»Meine Güte! Kemal ...«, entfuhr es Cathérine. »Das ist schrecklich.«

Ahmad murmelte etwas Unverständliches.

»Ahmad!« Diesmal klang Cathérines Stimme schärfer.

»Ja.«

»Ich kann deinen Schmerz verstehen, aber du musst jetzt stark sein. Wer sich von Gefühlen überwältigen lässt, macht Fehler. Und Fehler können wir momentan nicht gebrauchen. Was ich schon immer am meisten an dir geschätzt habe, ist deine Professionalität. Enttäusche mich jetzt nicht!«

Nach kurzem Schweigen sagte Ahmad: »Das werde ich nicht.«

Er steckte das Telefon in die Halterung zurück und dachte über Cathérines Worte nach. Ja, bei Allah, er war ein Profi. Und er würde seinen Job zu Ende führen, damit Kemal stolz auf ihn sein konnte.

70

Giuseppe Pozzoni stand mit seinem Ermittlerteam im Hausflur vor Philippe Lafayettes Wohnung und schaute einem Kollegen zu, der sich mit einem Bohrer am Türschloss zu schaffen machte. Den Durchsuchungsbefehl trug der junge Inspektor in der Brusttasche.

Er konnte es noch immer nicht glauben, dass ausgerechnet der Mann, der sich so eifrig für die Ergreifung von Madelaine Bonnaires Mörder einsetzte, der *Chirurg* sein sollte. Die Täterbeschreibung, die der Verletzte im Krankenhaus geliefert hatte, war zwar vage, doch die Ähnlichkeit mit Philippe Lafayette konnte kein Zufall sein. Nur was das Mal betraf, musste Piton sich geirrt haben. Es befand sich nicht am linken, sondern am rechten Unterarm, und es war weder Tätowierung noch Muttermal, sondern eine Narbe. Pozzoni selbst hatte sie bei ihrem nächtlichen Treffen im Krankenhaus gesehen und mit Lafayette darüber gesprochen.

Der Bohrer surrte noch einmal, dann öffnete sich die Tür, und das Ermittlerteam trat ein.

Pozzoni fand sich in einer gemütlichen, ein wenig altmodisch eingerichteten Wohnung wieder. Auf den ersten Blick deutete nichts darauf hin, dass dies der Unterschlupf des meistgesuchten Verbrechers der Stadt war. Doch Pozzoni hatte in seiner Laufbahn als Polizist gelernt, dass Kriminalität sich gerne hinter vorgetäuschter Normalität versteckte.

Dies schien sich auch diesmal zu bestätigen, denn es dauerte nicht lange, bis ein Beamter den Keller durchsuchte und ihn im Zustand völliger Verwüstung vorfand. Inmitten des Chaos lag eine Axt. Zwar klebte kein Blut daran, und im Keller waren auch keine Leichenteile zu finden, doch die Polizisten waren der Überzeugung, dass sie nicht mehr lange danach suchen mussten.

Kurz darauf kam Navarre ins Wohnzimmer, wo Pozzoni gerade dabei war, einem Mann von der Spurensicherung Anweisungen zu erteilen.

»Das hier habe ich in einem Ordner gefunden«, sagte Navarre und hielt seinem jungen Vorgesetzten ein bunt bedrucktes, gefaltetes Stück Papier hin. »Sagten Sie nicht, Lafayette will seinen Wohnwagen verkaufen? Das hier ist ein Prospekt von einem Campingplatz.«

Pozzoni betrachtete das Faltblatt. »Informieren Sie die örtlichen Behörden«, sagte er. »Sie sollen Lafayette in Gewahrsam nehmen und nach Lyon bringen.«

»Wollen Sie, dass ein paar Dorfpolizisten uns die Lorbeeren wegschnappen?«, fragte Navarre ungläubig.

Pozzoni seufzte. Er hatte dieselbe Befürchtung. »Es könnte sein, dass Lafayette ahnt, wie dicht wir ihm auf den Fersen sind, und uns entwischt. Das Risiko ist mir zu groß.«

»Solange seine Frau im Krankenhaus liegt, wird er nicht türmen.«

»Können Sie mir das schriftlich geben, damit ich es dem Polizeipräsidenten zeigen kann, falls noch ein Mord geschieht?«

Navarre verzog das Gesicht und verschwand ohne ein weiteres Wort.

Eine Viertelstunde später tauchte er wieder auf, diesmal deutlich besserer Laune. »Raten Sie mal, was ich gerade von den Kollegen in Saint-Gilles erfahren habe«, sagte er.

»Ich bin nicht in Stimmung für Rätsel, Ives.«

»Auf dem dortigen Campingplatz ist ein Wohnwagen explodiert. Sieht ganz so aus, als hätte der *Chirurg* sich in Rauch aufgelöst.«

Pozzoni fand keinen Gefallen an diesem Wortspiel, nicht zuletzt, weil er Philippe Lafayette eine gewisse Sympathie entgegengebracht hatte. Mitleid empfand er aber nicht. Ein schneller Tod war vermutlich der beste Abgang für diesen ominösen Hausmeister. Blieb nur noch zu hoffen, dass er tatsächlich einen Anwalt beauftragt hatte, der Polizei den Beweis aus dem Schließfach zu übergeben.

Pozzoni lächelte. Tagelang war er bei seiner Arbeit kaum einen Schritt weitergekommen. Jetzt sah es ganz danach aus, dass er den *Chirurgen*-Fall und den Mord an Madelaine Bonnaire an einem einzigen Tag aufklärte – das übertraf seine kühnsten Erwartungen. Es schien, als wäre die nächste Beförderung jetzt schon sicher.

71

Es war später Nachmittag, als Ahmad Sa'idi an der Gare de Perrache eintraf. In den Straßen vor dem Bahnhof herrschte dichter Feierabendverkehr. Es war fast unmöglich, einen Parkplatz zu finden.

Auch im Bahnhofsgebäude herrschte reges Treiben. Auf den Bahnsteigen staute sich die Hitze, und es roch penetrant nach Abgasen und Zigarettenrauch. Aus irgendeiner Ecke schlug Ahmad der Gestank von Urin entgegen.

Doch er nahm kaum Notiz davon. Ein Teil seiner Gedanken hing noch immer Kemal nach, der andere Teil beschäftigte sich bereits mit der Frage, was er in dem Schließfach finden würde.

Ahmad Sa'idi ließ den Blick durchs Innere des Bahnhofs schweifen, bis er sicher war, dass niemand das Schließfach beobachtete und dass es sich um keine Falle handelte. Dann schlenderte er wie ein Passant zu der langen Reihe der Metallkästen, blieb vor Nummer 33 stehen und holte den Schlüssel aus der Hosentasche. Als er ihn ins Schloss steckte, waren seine Finger klamm. In diesem Moment dachte er nicht einmal mehr an Kemal.

Er drehte den Schlüssel. Lafayette hatte also nicht gelogen, es war das richtige Schließfach. Ahmad vergaß alle Menschen um ihn herum und riss die Blechtür auf. In dem gähnenden dunklen Loch, das sich vor ihm auftat, befand sich ein Kuvert.

72

Cathérine Lazard hatte an diesem Abend pünktlich Feierabend gemacht, denn sie war viel zu angespannt gewesen, als dass sie es noch länger im Büro ausgehalten hätte.

Obwohl sich in ihrer eleganten Penthousewohnung die Hitze des Tages gestaut hatte, entzündete Cathérine ein Feuer im offenen Kamin. Das beruhigte wie üblich ihre strapazierten Nerven. Jetzt fehlte nur noch ein heißes Bad.

Sie lag noch immer in der dampfenden Wanne, als es klingelte. Rasch hüllte sie sich in ein Handtuch und öffnete.

»Was ist?«, fragte sie, als Ahmad aus dem Lift kam. »Hast du das Schließfach gefunden?«

»Habe ich.«

Sie war sichtlich erleichtert. »Komm rein und erzähl mir, was darin war. Erzähl mir alles, auch von Kemal und Lafayette.«

Sie setzten sich auf die schwarze Ledercouch vor dem prasselnden Kamin, und Ahmad begann zu berichten. Während er sprach, ertappte er sich immer wieder dabei, wie er auf Cathérines nackte Arme, ihren schlanken braunen Hals und ihre schönen langen Beine starrte. Das unbändige Verlangen, diese Frau zu berühren, stieg in ihm auf, doch er kämpfte es nieder.

»Und? Was war in dem Kuvert?«, fragte Cathérine, als Ahmad geendet hatte.

Er zog den Umschlag aus der Jackentasche, öffnete ihn und zauberte einen winzigen Gegenstand hervor, den er in Cathérines feingliedrige Hände legte.

»Was ist das?«, wollte sie wissen. »Ein Mikrochip?«

»Sieht ganz so aus.«

Cathérine betrachtete den Chip in ihrer Hand lange und eingehend, wie einen geheimnisvollen, dunklen Edelstein. Hätte er sie tatsächlich hinter Gitter bringen können?

Jedenfalls würde sie diese Gefahr nun ein für alle Mal beseitigen. Sie legte das kleine schwarze Plättchen auf den Tisch und zertrümmerte es mit dem steinernen Aschenbecher, der dort stand. Bereits der erste Schlag ließ das Gehäuse zerbersten und zerlegte das filigrane Innenleben in winzige Splitter.

Um ganz sicherzugehen, strich Cathérine sie zusammen, warf sie in den Kamin und wartete, bis sie vor ihren Augen verschmort waren.

»Ich glaube, das war's«, sagte sie schließlich. Nun gab es nichts mehr, was die Vollendung ihres Plans aufhalten konnte.

Noch immer in den Schein des Feuers vertieft, spürte sie plötzlich, wie Ahmad sie an den Schultern berührte. Mit einem Mal fiel die Spannung von ihr ab, der Stress der letzten Jahre, alles, was sie belastete, und sie nahm nur noch die Berührung des Mannes wahr. Seinen Mund an ihrem Hals, seine Hände, die das Badetuch sanft lösten. Sie drehte sich, nun völlig nackt, zu ihm um und küsste ihn leidenschaftlich auf den Mund.

73

Freitag, 20. September 2002

Alphonse Duprés war an diesem Tag später dran als sonst, ließ sich dadurch aber nicht vom gemeinsamen Frühstück im Kreis der Familie abhalten. Seit Louis Vandenberg verhaftet worden war, gab es für ihn als Cheffahrer ohnehin nicht viel zu tun.

Als er das Haus verließ, stand er einem Mann in einer FedEx-Uniform gegenüber.

»Alphonse Duprés?«, fragte der Auslieferungsfahrer.

»Der bin ich.«

»Das hier ist für Sie.« Unter dem Arm hielt er ein Päckchen. »Wenn Sie mir bitte die Auslieferung bestätigen würden.«

Während der Bote schon wieder auf dem Weg zu seinem Transporter war, betrachtete Alphonse das Päckchen. Ein Absender stand nicht darauf, und der Stempel war unleserlich, vom Datum abgesehen. Der Stempel war von gestern. Im Stehen öffnete Alphonse das Paket. Es enthielt ein weiteres verschnürtes Päckchen, einen Umschlag und einen offenen Brief.

Alphonse nahm das Papier heraus und begann zu lesen. Schon nach den ersten Zeilen spürte er, wie sein Magen sich verkrampfte.

Mein lieber Alphonse,
der Mord an Madelaine hat weitere Kreise gezogen, als ich es für möglich gehalten hätte. Vielleicht hätte ich auf dich hören und meine Nase nicht so tief in diese unglückselige Angelegenheit stecken sollen,

aber ich kann es nicht ungeschehen machen. Ohne es zu ahnen, habe ich Claire in diese Sache hineingezogen, und ich selbst werde von Mördern gejagt.
Wenn du dieses Päckchen erhältst, bin ich bereits tot. Würde ich noch leben, hätte ich die Lieferung storniert, bevor sie bei dir ankommt.
Ich habe ein paar Anliegen und hoffe, dass du sie deinem alten Kumpel nicht ausschlagen wirst.
Zum einen bitte ich dich, das beiliegende Päckchen der Polizei zu geben. Wende dich an Inspektor Pozzoni; er weiß, was er zu tun hat.
Meine zweite Bitte: Ich habe mit Louis Vandenberg ein Abkommen getroffen. Er versprach mir eine angemessene Summe, wenn ich beweisen kann, dass er Madelaine nichts angetan hat. Dieser Beweis befindet sich ebenfalls in dem Päckchen für Inspektor Pozzoni. Ich habe meinen Teil der Abmachung also erfüllt. Erinnere Vandenberg daran, dass nun er am Zug ist. Da ich selbst nichts mehr von dem Geld habe, soll er es auf das Konto von Auguste Bérigaud bei der Crédit Lyonnais überweisen. Bérigaud ist Verwalter eines Treuhandvermögens zu Gunsten der Veteranen der Fremdenlegion. Er wird auch dafür sorgen, dass Claire die erforderliche medizinische Behandlung und eine monatliche Rente erhält, von der sie gut leben kann.
Falls Sie es nicht schafft – und mit dieser traurigen Möglichkeit muss ich leider rechnen –, habe ich bei Notar Marais in der Rue de Condé alle nötigen Unterlagen für den Verkauf unserer Habseligkeiten hinterlegt. Viel wird nicht dabei herauskommen, aber ich möchte, dass du den Erlös behältst, da weder Claire noch ich Angehörige haben.
Eine letzte Bitte: Das Kuvert, das du ebenfalls in diesem Paket findest, ist für Richard Bonnaire bestimmt, Madelaines Vater. Es enthält ein Sparbuch, das ich für ihn angelegt habe. Ich hoffe, es hilft ihm, seinen Verlust zu verkraften.
Ich danke dir, mein lieber Freund, schon im Voraus für deine Mühen. Grüße Adèle und die Kinder von mir und sage meiner Frau, dass ich sie liebe,
Philippe

74

Außergewöhnliche Umstände erfordern außergewöhnliche Maßnahmen«, sagte Cathérine Lazard und blickte in die Runde der Abteilungsleiter. »Wie Sie wissen, befinden sich meine beiden Kollegen noch immer in Untersuchungshaft. Deshalb habe ich heute diese Konferenz einberufen. Wir müssen uns Gedanken darüber machen, wie es mit OLYMPP weitergehen soll. Außerdem ist es ratsam, dass wir gegenüber den Mitarbeitern und der Presse einen einheitlichen Sprachgebrauch in Bezug auf die jüngsten Ereignisse finden.«

Das alles war Cathérine im Grunde gleichgültig; es ging ihr lediglich darum, den Schein zu wahren.

Der Subventionsvertrag, der seit Jaques Belloques Verhaftung auf Eis lag, wurde ebenfalls angesprochen. Danach folgte die unvermeidliche Debatte über die Finanzlage des Unternehmens, zumal Sato Sakamoto, abgeschreckt durch die Skandalnachrichten über OLYMPP, mit der kurzfristigen Aufkündigung des Joint Ventures drohte.

Nach außen hin wirkte Cathérine Lazard so ernst und besorgt wie die Abteilungsleiter, doch am liebsten hätte sie laut losgelacht. Alles lief bestens.

Zumindest bis zu dem Moment, als es an der Tür klopfte und der Inspektor eintrat, den Cathérine bereits vom Sehen kannte.

»Darf ich Sie einen Moment sprechen, Mademoiselle?«

»Sie meinen, jetzt?«

»Wenn es Ihnen nichts ausmacht.«

Cathérine war verblüfft. »Es macht mir etwas aus«, sagte sie. »Die Besprechung, in die Sie soeben unangemeldet hereingeplatzt sind, ist wichtig.«

Pozzoni trat einen Schritt nach vorn und sagte: »Ich habe etwas, das Sie interessieren wird.«

»Dann interessiert es mich gewiss auch später noch.«

Ein triumphierendes Lächeln legte sich auf das Gesicht des Inspektors, als hätte er sich ein großes Publikum für seinen Auftritt gewünscht. »Was ich habe, interessiert vielleicht alle im Saal«, sagte er, während er aus der Hosentasche etwas hervorkramte, das er zwischen Daumen und Zeigefinger hielt. »Dieser Computerchip wurde im Rahmen ihres Matthäus-Projekts hergestellt. Ein hochauflösender Mikroprozessor, der Blinde wieder sehen lassen kann. Wirklich verblüffend, welche Bildqualität er liefert.«

Pozzoni sprach weiter, während er sich Cathérine Lazard langsam näherte. Doch sie hörte nicht mehr auf das, was er sagte. Ihre Gedanken rasten. Erst gestern hatte sie einen Mikrochip zerstört – den Beweis aus dem Schließfach. Und jetzt tauchte *ein weiterer* Chip auf, der sie ans Messer liefern sollte? Nein, das war absurd. Was immer dieser Inspektor vorhatte, er wollte bluffen.

»Bis heute Morgen habe ich nicht gewusst, was in der heutigen Zeit technisch möglich ist«, sagte Pozzoni, blieb neben Cathérine Lazard stehen und raunte ihr zu: »Ich weiß nicht, ob Sie ahnen, was sich auf diesem Chip befindet, aber ich rate Ihnen, diese Konferenz abzubrechen und mich aufs Revier zu begleiten.«

»Verhaften Sie mich, oder lassen Sie mich in Frieden!«, zischte Cathérine.

»Ich *werde* Sie verhaften, aber zuerst wird es mir eine Freude sein, Sie vor versammelter Mannschaft bloßzustellen. Also was ist?«

Cathérine Lazard war fest davon überzeugt, dass der Polizist nur darauf spekulierte, dass ihr die Nerven durchgingen. Aber diesen Gefallen würde sie ihm nicht tun. Sie würde sich kein Geständnis entlocken lassen, bevor sie nicht zweifelsfrei überführt worden war.

»Wie Sie wollen«, sagte Pozzoni. So laut, dass alle es hören konnten, fügte er hinzu: »Darf ich um Ihre Aufmerksamkeit bitten? Vielen Dank. Dieser Chip«, wieder hielt er ihn in die Höhe, »befand sich im Kopf von Madelaine Bonnaire, die sich freiwillig als Versuchsperson für das Matthäus-Projekt gemeldet hatte. Der Chip wurde ihr im vergangenen Jahr implantiert, um ihr schwindendes Sehvermögen auszugleichen. Für den Fall, dass nicht alle von Ihnen über dieses Projekt informiert sind: Der Chip hat nicht nur eine hervorragende Bildqualität, er verfügt auch über einen Zwischenspeicher. Dort werden die visuellen Eindrücke der Testperson aufgezeichnet, um sie mit den verarbeiteten Bildern des Gehirns abzugleichen.« Er hielt kurz inne. »Dieser Chip hatte letzte Woche eine Funktionsstörung«, fuhr er dann fort. »Genauer gesagt, in der Nacht vom neunten auf den zehnten September – falls man es eine Funktionsstörung nennen kann, denn der Chip ging defekt, als Madelaine Bonnaire einen Schlag an die Schläfe bekam. Im Zwischenspeicher befinden sich exakt die letzten drei Minuten vor diesem Schlag.«

Pozzoni wartete, bis die aufkommende Unruhe sich gelegt hatte.

»Die Polizei hat die Aufnahmen dieses Mikrochips heute Morgen auf Video überspielen lassen«, sagte er und holte aus der Innentasche seines Mantels eine VHS-Kassette. Ohne zu fragen schaltete er den Fernseher an, der auf einer Rollkonsole stand, und schob die Kassette in den Videorecorder. Im Saal wurde es so still, dass man eine Nadel hätte fallen hören können.

Das anfängliche Flimmern verflüchtigte sich, und auf dem

Bildschirm erschien der Innenraum eines Autos. Rechts unten lief ein digitales Zählwerk rückwärts.

3:00

Durch die schnellen Bewegungen des Kopfes und der Augen waren die Aufnahmen verschwommen und wackelig, doch immer wieder gab es auch deutliche Sequenzen. Offenbar saß Madelaine auf dem linken Rücksitz des Wagens. Sie schaute den Fahrer an, der sich in diesem Moment zu ihr umdrehte: ein junger Mann mit südländischem Aussehen und einer auffallenden Narbe im Gesicht.

2:44

Die Silhouette einer Hand schob sich in das lautlose Bild. Eine Sekunde lang war alles schwarz; dann konnte man einen weiteren Mann erkennen, der neben dem Mädchen auf dem Rücksitz saß. Er war älter als der Fahrer, hatte ein griechisches Profil und schien unter Schmerzen zu leiden. Pozzoni, der das Band schon kannte, vermutete, dass Madelaine den Mann gebissen hatte. Er stieß einen lautlosen Fluch aus und schlug Madelaine mehrere Male ins Gesicht. Das Bild vibrierte.

Dann drehte das Mädchen den Kopf plötzlich in Richtung Beifahrersitz – und blickte Cathérine Lazard direkt ins Gesicht. In diesem Moment fror das Bild auf dem Monitor ein. Das Zählwerk stand auf

2:29

Pozzoni blickte Cathérine an und konnte sich ein höhnisches Lächeln nicht verkneifen. »Ich habe Ihnen ja gleich gesagt, dass es besser gewesen wäre, die Konferenz abzubrechen.«

Cathérine Lazard leistete keinen Widerstand, als Inspektor Pozzoni ihr Handschellen anlegte und sie aus dem Saal führte.

Im Gang standen ihr plötzlich Louis Vandenberg und Jaques Belloque gegenüber. Mit Genugtuung sah Cathérine, dass vor allem Louis abgemagert und erschöpft aussah und dass ihm die Frage, die ihn am meisten beschäftigte, deutlich ins Gesicht geschrieben stand: Warum?

75

Giuseppe Pozzoni überantwortete Cathérine Lazard zwei Beamten, die vor dem OLYMPP-Gebäude warteten. »Bringt sie aufs Revier und erledigt schon mal die Formalitäten«, sagte er. »Ich kümmere mich später um sie. Zuerst habe ich noch etwas anderes zu erledigen.« Er warf James Nagashi, der in seinem Rollstuhl saß, einen viel sagenden Blick zu. *Was es auch sein mag – ich hoffe, es ist wichtig,* schien dieser Blick zu besagen.

Mit fernöstlicher Verschwiegenheit führte Nagashi ihn in den Laborbereich.

»Monsieur Lafayette hat mir heute Morgen über einen seiner Freunde ein Päckchen zukommen lassen«, sagte Pozzoni. »Darin befand sich der Chip von Madelaine Bonnaire. Was mich offen gestanden ein wenig verwundert, denn zuvor war ich der Meinung, dass der Chip leer ist und sich in polizeilichem Gewahrsam befindet. Lafayette schrieb, dass Sie mir mehr darüber erzählen können und dass der Chip auch mit dem *Chirurgen* zu tun hat. Also, schießen Sie los, ich bin sehr gespannt.«

Der Japaner nickte besonnen. »Mittwochnacht hat Lafayette-san mich im Krankenhaus besucht. Wir sprachen über Madelaine und den Chip. Ich sagte ihm, dass der Chip ein Bildverarbeitungsprogramm enthält und dass der Zwischenspeicher ein Fassungsvermögen von drei Minuten hat. Von Madelaines Vater wusste Lafayette-san jedoch, was Sie selbst gerade sagten: dass der Chip, den die Polizei hat, *leer* ist. Also konnte irgendetwas nicht stimmen. Wir haben uns aus dem Krankenhaus geschlichen und sind hierher gekommen, um den Prozessor anzupeilen – so wie es gemacht wird, wenn bei einem Patienten Komplikationen auftreten. Ich zeige es Ihnen.« Er fuhr mit seinem Rollstuhl vor einen der vielen PCs und öffnete eine Datei. »Dieses Navigationsprogramm kann auf wenige Meter genau feststellen, wo unsere Chips sich befinden, so lange sie innerhalb eines Umkreises von vierzig Kilometern bleiben. Zum Glück war das der Fall.«

Auf dem Bildschirm erschien eine Liste, in der die Namen aller Patienten sowie die wesentlichen Daten der Krankengeschichten hinterlegt waren:

Armand, Suzette; Innenohrschädigung; Chip-Mod. C14/IA
Operationstermin: 25.04.00
Komplikationen: keine
Status: aktiv
Bonnaire, Madelaine; retinitis pigmentosa; Chip-Mod. OV4/I
Operationstermin: 12.08.01
Komplikationen: keine
Status: aktiv
Bragotier, Jean-Paul; ALS; Chip-Mod. K03/II
Operationstermin: 12.02.01
Komplikationen: vgl. Krankenakte/Datei BRA120201.doc
Status: aktiv
Brunner, Rudolph; beidseitige Beinlähmung nach Unfall; Chip-Mod. R/IIB
Operationstermin: 02.09.01
Komplikationen: keine
Status: aktiv
Chamue, Pierre; fortgeschrittenes Parkinson-Syndrom ...

Nagashi markierte die Zeile »Bonnaire, Madelaine« und sagte: »Normalerweise müsste der Chip-Status bei einem Störfall auf inaktiv umspringen und Alarm auslösen. Das war hier aber nicht der Fall. Ich vermute, der Schlag traf das Mädchen so unglücklich am Kopf, dass unser Notsystem ausfiel. Eine andere Erklärung habe ich nicht.«

»Moment mal – woher wissen Sie, wie Madelaine überfallen wurde?«

»Dazu komme ich gleich.« Der Japaner klickte auf einen Such-Button, und auf dem Monitor erschien eine Landkarte.

»Was Sie hier sehen, ist eine Draufsicht auf den Großraum Lyon. Der Bildausschnitt entspricht ziemlich genau dem Empfangsbereich der Signale, die von den Prozessoren abgegeben werden. Sehen Sie die rote Markierung?« Er deutete mit dem Finger auf die entsprechende Stelle des Monitors. »Dieses X markiert den Ort, an dem Madelaine Bonnaires Chip sich momentan befindet.« Nagashi vergrößerte den Maßstab und zoomte die Straßenkarte näher heran. Schließlich lag das X direkt auf dem OLYMPP-Gelände.

»Ich habe den Chip in der Hosentasche«, murmelte der Polizist verblüfft.

»Als Lafayette-san und ich den Chip vorgestern Nacht angepeilt haben, zeigte die Markierung auf ein Gebäude am Stadtrand.«

»Wie ist das möglich? Ich habe den Chip letzte Woche von einem Experten untersuchen lassen. Seitdem lagert er in der Asservatenkammer der Polizei.«

»Der Chip wurde ausgetauscht«, sagte Nagashi. »Ich nehme an, Ihr Experte hat einen Rohling oder etwas in der Art untersucht. Jedenfalls nicht den Chip von Madelaine Bonnaire, denn der befand sich im Besitz des *Chirurgen*.«

Pozzoni musste erst verkraften, was er soeben gehört hatte. »Nun mal eins nach dem anderen«, sagte er und gab sich erst gar keine Mühe, seine Verwirrung zu verbergen. »Ich dachte, Lafayette ist der Mann, den wir suchen.«

»Lafayette-san? Du meine Güte, wie kommen Sie denn darauf? Nein, ich garantiere Ihnen, dass er nichts mit diesen schrecklichen Morden zu tun hat.«

»Was macht Sie so sicher?«

Nagashi rief noch einmal die Namensliste auf. »Sehen Sie genau hin. Fällt Ihnen nichts auf?«

Pozzoni betrachtete kopfschüttelnd den Monitor.

»Sie sollten sich nicht so sehr auf den Eintrag über Madelaine Bonnaire konzentrieren«, sagte der Japaner. »Lesen Sie zwei Zeilen tiefer: Brunner, Rudolph, beidseitige Beinlähmung nach einem Unfall.«

»Großer Gott – das ist Cassis!«

»Das ist Lafayette-san auch aufgefallen. Brunner war nach einem Autounfall von der Hüfte an abwärts gelähmt. Vor einem Jahr nahmen wir ihn als Testperson ins Matthäus-Projekt auf. Da es bis heute unmöglich ist, durchtrenntes Rückenmark nachwachsen zu lassen, mussten wir den Weg vom Gehirn zu den Beinen anderweitig überbrücken. Ein Mikroprozessor im Kopf sendete die Gehbefehle an Impulsgeber, die wir in Brunners Oberschenkel implantiert hatten.«

»In der Polizeiakte steht kein Wort davon«, sagte Pozzoni verärgert. »Nicht mal seine Haushälterin hat die Lähmung erwähnt.«

»Vielleicht wusste sie nichts davon. Brunner konnte nach der Operation wieder ziemlich gut laufen.«

»Im Badezimmer des Mannes haben wir Spuren von Kevlar und Titan entdeckt. Hat das etwas mit der Operation zu tun?«

»Natürlich. Unsere Implantate sind sehr langlebig, weil wir nur hochwertige Materialien verwenden – Platin, Aluminium, Titan, Kevlar. Ich schätze, der *Chirurg* war in Eile und hat bei seinem Überfall auf Rudolph Brunner die Oberschenkel-Implantate beschädigt.«

Pozzoni seufzte. »Ich wünschte, Sie hätten uns früher informiert, dass Brunner einer Ihrer Patienten war.«

»In den Medien wurde stets über einen Künstler namens Cassis berichtet. Sein bürgerlicher Name wurde nie erwähnt. Ich wusste nicht, dass es sich um dieselbe Person handelt. Meinen Kollegen ging es sicher ebenso.«

Und woher kannte Philippe Lafayette den Zusammenhang?, fragt sich Pozzoni. Doch bevor er die Frage laut stellen konnte, wusste er die Antwort. Als er das Büro von Louis Vandenberg untersucht hatte, war er mit dem Hausmeister ins Gespräch gekommen und hatte ihm selbst davon erzählt.

»Lafayette-san und ich haben uns über das Navigationsprogramm die Position des Chips von Rudolph Brunner anzeigen lassen. Es handelte sich um dieselbe Adresse wie bei dem Chip von Madelaine Bonnaire. Sofort war uns klar, dass wir die Höhle des Löwen gefunden hatten. Der *Chirurg* sammelt die Chips aus dem Matthäus-Projekt und bewahrt sie in seinem Haus auf. Deshalb haben wir die Suchabfrage umgedreht und uns sämtliche Chips anzeigen lassen, die sich in dem markierten Gebäude befanden. Es waren genau fünf.«

»Der von Madelaine Bonnaire plus der von Rudolph Brunner – macht zwei. Wer trug die anderen Chips?«

»Die enthauptete Frau, die bei der Place des Terreaux gefunden wurde, muss Nicole Martin gewesen sein. Sie litt unter Epilepsie. Ihr war ein Prozessor im Kopf implantiert, der die Anfälle unterband. Der toten Frau im Parc de la Tête d'Or wurde, soweit ich mich entsinne, der Kopf und ein Arm abgetrennt, also handelt es sich um Francoise Leclerc. Sie trug ein Chip-Implantat, das ihre Unterarmprothese steuerte. Und das Opfer aus dem Hühnerstall in Écully hieß Marie Robert. Sie war gelähmt, ähnlich wie Rudolph Brunner, aber bei ihr haben wir die Rückenmarksverletzung durch ein Wirbel-Implantat überbrückt.«

Der junge Inspektor schüttelte betroffen den Kopf. »Ich war

fest davon überzeugt, dass wir einen Psychopathen suchen. Dabei ging es die ganze Zeit um Industriespionage.«

»Mord ist billiger als Bestechung«, sagte Nagashi. »Insbesondere, wenn man an der vollständigen Bandbreite dieser Technologie interessiert ist – wie der *Chirurg.*«

»Er muss gut informiert sein. Ohne Zugriff auf die Krankendateien hätte er nicht wissen können, wer welche Art von Chip in sich trägt. Meinen Sie, ein Insider könnte die Taten verübt haben? Ein Projektmitglied?«

»Ausgeschlossen. Jeder im Team weiß, dass man die Chips anpeilen kann. Würde tatsächlich einer meiner Kollegen dahinter stecken, hätte er sie zumindest außerhalb des Sendebereichs gebracht. Nein, ich bin sicher, die Taten wurden von einem Außenstehenden verübt. Aber Sie haben Recht – der *Chirurg* muss sich Zugriff auf unsere Patientendatei verschafft haben. Er hat sich nur unverheiratete Opfer ausgesucht, die praktisch keine Angehörigen haben. Er wollte, dass die Toten möglichst lange nicht identifiziert werden, damit er ungehindert agieren kann. Vermutlich kam er übers Internet an unsere Daten. Ein geübter Hacker kann jede Firewall umgehen. Ich glaube, der Kerl ist sogar in der Lage, die Krankendatei zu manipulieren, denn der Chip-Status sämtlicher Opfer steht auf *aktiv.* Er hat einen Weg gefunden, zu morden und dabei zu verhindern, dass der Alarm ausgelöst wird.«

Pozzoni schüttelte verwundert den Kopf. »Was ich noch nicht verstehe ... Wie kommt der *Chirurg* an den Chip von Madelaine Bonnaire, wenn er sie gar nicht selbst umgebracht hat?«

»Darüber haben Lafayette-san und ich uns ebenfalls schon Gedanken gemacht. Wir vermuten, dass er in der Zeitung von ihrem Tod las. Da er die Datei von OLYMPP kannte, wusste er, dass das Mädchen eine Patientin war. Wahrscheinlich fehlte ihm ein Blinden-Chip in seiner Sammlung, deshalb nahm er die Spur auf.«

»Niemand außer mir wusste, von wem ich den Chip untersuchen lasse.«

»Vielleicht hat der *Chirurg* Sie verfolgt. Jedenfalls hat er herausgefunden, wo sich der Chip befindet, und ihn durch einen leeren ersetzt.«

Pozzoni nickte. Ihm schwirrte der Kopf. »Sie schulden mir noch eine Antwort auf die Frage, woher Sie wissen, dass Madelaine Bonnaire einen Schlag an die Schläfe bekam.«

»Lafayette-san wollte den Chip des Mädchens an sich bringen, um den Mord aufzuklären. Er hat sich nicht einmal davon abbringen lassen, als er erkannte, das der Chip sich in den Händen des *Chirurgen* befand.«

»Wollen Sie damit andeuten, dass Lafayette ins Haus des *Chirurgen* eingebrochen ist?«

»Ich will es nicht nur andeuten. Er hat Madelaines Chip anhand der Seriennummer identifiziert und ihn gegen einen Rohling ausgetauscht. Mit anderen Worten: Er hat den *Chirurgen* mit seinen eigenen Waffen geschlagen. Anschließend kam er wieder hierher, und wir haben uns angesehen, was sich im Zwischenspeicher befand.«

Giuseppe Pozzoni konnte diese Vorgehensweise nicht billigen, schließlich hatten Privatpersonen sich in die Angelegenheiten der Polizei eingemischt. Zugleich wusste er, dass Philippe Lafayette und James Nagashi ihm einen großen Dienst erwiesen hatten. Mit ihrer Hilfe hatte er Cathérine Lazard überführen können. Und mit ihrer Hilfe würde er auch noch den *Chirurgen* schnappen.

»Wo genau befindet sich die Höhle des Löwen?«, fragte er.

76

Der frei stehende Bungalow war umgeben von einem gepflegten Garten und lag inmitten eines kleinen Waldgrundstücks außerhalb von Lyon. Es war das perfekte Versteck. Die einzige Zufahrt war ein unbefestigter Pfad, der von einer nahezu verlassenen Landstraße abzweigte.

Inspektor Pozzoni stand im Schatten der Bäume und beobachtete das Haus. »Scheint niemand da zu sein«, murmelte er in sein Funkgerät. »Ich schlage vor, wir gehen rein, stellen die Mikrochips sicher und warten, bis der Mistkerl zurückkommt. In Ordnung, Ivanow?«

Vitalij Ivanow, ein durchtrainierter Exil-Russe mit Bürstenhaarschnitt, war der ranghöchste Offizier des fünfköpfigen Spezialistenteams, das dem Inspektor in der gebotenen Eile zur Seite gestellt worden war. Die Erfahrungen dieser Männer reichten von Anti-Terror-Einsätzen über Geiselbefreiung bis hin zu Bombenentschärfungen.

»Wir sind soweit, wenn Sie es sind«, kam die Antwort.

Pozzoni drehte sich um und fragte seinen Kollegen Navarre: »Bei Ihnen auch alles klar, Ives?«

»Abgesehen von dem Gefühl, dass wir heute alle sterben werden – ja.«

Pozzoni konnte nicht einschätzen, ob die Bemerkung als Scherz gedacht oder ernst gemeint war. »Ivanow und seine Crew sind die besten Leute, die wir kriegen können«, sagte er leise. Dennoch fühlte auch Pozzoni sich unbehaglich. Der Gedanke, dass er seine Frau und die vier Kinder nicht wiedersah, jagte ihm eine Gänsehaut über den Rücken.

»Okay, Ivanow«, flüsterte er ins Funkgerät. »Gehen Sie rein!«

Angespannt beobachtete er das Areal. Ein paar Minuten lang geschah nichts, zumindest hatte es den Anschein. Dann sah Pozzoni plötzlich einen Mann im Tarnanzug, der sich von der Gartenseite her dem Gebäude näherte. Ein weiterer Mann huschte in geduckter Haltung zur Hauswand, hielt unter einem Fenster inne und gab einem dritten Mann, den Pozzoni nicht sehen konnte, taktische Handzeichen.

Alles schien reibungslos zu verlaufen – ein Manöver, wie das Spezialistenteam es schon dutzende von Male praktiziert hatte. Die Männer kreisten das Zielobjekt ein und näherten sich ihm schnell, lautlos und nahezu unsichtbar für jemanden im Haus.

Selbst Pozzoni konnte kaum mitverfolgen, was vor sich ging. Hätte er nicht von dem Einsatz gewusst, hätte er die Umgebung für ein spätsommerliches Idyll gehalten. Doch die angenehme Sonnenwärme, die blühenden Blumenbeete, der Duft des Waldes und das Summen der Insekten, die in diesem abgeschiedenen Paradies lebten – dies alles war nur trügerischer Schein. Binnen weniger Sekunden konnte hier eine Schlacht losbrechen. Pozzoni spürte es deutlicher, als ihm lieb war.

Inzwischen hatten alle Mitglieder der Spezialeinheit ihre Positionen eingenommen. Jede Hausflanke war gesichert. Falls jemand sich im Gebäude aufhielt, würde er nicht entkommen.

Die Sekunden verrannen, bis Ivanow endlich den Befehl gab, ins Haus einzudringen. Was dann folgte, war eine Kette exakt aufeinander abgestimmter Aktionen. Gewehre wurden entsichert und in Anschlag gebracht. Die Bewegungen waren schnell und präzise. Doch jeder Schritt war genau bedacht, jeder Positionswechsel sorgfältig gewählt. Niemand blieb ohne Deckung, niemand stand in der Schusslinie eines anderen. Jedem wurde der Rücken von einem Teammitglied freigehalten. Es war ein genau koordiniertes Spiel.

Zuerst verschaffte sich ein Zweierteam Zutritt zum Haus. Die Männer drangen durch den Kellereingang ein; Pozzoni sah sie über eine Außentreppe verschwinden. Übers Funkgerät konnte er den Wortwechsel des Sondereinsatzkommandos mitverfolgen.

»Team Alpha im Heizkeller angelangt«, raunte eine Stimme. »Scheint leer zu sein.«

Die wenigen Worte genügten Pozzoni, um sich vorzustellen, was die beiden Männer im Haus sahen: einen düsteren Kellerraum, einen großen Öltank, Spinnweben in dunklen Winkeln. Um nichts in der Welt hätte er mit einem der beiden Spezialagenten tauschen wollen.

»Arbeiten uns über den Hausflur nach oben«, meldete sich die Stimme wieder. »Noch immer alles ruhig ... Kommen jetzt ins Erdgeschoss.«

Ein kurzes Knacken, gefolgt von Rauschen.

Dann: »Noch immer niemand zu sehen ... Moment mal, was ist *das?* Hier stinkt es fürchterlich ...«

Wieder eine Unterbrechung.

»Sind jetzt am oberen Ende der Treppe. Der Gestank wird intensiver. Nähern uns der Küche aus östlicher Richtung ... Küche ist sicher ... niemand zu sehen ... sieht aus, als wäre das Haus tatsächlich leer.«

Jetzt war Ivanow zu hören: »Keine voreiligen Schlüsse, Team Alpha. Schaut euch jedes Zimmer an, bevor ihr die Gewehre runternehmt. Kein Risiko, verstanden?«

»Verstanden. Gehen wieder in den Flur. Verdammt, dieser Gestank! Bist du das, Vernon?« Es hatte wohl ein Witz sein sollen, dennoch war die Nervosität des Mannes deutlich zu spüren.

»Befinden uns jetzt vor einer Tür, vermutlich zum Wohnzimmer. Glaube, der Geruch kommt von dort. Gehen jetzt rein ... Vernon, alles klar? Gib mir Feuerschutz! Auf drei. Eins, zwei, drei ...«

In dem Rauschen, das nun wieder zu hören war, glaubte Pozzoni ein rumpelndes Geräusch zu vernehmen. Hatten die Männer die Wohnzimmertür aufgestoßen? Jetzt war Keuchen zu vernehmen ... dann wieder statisches Rauschen.

»Brochard? Vernon?« Es war die Stimme von Ivanow. »Was ist da drinnen los?«

Statt einer Antwort hörte Pozzoni ein Geräusch, das wie Würgen klang.

»Antwortet, verdammt!«, zischte Ivanow ins Funkgerät. »Was ist passiert? Team Omega, ihr geht über die Vordertür rein – zack-zack! Und seid vorsichtig!«

»Keine Panik«, meldete sich jetzt wieder Brochard aus dem Haus. »Hier ist alles in Ordnung. Vernon musste sich übergeben. Ist allerdings kein Wunder bei dem Gestank und diesem Anblick ... meine Güte, was ist hier passiert?«

Wenig später gab Ivanow Entwarnung, worauf auch Pozzoni und Navarre ins Gebäude folgten. Das Wohnzimmer war zu einer Art Behelfslabor umfunktioniert worden. Sofa, Sessel und andere Einrichtungsgegenstände waren zur Seite gerückt und teilweise aufeinander gestapelt worden, um Platz in der Mitte des Raums zu schaffen. Mehrere zusammengestellte Tische bildeten dort eine große improvisierte Arbeitsfläche. Einer der Tische fungierte als Werkbank; verschiedene medizinische Utensilien lagen darauf: Pinzetten, Skalpelle, Sägen, Zangen und anderes. Daneben waren diverse Vitrinen angeordnet, die Pozzoni an Aquarien erinnerten. Nur dass sich weder Wasser noch Fische darin befanden.

Navarre brachte zum Ausdruck, was Pozzoni dachte: »Allmächtiger, so etwas habe ich noch nie gesehen.«

Abertausende krabbelnder, sich windender Maden- und Käferkörper bedeckten die Vitrinenböden. Eine undefinierbare Anhäufung der unterschiedlichsten Larven und Insekten. Der Anblick ließ Ekel in Pozzoni aufsteigen.

Dann erst verstand er, weshalb Vernon sich hatte übergeben müssen: Übersät von den gierigen Winzlingen befanden sich in jedem Glasbehälter die sterblichen Überreste menschlichen Lebens. In der Vitrine links außen war nur ein Stück Knochen zu erkennen; deshalb hatte Pozzoni es nicht sofort zuordnen können. Wie sich später herausstellen sollte, handelte es sich um das Fragment des Rückgrats jener Frau, deren Leiche im Hühnerstall gefunden worden war. Im Behälter daneben lugten unter dem wuselnden Insektenteppich zwei menschliche Beine hervor. Sie waren bereits teilweise skelettiert – ebenso wie der Totenschädel, der zwischen den Oberschenkelknochen ruhte. Pozzoni hatte keinen Zweifel, dass es sich um die Gebeine von Rudolph Brunner handelte.

Fast völlig abgenagt waren die Knochen in der nächsten Vitrine – ebenfalls ein Schädel, dazu ein Stück Arm. Die Überreste des Opfers aus dem Park.

Der Schädel in der letzten Vitrine war ein Einzelstück. Pozzoni beugte sich näher ans Glas heran und bemerkte, dass die meisten Insekten tot waren. Vermutlich, weil ihnen die Nahrung ausgegangen war, denn der Schädel war völlig abgenagt.

Dann sah er das unscheinbare Siliziumplättchen – den Mikrochip, den man der epilepsiekranken Nicole Martin implantiert hatte. Inmitten der reglosen schwarzen Chitinpanzer fiel er kaum auf. Nur seine glatte Oberfläche, in der das Licht der Neonröhren wie in einem winzigen Spiegel aufblitzte, ließ ihn aus dem Insektenfriedhof hervorstechen.

Pozzoni war sicher, dass sich auch in den anderen Vitrinen Mikrochips befanden, außerdem High-Tech-Prothesen aus Edelstahl, Kunststoff, Kevlar und Titan, sauber abgenagt von unzähligen Insekten.

Sein Funkgerät knackte. »Soeben ist ein Geländewagen von der Landstraße in den Waldweg eingebogen«, meldete sich einer von Ivanows Männern.

Sofort lag Spannung in der Luft. »Das Monster kehrt in seine Höhle zurück«, sagte Pozzoni. »Perfekt. Schnappen wir uns diesen Dreckskerl! Allerdings erst, wenn er im Haus ist – ich will nicht, dass er in den Wald flüchtet.«

Ivanow gab seinen Leuten ein paar knappe Anweisungen, während draußen das Brummen eines Motors lauter wurde.

Navarre und Pozzoni versteckten sich in einem Nebenraum, von wo aus sie den Platz vor dem Haus wie auch das Wohnzimmer im Auge behalten konnten. Der Inspektor wagte einen vorsichtigen Blick durchs Fenster, das wie alle anderen von außen durch ein Ziergitter geschützt wurde.

Ein Ford Explorer parkte auf der geschotterten Fläche vor dem Haus. Der Motor verstummte, die Fahrertür schwang auf und ein Mann, den Pozzoni noch nie gesehen hatte, stieg aus. Graues Haar, zwischen fünfzig und sechzig Jahre alt, Schnauzbart – ein in die Jahre gekommener Durchschnittstyp. Zu der Jeans trug er ein dunkles Hemd mit hochgekrempelten Ärmeln. Am Äußeren des Mannes deutete nichts darauf hin, dass es sich um ein mörderisches Ungeheuer handelte.

Der Mann holte eine Sporttasche aus dem Stauraum, dann kam er aufs Haus zu. Pozzoni zog sich hinter den Vorhang zurück und duckte sich. Obwohl die Polizisten deutlich in der Überzahl waren, drängte sich ihm das Gefühl auf, dass die Falle in diesem Moment nicht für den *Chirurgen* zuschnappte, sondern für ihn selbst und die anderen.

Pozzoni hörte, wie die Haustür geöffnet wurde und wieder ins Schloss fiel. Gemächliche Schritte näherten sich dem Wohnzimmer. Der Unbekannte pfiff irgendein Lied vor sich hin.

Doch plötzlich hielt er inne. Es wurde geisterhaft still im Haus.

Was ist los mit ihm?, fragte sich Pozzoni, dem kalter Schweiß auf die Stirn getreten war. Warum legt dieser Wahnsinnige nicht sein Gepäck ab und kommt ins Wohnzimmer, damit wir die Sache endlich hinter uns bringen können?

Noch während ihm klar wurde, dass der *Chirurg* durch Vernons Erbrochenes gewarnt worden sein musste, brach das Chaos los. Pozzoni hörte einen ohrenbetäubend lauten Schuss, gefolgt von einem Schrei. Doch es war nicht der *Chirurg*, der schrie.

Weitere Schüsse donnerten durchs Haus.

Pozzoni hielt es nicht länger in dem kleinen Nebenzimmer aus. Er wagte einen vorsichtigen Blick ins Wohnzimmer, nahm eine verwaschene Bewegung wahr und brachte seine Pistole in Anschlag. Doch zum Abdrücken kam er nicht mehr, denn im selben Moment wurde sein Arm von einer übermächtigen Gewalt gepackt und zur Seite gerissen. Hilflos sah Pozzoni, wie die Pistole quer durchs Wohnzimmer unter einen Tisch segelte. Seine Hand pulsierte und blutete – er war angeschossen worden.

Navarre hatte weniger Glück. Noch bevor Pozzoni ihn warnen konnte, sprang er mit einem gewaltigen Satz ins Wohnzimmer – direkt in den von Ivanows Männern abgefeuerten Kugelhagel, der für den *Chirurgen* bestimmt gewesen war. Die Schüsse zerschmetterten ein paar Vitrinen und rissen tiefe Löcher in die Wand. Auch in Navarres Kopf. Voller Entsetzen beobachtete Pozzoni, wie der Körper seines Kollegen nach hinten geschleudert wurde und inmitten einer Unzahl von Glasscherben und Insekten liegen blieb.

Im Flur brüllte Ivanow ins Funkgerät: »Vernon und Navarre haben etwas abbekommen! Wir brauchen einen Krankenwagen, schnell!«

Etwas abbekommen, dachte Pozzoni. Zumindest was Navarre anging, war es eine beinahe schon zynische Verharmlosung. Während der Inspektor ein Taschentuch um seine blutende Hand wickelte, überlegte er: Zwei Spezialagenten hatten außerhalb des Gebäudes Position bezogen. Navarre war tot, Vernon verletzt. Das hieß, hier drinnen gab es außer dem *Chirurgen* nur noch Ivanow, Brochard und ihn. Aber er hatte keine Waffe mehr!

Einen Moment lang wurde das Feuer eingestellt, und der helle Klang der Schüsse ging in eine Art Knistern über. Wie siedendes Öl in einer Pfanne. Doch dieses Knistern wurde nicht durch heißes Öl verursacht, sondern durch unzählige Insekten, die sich wie eine homogene schwarze Masse über Parkett und Wände ausbreiteten. Navarres Körper, der am Wohnzimmerfenster lag, war bereits übersät von ihnen. Nun machten sie sich daran, auch das Nebenzimmer zu erobern.

Wie viele Insekten das waren! Instinktiv wollte Pozzoni zurückweichen, doch beim Anblick seines toten Kollegen siegte die Wut auf den *Chirurgen.* Pozzoni wagte kaum Luft zu holen, als er sich zum zweiten Mal ins Wohnzimmer vorwagte. Der *Chirurg* stand nur wenige Meter entfernt an der Wand. Er hatte Pozzoni den Rücken zugedreht und beobachtete durch die Tür den Flur, wo Ivanow und Brochard sich verschanzt hatten.

Das Herz des Inspektors raste. Schweißgebadet stand er da, wie zur Salzsäule erstarrt, während die Käfer nun auch vor ihm nicht länger Halt machten. Sie krabbelten ihm über die Schuhe und in die Hosenbeine. Es erforderte alle seine Selbstbeherrschung, nicht blindlings drauflos zu schlagen.

Das machte es Pozzoni nicht gerade leichter, sich auf die Frage zu konzentrieren, wie er den *Chirurgen* ohne seine Pistole bezwingen konnte.

Dann kam ihm ein Gedanke. Er bezwang seinen Ekel und bückte sich vorsichtig nach dem Knochen, der vor ihm auf dem Boden lag. Fauliger Gestank stieg ihm in die Nase, als er mit der notdürftig bandagierten Hand nach der elfenbeinfarbenen Keule griff.

In diesem Moment drehte der *Chirurg* sich um.

Beide Männer waren gleichermaßen überrascht, doch Pozzoni überwand die Schrecksekunde als Erster. Noch bevor der andere seine Pistole auf ihn richten konnte, holte er aus und schleuderte den Knochen mit aller Kraft durchs Zimmer, ungeachtet der Schmerzen in seiner Hand. Eines der beiden Enden traf den *Chirurgen* mitten ins Gesicht. Er taumelte einen Schritt nach hinten und stürzte bewusstlos in den Flur.

Was dann geschah, nahm Pozzoni nur noch am Rande wahr, denn die Anspannung fiel wie eine Zentnerlast von ihm ab. Mit einem Mal fühlte er sich unendlich müde, als würde der Schlafmangel der letzten Tage ihn in diesem Augenblick einholen. Aus weiter Ferne registrierte er Rostow und Brochard, die aus ihren Verstecken kamen und dem bewusstlosen Mörder Handschellen anlegten. Pozzoni sah eine Tätowierung an dessen Unterarm, einen Schlangenkopf.

Dann eilte Brochard zu Navarre, für den jede Hilfe zu spät kam, während Rostow Pozzoni half, die lästigen Insekten abzuschütteln.

»Danke«, murmelte der Inspektor erschöpft und rappelte sich auf. Er musste an die frische Luft!

Auf halbem Weg zur Haustür fiel ihm jedoch die Sporttasche auf, die der *Chirurg* im Flur abgestellt hatte. Sein erster Impuls war, einfach daran vorbeizugehen und die Tasche später zu untersuchen. Dann aber kamen ihm die Ausbuchtungen und Wölbungen plötzlich merkwürdig vor. Hatte der *Chirurg* heute ein weiteres Opfer gefunden?

Pozzoni zitterte am ganzen Leib, als er in die Knie ging, um die Tasche zu öffnen.

77

Zwei Stunden später saß Cathérine Lazard mit Giuseppe Pozzoni im Vernehmungszimmer des Morddezernats.

Obwohl sich in der Sporttasche des *Chirurgen* nur eine Tennisausrüstung befunden hatte und Pozzonis Handverletzung kaum mehr als ein harmloser Streifschuss war, fühlte der Inspektor sich mies. Navarre war vor seinen Augen erschossen worden, und Vernon hatte man mit einem Lungenschuss ins Krankenhaus gebracht. Eine schreckliche Bilanz. Dass der *Chirurg* endlich gefasst war, tröstete ihn nur wenig darüber hinweg.

So schwer es ihm fiel, er musste sich jetzt auf Cathérine Lazard konzentrieren. Auf einem Tisch standen ein Fernseher und ein Videorecorder. Inzwischen hatte der Polizeicomputer die beiden Männer identifiziert, die zusammen mit der Frau und Madelaine Bonnaire im Wagen gesessen waren: Die Brüder Ahmad und Kemal Sa'idi, international gesuchte Mörder.

Der Bildschirm zeigte soeben den Schluss der Aufzeichnung, die Pozzoni im Konferenzsaal von OLYMPP hatte abspielen lassen. Das Bild löste sich von Cathérine Lazards Gesicht, schwenkte auf ihre Hände, die einen Schraubenzieher umklammerten. Madelaine fuchtelte in hilfloser Panik herum. Der Schraubenzieher wechselte den Besitzer. Nun hatte ihn Ahmad Sa'idi, der neben dem Mädchen auf dem Rücksitz saß.

Dann folgten einige Aufnahmen, die zu verwackelt waren, als dass man etwas hätte erkennen können.

Plötzlich war wieder Ahmad Sa'idis Gesicht im Bild. Der Zähler sprang von 1:00 auf 0:59.

Ein schwarzer Schatten huschte über den Monitor. Pozzoni vermutete, dass es der Arm des Fahrers war, Kemal Sa'idi, der das wild um sich schlagende Opfer festzuhalten versuchte.

Jetzt war wieder Cathérine Lazard auf dem Beifahrersitz zu sehen. Sie hatte sich nach hinten gedreht und schrie irgendetwas. Ein Sprachexperte hatte ihre Lippenbewegungen entschlüsselt. Sie rief: »Töte sie, Ahmad! Verdammt, worauf wartest du? Töte sie endlich!«

Jetzt wieder ein Schwenk auf Ahmad Sa'idi, der den Schraubenzieher in der Faust hielt. Für einen Augenblick war das Bild wie eingefroren. Es musste jener Moment gewesen sein, in dem Madelaine schockiert festgestellt hatte, dass sie keine Chance hatte. Der Augenblick der Erkenntnis.

0:48

0:47

Während die digitalen Sekunden verrannen, stieß die stumpfe Spitze zum ersten Mal zu. Madelaine, die noch immer vom Fahrer festgehalten wurde, mobilisierte ein letztes Mal alle Kräfte. Panisch wand sie sich, trat um sich; ein Fuß traf Ahmad Sa'idi am Oberkörper.

Doch alle Gegenwehr nutzte nichts. Der Mann packte ihr Bein, klemmte es zwischen sich und dem Beifahrersitz ein und stieß erneut mit dem Schraubenzieher zu. Beinahe konnte Pozzoni die lautlosen Schreie Madelaines hören.

Das tödliche Werkzeug fuhr noch drei weitere Male auf Madelaine herab, bevor das Unglaubliche geschah: In einem letzten Verzweiflungsakt gelang es ihr, sich aus der Umklammerung des Fahrers loszureißen. Eine kurze Szene zeigte, wie sie ihn ins Gesicht schlug, sodass er nun von ihr abließ.

0:36

Erneut war Ahmad Sa'idi im Bild. Er war offenbar so überrascht vom unerwarteten Aufbäumen Madelaines, dass sie sich freistrampeln konnte. Vielleicht absichtlich, vielleicht zufällig traf ein Tritt den Mann in den Unterleib.

Nach einigen undeutlichen Sekunden befand Madelaine sich plötzlich im Freien. Irgendwie musste es ihr geglückt sein, die Wagentür zu öffnen und aus ihrer Todeszelle zu entfliehen.

Das Bild zeigte nun die entfernten Lichter der nächtlichen Stadt. Madelaines Blick wanderte tiefer. Wasser glitzerte im Laternenschein. Ein Fluss. Noch tiefer: Madelaine betrachtete ihre Beine, während sie über einen geschotterten Platz taumelte. Trotz der Dunkelheit konnte man erkennen, dass irgendetwas auf den Boden tropfte. Für einen entsetzlich langen Moment waren ihre blutnassen Hände zu sehen. Auch ihr T-Shirt war blutdurchtränkt.

0:21

Ein weiterer hastiger Schwenk riss das Bild auf den Wagen, den Madelaine hinter sich gelassen hatte. Kemal und Ahmad Sa'idi waren ausgestiegen und verfolgten sie.

Blickwechsel – diesmal wieder nach vorn. Die Lichter der Stadt. Spiegelungen im Wasser.

0:09

Die Uferböschung. Ein paar holprige Schritte vorwärts. Noch einmal ein gehetzter Blick über die Schulter. Die Männer eilten mit Riesenschritten in Madelaines Richtung.

0:04

Jetzt waren die Männer bei ihr.

0:01

Ahmad Sa'idi stand in dieser letzten Sekunde direkt vor Madelaine und holte zu einem Schlag aus. Die Faust traf das Mädchen an der Schläfe.

Der Bildschirm wurde schwarz.

Giuseppe Pozzoni fingerte nervös an seinem Verband. Die Aufnahmen waren grausam und für sich genommen schlimm genug. Noch grausamer jedoch fand der junge Inspektor die Vorstellung, dass Madelaine Bonnaire zu diesem Zeitpunkt noch gar nicht tot gewesen war. Der Gerichtsmediziner hatte festgestellt, dass sie in jener Nacht ertrunken sein musste; folglich war sie noch lebend in die Rhône gestoßen worden.

Pozzoni rang nach Luft, als würde er selbst ertrinken. Schließlich stand er auf, um Fernseher und Videorecorder abzustellen.

»Sie wurden bereits über Ihre Rechte aufgeklärt. Ich mache Sie nochmals darauf aufmerksam, dass Sie das Recht auf einen Anwalt haben«, sagte er, während auf dem Tisch das Tonbandgerät mitlief.

Cathérine Lazard schnaubte. »Wozu sollte der noch gut sein?« Sie wusste, dass Leugnen zwecklos war. Alles, worauf sie ihr halbes Leben lang hingearbeitet hatte, war verloren.

»Wie Sie wollen«, sagte Pozzoni. »Dann lassen Sie uns jetzt über den Mord an Madelaine Bonnaire sprechen. Dass sie im Fluss ertrinkt, war nicht geplant, oder?«

»Natürlich nicht. Aber letztlich war es egal, wie sie starb. Hauptsache, der Verdacht fiel auf Louis Vandenberg.«

»Es ging Ihnen nur darum, Ihren Kollegen zu belasten?«

»Ja.«

Der Inspektor seufzte und stoppte das Tonbandgerät. »Ich nehme an, das wird eine verdammt lange Geschichte«, meinte er. »Wenn Sie kooperieren, können Sie vielleicht ein paar Pluspunkte beim Richter sammeln. Aber wenn Sie mir das Leben schwer machen, werde ich alles daransetzen, dass Sie lebenslänglich bekommen.« Dann ließ er das Tonband weiterlaufen und sagte: »Am besten, Sie erzählen der Reihe nach, wie sich alles zugetragen hat. Von Anfang an.«

78

Auszug aus dem Vernehmungsprotokoll vom 20. September 2002 zum Mord an Madelaine Bonnaire, Aktenzeichen 3275-796331-02/9:

Lazard: Ich arbeite schon seit einer Ewigkeit an meinem Plan.
Pozzoni: An welchem Plan?
Lazard: Louis Vandenbergs Leben zu zerstören.
Pozzoni: Sie kennen ihn nicht erst, seit sie bei OLYMPP als Geschäftsführerin begonnen haben?
Lazard: Nein, ich bin ihm schon vorher begegnet.
Pozzoni: Wann war das? Und wo?
Lazard: Hier in Lyon. Ich war damals vierzehn.
Pozzoni: Erzählen Sie von Ihrer Kindheit. Wie sind Sie aufgewachsen?
Lazard: Bis zu meinem zehnten Geburtstag lebte ich mit meinen Eltern in Algerien. Mein Vater verdiente kaum genug Geld, um seine Familie durchzubringen. Deshalb wanderten wir nach Frankreich aus. Anfangs schien es bergauf zu gehen. Mein Vater fand Arbeit, verlor seinen Job aber wieder wegen Trunkenheit. Danach trank er noch mehr und tauchte oft tagelang nicht zu Hause auf.
Pozzoni: Also hat Ihre Mutter das Geld für die Familie verdienen müssen?
Lazard: Ja, ohne Berufsausbildung hatte sie es allerdings

nicht leicht. Irgendwann fand sie eine Anstellung als Näherin – leider war der Verdienst minimal. Also beschloss Mutter, sich zu verkaufen.

Pozzoni: Sie meinen, sie ging auf den Strich?

Lazard: Was blieb ihr anderes übrig? Sie war jung und schön, die Männer flogen auf sie. Auf einmal hatten wir genug Geld für Essen und Miete – na ja, wir bewohnten damals nur ein schäbiges kleines Zimmer mit Kochnische und Abstellkammer. Aber besser als gar nichts.

Pozzoni: Wie haben Sie Vandenberg kennen gelernt?

Lazard: Louis war damals um die zwanzig und hatte von Haus aus Geld. Er konnte sich alles leisten – Kleidung, Autos und auch Frauen. Meine Mutter war damals um die dreißig, sah aber jünger aus. Ich weiß nicht, wo sie Louis aufgegabelt hat, ich weiß nur, dass sie ihn eines Abends mit nach Hause brachte. Ihn und seinen widerwärtigen Freund.

Pozzoni: Welcher Freund?

Lazard: Seinen Namen habe ich nie in Erfahrung bringen können. Ich weiß nur, dass er auffallend blond und etwa im selben Alter wie Louis war. Als meine Mutter mit den beiden in die Wohnung kam, bemerkte sie mich nicht. Sie trank zu der Zeit. Ich glaube, Louis und sein Kumpel waren ebenfalls nicht mehr nüchtern. Jedenfalls versteckte ich mich in der Abstellkammer und wagte kaum zu atmen, während die drei zugange waren. Ich konnte sie keuchen hören, selbst als ich mir die Hände auf die Ohren presste. Schließlich hielt ich es nicht mehr aus und fing an zu schreien.

Pozzoni: Was geschah dann?

Lazard: Die Tür zur Abstellkammer wurde aufgerissen, und meine Mutter stand vor mir. Nackt. Sie drückte sich an mich, bis ich mich wieder beruhigt hatte. Louis und sein Freund waren ebenfalls nackt. Sie lagen auf dem Bett. Als sie mich sahen, sagte Louis: *Sieh an, wen haben wir denn da? Du bist ja eine kleine Schönheit.* Eigenartig, wie man sich solche Dinge

einprägt, wenn man sich fürchtet. Er stand auf, kam zu mir und musterte mich von oben bis unten, während ich versuchte, nicht auf seinen Penis zu starren. *Was verlangst du für sie?*, hat er meine Mutter gefragt. Sie entgegnete: *Schlag dir das aus deinem geilen Schädel!* Dann befahl sie mir zu verschwinden, aber es war schon zu spät. Während der Blonde meine Mutter festhielt, kniete Louis Vandenberg sich zu mir auf den Boden und sagte, er habe noch nie ein so hübsches Mädchen wie mich gesehen. Er sagte, dass er mein Haar und meine bronzefarbene Haut wunderschön fände und dass es für ihn nichts Erregenderes gebe als ein junges Mädchen wie mich. Auch diese Worte habe ich bis heute nicht vergessen.
Pozzoni: Haben er oder sein Freund Ihnen Gewalt angetan?
Lazard: Louis zerrte mich zum Bett, warf sich auf mich und begann mir die Bluse aufzuknöpfen. Mutter wollte mir helfen, aber der Blonde hielt sie noch immer fest. Plötzlich flog die Wohnungstür auf, und mein Vater stürzte herein. Er tobte wie ein Wilder, schnappte die beiden fremden Männer und beförderte sie hinaus. Im ersten Moment war ich erleichtert – bis Vater durchdrehte. Mutter hat versucht, ihm alles zu erklären, aber er steigerte sich immer mehr in seinen Zorn hinein. Er brüllte, er habe nicht geahnt, dass meine Mutter eine Hure sei, und verprügelte sie brutal. Als Mutter ihm vorhielt, dass sie nur zur Hure geworden war, weil er nicht genug Geld mit nach Hause brachte, verlor er völlig den Verstand. Er griff nach einem Messer und stach auf Mutter ein. Dann wollte er sich auf mich stürzen, aber ich konnte aus der Wohnung fliehen. Erst Stunden später traute ich mich zurück. Vater lag tot in der Küche, er hatte Selbstmord begangen. Mutter lag auf dem Bett, ebenfalls tot. Verblutet. Es war das Grauenhafteste, das ich je zu Gesicht bekommen habe. Während ich dastand, wurde mir bewusst, dass ich alles verloren hatte, was ich auf der Welt besaß. Louis Vandenberg und sein Freund hatten es mir genommen.

Pozzoni: Die beiden haben keinen Mord begangen.
Lazard: Für ein vierzehnjähriges Mädchen, das beide Elternteile verloren hat, spielt das keine Rolle. Vandenberg und sein Kumpan waren die Auslöser für die Katastrophe. Da ich nie herausfand, wer der Blonde war, richtete mein Hass sich allein auf Vandenberg.
Pozzoni: Woher kannten Sie seinen Namen?
Lazard: Ich fand seinen Geldbeutel in unserer Wohnung. Als mein Vater Vandenberg vor die Tür setzte, muss er ihn verloren haben. Im Portemonnaie befanden sich auch seine Papiere.
Pozzoni: Kamen Sie nach dem Tod Ihrer Eltern in ein Heim?
Lazard: Nein. Der Zuhälter meiner Mutter, Claude Souci, nahm mich auf und kümmerte sich um mich.
Pozzoni: Und über all die Jahre haben Sie sich an Louis Vandenberg rächen wollen?
Lazard: Ja, es wurde zu einer Art Lebensaufgabe für mich. Ich fand heraus, dass Louis der Juniorchef von OLYMPP war. Also studierte ich Pharmakologie. Hass kann einen Menschen unglaublich motivieren; deshalb schloss ich mein Studium schon nach sechs Jahren mit Prädikatsexamen ab. Damals war ich fünfundzwanzig. Im Anschluss habe ich eine Anstellung als Laborantin bei Novomed in Marseille gefunden. OLYMPP stellte zu diesem Zeitpunkt keine neuen Leute ein.
Pozzoni: Aber später haben Sie sich als Anteilseignerin bei OLYMPP eingekauft. Wie haben Sie das Geld zusammengebracht?
Lazard: (Schweigen)
Pozzoni: Hat Hector Bertrand, der Geschäftsführer von Novomed, Ihnen das Geld gegeben?
Lazard: (Schweigen)
Pozzoni: Wir haben Ihre privaten Telefonrechnungen über-

prüft. Sie telefonieren mindestens dreimal die Woche mit Bertrand. In Ihrer Wohnung haben wir zudem Kontoauszüge mit seiner Bankverbindung und Schecks über mehrere hunderttausend Euro mit Bertrands Unterschrift gefunden, gezogen auf sein Privatgirokonto bei seiner Bank in Marseille. Leugnen hat keinen Sinn, Mademoiselle.
Lazard: Ja, Bertrand ist mein Geldgeber.
Pozzoni: Was verspricht er sich davon?
Lazard: Die Computerchips, die beim Matthäus-Projekt entwickelt wurden.
Pozzoni: Er hat Sie bei OLYMPP eingeschleust, damit Sie ihm diese Chips besorgen?
Lazard: Ja. Für Außenstehende mag das unverständlich erscheinen, aber diese Chips sind die Zukunft der Medizin. Das wusste Bertrand von Anfang an.
Pozzoni: Wie sind Sie an Bertrand herangekommen?
Lazard: Bei Novomed blieb ich nicht lange Laborantin. Alle Männer sind gleich. Der Leiter des Labors hatte ein Auge auf mich geworfen, und ich gab ihm, was er wollte. Mein Körper war ja ohnehin schon entweiht. Nun, der Mann war verheiratet und damit erpressbar – wie all die anderen, mit denen ich mich eingelassen habe. Auf diese Weise gelang mir innerhalb weniger Jahre eine steile Karriere. Als ich in der zweiten Führungsebene angelangt war, lernte ich Hector Bertrand kennen. Ich erzählte ihm von meinem Plan, seinen härtesten Konkurrenten in den Ruin zu treiben, aber er war zunächst skeptisch. Leider war er auch nicht empfänglich für meine Reize. Aber ich ließ mich nicht entmutigen. Von dem Geld, das ich in Marseille verdiente – und ich verdiente sehr gut – begann ich, Mitarbeiter von OLYMPP zu bestechen und mir auf diese Weise Informationen zu beschaffen. Als ich vom Matthäus-Projekt erfuhr, wusste ich, dass Bertrand darauf anspringen und mir das nötige Geld geben würde. Das war vor drei Jahren. Ein paar Monate später saß ich auf dem drit-

ten Geschäftsführerstuhl von OLYMPP. Von dort aus konnte ich mich in aller Ruhe vorbereiten.

Pozzoni: Worauf?

Lazard: Im Grunde verfolgte ich zwei Ziele. Zum einen war ich an der Weiterentwicklung der Matthäus-Chips beteiligt, die ich Novomed kurz vor der Marktreife zur Verfügung stellen sollte. Das war der Deal mit Bertrand. Auf diese Weise sparte er Unsummen an Forschungsgeldern. Zum anderen bereitete ich Louis Vandenbergs persönlichen Niedergang vor. Ich wollte ihm antun, was er mir angetan hatte. Ich wollte, dass er alles verliert, dass er hilflos mit ansehen muss, wie ich sein Leben zerstöre, indem ich seine Firma in den Ruin treibe. Ich wollte ihn leiden sehen, wie ich als Mädchen von vierzehn Jahren gelitten habe.

Pozzoni: Und irgendwann kamen Sie auf die Idee, Madelaine Bonnaire als Lockvogel einzusetzen.

Lazard: Ja.

Pozzoni: Warum ausgerechnet sie?

Lazard: Das Mädchen war perfekt für diese Rolle.

Pozzoni: Perfekt? In welcher Hinsicht?

Lazard: Sie sah mir ähnlich.

79

Auch im weiteren Verlauf des Verhörs sprach Cathérine Lazard sehr offen. Pozzoni glaubte nicht, dass sie auf die von ihm in Aussicht gestellte Strafmilderung spekulierte. Schon eher, dass sie sich von der – selbstverständlich außerhalb des Protokolls ausgesprochenen – Drohung einschüchtern ließ, die Polizei würde Claude Souci, Cathérines Ziehvater, das Leben schwer machen, falls sie nicht kooperierte. Abgesehen davon hatte es für Pozzoni den Anschein, dass die Frau das tiefe innere Bedürfnis verspürte, sich nun, da alles verloren war, mitzuteilen.

In den letzten beiden Jahren hatte sie viel Energie darauf verwendet, das Matthäus-Projekt voranzutreiben. Nicht, weil ihr etwas am Wohl von OLYMPP lag, sondern weil sie es Hector Bertrand schuldete, dem Inhaber von Novomed, der gleichzeitig ihr Finanzier war.

Je weiter das Projekt voranschritt, desto entschlossener arbeitete Cathérine Lazard daran, OLYMPP durch raffiniert eingefädelte Fehlentscheidungen zu schwächen, die nicht mit ihr in Verbindung gebracht werden konnten. Auf diese Weise verlor OLYMPP im Lauf der letzten Monate Gelder im siebenstelligen Bereich.

Lazards Wankelmütigkeit, die sie bei geschäftspolitischen Fragen oft an den Tag legte, war lediglich ein Mittel, das angeschlagene Unternehmen weiter in die Knie zu zwingen.

Aus demselben Grund musste sie die Annahme der staatlichen Subventionen verhindern, denn diese Gelder hätten das Unternehmen aus der Verlustzone gebracht. Dass sie das Subventionsangebot anfangs befürwortete, hatte lediglich den Zweck gehabt, Louis Vandenberg auf die Palme zu bringen. Sie genoss es, mit seinen Gefühlen zu spielen.

Nach seiner Verhaftung hatte sie ihm sogar noch mehr eingeheizt. Bei ihrem Besuch im Gefängnis hatte Louis kein Wort darüber verloren, dass er beinahe in seiner Zelle vergewaltigt worden wäre, aber das war auch gar nicht nötig. Cathérine wusste auch so, was vorgefallen war: Sie hatte alles eingefädelt.

Nun gab es nur noch ein Problem: Jaques Belloque. Denn er war ein glühender Befürworter von Edmond Jeauberts Subventionsvorschlag und hatte alle Vorbereitungen für das große Geschäft getroffen. Belloque war fest entschlossen, die Finanzen von OLYMPP zu retten – also hatte Cathérine auch ihn aus dem Weg geräumt. Mehr als ein paar Tage waren nicht nötig, um Jeaubert und die französische Regierung endgültig zu vergrämen, das Subventionsangebot zu zerschlagen und die Kreditwürdigkeit von OLYMPP durch gezielte Gerüchte in der Presse zu untergraben. Gefälschte Wechselgeschäfte und Schuldscheine zu Gunsten von Novomed sollten den Rest besorgen.

Zusätzlich zur inneren Befriedigung wartete ein fürstlicher Lohn auf Cathérine Lazard. Hector Bertrand hatte ihr eine Stelle als Geschäftsführerin von Novomed zugesichert. Neben einem Einkommen, das ihr jetziges bei weitem übertraf, würde sie eine prozentuale Gewinnbeteiligung erhalten. Und sie war sicher: Die konkurrenzlose Vermarktung der Matthäus-Chips würde die Erträge von Novomed unaufhaltsam in die Höhe schießen lassen.

In der Zwischenzeit würde Louis Vandenberg in seiner Zelle schmoren und sich den Kopf zermartern, wie all das hatte passieren können. Eine überaus reizvolle Vorstellung.

Das ideale Mordopfer für Cathérine Lazards perfiden Plan

begegnete ihr vor etwa drei Monaten, an einem wundervollen Nachmittag im Juni. Sie hatte dem IPP einen Routinebesuch abgestattet, um sich über *Mind Control* aufklären zu lassen, die jüngste Chip-Generation, die das Matthäus-Projekt hervorgebracht hatte.

Mind Control steuerte nicht nur den Bewegungsapparat von gehirngeschädigten Patienten, sondern auch deren Willen. Gezielte elektrische Impulse regten die Produktion körpereigener Hormone an oder unterbanden sie. Auf diese Weise konnte die vollständige Bandbreite menschlicher Emotionen ad hoc hervorgerufen werden – Hunger oder Sättigung, sexuelle Erregung oder Befriedigung, Kälteempfinden oder Hitzewallungen. Ganz nach Belieben.

Durch Regulierung der Oxytozin-, Vasopressin- und Testosteron-Ausschüttung war auch die Intensität sozialer Kontakte beeinflussbar. Selbst Gefühle wie Zuneigung und Liebe, Trauer und Freude, Angst und Hoffnung, Resignation und Aggression konnten künstlich erzeugt werden.

All das hatte Cathérine Lazard sich an diesem sonnigen Nachmittag erklären lassen. Sie war mit der jüngsten Entwicklung hoch zufrieden gewesen, als sie das Büro des Institutsleiters verlassen hatte.

Wie schon so oft hatte sie auch an diesem Tag darüber nachgedacht, wie sie Louis Vandenberg den Gnadenstoß versetzen konnte, als sie zufällig einem siebzehnjährigen Mädchen namens Madelaine Bonnaire begegnete, die zusammen mit ihrem Vater das Sanatorium besuchte. Die beiden saßen in der Cafeteria. Kurz entschlossen gesellte Cathérine Lazard sich zu ihnen.

Vom ersten Moment an war Cathérine klar gewesen, wie perfekt dieses Mädchen war. Mit ihrem dunklen, lockigen Haar, der braunen Haut und dem ebenmäßigen schmalen Gesicht hätte sie Cathérines Tochter sein können. Es bestand nicht der geringste Zweifel, dass Louis sich von ihr angezogen fühlen würde wie eine Motte vom Licht. Er würde sie begehren und sich dadurch selbst ins Verderben stürzen.

Doch nicht nur ihres Aussehens wegen war Madelaine Bonnaire ein idealer Köder – auch deshalb, weil sie soeben die Schule verlassen hatte und nach Arbeit suchte. Cathérine bot ihr eine Stelle als Putzkraft bei OLYMPP an, was zumindest ein Anfang war. Später, in einem zweiten Gespräch unter vier Augen, ließ sie durchblicken, dass sie Madelaine eine besondere Aufgabe übertragen wolle. Eine Aufgabe, die ihr binnen zweier Stunden ein ganzes Jahresgehalt einbringen würde. Es war eine Lüge, aber das Mädchen hatte sie geschluckt.

Geldnot, Jugend, südländische Schönheit und das nötige Maß an Naivität – diese Verbindung hatte Madelaine Bonnaire zum perfekten Werkzeug für Cathérine Lazards Racheplan gemacht.

Zumindest hatte sie das geglaubt. Nie wäre sie auf den Gedanken gekommen, Madelaine könnte einen Matthäus-Chip in sich tragen. Von Anfang an hatte für Cathérine Lazard außer Frage gestanden, dass Madelaines einarmiger Vater der Grund für den Besuch im IPP war. Sie war sich dessen so sicher gewesen, dass sie nicht einmal auf die Idee gekommen war, dies in den Klinik-Unterlagen nachzuprüfen.

Ein folgenschwerer Fehler, der Cathérine letztlich zum Verhängnis geworden war. Damals jedoch hatte sie nichts von diesem Irrtum geahnt, sondern sich darauf konzentriert, alles für die Mordnacht vorzubereiten.

Vor allem musste Madelaine in ihre Rolle eingewiesen werden. Als sie hörte, was sie zu tun hatte, zögerte sie zunächst, doch die Erinnerung an das in Aussicht gestellte Geld beseitigte ihre Bedenken rasch.

In der Nacht vom 9. auf den 10. September hatte Louis Vandenberg dringende Arbeiten zu erledigen, vor allem die Sichtung der Vertragsentwürfe für das Boston-Geschäft. Cathérine Lazard kannte seine Liebe zu OLYMPP gut genug, dass sie wusste, er würde alle Akten genau studieren, um tags darauf über sämtliche Details diskutieren zu können. Zu Hause arbeitete er nie. Kurz: Cathérine Lazard war hundert Prozent sicher, dass Louis Vandenberg an diesem Abend sehr lange in seinem Büro bleiben würde.

Madelaines Auftrag bestand darin, zu warten, bis alle anderen Mitarbeiterinnen der Putzkolonne Feierabend gemacht hatten. Anschließend sollte sie sich ins achte Stockwerk begeben und Louis Vandenberg aufsuchen. Der zweite Teil der Aufgabe bestand darin, ihn so lange zu reizen, bis er anbiss – und danach so zu tun, als würde sie sich wehren.

Dass dieses Schauspiel nur dazu gut war, um Jaques Belloque ein Motiv für seine heimliche Videoaufzeichnung zu bieten, sagte Cathérine dem Mädchen nicht. Je weniger Madelaine wusste, desto besser.

Madelaine spielte ihre Rolle hervorragend, zuerst aufreizend, dann abweisend und letztlich verzweifelt. Zur selben Zeit saß Cathérine Lazard zusammen mit den Sa'idi-Brüdern in einem Leihwagen und verfolgte auf einem Display mit, was in Louis Vandenbergs Büro vor sich ging.

Später fingen sie das Mädchen auf der nächtlichen Straße ab, angeblich, um ihr den versprochenen Lohn auszuhändigen und sie nach Hause zu fahren. Tatsächlich war es bloß ein Vorwand, sie ins Auto zu locken.

Doch während die tödliche Falle zuschnappte, zeichnete ein winziger Chip in Madelaines Kopf die letzten Augenblicke ihres Lebens auf.

80

Nach dem Verhör fühlte Giuseppe Pozzoni sich derart erschöpft, dass er am liebsten sofort nach Hause gefahren wäre. Er wünschte sich nichts sehnlicher, als seine Frau an sich zu drücken und mit seinen Kindern zu spielen.

Der Tag war nervenaufreibend gewesen. Noch vor wenigen Stunden hatte er befürchtet, in einem von Insekten wimmelnden Haus zu sterben. Die Begegnung mit dem *Chirurgen* hatte jedoch auch eine gute Seite. Pozzoni war endlich klar geworden, dass ihm seine Familie mehr bedeutete als die Karriere. Das bevorstehende Wochenende war ideal, um Abstand zu gewinnen und in aller Ruhe zu überlegen, wie es nun weitergehen solle. Möglich, dass er sich in eine andere Abteilung versetzen ließ. Vielleicht würde er sich auch unverbindlich danach erkundigen, wie die Chancen standen, in Cittanova einen Job zu bekommen. Seine Großeltern würden sich jedenfalls freuen.

Bevor er nach Hause fuhr, hatte er noch etwas zu erledigen. Er wollte Claire Lafayette die traurige Nachricht vom Tod ihres Mannes überbringen. Er hielt es für seine Pflicht. Immerhin hatte Philippe den entscheidenden Beitrag zur Klärung beider Mordfälle geleistet.

Im Krankenhaus ließ er sich Claire Lafayettes Zimmer zeigen. Er bedankte sich bei der Schwester und klopfte an die Tür, doch niemand bat ihn herein.

Er klopfte abermals, diesmal lauter. Wieder keine Reaktion. Pozzoni beschloss, ohne Aufforderung einzutreten.

Das Zimmer war leer.

Verwundert trat er wieder auf den Gang. »Kann es sein, dass Madame Lafayette verlegt wurde?«, fragte er die Schwester.

»Nein.«

»Sind Sie sicher?«

»Absolut. Beim Abendessen war sie noch hier. Seitdem wurde niemand umquartiert. Ich müsste es wissen, ich hatte durchgehend Dienst.«

Ein schrecklicher Verdacht keimte in Pozzoni auf. Kemal Sa'idi war bei der Explosion des Wohnwagens in Saint-Gilles gestorben. Ahmad jedoch war noch auf freiem Fuß. War es möglich, dass er hierher gekommen war, um seinen Bruder zu rächen?

»Vielleicht vertritt Madame Lafayette sich die Beine?«, meinte Pozzoni.

»Ausgeschlossen. Die Frau hat eine schwere Operation hinter sich. Sie kann ihr Bett unmöglich alleine verlassen.«

Der Inspektor suchte vergeblich nach einer anderen plausiblen Erklärung. Nachdem er die Krankenschwester in seinen Verdacht eingeweiht hatte, gab diese sofort eine Durchsage an alle Stationen heraus. Bis zuletzt klammerte Giuseppe Pozzoni sich an die Hoffnung, dass Claire Lafayette irgendwo entdeckt wurde, wie sie verwirrt durch einen der Gänge irrte oder ohnmächtig auf der Damentoilette lag. Doch die Suche blieb ergebnislos.

Nach zwanzig Minuten rief Pozzoni in der Polizeizentrale an und meldete eine Entführung.

81

Einige Tage später

Lyon. Der meistgesuchte Mörder der Stadt konnte am vergangenen Freitag in einem Landhaus unweit von Lyon verhaftet werden. Unter Leitung der Mordkommission stürmte ein Sondereinsatzkommando der Polizei das Gebäude, in dem sich Leichenteile der Opfer fanden.

Der als Chirurg von Lyon bekannt gewordene Mann ist 54 Jahre alt und heißt Emile Dagoste. Seine Opfer nahmen als Freiwillige an einem Projekt der Firma OLYMPP teil. Allen Testpersonen, die – gemessen an herkömmlichen medizinischen Standards – als chronisch krank oder invalide einzustufen sind, wurden dabei hochmoderne, chipgesteuerte Prothesen implantiert. Auf die hatte Dagoste es abgesehen.

Der polizeilich bekannte Computerhacker und Gewaltverbrecher gestand die Taten.

Bei der Durchsuchung des Landhauses stießen die Ermittler auf weitere Spuren, die in die höchsten politischen Kreise führen. Edmond Jeaubert, Mittelsmann der französischen Regierung und enger Vertrauter von Verteidigungsminister Groult, wurde gestern von den Pariser Behörden festgenommen. Er wird verdächtigt, Dagostes Auftraggeber zu sein. Jeaubert betont, er habe keinerlei Grund gehabt, einen Verbrecher zu engagieren, da er im Begriff gewesen sei, eine Kooperation mit OLYMPP einzugehen. Mit dieser Aussage konfrontiert, behauptete Dagoste, schon vor Monaten mit der Beschaffung der so genannten Matthäus-Chips beauftragt worden zu sein. Erst nachdem es zu zeitlichen Verzögerungen und Diskrepanzen bezüglich der Vorgehensweise gekommen war, sei sein Auftraggeber wieder abgesprungen. Dagoste beschloss daraufhin, die Chips dennoch in seinen Besitz zu bringen, um sie auf dem freien Markt zu verkaufen.

Bis die ganze Wahrheit aufgedeckt ist, wird es nach Einschätzung des Polizeipräsidenten von Lyon, Armand F. Ridefort, noch Monate dauern. Die gerichtliche Anhörung Edmond Jeauberts findet am kommenden Dienstag statt. Gerüchten zufolge will Verteidigungsminister Groult in den nächsten Tagen von seinem Amt zurücktreten.

Der Skandal um den Chirurgen-Fall hat ein anderes Verbrechen in den Hintergrund gedrängt – den Mord an der siebzehnjährigen Madelaine Bonnaire. Als Drahtzieherin konnte die OLYMPP-Geschäftsführerin Cathérine Lazard überführt werden, nachdem zunächst ihre beiden Kollegen verdächtigt worden waren. Louis Vandenberg und Jaques Belloque wurden bereits am Freitag aus der Untersuchungshaft entlassen. Belloque gab bekannt, OLYMPP in Kürze zu verlassen. Gründe für diesen Schritt nannte er nicht.

Gegen Hector Bertrand, Inhaber der Firma Novomed und mutmaßlicher Komplize von Cathérine Lazard, hat die Staatsanwaltschaft das Ermittlungsverfahren eingeleitet. Bislang fehlt von ihm jede Spur. Die Polizei befürchtet, Bertrand habe sich ins Ausland abgesetzt, um der Strafverfolgung zu entgehen.

Auf freiem Fuß befindet sich auch Ahmad Sa'idi, ein weiterer Komplize Cathérine Lazards. Er wird wegen mehrfachen Mordes mit internationalem Haftbefehl gesucht.

Obwohl die Chirurgen-Morde und der Fall Madelaine Bonnaire nicht in unmittelbarem Zusammenhang stehen, gibt es doch eine Gemeinsamkeit – die von OLYMPP entwickelten Computerchips. Denn nicht nur die Opfer des Chirurgen waren Träger von High-Tech-Implantaten, auch Madelaine Bonnaire, die an einer schweren Augenkrankheit litt.

Die Matthäus-Chips haben in Frankreich eine Ethik-Diskussion ausgelöst, die die Nation spaltet. Befürworter halten diese Chips für Meilensteine der Medizin, Gegner sehen in ihnen vor allem die Gefahr der Technisierung des Menschen.

Auch bei OLYMPP sind die Meinungen geteilt. »Bei unserer Tech-

nologie geht es um mehr als um die Beseitigung körperlicher Gebrechen«, so Firmenchef und Visionär Louis Vandenberg. »Es geht um die Perfektionierung des Menschen, um eine Beschleunigung der Evolution.«

James Nagashi, Projektmitarbeiter des Joint-Venture-Partners Sakamoto, sieht hingegen auch Schattenseiten. Mit Besorgnis weist er auf die militärischen Einsatzmöglichkeiten der Chips hin. »Die Erschaffung von Cyborgs wird schon in wenigen Jahren möglich sein – und damit meine ich nicht Roboter in Menschengestalt, sondern Menschen mit einem Roboter-Innenleben.«

Raimond Serre, Mitglied der hiesigen Ärztekammer, fasst zusammen: »Mikrochips im menschlichen Körper sind ein zweischneidiges Schwert. Sie könnten die Welt verbessern und einige der schlimmsten Leiden besiegen, wo herkömmliche Medizin versagt. Doch die Gefahr des Missbrauchs ist enorm. Die Menschheitsgeschichte zeigt auf bedrückende Weise, welchen Einfallsreichtum wir an den Tag legen, wenn es darum geht, uns gegenseitig zu vernichten. Deshalb bezweifle ich, dass es gelingt, diese Technologie jenseits des Strebens nach Macht, Ruhm und Reichtum weiterzuentwickeln und einzusetzen.« (ah)

Philippe Lafayette faltete die Zeitung zusammen und warf einen Blick durchs Fenster. Dichter Nebel lag über dem Park. Die kleinen Haine, die überall auf dem Gelände verteilt standen wie Oasen der Erholung, waren durch den milchigen Dunst kaum auszumachen. Von irgendwoher drang das gedämpfte Rauschen des Atlantiks.

So unwirtlich das Wetter war, es vermochte Philippes Stimmung nicht zu drücken. Denn keine zwei Meter von ihm entfernt lag seine Frau im Bett und schlief, so friedlich und sorglos wie ein kleines Kind. Der Chefarzt dieser kleinen, privaten Reha-Klinik zeigte sich zuversichtlich, dass Claire bald wieder wohlauf sein würde.

Es klopfte an der Tür. Eine Krankenschwester kam ins Zimmer und brachte Medikamente.

»Wie geht es Ihrer Frau, Monsieur Bérigaud?«, fragte sie leise.

»Danke. Ganz gut, glaube ich.«

»Bitte melden Sie sich bei mir, wenn Sie etwas benötigen.«

Als sie das Zimmer verlassen hatte, gestattete Philippe sich ein Schmunzeln. Es würde einige Zeit dauern, bis er sich an den Namen gewöhnt hatte, der in seinem falschen Pass stand: Auguste Bérigaud. Claire hieß jetzt Dorothée. Noch hatten sie Schwierigkeiten, doch bald schon würde ihnen die neue Identität in Fleisch und Blut übergehen. Philippe wusste es aus eigener Erfahrung. Vor fünfundzwanzig Jahren hatte er schon einmal ein neues Leben begonnen. Er war zuversichtlich, dass es ihm auch diesmal gelingen würde.

Seit er Claire heimlich aus der Clinique Saint-Charles entführt und hierher gebracht hatte, fühlte er sich ruhiger und ausgeglichener denn je. Die Albträume hatten nachgelassen, und er war mit sich im Reinen, weil er den Schwur gegenüber Madelaine eingelöst hatte.

Er war nicht immer sicher gewesen, ob er es schaffen würde. Vor allem, als die Pistole von Helsinki auf die Gasflasche unter dem Herd im Wohnwagen gerichtet war, hatte Philippe geglaubt, alles sei aus. Aber er hatte seinen Gegner doch noch überwältigt, die Explosion verursacht und dadurch seinen eigenen Tod vorgetäuscht. Es waren die besten Voraussetzungen für einen Neubeginn.

Finanziell mussten er und Claire sich ebenfalls keine Sorgen machen, denn Louis Vandenberg hatte sein Versprechen eingehalten. Die Überweisung an Auguste Bérigaud hatte sogar auf einen höheren Betrag gelautet, als Philippe mit dem OLYMPP-Chef ausgehandelt hatte. Vielleicht hatte der Gefängnisaufenthalt, so kurz er auch gewesen sein mochte, tatsächlich einen besseren Menschen aus Vandenberg gemacht.

Mit einem Teil des Geldes hatte Philippe den Klinikaufenthalt für Claire bezahlt. Je nachdem, wie lange die Behandlung dauerte, blieb vielleicht sogar noch genug für eine Jacht übrig. Philippe hatte sich im Hafen bereits umgesehen und ein ebenso hübsches wie preiswertes Exemplar entdeckt, das zum Verkauf stand.

Doch das Wichtigste war, dass Claire wieder gesund wurde. Danach ergab sich alles Weitere von selbst.

Eine Woge tiefer Zuneigung überkam Philippe, als er seine Frau betrachtete. Sie sah noch immer abgekämpft aus, doch es ging ihr von Tag zu Tag besser. Er freute sich auf die gemeinsame Zeit, die vor ihnen lag.

Das Bettlaken raschelte. Claire drehte den Kopf zur Seite und schaute Philippe mit diesem Blick an, den er so liebte, da er die ganze Wärme ihres Herzens widerspiegelte.

»Woran denkst du?«, fragte sie.

»An unsere Zukunft«, antwortete er.

Fiktion oder Wirklichkeit?

Wie pflegte mein »alter« Professor immer zu sagen? »Ich übertreibe – aber nur wenig.« Das gilt auch für diesen Roman.

Bereits 1991 gelang es deutschen Forschern des Max-Planck-Instituts für Biochemie, eine Blutegel-Nervenzelle mit einem Computerchip zu vernetzen. Seitdem hat sich viel getan.

In der Humanmedizin sind Bio-Chips sicher noch nicht alltäglich, sie sind aber auch keine Seltenheit mehr. Laut PM 7/98 können bereits heute 98 Prozent aller tauben Patienten dank Mikroelektronik wieder hören.

In geringerem Maße werden auch schon Netzhautimplantate und gefühlsechte Neuroprothesen eingesetzt. Selbst dass ALS-Kranke sich allein durch Gedankenkraft mit der Außenwelt in Verbindung setzen können, ist wissenschaftliche Realität.

Für alle, die sich näher mit diesem Thema befassen wollen, hier eine Auswahl deutschsprachiger Quellen:

Bothe, Hans-Werner und Engel, Michael (1998): Neurobionik. Zukunftsmedizin mit mikroelektronischen Implantaten, Frankfurt 1998

Hanisch, Carola (2000): Geistes-Kraft; in: Bild der Wissenschaft 1/2000, S. 62 ff.

Heinrich, Hansjörg (1998): Der elektronische Mensch; in: PM 7/1998, S. 72 ff.

Klein, Stefan und Steinmetz, George (2000): Handschlag mit der Zukunft; in: GEO 6/2000, S. 54 ff.

Kurzweil, Ray (1999): Homo s@piens. Leben im 21. Jahrhundert – was bleibt vom Menschen?, Köln 1999

Lem, Stanislaw (1996): Die Technologiefalle, Frankfurt/Leipzig 2000

Lammer, Dr. Helmut und Marion (2000): Verdeckte Operationen, München 2000

Lammer, Dr. Helmut und Marion (1999): Vom Cyber-Soldaten zum kontrollierten Menschen; in: Wissenschaft ohne Grenzen 2/1999

Danksagungen

Vier Personen waren an der Entstehung dieses Romans maßgeblich beteiligt: mein Agent Bastian Schlück von der Agentur Thomas Schlück, meine Lektoren Karin Schmidt und Marco Schneiders sowie meine Frau Sonja.

Sie alle haben mich reichlich Schweiß gekostet, und so manches Mal hatte ich den Eindruck, die vier hätten sich gegen mich verschworen. Doch ohne ihre tatkräftige Unterstützung wäre das Buch nicht das geworden, was es jetzt ist. Aus heutiger Sicht bin ich froh um jede Anmerkung und jeden Verbesserungsvorschlag. Danke!

Sie wissen alles. Sie verraten nichts. Erst recht nicht ihr großes schmutziges Geheimnis.

Von seinem Büro an der Wall Street sieht der junge Anwalt Fin Border einer strahlenden Zukunft entgegen. Sein Freund, Star-Banker J.J. Carlson, präsentiert ihm eines Morgens stolz seinen neuen Maclaren F1. Wenige Sekunden später schießt das Traumauto über eine Böschung und landet auf einem Highway: eine Amokfahrt mit Toten und Verletzten.
Doch für Fin Border ist das erst der Anfang vieler Probleme. Er sieht sich konfrontiert mit Mord, Intrigen und Geldwäsche im großen Stil. Alle Spuren führen nach Bombay, wo vor Jahren Fins Vater unter mysteriösen Umständen ums Leben kam. Begleitet von seiner Kollegin Carol versucht Fin, Licht in das Dunkel zu bringen – und stößt auf eine weltweite Verschwörung.

ISBN 3-404-15145-3

BASTEI LÜBBE

»Jedes neue Buch von Hilary Norman ist ein Meisterwerk der Spannungsliteratur.«
DAILY TELEGRAPH

Der Jura-Professor Jake Woods ist geschockt, als er von dem unerklärlichen Verschwinden des Sohnes seiner besten Freunde hört. Bei seinem Versuch, den Eltern zu helfen, stößt er auf einen ähnlichen Fall in New York City. Und umfangreiche Recherchen führen zu einer Liste mit zahlreichen vermissten Jugendlichen, denen drei Dinge gemeinsam sind: Sie sehen gut aus, sind sportlich und verschwanden alle, nachdem sie ein anonymes Geschenk erhalten haben: Limbo, ein brutales Computerspiel, das sich größter Beliebtheit erfreut. Bei seinen Nachforschungen gelangt Jake Woods auf die Spur eines Täters, bei dem die Grenze zwischen Realität und Fantasie fließend ist.

ISBN 3-404-15147-X

BASTEI LÜBBE